Über die Autorin:

C. F. Schreder ist das Pseudonym von Christina Fuchs. Sie wurde 1992 in einem kleinen Tiroler Städtchen geboren, studierte Psychologie und Wirtschaftswissenschaften, lebte ein Jahr lang in Hong Kong und arbeitete anschließend als Personalmanagerin in Österreich und in den USA. Vor allem während ihrer Reisen und Auslandsaufenthalte sammelte sie Inspirationen für ihre Geschichten. Heute lebt und schreibt sie in Salzburg.

C. F. Schreder

Jedes Neue Leben

Finde die Autorin im Internet:
www.cfschreder.com
www.instagram.com/christina.schreibt/

Weitere Veröffentlichungen:
Der Klang meiner Träume (Christina Fuchs)
Farbe auf Beton (Christina Fuchs)

Jedes Neue Leben
© 2020 Fuchs, Christina
Herstellung und Verlag: BoD – Books on Demand,
Norderstedt
ISBN: 9783752689174

Lektorat und Korrektorat: Annika Schuster
Coverdesign: Giessel Design, www.giessel-design.de
unter Verwendung von Stockfotos
Grafiken im Buch von alamy.com:
© Elena Akifeva, © Channarong Pherngjanda, © Sofia Vlasiuk, ©
Irina Pestova, © Sudarat Wilairat, © Sofia Vlasiuk
Satz: Christina Fuchs

♥

Für Tanja,
die beste große Schwester

Liebe Leserinnen und Leser, dieses Buch beschäftigt sich mit Themen wie Tod, Unfall und Krankheit, Trauer und Verlust. Falls ihr denkt, dass euch diese Inhalte triggern könnten, schaut doch bitte auf meiner Webseite vorbei. Hier findet ihr unter dem Punkt "Jedes Neue Leben – Blogbeiträge zum Buch" eine vollständige Auflistung möglicher Trigger. Ich wünsche euch viel Spaß beim Lesen!

Sofia

1. Kapitel

Der erste Augenblick in einem neuen Leben ist etwas Besonderes, faszinierend und nervenaufreibend zugleich.

Mit geschlossenen Augen fühle ich mich in meinen Körper hinein. Lange Haarsträhnen kitzeln mein Kinn, der Stoff eines T-Shirts kratzt auf meiner Haut, und ich spüre ein leichtes Ziehen im linken Arm, gleich unterhalb des Ellenbogens. Die Haut ist wärmer, als ich es von meinem letzten Körper gewohnt bin, und der Herzschlag regelmäßiger.

Seufzend lasse ich den Kopf in meine Hände sinken. Es ist das erste Mal, dass ich meine neue Stimme höre. Sie ist tiefer als die alte, leicht rauchig, aber trotzdem unverkennbar eine Frauenstimme, und sie hört sich jung an.

Handyklingeln reißt mich aus meiner Trance, und plötzlich flammt Schmerz auf, kriecht von meinem Nacken den Kopf hoch bis in die Schläfe, heiß und stechend, und ich beiße die Zähne zusammen. Es dauert immer ein paar Momente, bis die Berührung des Todes von mir ablässt. Nur langsam ebbt die Schmerzwelle ab, bis bloß eine Ahnung, wie blubbernde Gischt, zurückbleibt.

Mittlerweile sollte ich doch ans Sterben gewöhnt sein, aber jedes Mal trifft es mich überraschend. Als ob ich nicht schon vorher gewusst hätte, was auf mich wartet. Kein Tod ist wie der andere, genauso wie kein Körper oder Leben einem anderen gleicht, und vielleicht ist es gut, dass man sich ans Sterben nicht gewöhnt. Auch wenn das mein Dasein um einiges erleichtern würde.

Ich ignoriere das Handyklingeln. Meine Augen will ich noch nicht öffnen, denn sobald ich das tue, muss ich mich diesem neuen Leben stellen, und dafür bin ich noch nicht bereit. Außerdem hätte ich keine Ahnung, was ich dem Anrufer sagen könnte. Ich weiß schließlich nicht, wer er oder sie ist.

Ich weiß ja nicht einmal, wer *ich* gerade bin.

Ich atme tief, spüre, wie sich mein Brustkorb hebt und senkt, wie die Luft durch meine Lungen strömt und in den Bauchraum fließt. Alle Gedanken lasse ich von mir abgleiten, bis nur mein Geist und dieser Körper bleiben. *Gib mir ein Zeichen*, bitte ich stumm. Aber ich erhalte keine Antwort. Da, wo normalerweise alte Erinnerungen, die Stimme oder zumindest das Gefühl meiner Gastgeber sitzen, finde ich heute nur Leere.

Gastgeber, so nenne ich die Menschen, deren Körper ich übernehme. Es ist keine perfekte Bezeichnung, aber besser als alle anderen, die mir bisher in den Sinn gekommen sind. Ich mag es, mir vorzustellen, dass die Menschen, deren Körper ich mir ausleihe, ihn mir freiwillig überlassen. Als Gast eben. Der letzte Gast, um genau zu sein.

Während mein Dasein, dieses Reisen von Körper zu Körper, mir einige Rätsel aufgibt, habe ich zumindest eines herausgefunden: Warum ich hier bin, in dieser Welt, in immer neuen Körpern, und damit weiß ich schon eine ganze Menge mehr als die meisten Menschen.

Jeder kennt diese Geschichten, in denen Leute, die sterben, bevor sie ihre offenen Rechnungen begleichen, zu einem

Dasein als Gespenst verurteilt werden. So ähnlich verhält es sich mit meinen Gastgebern. Sie leben, sie sterben, aber irgendetwas ist da, das sie nicht erledigt haben und das sie daran hindert, in Frieden zu gehen. Nur dass sie nicht zu Gespenstern werden wie im Film. Ihre Uhr wird zurückgedreht, manchmal nur wenige Stunden, manchmal ganze Wochen, und sie erhalten eine zweite Chance, ihre letzten Momente zu wiederholen, um alles richtigzustellen. Doch dann haben sie keine Kontrolle mehr über ihren Körper. Stattdessen bin ich da, als ungebetener Gast, der ihre Bewegungen steuert, mit ihren Mündern spricht und die Bahn ihres Lebens lenkt.

Meine Aufgabe ist es, diese zweite Chance zu nutzen, bevor es zu spät ist. Nur eines kann ich nicht tun, nämlich den Tod verhindern. Egal, ob ich mich dem Schicksal füge oder versuche, gegen den Tod anzukämpfen, indem ich alle möglichen und unmöglichen Sicherheitsvorkehrungen treffe. Wer sterben muss, der stirbt.

Normalerweise kann ich die Anwesenheit meiner Gastgeber tief in mir drin spüren, manchmal in der Brust oder in der Magengegend, ein andermal direkt hinter meinen Augenlidern. Auch eine gewisse Art der Kommunikation ist möglich. Sie können mir Erinnerungen schicken, meinen Kopf mit Bildern oder mit kleinen Wissensstücken füllen, mir Lieder ins Ohr setzen oder Gefühle mit mir teilen.

Die Verbindung mit meinen Gastgebern ist mal enger, mal schwächer. Manchmal werde ich in den ersten Minuten mit einer Rucksackladung an Erinnerungen überschüttet. Es kommt wesentlich seltener vor, aber manche Gastgeber halten sich im Hintergrund, versuchen gar nicht erst, mit mir zu kommunizieren, als sei ihre Überraschung oder ihr

Ärger darüber, dass ein Eindringling sich in ihrem Körper befindet, größer als ihr Wunsch, ihre zweite Chance zu nutzen.

Meine heutige Gastgeberin gehört leider zu dieser Sorte. Ich versuche es noch einmal, atme mehrmals tief durch, konzentriere mich auf meinen Herzschlag, darauf, wie das Blut durch die Venen fließt.

Na komm schon, wo bist du? Wer bist du? Wer bin ich heute?

Aber ich fühle nur Leere.

Das Handy vibriert. Diesmal kein Anruf, sondern mehrere SMS.

Endlich schaffe ich es, meine Augen zu öffnen. Instinktiv greife ich nach dem Handy und drücke darauf, doch es ist gesperrt. *Wie lautet der PIN-Code?* Ich horche in mich hinein, erinnere mich nicht. Natürlich nicht. Wie auch, diesen Code habe ich zuvor nie eingegeben, nie das Handy benutzt. Alles ist neu für mich.

Zumindest den Namen der Absenderin kann ich erkennen – Nachricht von Valentina –, ebenso die Uhrzeit und das Datum. Es ist der vierte August und damit Ferienzeit, sieben Uhr abends. Seit ich zum letzten Mal gestorben bin, sind dreiundzwanzig Stunden vergangen.

Es ist Zeit, herauszufinden, wer ich bin. Also schaue ich mich um.

Heute sitze ich in einem Jugendzimmer an einem Schreibtisch mit Laptop. Die Schultasche sowie ein Stapel Schulbücher und Ordner liegen neben dem Tisch am Boden, eine Jacke ist achtlos über die Lehne des Sessels davor geworfen worden und halb heruntergerutscht. Daneben befindet sich ein Regal gefüllt mit Büchern, Schachteln und Krimskrams.

Eine abgenutzte Couch steht zwischen Schreibtisch und Bett, vermutlich ein Second-Hand-Stück, doch der Stoff ist kaum erkennbar, so viele bunte Kissen türmen sich darauf. Neben der Couch lehnt eine Gitarre, deren Oberfläche so glatt ist, dass sie glänzt. Auf der gegenüberliegenden Seite des Raums sind die Tür sowie ein Kleiderschrank.

Nur zwei Bilder hängen an der Wand. Das eine zeigt zwei Snowboarder auf einer verschneiten Piste, das andere ist das Cover einer alten Vogue-Zeitschrift. Soweit ich es erkennen kann, hat meine Gastgeberin weder Fotos ihrer Freunde noch Familie oder irgendwelcher Popstars aufgehängt. Ganz anders als die Zimmerwände früherer junger Gastgeberinnen, die mit Postern ihrer Lieblingsbands, selbstgemachten Zeichnungen und Partyfotos tapeziert waren.

Ich lasse meinen Finger über die Wand hinter dem Schreibtisch gleiten, wo ich die Reste von Klebeband und kleine Löcher wie von Pinnadeln spüre. Die komplette Wand muss früher mit Bildern bedeckt gewesen sein, aus irgendeinem Grund hat meine Gastgeberin diese aber abgenommen.

Mal sehen, welchen Kleidungsstil sie hat. Es mag nebensächlich klingen, doch wie sich meine Gastgeberin anzieht, bestimmt, wie ich in den kommenden Tagen, vielleicht sogar Wochen aussehen werde. Doch als ich die Schranktüren öffne, sehe ich etwas weit Interessanteres als einen Haufen Kleidung, nämlich einen Spiegel in der Innentür. Ein erster Blick auf mein neues Ich.

Ich muss um die siebzehn Jahre alt sein. Langes, goldblondes Haar fällt in leichten Wellen bis über meine Schulterblätter, meine Haut ist gebräunt und ein weißer Rand rund um Augen sowie Nasenrücken erzählt von einem Sommer draußen und von Sonnenschein. Ich habe akkurat gezupfte Augenbrauen, unter denen mich ein wenig gerötete, hellbraune Augen anschauen. Sommersprossen zeichnen sich auf meinen oberen Wangenknochen ab, jedoch nur so leicht, dass ich mein Gesicht nahe an den Spiegel heranbringen muss, um sie zu sehen. Ich trage kurze Jeansshorts und ein schwarzes Shirt. Auf meinem linken Arm, gleich unterhalb des Ellenbogens, verläuft eine Narbe, die frisch zu sein scheint.

Meinem Körper nach zu urteilen, muss ich sportlich sein, denn meine Schultern und meine Kreuzpartie sind breit, mein Bauch flach. Dafür habe ich Rundungen an den richtigen Stellen. Alles in allem bin ich attraktiv, sehr sogar. Meine Gastgeberin muss den Jungs regelmäßig den Kopf verdreht haben.

Das bin jetzt ich.

Noch einmal lehne ich mich nah zum Spiegel und starre in meine braunen Augen. *Komm schon, komm.* Ich wünschte, meine Gastgeberin würde in Kontakt mit mir treten, eine kleine Erinnerung mit mir teilen, eine Emotion, irgendetwas! Aber sie bleibt stumm.

»Sofia, kommst du runter? Abendessen ist fertig!«, höre ich eine weibliche Stimme rufen. Vermutlich die Mutter meiner Gastgeberin und damit meine Mutter für den Moment.

Ich schmunzle. *Sofia.* Endlich habe ich einen Namen und das, obwohl die echte Sofia mich nachdrücklich ignoriert.

»Ich komme schon!«, rufe ich.

Ein Schritt nach dem anderen – so läuft das, wenn man sein Leben in den Schuhen immer neuer Leute verbringt. Den ersten habe ich getan, der nächste besteht darin, meine neue Mutter davon zu überzeugen, dass ich immer noch Sofia bin.

***

Es fühlt sich an wie ein Déjà-vu, als ich die Treppe hinuntergehe. Musik klingt aus dem Erdgeschoss. An der Wand im Treppenhaus hängen zahlreiche gerahmte Fotos, die ein glückliches Familienleben wie aus dem Bilderbuch zeigen. Ich sehe Sofia als kleines Mädchen mit Zöpfen, die ihr wie bei Pippi Langstrumpf vom Kopf abstehen, sowie Kinderfotos eines zweiten Mädchens und eines Jungen, vermutlich die Geschwister. Beide sind ein Stück älter als sie.

Auf einem Familienfoto, das vor einigen Jahren am Strand geschossen wurde, überragen die zwei Sofia um eine halbe Körperlänge. Daneben stehen die Eltern. Sofias Mutter sieht ihr ähnlich, dieselben blonden Haare, dieselben vollen Lippen, dazu aber helle Augen. Andere Bilder zeigen die Eltern in schicker Abendkleidung, die Kinder auf einem Karussell im Gardaland, Sofias ältere Schwester im Hochzeitskleid sowie eine große Gruppe an Menschen, vermutlich die gesamte Familie inklusive der Großeltern, aller Onkel und Tanten.

Meine neue Familie wirkt glücklich, und der Gedanke daran, wie bald diese Idylle auseinanderbrechen wird, lässt mich schlucken. *Noch habt ihr eine heile Welt, bald schon habt ihr eine tote Tochter, und es gibt rein gar nichts, das ich tun kann, um das zu ändern.*

Ich zögere einen Moment. Bevor ich die Küche betrete, horche ich noch einmal in mich hinein. *Komm schon Sofia, gib mir ein Zeichen, irgendetwas, wenigstens den Namen deiner Mutter.* Sofia bleibt stumm.

Na gut, dann eben ohne ihre Hilfe.

»Hallo, Mama«, begrüße ich Sofias Mutter.

Der kleine Küchentisch ist mit Tellern und einer Schüssel Spaghetti eingedeckt, Sofias Mutter steht an der Anrichte und bereitet Salat vor, wobei sie mir den Rücken zuwendet. Sie gibt mir keine Antwort, summt nur zur Musik aus dem Radio, während sie ihre Hüften sanft im Takt wiegt und Balsamico über den Salat träufelt.

Was soll ich jetzt machen? Mich hinsetzen? Im Türrahmen stehen bleiben und ihren Hinterkopf beobachten, an dem die Haare zu einem unordentlichen Knoten gebunden sind?

»Kann ich dir helfen?«, frage ich.

»Das wäre ja etwas ganz Neues, dass du in der Küche hilfst«, höre ich einen Mann sagen.

Im nächsten Moment schiebt sich Sofias Vater an mir vorbei in die Küche, legt seiner Frau im Vorbeigehen die Hand auf den Rücken und setzt sich dann an den Küchentisch, wo er sein Sakko abstreift und seine Krawatte lockert. Er macht den Eindruck eines typischen Geschäftsmanns: kurz geschnittene, braune Haare, eine Brille mit dünnen Rändern auf der Nase und immer in Bewegung. Sofias Mutter kichert. Sie scheint die Vorstellung witzig zu finden, dass ich ihr tatsächlich zur Hand gehen könnte. Innerlich mache ich mir eine Notiz: Keine Hilfe mehr anbieten.

Kurz darauf hat Sofias Mutter den Salat fertig angerichtet, stellt ihn auf den Tisch und bedeutet mir, mich ebenfalls zu setzen. Während sie die Spaghetti auf den Tellern verteilt, versuche ich, möglichst unauffällig Informationen zu sammeln. Am kleinen Küchentisch stehen nur drei Stühle. Die älteren Geschwister müssen also bereits aus dem Haus sein.

Sofias Vater macht keine Anstalten, sich selbst aus der Salatschüssel zu bedienen oder beim Verteilen der Spaghetti zu helfen. Vermutlich herrscht hier altmodische Arbeitsteilung: Die Frau in der Küche, der Mann ist berufstätig. Aber welcher Beruf?

»Hattest du einen guten Tag auf der Arbeit?«, frage ich Sofias Vater und hoffe, dass er wirklich einen Job hat, denn wenn nicht, wäre ich schon jetzt in das erste Fettnäpfchen getreten.

Er runzelt die Stirn, als ob ich ihn mit meiner Frage überrascht hätte. »So wie immer. Einer unserer Lieferanten hat die Ware vertauscht. Es ist ein ewiges Hin und Her. Wir haben uns schon zigmal beschwert, aber die gleichen Fehler passieren wieder und wieder.« Dabei fuchtelt er mit der Gabel in der Luft und verzieht die Lippen. » Aber ich möchte euch nicht beim Essen mit meiner Arbeit langweilen.«

»Tust du nicht, ich finde das interessant«, sage ich, woraufhin die Falten auf seiner Stirn noch tiefer werden.

Es sind zwar nur Kleinigkeiten, aber sie erweitern mein Wissen über Sofia und ihre Familie. Babyschritte, einer nach dem anderen. Sofias Vater hat vermutlich einen Bürojob, bei dem er sich um Streitigkeiten mit Lieferanten kümmert, oder er betreibt einen Laden, der auf regelmäßige Zulieferungen angewiesen ist. Sofia interessiert sich allerdings nicht für seine Arbeit und hilft auch nicht in der Küche, zumindest nicht freiwillig.

»Und wie war dein Tag?«, frage ich Sofias Mutter.

»Ganz gut, ich bin froh, dass ich im Büro heute früher losgekommen bin«, meint sie.

Aha, doch keine Hausfrau.

»Und meinen Geschwistern, wie geht es denen?«

Nun werfen mir beide Elternteile belustigte Blicke zu. An so viele Fragen scheinen sie nicht gewöhnt zu sein. Ganz abgesehen davon, dass meine Erkundigung nach den Geschwistern etwas plump aus dem Nichts kommt. Aber was soll ich machen? Wenn Sofia mir schon nicht hilft, muss ich eben anders an Informationen gelangen.

»Ganz gut« antwortet meine Mutter. »Ich habe Carla vorhin kurz erwischt und ein bisschen mit ihr geplaudert. Mit den Kindern kommt sie ja kaum noch zum Telefonieren.«

»Ja, die Kinder halten sie wirklich auf Trab«, sage ich und nicke wissend.

»Wollten sie und Antonio nicht ein Kindermädchen einstellen?«, wirft Sofias Vater ein, worauf die Mutter seufzt.

»Antonio will das, aber Carla … na ja.« Den Rest lässt sie im Raum stehen. Ich nicke trotzdem noch ein bisschen mehr. Bestätigung kann nicht schaden, und sei es nur, um Sofias Mutter zum Weiterreden zu animieren.

Damit habe ich tatsächlich Erfolg, denn sie fügt hinzu: »Ich finde ehrlich gesagt auch, dass es eine gute Idee wäre. Dann könnte sie endlich ihren Master abschließen und mit dem Doktorat anfangen.«

Sofias Vater stopft sich eine volle Gabel Spaghetti in den Mund und wiegt den Kopf. Ob dies Zustimmung oder Ablehnung bedeutet, kann ich nicht sagen. Sein Interesse an dem Thema eines möglichen Kindermädchens scheint bereits verflogen zu sein.

»Und mein Bruder?«, hake ich nach.

»Den sollte ich wieder einmal anrufen. Du weißt ja, wie das ist. Im Krankenhaus ist immer viel los.« Sofias Mutter seufzt. »Du bist heute ja ganz gesprächig. Hattest du einen guten Tag?«

»Och«, sage ich, was die beiden als Antwort akzeptieren. Sofia scheint kein Typ zu sein, der gerne plaudert, zumindest nicht mit ihren Eltern.

Fürs Erste bin ich mit meiner Ausbeute an Informationen zufrieden. Beide Geschwister scheinen Überflieger zu sein – der Bruder Arzt, die Schwester im Masterstudium, jung verheiratet mit Kindern, aber trotzdem in der Lage, ein Kindermädchen zu finanzieren. Ich frage mich, was Sofias Rolle in dieser Familie ist. Ist sie die ambitionierte kleine Schwester, die mit dem ständigen Druck lebt, dem Vorbild ihrer Geschwister zu folgen, oder ist sie die verwöhnte Nachzüglerin, die ihr Leben in vollen Zügen genießt?

Gemessen an der Familienidylle, die im Treppenhaus dargestellt wird, haben Sofia und ihre Eltern sich überraschend wenig zu sagen. Das gemeinsame Abendessen verläuft schweigsam, geradezu unpersönlich.

Nachdem wir das Essen beendet haben, holt Sofias Vater sich ein Glas Wein und zieht sich damit in das angrenzende Wohnzimmer zurück, wo er den Fernseher einschaltet, und ihre Mutter räumt den Tisch ab. Ich greife nach einem Teller, lasse meine Hand dann aber sinken. Sofia hilft normalerweise nicht im Haushalt, also sollte ich es auch nicht tun.

»Ich, ähm, gehe dann mal nach oben.«

»Triffst du dich noch mit Valentina?«, fragt Sofias Mutter.

Valentina, die Anruferin von vorhin, die Sofia so dringend erreichen wollte.

»Oh, ja, natürlich. Ich weiß aber noch nicht genau, wann und wo wir uns treffen«, sage ich, darauf hoffend, dass ich eine Antwort erhalte, die mir einen Hinweis auf einen typischen Treffpunkt liefern könnte. Doch sie reagiert nicht. »Vermutlich da, wo wir uns immer treffen«, füge ich hinzu.

»Viel Spaß und richte Valentina einen schönen Gruß aus«, meint Sofias Mutter nur.

»Okay, ich, ähm … bis später.«

Damit verlasse ich die Küche. Und nun? Valentina anrufen kann ich kaum, solange ich es nicht schaffe, das Handy zu entsperren, und ich habe keine Ahnung, wo sie auf mich warten wird. Soll ich einfach in die Stadt spazieren und hoffen, ihr auf gut Glück über den Weg zu laufen? Das wäre nicht nur naiv, sondern auch unproduktiv.

Ich wünschte, Sofia würde endlich ein Zeichen von sich geben, irgendetwas, damit ich weiß, dass sie hier ist – am besten eine Erinnerung an Valentinas Handynummer oder, noch besser, an den PIN-Code ihres Handys.

Aber wie zu erwarten, empfängt mich Schweigen. Wie soll ich da je herausfinden, welches unerfüllte Ziel Sofia diese zweite Chance und mir ihren Körper beschert hat? Was auch immer meine Aufgabe in ihrem Leben ist, eines steht fest: Sofia wird es mir nicht leicht machen, sie zu erfüllen.

2. Kapitel

So kommt es, dass ich durch die Nachbarschaft spaziere und darauf hoffe, Valentina über den Weg zu laufen.

Naiv und unproduktiv? Absolut! Aber in Ermangelung irgendwelcher Informationen meine einzige und somit beste Alternative.

Ein Blick auf mein gesperrtes Display verrät mir immerhin, dass ich mich an einem Ort befinde, den ich aus einem früheren Leben ziemlich gut kenne. Nämlich in Bardolino, einer kleinen Stadt am südöstlichen Ufer des Gardasees, die das ganze Jahr über von Touristen überflutet wird.

Kein Wunder, immerhin erinnern die gepflasterten Gassen der Altstadt an einen Film aus den sechziger Jahren, und die Uferpromenade, an deren Front sich ein Segelboot an das andere reiht, lädt dazu ein, jemanden bei einem Glas Rotwein in einem der zahlreichen Restaurants seine Liebe zu gestehen.

Hier unten ist der See so breit, dass er an ein Meer erinnert, und die sanften Hügel der anderen Uferseite sind höchstens als Schemen zu erkennen. Aufgrund des warmen Klimas gedeihen Palmen, die ihre Wipfel über die Uferpromenaden erstrecken.

All das sehe ich allerdings nur in meiner Vorstellung, denn Sofia und ihre Familie wohnen außerhalb der Altstadt in einer Wohnsiedlung, in der sich Einfamilienhäuser hinter Ligusterhecken verstecken. Alle meine früheren Gastgeber haben rund um den Gardasee gelebt, eine davon sogar in dieser Gegend, nur wenige Straßen weiter. Das war, als ich im Körper einer alten, bettlägerigen Dame namens Raffaela feststeckte. Eines der einsamsten Leben, die ich je geführt habe.

Lautes Hupen reißt mich aus meinen Gedanken. Eine weinrote Vespa bleibt knatternd neben mir stehen, während die Fahrerin das Visier ihres Helms hochschiebt.

»Hey, Babe!«

»Hi«, begrüße ich sie, lächle geübt und lasse meinen Blick möglichst unauffällig von ihrem Gesicht bis zu ihren Schuhen wandern. Eine schwarze Lockenmähne lugt unter ihrem Helm hervor, ihre Augen schimmern rostbraun und sind umrahmt von so langen Wimpern, dass ich mich frage, ob sie aufgeklebt sind. Dazu knallrote Lippen und übergroße Kreolen. Wie ich trägt sie Shorts, dazu aber eine eng anliegende rote Bluse mit Spitzenrand. Sie sieht mich an, ohne zu lächeln. Ob das Valentina ist?

»Alles klar bei dir? Du siehst aus, als wäre ich ein Zombie.«

»Alles gut. Ich bin nur überrascht, dass wir uns hier über den Weg laufen«, antworte ich.

»Ich auch. Hatten wir nicht gesagt, ich hole dich zu Hause ab?«, fragt sie und schaut dabei zurück zu Sofias Elternhaus. »Was machst du hier draußen?«

»Ähm.« Während ich nach einer Ausrede suche, zupfe ich an meinen Fingern. »Ich wollte einen kleinen Spaziergang machen, den Kopf freibekommen, du weißt schon.«

Meine Erklärung nimmt sie stumm nickend entgegen.

»Wollen wir los?«, frage ich, worauf Valentina abermals einen Blick zurückwirft.

»Möchtest du nicht deine Vespa holen?«

Aha, Sofia hat einen Motorroller. Das letzte Mal, dass ich selbst mit einem gefahren bin, ist schon einige Monate her, und ich möchte nicht riskieren, einen Unfall zu bauen. Ich weiß zwar, dass der Tod unausweichlich ist, aber ihn beschleunigen, will ich nicht.

»Ich dachte, ich könnte vielleicht bei dir mitfahren«, sage ich.

Valentina zuckt die Schultern und bedeutet mir, mich hinter ihr auf die Vespa zu setzen. Ohne Helm steige ich auf und wir brausen los. Valentina ist eine rücksichtslose Fahrerin, beschleunigt vor Kreuzungen und schiebt sich zwischen langsamer fahrende Autos durch. Der Wind reißt an meinen Haaren, einige Strähnen schieben sich vor meine Augen, als wir um eine Kurve brausen. Krampfhaft klammere ich mich mit einer Hand am Sitz, mit der anderen an Valentina fest. *Keine Panik!*

Es ist erst etwas über vierundzwanzig Stunden her, dass ich zum letzten Mal gestorben bin. Definitiv zu kurz, um das Gefühl des Todes abzuschütteln, und dieses neue Leben fühlt sich noch allzu zerbrechlich an.

Als wir stehen bleiben, zittere ich am ganzen Körper. Hoffentlich bemerkt Valentina nichts. Für sie soll alles wie immer sein, ein normaler Abend mit Sofia, die eine Fahrt mit der Vespa nicht zum Zittern gebracht hätte. Und tatsächlich scheint Valentina nicht aufzufallen, wie unwohl ich mich fühle. Sie rutscht vom Fahrersitz, hebt sich den Helm vom Kopf und klemmt ihn sich unter den Arm, während sie ihre Haare ausschüttelt.

»Ich hasse es, was der Helm mit meinen Haaren macht. Sehe ich aus wie Prinz Eisenherz mit Topffrisur?«, fragt sie.

»Du siehst super aus.«

Darauf schnaubt sie, doch auf ihre Lippen hat sich ein Lächeln gestohlen.

Wir stehen vor einer Bar am Rande der Altstadt. Das Gebäude erstrahlt in einem reinen Weiß, ebenso wie die Möbel, die durch das Fenster zu erkennen sind, und eine Sonnenplane, die sich quer über den Gartenbereich spannt. Umso bunter sind die Sitzsäcke, die auf dem Rasen verteilt liegen, und auf denen Gäste fläzen, überwiegend Jugendliche und junge Erwachsene.

Ich folge Valentina durch ein Gartentor, und wir lassen uns auf zwei farbenfrohen Sitzsäcken im Zentrum nieder. Zwischen uns steht ein niedriges Tischchen, ebenfalls in Weiß. Sanfte Jazzmusik erfüllt die Luft. Seufzend lehnt sie sich zurück, kramt eine Sonnenbrille aus ihrer Handtasche und schiebt sie sich auf die Nase. Obwohl es schon Abend ist, steht die Sonne hoch am Himmel, und ich wünschte, ich hätte ebenfalls eine Brille eingepackt. So bleibt mir nur, meine Augen mit den Händen abzuschirmen.

Als ich so, gegen die Sonne blinzelnd, dasitze, streift mein Blick eine Gruppe Jugendlicher am Rand des Gartens, und mein Magen macht einen Sprung, als ob ich in einer Achterbahn säße, die in diesem Moment die Schienen hinuntersaust. Das Gefühl verschwindet innerhalb einer Sekunde, doch es war da, unverkennbar, und es kam nicht von mir, sondern von Sofia.

Soso, du bist doch hier, denke ich. Eigentlich hätte ich diese Art von Gefühl schon viel früher spüren sollen, doch selbst bei einer Gastgeberin wie Sofia, die mich ignoriert, kommen

Gefühle und Erinnerungen früher oder später hoch. Ich muss nur etwas finden, das ihr nah genug geht, um diese auszulösen. Oder jemanden.

Die Kommunikation mit meinen Gastgebern ist eine komplizierte Sache. Theoretisch können sie mir Informationen wie ihren Namen, ihr Alter oder ihren Beruf schicken. Diese sind plötzlich in meinem Kopf, als wären sie schon immer dagewesen. Alles andere – Gefühle, Momente, Beziehungen und auch ihr Ziel – können sie mir mittels Erinnerungen nahebringen.

Praktisch funktioniert das nur bei den wenigsten einwandfrei. Manche wollen mir zwar Informationen schicken, schaffen es aber nicht. Vor allem bei jüngeren Gastgebern ist das so. Andere überfluten mich mit so viel Wissen, dass es schwer ist, herauszufinden, was ihr eigentliches Ziel ist. Wieder andere versuchen erst gar nicht, mir ihre Erinnerungen zu vermitteln, aus Scham oder Angst, weil sie nicht bereit sind, ihre privatesten Momente mit mir zu teilen.

In diesem Moment kommt die Kellnerin und nimmt unsere Bestellung auf: Cola für mich, ein Glas Aperol Spritz für Valentina. Bei meiner Bestellung zieht Valentina die Augenbrauen hoch.

»Ich, ähm, ich denke, ich würde doch gerne auch einen Aperol bekommen«, schwenke ich um, woraufhin Valentina lächelt.

»Wo hast du dich denn die letzten Wochen herumgetrieben?«, fragt sie.

»Hier und da«, weiche ich aus. Bedeutet ihre Frage, dass Sofia vor Kurzem auf Reisen war, oder ist das nur ihre Art, sich danach zu erkundigen, wie es mir geht? »Und du?«

»Oh, ich war immer hier«, antwortet sie, und bilde ich es mir ein oder klingt sie gereizt?

Obwohl ich nicht nachfrage, erzählt sie weiter: »Letzte Woche hatte Renata ihre Sweet-Seventeen-Party, da ging es ganz schön ab. Du hast was verpasst, wirklich. Es waren sicher sechzig Leute da, unsere halbe Klasse, Alessio und seine Jungs …«

Während sie redet, versuche ich unauffällig einen Blick auf die Gruppe Jugendlicher am Rand zu erhaschen. Sieben Personen etwa in Sofias Alter, zwei Mädchen, fünf Jungen, von denen mir bis auf einen alle den Rücken zugedreht haben. Beide Mädchen haben langes, glattes Haar und könnten als Schwestern durchgehen. Ein Junge mit gedrungenem Oberkörper und raspelkurzen Haaren beugt sich nahe an sie heran und gestikuliert lebhaft, während er etwas erzählt. Den Anblick nimmt Sofia neutral hin, sie ist so stumm und abwesend wie seit meinem ersten Moment in diesem neuen Körper.

Neben ihnen steht ein schlanker Junge, dessen Haare zu einem Irokesen aufgestellt sind und in dessen Ohrlöchern Tunnel stecken. Seine Gesichtszüge sind für einen Mann überraschend fein gearbeitet, doch auch bei seinem Anblick bleibt Sofia kalt.

»Aber das wüsstest du natürlich, wenn du dort gewesen wärst«, beendet Valentina ihren Bericht und funkelt mich angriffslustig an.

Was wüsste ich? So ein Mist, ich war so abgelenkt, dass ich keine Ahnung habe, wovon sie gesprochen hat.

Die Kellnerin rettet mich, indem sie zwei Gläser auf dem Tischchen zwischen uns abstellt, die bis zum Rand mit orangefarbener Flüssigkeit gefüllt sind.

»Danke«, sage ich, greife mir mein Glas und halte es in die Luft. »Auf einen schönen Abend! Salute!«

Valentina verzieht den Mund, greift sich dann ebenfalls ihr Glas und stößt mit mir an.

»Ich war überrascht, dass du dich gemeldet hast«, sagt sie, nachdem die Kellnerin gegangen ist.

»Ach ja?«

»Na ja, nach den letzten Wochen Funkstille hatte ich nicht mehr mit einer Nachricht von dir gerechnet. Es ist nicht so, dass ich mich nicht mit dir treffen wollte, aber irgendwann wurden mir diese ganzen Ausreden, von wegen keine Zeit und Kopfschmerzen, zu viel.«

»Ich war in letzter Zeit wohl keine so gute Freundin«, stelle ich das Offensichtliche fest. Valentinas Blick verdüstert sich.

»Du warst in letzter Zeit gar keine Freundin. Was ist mit dir passiert?«

»Wie meinst du das?«

»Ich meine, dass wir uns früher fast jeden Tag getroffen haben. Oder wenigstens telefoniert. Dann fährst du zu diesem Klettercamp, und plötzlich bist du wie vom Erdboden verschwunden. Du meldest dich nicht mehr, und wenn ich dich bitte, etwas zu unternehmen, hast du entweder keine Zeit oder keine Lust.«

»Das tut mir leid.«

»Und?« Sie hebt ihre Augenbrauen.

»Und?«, wiederhole ich. Ich wünschte, ich könnte mehr tun, als ihre Frage dümmlich zurückzugeben.

Valentina schüttelt schnaubend den Kopf, sodass ihre Locken nur so fliegen.

»Was war das für ein Camp?«, will ich wissen. Zum Teil aus echtem Interesse, zum Teil, um mir Valentinas Vorwürfe nicht mehr anhören zu müssen. Denn denen habe ich wenig entgegenzusetzen.

Valentinas erste Reaktion besteht aus einem Augenverdrehen. »Was ist das denn für eine Frage?«, grummelt sie.

»Sorry.« Ich weiß ja, dass ich eigentlich wissen müsste, wovon sie spricht. »Ich war nur gerade unsicher, welches Camp du meinst.«

»Verarschst du mich?« Als ich ihr keine Antwort gebe, legt sie den Kopf schief. »Na, dein Klettercamp! Zehn Tage klettern in den Dolomiten mit einem Haufen anderer Kletterverrückter. Oder hast du noch bei irgendwelchen anderen geheimen Camps mitgemacht?«

Mit verlegenem Lächeln schüttle ich den Kopf. Ich bin hin- und hergerissen zwischen dem Wunsch, mehr über das Klettercamp herauszufinden, und dem Verlangen, die Jugendlichen am Gartenrand weiter zu beobachten. Denn während weder Valentinas Gegenwart noch unser Gespräch die winzigste Gefühlsregung bei Sofia auslöst, hat sie auf diese Gruppe reagiert. Das bedeutet, dass einer von ihnen etwas mit ihrem letzten Wunsch zu tun hat. Zumindest hoffe ich das.

Wie automatisch wandert mein Blick zurück zu ihnen. Zwei der Jungs, die mir vorhin den Rücken zugedreht haben, wenden mir nun ihr Profil zu. Der eine hat eine markante Nase, dunkle Haut und helle Haare, die ihm fransig in die Stirn fallen. Der andere hat dicke Augenbrauen und schwarze, lockige Haare, die an den Seiten kürzer geschnitten sind, eine gerade Nase und ein schmales Kinn. Als mein Blick auf ihn fällt, passiert es: Mein Magen krampft sich zusammen, Hitze steigt von meiner Bauchgegend in die Brust auf und im nächsten Augenblick kommt eine Erinnerung hoch.

Sie ist so klar, als sei es meine eigene, und doch fühle ich, dass sie jemand anderem gehört. Ich habe sie mir nur ausgeliehen, genauso wie diesen Körper.

Ich sehe Felswände, grau und harsch, die von der untergehenden Sonne mit einem rötlichen Schimmer überzogen werden. Dahinter ein blassvioletter Himmel. Ich rieche Blätter und Wald, Erde und Feuer. Eine kalte Brise streift mir über den Rücken, sodass sich die Härchen auf meinen Armen aufrichten.

Schon ist dieser Moment vorbei, die Erinnerung verschwunden. Ich spüre Sofias Ärger in meinem Bauch brodeln. Sie will nicht, dass ich in ihren Gedanken stöbere. *Das ist deine zweite Chance*, denke ich. *Hindere mich nicht daran, sie für dich zu nutzen.*

»Oder gibt es da irgendetwas anders, das du mir nicht erzählst? Ein Kerl vielleicht wieder?« Valentina nimmt einen Schluck und sieht mich über den Rand des Glases hinweg an.

Meinen kurzen Ausflug in Sofias Erinnerungswelt hat sie offenbar nicht bemerkt.

»Nein, kein Kerl«, antworte ich, obwohl ich das gar nicht mit Sicherheit weiß. So wie Valentina ihre Frage betont hat, scheint sie es für durchaus denkbar zu halten, dass ein Mann hinter Sofias Verschlossenheit steckt. Möglicherweise der Junge mit den Locken und den dicken Augenbrauen?

»Ich war in der letzten Zeit mit den Gedanken einfach woanders. Ich habe dich vermisst«, sage ich, denn irgendetwas muss ich antworten, und obwohl ich mir fast sicher bin, dass meine Aufgabe nicht darin besteht, Sofias Freundschaft mit Valentina zu retten, kommt es mir richtig vor, es zumindest zu versuchen.

»Ich habe mich ja auch gefreut, dass du dich gemeldet hast«, meint Valentina deutlich sanfter. »Aber ein bisschen mehr als ›Ich habe dich vermisst‹ habe ich zur Erklärung schon verdient, oder? Was wolltest du mit mir besprechen? Deine Nachricht klang, als ob es dringend wäre.«

»Ich, ähm … Könntest du mir die Nachricht zeigen, die ich dir geschrieben habe?«

»Klar«, gibt sie sarkastisch zurück.

»Bitte.«

»Das ist dein Ernst?« Ein paar Sekunden lang schaut sie mich entgeistert an, schüttelt dann den Kopf. »Ich habe keine Ahnung, wozu das gut sein sollte.«

Doch sie tut mir den Gefallen und reicht mir ihr Handy, sodass ich die Konversation lesen kann, ein paar kurze Nachrichten nur.

- Sofia: Vale, können wir uns treffen? Ich muss dir etwas Wichtiges erzählen. Thx.

Dem Datum nach ist die Nachricht vor zwei Tagen geschickt worden.

- Valentina: Worum geht es?

- Sofia: Das muss ich dir persönlich erzählen. Hast du dieses Wochenende Zeit?

- Valentina: Weiß ich noch nicht, bin zu R's Geburtstagsparty eingeladen. Freitagabend. Kommst du?

- Sofia: Wie wäre es dann am Samstag? Ich fahre in den nächsten Tagen weg und es ist wichtig, dass wir uns davor treffen. Bitte.

- Valentina: Na gut, Samstag um acht. Ich hole dich ab. Works?

- Sofia: Works. Danke, Vale!

Sofia wollte also wegfahren?

Die nächsten drei Nachrichten sind von Valentina und vor wenigen Stunden abgeschickt worden. In ihnen erkundigt sie sich, ob das Treffen weiterhin steht.

»Ich wollte eigentlich nicht kommen, aber du hast *Bitte* geschrieben. Du sagst nie bitte«, erklärt Valentina, während ich lese.

Ich erwarte, Bitterkeit oder Ärger aus ihrer Stimme zu hören, aber da ist nichts. Ihre Aussage ist kein Vorwurf, nur eine Feststellung. Sofia sagt nicht bitte.

So unauffällig wie möglich scrolle ich nach oben. Die letzte Nachricht in diesem Verlauf ist zwei Wochen alt und ebenfalls von Valentina. Eine Einladung zum gemeinsamen Abendessen, auf die sie keine Antwort erhalten hat. Davor sehe ich mehrere Texte, in denen Valentina sich erkundigt, wie es Sofia geht, oder in denen sie Sofia zu irgendwelchen Veranstaltungen einlädt. In einer Nachricht schreibt sie, dass sie Sofia vermisst. Abgeschickt um drei Uhr nachts an einem Samstag mit mehreren Tippfehlern. Vermutlich war Valentina betrunken. Auf keine ihrer SMS hat sie eine Antwort erhalten. Kein Wunder, dass sie nach dieser Funkstille wütend auf Sofia ist.

»Also, was wolltest du mir erzählen?«, fragt Valentina.

Wenn ich das bloß wüsste.

»Du hast vorhin gesagt, dass ich mich verändert habe«, weiche ich in dem Versuch aus, mehr darüber zu erfahren, was in letzter Zeit in Sofia vorgegangen ist. »Wann genau ist das passiert?«

»Keine Ahnung. Nach dem Klettercamp, denke ich.« Valentina zuckt mit den Schultern.

Allein das Wort Klettercamp löst ein nervöses Kribbeln in meiner Magengegend aus. Das muss etwas bedeuten.

»Könntest du mir erzählen, wie ich vor dem Klettercamp war, also als Freundin, und wie danach? Wie genau ich mich verändert habe, meine ich.«

»Darum wolltest du mich so dringend sprechen?!«, fragt Valentina. Sie beißt sich auf die Unterlippen und wendet den Blick von mir ab. Wie es aussieht, kommt sie sich ziemlich veralbert vor.

»Ja. Und auch, weil ich dich vermisst habe«, versuche ich, ihr gut zuzureden. Als Valentina bloß die Lippen schürzt, erkläre ich: »Ich habe viel nachgedacht in den letzten Tagen. Du hast recht damit, dass ich mich verändert habe. Um ehrlich zu sein, weiß ich gerade nicht mehr, wer ich wirklich bin.« Das entspricht sogar der Wahrheit. »Mir ist klar, dass meine Bitte vermutlich verrückt klingt, aber es würde mir helfen, aus deiner Sicht zu hören, wie ich mich verändert habe. *Bitte*«, füge ich hinzu und tatsächlich wirkt dieses Wort Wunder.

»Na gut. Aber nur, dass du's weißt: Du bist heute echt komisch.« Sie nimmt einen Schluck von ihrem Aperol, bevor sie sich in dem Sitzsack zurücklehnt und die Finger miteinander verschränkt. »Im Grunde gibt es da nicht viel zu erzählen. Du warst plötzlich einfach nicht mehr da. Als Freundin, meine ich. Du bist in der Versenkung verschwunden, hast dich nicht mehr gemeldet. Gott, Sofia, du warst echt nicht mehr du selbst!«, faucht sie und ich halte inne. »Ernsthaft, wer löscht bitte sein Instagram und Facebook?«

»Ähm.«

Ohne sie genauer zu kennen, hätte ich Sofia als jemanden eingeschätzt, dem sein Image auf den sozialen Medien wichtig ist. Ich hätte erwartet, Unmengen an hübschen Fotos zu sehen, für die sie vermutlich stundenlang posiert hat. Dass Sofia ihre Accounts deaktiviert hat, muss etwas bedeuten.

»Alles nach diesem verdammten Camp«, fährt Valentina mit frustriertem Unterton fort. »Du hast nicht mal angerufen, nachdem du zurück warst, und auf meine Nachrichten hast du auch nicht reagiert. Ich war Luft für dich! Erst habe ich sogar nach Ausreden für dich gesucht. Dass du traurig bist, weil du wegen deines Armes nicht mehr klettern kannst oder so. Aber das ist kein Grund, in der Versenkung zu verschwinden. Weißt du, du kannst Freunde nicht einfach wie Luft behandeln und erwarten, dass sie deine Freunde bleiben, das kannst du nicht!«

»Es tut mir leid. Wirklich!«, beteuere ich.

Die echte Sofia zeigt keinerlei Gefühlsregungen. Wie schafft sie es, bei den Worten ihrer Freundin dermaßen kalt zu bleiben? Ist Valentina ihr egal? Trotzdem möchte ich diese Freundschaft für sie flicken, soweit mir das möglich ist. Wenigstens eine gute Tat, die ich vollbringen kann.

»Ich weiß, dass ich schrecklich zu dir war, vor allem in den letzten Tagen, und es gibt nichts, was ich sagen oder tun könnte, um das wiedergutzumachen. Ich hoffe trotzdem, dass wir das irgendwie hinter uns lassen und wieder Freundinnen sein können. Das ist der Grund, warum ich mich mit dir treffen wollte. Um mich zu entschuldigen.«

Valentina lässt sich Zeit mit einer Antwort, wägt ab, wie ernst gemeint meine Worte sind. Obwohl ich weiß, dass es feige ist, weiche ich ihrem Blick aus, wobei meine Augen wie automatisch zurück zu der Gruppe Jugendlicher wandern. Der Junge mit den schwarzen Locken hat mir wieder den Rücken zugedreht, sein Oberkörper bewegt sich leicht vor und zurück, während er mit den anderen redet.

Ob er meinen Blick im Nacken spürt? Gut möglich, denn im nächsten Augenblick dreht er sich um. Als sich unsere Blicke treffen, kribbeln meine Wangen – oder ist es Sofia, die ich spüre? Sofia und ihre Überraschung, ihre Wut, ihre Scham?

Mit einem Mal überkommt mich ein Wirbel aus Gefühlen, die dermaßen ineinander verwoben sind, dass ich es nicht schaffe, die einzelnen Eindrücke herauszufiltern. Wieder schiebt sich das Bild der vom Sonnenuntergang rot bemalten Felsen vor mein Sichtfeld.

Dann verändert sich die Szenerie, das Rot der Felsen verblasst zu einem gewöhnlichen Grau, der Wind legt sich und die Sonne wandert vom Horizont zum Zentrum des Himmels. Eine neue Erinnerung, begreife ich, und ich bin mittendrin, fühle, was Sofia gefühlt hat, und denke ihre Gedanken.

Meine Muskeln ächzen vor Anstrengung. In den Waden und Fingerspitzen spüre ich ein Brennen. Ein Gurt schneidet sich in meine Oberschenkel und meinen Hintern ein. Als ich an mir hinunterschaue, sehe ich, dass ich in einen Klettergurt eingespannt bin. Meine Füße stecken in Kletterschuhen, die so eng sind, dass ich die Zehen einrollen muss. Ich stehe auf einem winzigen Felsvorsprung, kaum größer als ein Zwanzigcentstück. Die Spitze meines rechten Fußes hält den Großteil meines Körpergewichts, während ich mit dem linken Fuß nach einem sicheren Auftritt suche.

Meine Handflächen sind weiß vom Chalk, meine Finger von der Anstrengung gerötet. Ich möchte höher klettern, den nächsten Vorsprung erreichen. Ich kann es schaffen! Aufgeben ist keine Option, vor allem nicht, weil mir die anderen Campteilnehmer zusehen.

Kurz schaue ich nach unten zu Giulio, dem Jungen mit den schwarzen Locken, der mich sichert. An seinen Namen erinnere ich mich nun klar wie an Regenwasser. Er steht einen Meter neben der Wand, das Sicherungsseil in beiden Händen, und schaut zu mir nach oben. Er studiert jede meiner Bewegungen so ernst, dass sich nicht einmal der Funke eines Lächelns auf seine Lippen stielt.

Dafür lächle ich selbstsicher und verführerisch, und ich zwinkere ihm zu, bevor ich mich wieder auf die Wand konzentriere. Auf den Felsen und auf meinen nächsten Schritt, den nächsten Griff.

Endlich habe ich einen sicheren Tritt gefunden. Ich drücke mich mit der Wade nach oben, suche nach einem geeigneten Halt für meine Finger, da höre ich ein leises Knirschen. Der winzige Felsvorsprung unter meinem linken Fuß gibt nach, ein Stein bricht ab, bröckelt nach unten, und mein Fuß rutscht ab. Ich drücke mich gegen die Felswand, suche nach Halt, finde keinen. Mist!

Meine Finger lösen sich von der Wand. Den einen Arm strecke ich zur Seite aus, um Giulio das Zeichen zu geben, dass ich eine Pause benötige, und ich lasse mich nach hinten fallen. Nur einen Moment des Verschnaufens, um mich in meinem Gurt auszuruhen, während er für mich das Seil hält. Doch als ich den Griff von der Wand löse, fängt mich das Sicherungsseil nicht. Wo ich den Halt des Gurts spüren müsste, empfängt mich Leere.

Mein Magen überschlägt sich, während ich ungebremst nach unten sause. Ich falle! Was ist los? Wieso hält Giulio mich nicht?

Das Bild der Felswand verschwimmt, die Panik ebbt ab. Dafür fühle ich Ärger, gefolgt von blubbernder Euphorie in mir hochsteigen, als eine andere Erinnerung sich vor diese schiebt. Beide Gefühle kommen direkt von Sofia. Ich bin vor allem überrascht. Dass sie nun eine zweite Erinnerung mit mir teilt, obwohl sie mich bisher vehement ignoriert hat, kommt unerwartet. Ob sie es in dem Versuch tut, mich von der vorherigen Erinnerung abzulenken? Wieso? Warum darf ich nicht wissen, was an der Felswand passiert ist? Meine Fragen verpuffen, als ich von der neuen Erinnerung eingehüllt werde.

Rund um mich herum ist es dunkel, doch ich höre ein Kichern. Nein, nicht irgendein Kichern. Sofias Kichern. Mein Kichern. Als ich die Augen öffne, sehe ich mir gegenüber eine jüngere Version von Giulio. Sein Haar ist länger, die Locken fallen ihm bis zum Kinn, ein leichter Bartflaum bedeckt seine Oberlippe. Vermutlich der erste Versuch, sich einen Bart wachsen zu lassen.

Giulio schwankt – genauso wie das Poster der Rolling Stones an der Wand, wie die Deckenleuchte und die Grappaflasche in Giulios Hand. Oder bin ich es, die schwankt?

Wieder kichere ich, kippe nach vorn und stütze mich an Giulios Schulter ab. Er fängt mich mit beiden Händen auf und drückt mich sanft zurück, bis ich wieder halbwegs gerade sitze.

»Weißt du, was faszinierend ist?«, fragt er, wobei seine Stimme langsam und weich klingt.

»Bananen?«, frage ich.

»Nein.«

»Hmm. Regenbögen?«

»Das Universum«, lallt Giulio. »Hast du mal über das Weltall nachgedacht? Es hat kein Ende, und wenn es ein Ende hat, was kommt nach diesem Ende?«

Einen Moment lang halte ich inne, schließe die Augen, um die sich drehende Welt auszublenden. Als ich meine Lider wieder öffne, ist Giulio so nahe an mich herangerückt, dass sich unsere Nasenspitzen beinahe berühren und ich seinen Atem auf meinen Lippen spüre. Er riecht süßlich und abgestanden, nach Schnaps und Zucker.

Giulio schluckt und sagt dann: »Und nach dem Ende kommt das Ende vom Ende, aber was kommt nach dem Ende vom Ende vom Ende?«

Dabei wirkt er so ernst, als würde er nicht betrunken mit mir in seinem Zimmer sitzen, sondern einen wichtigen Vortrag vor einem Raum Gelehrter halten, was mich erneut zum Kichern bringt.

»Du bist lustig«, presse ich unter Lachen heraus, und im nächsten Moment kichern wir beide los. Unter meiner Handfläche fühle ich die Hitze von Giulios Haut, während er vom Lachen geschüttelt wird.

Unsere Stimmen werden leiser, die Welt hört auf, sich zu drehen, und schon ist die Erinnerung vorbei und ich bin zurück in der normalen Welt, wo mich Valentina mit großen Augen ansieht.

»Alles in Ordnung mit dir?«, fragt sie.

»Ja, ich, ähm … alles okay. Ich war nur kurz mit den Gedanken weg.«

»Das habe ich gemerkt. Du hast gekichert wie eine Irre. Hast du irgendwas eingeschmissen? Ernsthaft, Sofia, was ist heute Abend mit dir los?«

Die letzte Frage ignoriere ich. Es ist schwer, zu beschreiben, was genau passiert, wenn meine Gastgeber Erinnerungen mit mir teilen. Während ich diese Momente nacherlebe, bekomme ich von dem, was um mich herum passiert, nichts mehr mit. Doch obwohl der erinnerte Augenblick sich für mich in Echtzeit abspielt, vergehen in Wahrheit nie mehr als ein paar Sekunden, bis ich geistig zurück in der Gegenwart bin.

»Wer ist das?«, frage ich und deute zu der Gruppe Jugendlicher am Rand des Gartens, woraufhin Valentina sich umdreht.

»Meinst du Giulio und seine Clique?« Sie runzelt verwirrt die Stirn. Die Arme muss wirklich denken, ich sei auf Drogen.

»Ja, genau. Wir sind doch Freunde, nicht?«, frage ich scheinheilig.

»Wenn du es so nennen willst«, antwortet sie schmunzelnd und zwinkert mir zu.

»Ich bin gleich zurück«, murmle ich, erhebe mich von meinem Sitzsack und gehe zu Valentinas offensichtlicher Überraschung direkt auf Giulio zu. Mit jedem Schritt schlägt mein Herz schneller. Trotzdem tue ich so, als wäre ich vollkommen ruhig. Ich fühle Sofias Anwesenheit, ganz leicht nur, als dumpfes Ärgergefühl. Sie scheint nicht begeistert davon zu sein, dass ich vorhabe, den Jungen mit den markanten Augenbrauen anzusprechen. Leider – oder zum Glück – ist das Einzige, das sie dagegen tun kann, wütend in meinem Magen zu brodeln. Ob sie es will oder nicht, ihren Körper leite jetzt ich.

»Hallo«, sage ich, als ich direkt vor der Gruppe stehe. Dabei muss ich die Hände ineinander verschränken, weil ich es vor Nervosität nicht schaffe, meine Finger stillzuhalten. Sofort verstummt das Gespräch, alle wenden sich mir zu. Auf eine Begrüßung hoffe ich jedoch vergeblich. Nicht einmal Giulio sagt mir Hallo. Sein Blick ist skeptisch, geradezu feindselig.

»Hallo, Giulio. Wie geht es dir?«, frage ich.

»Ich … gut«, antwortet er steif und wartet.

Ich hatte gehofft, er würde sich freuen, mich zu sehen, seine alte Freundin Sofia, Trinkkumpanin und Kletterpartnerin, doch da habe ich mich offensichtlich getäuscht.

Nachdem einige zähe Sekunden verstrichen sind, fragt er: »Was machst du hier?«

»Ich bin mit Valentina auf einen Drink hier«, antworte ich, realisiere dann aber, dass seine Frage anders gemeint ist. Er möchte nicht wissen, was ich in dieser Bar mache, sondern was ich *hier* mache, vor ihm stehend, neben seinen Freunden, deren Gesichtsausdrücke von neugierig über abschätzig bis hin zu belustigt reichen. Die Frage, ob diese Jugendlichen meine Freunde sind, erübrigt sich. Mein Herz schlägt so laut, dass ich es in der Brust höre. Hoffentlich werde ich nicht rot, doch schon fühle ich, wie meine Wangen warm werden.

»Ich wollte nur hallo sagen. Wir haben uns schließlich schon länger nicht mehr gesehen.«

Das hier ist beileibe nicht das erste unangenehme Gespräch, das ich führe, seit meine Reise durch die Leben meiner Gastgeber begonnen hat, und ich wäre nicht ich, wenn ich wegen ein paar düsterer Blicke und fehlender Begrüßungen aufgeben würde. Also füge ich hinzu: »Seit dem Klettercamp.«

Das ist zwar nur eine Mutmaßung, aber eine, derer ich mir nach dem Gespräch mit Valentina und vor allem nach der

Erinnerung, die Sofia unfreiwillig mit mir geteilt hat, recht sicher bin. Wenn Sofia den Kontakt zu all ihren Freundinnen abgebrochen hat, dann doch sicher auch zu der Person, die sie an der Kletterwand hat fallen lassen.

»Okay«, sagt Giulio nur.

»Und? Wie geht es dir? Was gibt es Neues seit dem Camp?«, versuche ich es erneut.

Ohne großen Erfolg. Giulio schaut seine Freunde hilfesuchend an, doch zumindest tun oder sagen diese nichts, um mich zu vertreiben. Die beiden Mädchen kichern hinter vorgehaltener Hand. Wieder spüre ich den Ärger hochsteigen, dieses Mal ist es mein eigener. Zu gerne würde ich den beiden einen gepfefferten Kommentar entgegenwerfen, doch ich bin auf einer Mission. Ich muss herausfinden, welche verpasste Chance ich für Sofia nutzen soll, und bin mir mittlerweile sicher, dass Giulio und das Klettercamp eine wichtige Rolle dabei spielen. Giulios Freunde gegen mich aufzubringen, wird mir nicht helfen – genauso wenig, wie mich hier weiter lächerlich zu machen. Umringt von seiner Clique wird er ja doch nicht mit mir reden.

Also schlucke ich meinen Ärger hinunter und sage: »Okay, ich schätze, ich sollte euch nicht länger stören. Valentina wartet auch auf mich.«

Das wäre der perfekte Moment für Giulio, um mich zurückzuhalten. Er könnte mir widersprechen, mir sagen, dass ich nicht störe, mich einladen, mich gemeinsam mit Valentina zu ihm und seinen Freunden zu gesellen, oder er könnte mir zu meinem Platz folgen, um sie zu begrüßen. Aber er nickt nur. Zeit für einen Rückzug. Einen letzten Versuch wage ich noch.

»Vielleicht können wir uns in den nächsten Tagen auf einen Kaffee treffen«, schlage ich vor. »Morgen? Oder übermorgen?«

Giulios Mund öffnet sich, schließt sich wieder. Offensichtlich ist er überrascht. Ehe er Gelegenheit zu einer Antwort bekommt, verabschiede ich mich: »War jedenfalls nett, dich heute zu sehen. Einen schönen Abend noch. Und bis bald.«

Mit diesen Worten drehe ich mich um und gehe zu Valentina zurück.

»Was war das denn?«, fragt sie, sobald ich mich gesetzt habe.

»Was meinst du?«

Ich weiß ganz genau, was sie meint. Sie hätte allen Grund, wütend auf mich zu sein. Da treffe ich mich nach Wochen der Funkstille mit ihr, rede ihr irgendetwas von Selbstfindung vor und bitte sie, wieder meine Freundin zu sein, nur um sie im nächsten Moment allein sitzen zu lassen, um mit einem Jungen zu sprechen. Doch Valentinas Neugierde ist größer als ihre Bitterkeit. Vielleicht ist sie dieses Verhalten von Sofia schon gewohnt.

»Du und Giulio? Seit wann redet ihr wieder miteinander? Gibt es da etwas, das ich wissen sollte?«

»Wir haben nicht mehr miteinander geredet?«, frage ich dümmlich.

»Okay, Sofia – sag mir jetzt, was du eingeschmissen hast. Das ist doch nicht normal, dass du die ganze Zeit solche komischen Fragen stellst.«

»Ich, ähm …« Um eine Antwort verlegen zupfe ich an meinen Fingern.

Zum Glück scheint Valentina mit Stille nicht gut umgehen zu können, denn nach nur wenigen Sekunden redet sie weiter: »Ihr habt euch doch gestritten, nachdem er so eifersüchtig auf deinen Ex war. Oder bilde ich mir das jetzt ein? Hast du nicht gesagt, du willst dich mit diesem Kleinkindgetue nicht mehr abgeben, und wenn er seine Eifersucht nicht in den Griff bekommt, willst du lieber gar nichts mehr mit ihm zu tun haben?«

»Genau. Das habe ich gesagt, ja.«

Je mehr ich über Sofia erfahre, desto unversöhnlicher kommt sie mir vor. Zumindest erklärt das die Kälte, mit der Giulio mich behandelt hat. Ob seine Eifersucht der Grund dafür war, dass er Sofia an der Kletterwand nicht richtig gesichert hat?

»Also? Erzähl!«, unterbricht Valentina meine Gedanken.

»Was soll ich erzählen?«

»Na, was zwischen dir und Giulio los ist?«

»Oh, gar nichts. Ich wollte nur nett sein und mit ihm plaudern. Wir haben uns so lange nicht mehr gesehen, da dachte ich, es sei unhöflich, ihn zu ignorieren. Das ist alles.«

»Ist das Teil deiner Selbstfindung?«, fragt sie mit hochgezogenen Augenbrauen und nimmt einen Schluck aus ihrem Glas.

»So könnte man es sagen. Aber genug von mir. Ich möchte wissen, wie es dir in den letzten Wochen ergangen ist. Was macht das Leben? Was macht die Party?«

Mit meiner Frage habe ich einen heißen Punkt getroffen. Valentina wirft mir zwar einen düsteren Blick zu, plappert Sekunden später jedoch los. Ihre Wut auf mich sowie ihre Neugierde bezüglich Giulio sind schnell vergessen, während sie mir von den Eskapaden der letzten Nacht erzählt. Davon, wie sie und ein paar andere Mädchen bis sechs Uhr morgens von Bar zu Bar gezogen sind, und von dem hübschen Touristen mit den blonden Haaren und der dunklen Stimme.

Ich bemühe mich, eine aufmerksame Zuhörerin zu sein, lache an den richtigen Stellen, reiße die Augen auf, wann immer Valentina es tut, und nicke regelmäßig. Dabei habe ich Mühe, ihren Erzählungen zu folgen. Immer wieder wandert mein Blick zu Giulio.

Kurze Zeit später verlassen er und seine Freunde die Bar. Ohne Verabschiedung. Ich schaue ihnen nach, hoffe, dass Giulio sich zu mir umdreht, doch schon ist er auf seine Vespa gestiegen und fährt davon. Valentina bemerkt von alledem nichts, so tief ist sie in ihre Erzählungen versunken.

Ich trinke einen Schluck von meinem Aperol, mittlerweile schon den zweiten, und nicke weiter wie eine brave Wackelpuppe.

Wer bist du, Sofia? Die Puzzleteile, die ich bisher gesammelt habe, ergeben das Bild einer selbstsicheren, launischen, jungen Frau, die gerne auf Partys geht, tanzt und flirtet, die das Klettern liebt, und die kein Problem damit hat, ihre Freunde fallen zu lassen. Doch noch fügen sie sich nicht ineinander. Da sind zu viele Fragezeichen. Was ist zwischen Giulio und Sofia passiert? Warum hat sie sich nach dem Besuch des Klettercamps so verändert, ihre Lust am Feiern sowie ihr Interesse an ihren Freundinnen verloren? Wohin wollte sie reisen? Vor allem muss ich herausfinden, was meine Aufgabe in Sofias Leben ist.

Ja, ich habe ein paar Schritte nach vorn gemacht, habe Sofias Eltern und eine Freundin kennengelernt, Giulio getroffen und die ersten Erinnerungen und Informationen gesammelt. Doch davon, Sofias zweite Chance erfüllen zu können, fühle ich mich meilenweit entfernt.

Ich nehme einen weiteren Schluck aus dem Glas, einen tiefen diesmal, und schließe die Augen. Ich denke an Sofia, während Valentinas Stimme mich langsam einlullt.

3. Kapitel

Ich erwache mit einem flauen Gefühl im Magen und einem bitteren Geschmack im Mund. Meine Zunge fühlt sich pelzig an.

Wo bin ich? Wer bin ich?

Es dauert einen Moment, bis ich mich orientiert habe. Ich bin Sofia, siebzehn Jahre alt, langes, blondes Haar, verführerisches Lächeln, begeisterte Kletterin, schlechte Freundin. Zumindest bin ich das heute.

Stöhnend setze ich mich im Bett auf und schaue an mir hinab. Ich trage die Kleidung von gestern, nur die Schuhe habe ich ausgezogen und neben dem Bett auf den Boden geworfen. Ein Blick auf das Handydisplay verrät mir, dass es zwei Uhr nachmittags ist. Trotzdem fühle ich mich, als bräuchte ich mindestens fünf weitere Stunden Schlaf.

Mein Magen zieht sich beim Gedanken an die gestrige Heimfahrt zusammen. Daran, wie Valentina und ich schwankend auf ihre Vespa zugingen. Wie Valentina sich den Helm erst verkehrt aufsetzte und den Schlüssel zweimal fallen ließ, bevor sie die Vespa startete. Wie wir kichernd aufstiegen und in Schlangenlinien nach Hause fuhren. Das war unverantwortlich von mir! Ich weiß doch, wie nahe mir der Tod ist und wie schnell er zuschlagen kann. Es hätte nur einen unachtsamen Autofahrer auf der

Gegenfahrbahn gebraucht, eine zweite Vespa wie die unsere oder ein Schlagloch im Boden, und es wäre das Ende für uns beide gewesen.

Als ich die Vorhänge aufziehe, schlägt mir Sonnenlicht entgegen. Sofort kneife ich die Augen zu. Für den neuen Tag fühle ich mich noch weniger gewappnet als gestern.

Leise trete ich aus dem Zimmer, bemüht, keine Geräusche zu verursachen, während ich die Treppe nach unten gehe. Wie Sofias Eltern wohl darauf reagieren werden, dass ihre Tochter erst spät in der Nacht und ohne ein Wort nach Hause gekommen ist? Ob ich mir eine Standpauke eingehandelt habe? Doch ich finde die Küche sowie das Wohnzimmer leer vor. Wie es aussieht, bin ich allein zu Hause.

Das verschafft mir etwas Zeit, um weiter in Sofias Leben zu stöbern. Getreu meiner Regel, einen Schritt nach dem anderen zu gehen, bereite ich erst mal Kaffee vor. Während ich der Kaffeemaschine dabei zuhöre, wie sie vor sich hin gurgelt, versuche ich, meine Gedanken zu ordnen.

Ich habe eine lange Nacht in der Bar hinter mir. Valentina und ich haben einen Aperol Spritz nach dem anderen geleert, haben gelacht und aus einem kleinen Becher Chips genascht, während wir über vergangene Partys und unsere Mitschüler getratscht haben. Das heißt, Valentina hat das Reden übernommen, während ich genickt habe. Sie hat es sichtlich genossen, das Wort zu führen.

Gut so, denn dadurch habe ich erfahren, dass Sofia und Giulio jahrelang die besten Freunde waren, bis sie vor einem Dreivierteljahr plötzlich den Kontakt zueinander abbrachen. Sofia hat nie erzählt, was genau zwischen ihnen vorgefallen ist, doch Valentina ist überzeugt, dass es mit Sofias damaligem Freund zu tun hat, einem sechs Jahre älteren Studenten namens Bernie, mit dem Giulio anscheinend ein Problem hatte. Giulio und Bernie konnten sich laut Valentina von Anfang an nicht ausstehen, was sich zuerst nur in gegenseitigem Anschweigen zeigte und in einem Streit gipfelte, in dem Sofias Exfreund Giulio an den Kopf warf, er sei ein kleiner Junge, der sich erst mal einen Bart wachsen lassen sollte.

Die echte Sofia zeigte während dieser Geschichte keine Gefühlsregung, doch zumindest Valentinas Theorie kenne ich nun. Die besagt, dass Giulio in Sofia verliebt war und sie diese Gefühle nicht erwidert hat, was schlussendlich zum Bruch der Freundschaft geführt hat.

Die Frage danach, ob zwischen Sofia und Giulio etwas gelaufen ist, wiederholte Valentina so oft und vehement, dass ich mittlerweile davon überzeugt bin, dass etwas Wahres an ihrer Theorie sein muss.

Gerne würde ich glauben, dass Sofia im Zuge ihrer zweiten Chance entweder die Freundschaft mit Giulio kitten, den Streit aus der Welt schaffen oder ihm ihre Gefühle gestehen möchte. Doch das würde weder Sofias beharrliche Stille erklären noch die Veränderung, die sie nach dem Klettercamp durchgemacht hat, oder ihre kryptische Nachricht an Valentina.

Dann ist da die erste Erinnerung von Giulio und Sofia an der Kletterwand. Ob sich Sofia beim Sturz von der Felswand den Arm gebrochen hat? Ein Sicherungsfehler, der dazu führte, dass Sofia nicht mehr klettern konnte?

Grund genug, um die Freundschaft mit Giulio zu beenden? Vermutlich. Es erklärt jedoch nicht, warum sie nach dem Klettercamp den Kontakt zu ihren Freundinnen abgebrochen hat.

Während ich den Kaffee trinke, schlendere ich durch das Wohnzimmer und in einen angrenzenden Raum, der Arbeitszimmer und Abstellkammer in einem ist. An der Wand hängen Poster von Punk-Bands. Vermutlich war dies das Zimmer eines der älteren Geschwister. Erinnerungen kommen hier keine hoch, und auch Hinweise auf Sofias Geheimnis finde ich nicht.

Also gehe ich zurück in Sofias Zimmer. Dort nehme ich mir zuerst ihren Laptop vor, doch der ist, genauso wie das Handy, passwortgeschützt. Ich probiere verschiedene Kombinationen aus, gebe Sofias Namen ein, versuche es mit einfachen Zahlenfolgen – 1234, 6969 oder 1000.

Seufzend lege ich die Stirn in die Handfläche. Das bringt doch nichts! Ich muss nachdenken – wer oder was ist Sofia wichtig genug, um als ihr Passwort verwendet zu werden? *Giulio*, schießt es mir durch den Kopf, und ich tippe seinen Namen ein. Wieder falsch und wieder seufze ich. Ohne Sofias Hilfe und ohne sie besser zu kennen, werde ich ihre Passwörter sicher nicht knacken.

»Bitte, Sofia. Bitte, bitte, bitte«, flüstere ich und bin kein bisschen überrascht, dass sie nicht reagiert.

Als Nächstes untersuche ich das Regal, in dem sich neben Büchern, leere Schulordner, zwei Boxen und ein Globus in Schädelgröße befinden. Auf der Globusoberfläche sind mit Kugelschreiber mehr als zwei Dutzend Orte mit Kreuzchen markiert worden: Sydney und Brisbane in Australien, Tokio, Peking, zwei thailändische Inseln und eine Handvoll weiterer Städte in Asien, Reykjavik, New York, Chicago und Las Vegas sowie ein Haufen südamerikanischer Städte, deren Namen unter den Kugelschreiberkreuzchen verschwinden.

Reiseziele, vermute ich, und sofort kommt mir Sofias Nachricht an Valentina in den Sinn, in der sie ihr erzählt hat, dass sie bald wegfahren würde. Hatte sie vor, zu einem dieser Ziele aufzubrechen? Alle liegen weit entfernt, zu weit für einen spontanen Trip ohne Planung und vor allem, ohne irgendetwas zu packen. Doch vielleicht war es diese Art von Abenteuer, die Sofia reizte. Wie schade, dass sie keine Gelegenheit bekommen wird, auch nur eines ihrer Reiseziele zu besuchen.

Auf mich trifft dasselbe zu. Ich bezweifle, dass ich den Lago di Garda jemals verlassen werde, denn bisher lebten alle meine Gastgeber rund um diesen See. Vermutlich hat es mit meinem ersten Leben zu tun. Mit meinem ersten Körper, von dem ich mich nicht zu weit entfernen darf.

Die Bücher im Regal sind größtenteils Kinderbücher. Dazwischen finden sich nagelneu aussehende Ausgaben klassischer Literatur, wie man sie im Schulunterricht liest. Lesen gehört offensichtlich nicht zu Sofias Hobbys. Daher lenke ich meine Aufmerksamkeit von den Büchern zu den zwei Kisten, öffne erst die größere, in die alte Kuscheltiere, mit dem Kopf nach unten und mit verdrehten Gliedmaßen, gestopft wurden, dann die kleinere, in der ich Plastikarmbändchen, Haargummis, halbvolle Kaugummipackungen und anderen Krimskrams finde. Wieder nichts, das mir einen Hinweis auf Sofias Persönlichkeit liefert oder ihr eine Gefühlsregung entlockt.

Seufzend nehme ich mir den Schreibtisch vor. In der Hoffnung, einen Notizzettel mit Sofias Passwörtern oder etwas Ähnliches zu finden, wühle ich mich durch kleine Papierberge. In der obersten Schublade finde ich einen Flyer des Klettercamps: *Go High!* Dieser Slogan prangt dick und rot quer über dem Bild einer Bergkette ähnlich der aus Sofias Erinnerung. *Bingo,* denke ich und schlage den Flyer auf, um zu lesen, was es mit dem Camp auf sich hat.

Go High! ist ein Klettercamp in den Dolomiten für Jugendliche und junge Erwachsene zwischen fünfzehn und einundzwanzig Jahren. Die Teilnehmer werden in einer Unterkunft nahe der Kletterhänge im Tellina-Tal untergebracht, Verpflegung und die Benutzung der Indoor-Kletterwände sind inklusive. Professionelle Kletterlehrer und Bergführer begleiten die Teilnehmer zu den Kletterwänden, halten Kurse ab und zeigen die »heißesten Kletter-Hotspots«.

Das alles klingt professionell und denkbar harmlos. Die Gefühlsregung, die ich mir von Sofia erhofft habe, bleibt wieder mal aus. Also heißt es weitersuchen.

Ich öffne die anderen Schubladen und krame darin herum, doch ich finde nur Kopien von Schulmaterial, Quittungen und Kritzeleien, die ohne erkennbare Ordnung in die Schubladen geschmissen wurden. Ich bin kurz davor, aufzugeben, da entdecke ich, vergraben unter einem Haufen Matheübungen, einen Stapel Fotos. Als ich ihn herausziehe, fühle ich Ärger. Es ist kein deutliches Gefühl, keine schreiende Wut. Nichts, verglichen mit dem, was ich gestern in der Bar gespürt habe, als Sofia wütend auf mich war, sondern mehr eine ferne Erinnerung an Ärger, doch es ist da.

»Hallo, Sofia«, murmle ich.

Ich bin auf der richtigen Spur! Sofia will nicht, dass ich diese Fotos sehe, also werde ich sie mir genau anschauen. Die erste Aufnahme zeigt Sofia umringt von einer Gruppe Mädchen, eines davon Valentina, am Strand, den Gardasee im Hintergrund. Alle tragen Bikinis und lachen in die Kamera. Die Ecken sind umgeknickt und weisen Reste von

Klebeband auf. Ähnlich sehen die nächsten Bilder aus. Alle haben entweder Löcher von Pinnadeln oder Reste von Klebestreifen am Rand. Viele sind eingerissen oder umgeknickt, als habe jemand sie in Eile von der Wand gerissen.

Bis vor kurzem müssen diese Bilder Sofias Schreibtischwand geziert haben. Es muss einen Grund dafür geben, dass sie sie abgenommen hat, und ich hoffe inständig, diesen Grund auf den Fotos zu finden. Während ich mich durch den Stapel arbeite, wird Sofias Wut immer deutlicher. Sie brodelt in meinem Magen.

Die meisten Aufnahmen zeigen Sofia mit ihren Freundinnen in verschiedenen Situationen, in einem Café, beim Eis essen in der Altstadt Bardolinos oder auf diversen Partys. Erinnerungen an ein Leben voller Feiern und Spaß, die sich mit meinen eigenen Erinnerungen an frühere Leben zu einem wirren Haufen an Nostalgie verweben.

Oft lächelt Sofia mit ihrem typischen sexy Blick in die Kamera, während ein junger Mann seinen Arm um sie gelegt hat. Immer ein anderer, mal blond, mal dunkelhaarig, alle mindestens einen halben Kopf größer als sie.

Familienbilder finde ich keine, dafür Kletterfotos von Sofia beim Training oder an einer Felswand. Das letzte Foto zeigt sie inmitten einer Gruppe Kletterer, unter denen sich Giulio befindet. Zwei Männer, die älter sind als der Rest der Truppe, tragen knallrote T-Shirts mit der Aufschrift *Go High!* Vermutlich die Trainer.

Die Aufnahme ist schon älter, denn Sofias Haare sind von hellblonden Strähnen durchzogen, die sich mittlerweile ausgewachsen haben. Sie muss also schon früher am selben Klettercamp teilgenommen haben.

Das ist alles? Deswegen ist Sofia so wütend geworden? Diese Bilder haben mir nichts gezeigt, das ich nicht ohnehin schon wusste.

»Verdammter Mist!«

Die Bilder rutschen auseinander, als ich sie frustriert wegwerfe. Ich lasse mich mit dem Rücken auf den Boden sinken, drücke meinen Hinterkopf gegen die Dielen und starre zur Decke.

»Warum bin ich hier, Sofia? Warum, wenn du mich doch nicht in deinem Körper haben willst?«, frage ich.

Natürlich erhalte ich keine Antwort.

Ich darf nicht aufgeben!

Wieder nehme ich das Bild, das Sofia und die Klettergruppe zeigt, schaue von einem Mitglied zum anderen, bleibe an Giulio hängen. Er steht neben Sofia und obwohl er seinen Arm nicht um sie gelegt hat, wie es die Männer auf so vielen anderen Fotos tun, obwohl er sie gar nicht berührt, ist klar, dass die zwei sich nahestehen. Ihre Oberarme berühren sich, beide lächeln.

Da verschwimmt das Bild. Vor das Gesicht des Foto-Giulios schiebt sich der Giulio aus dem diesjährigen Klettercamp, und er sieht weder fröhlich noch wie ein Freund aus.

»Was sollte der Scheiß?«, höre ich mich mit Sofias Stimme sagen. »Wolltest du mich umbringen?«

Wir stehen in einer leeren Speisehalle mit holzvertäfelten Decken und bunt gepolsterten Sitzbänken. An den Wänden hängen Poster von Profi-Kletterern und Berggipfeln. Die Speiseausgabe ist leergeräumt, genauso wie der Wagen für benutzte Tabletts. Außer uns ist niemand hier.

Giulio verdreht die Augen, während er den Kopf schüttelt. »Du bist eine Drama-Queen, Sof.«

»Eine Drama-Queen? Willst du mich verarschen? Du hättest mich fast fallen lassen!«

»Fehler passieren beim Klettern.«

»Fehler?« Meine Stimme bebt, ich muss die Tränen zurückhalten. »Das war kein Fehler, sondern Absicht!«

»Du spinnst doch«, schnaubt Giulio. Er macht Anstalten, von mir wegzugehen, doch als ich ihm folge, bleibt er abrupt stehen und dreht sich wieder zu mir um. Seine Augen sehen dunkler aus als normalerweise, falls das überhaupt möglich ist, schwarz und unglaublich kalt.

»Geh doch zu deinem Kletterlehrer und beschwer dich, wenn du ernsthaft glaubst, was du da von dir gibst.«

Nun lache ich auf. Ich wusste es doch! »Das ist es also? Du hast mich fallen lassen, weil du eifersüchtig bist?«

»Ich habe dich nicht fallen gelassen«, antwortet Giulio, wobei er jedes Wort in die Länge zieht.

»Du darfst also mit deiner kleinen Chiara rummachen, aber wenn ich mit einem Typen flirte, drehst du durch und bringst mich fast um!?«

»Wow«, sagt er, schüttelt mehrmals den Kopf. »Wow. Ich weiß ja, dass du gerne im Mittelpunkt stehst, aber jetzt gehst du zu weit.«

Damit dreht er sich erneut um und geht davon.

»Und sowas nennt sich mein Freund«, fauche ich.

Wieder bleibt er stehen, schaut zu mir zurück und hebt die Hände, als wolle er etwas sagen, überlegt es sich aber im selben Augenblick anders und wendet sich ab.

»Was?«, rufe ich, und als er mich ignoriert, ein zweites Mal, lauter: »Was?!«

Endlich schaut Giulio zu mir zurück. Die Kälte aus seinen Augen ist verschwunden. Er sieht geknickt aus. »Ich nenne mich nicht dein Freund. Wir sind keine Freunde, Sof. Schon lange nicht mehr.«

Ich schaue ihm nach, als er weggeht. Alle möglichen Beschimpfungen schwirren mir durch den Kopf, so vieles, das ich ihm entgegenwerfen könnte. Dass er es sich zu leicht macht, indem er mir die Schuld an allem gibt. Dass ich ihn als Freund gar nicht brauche. Dass seine Worte nicht über seine Eifersucht hinwegtäuschen. Dass er lächerlich ist, rachsüchtig und nachtragend. Aber ich lasse ihn ohne ein Wort ziehen. Nichts von alledem würde etwas an der Wahrheit ändern, die er eben ausgesprochen hat.

Wir sind schon lange keine Freunde mehr.

Langsam verblasst die Erinnerung. In einem Moment sehe ich Giulio, wie er davongeht, und höre Sofias Gedanken laut in meinem Kopf, im nächsten liege ich allein in ihrem Zimmer und starre an die Decke.

Es war kein Fehler. Giulio hat das Sicherungsseil absichtlich losgelassen. Weil die beiden schon lange keine Freunde mehr waren? Das allein kommt mir als Grund zu schwach vor. Irgendetwas muss vorgefallen sein, das ihn dazu veranlasste, Sofia fallen zu lassen.

Ein neuer Schritt nach vorn.

Danke, Sofia.

***

Nachdem ich meine Spurensuche in Sofias Zimmer beendet habe, versuche ich, bei einem ausgedehnten Spaziergang Erinnerungen auszulösen. Ich grase alle Orte ab, von denen ich vermute, dass Sofia irgendwelche besonderen Momente mit ihnen verbinden könnte. Die Nachbarschaft, den See, eine Handvoll Bars, die ich auf Sofias Fotos erkennen konnte. Leider ohne Erfolg.

Ich bestelle einen Espresso in einer Frühstücksbar, in der Sofia vor ein paar Wochen oder Monaten mit ihren Freundinnen posiert hat. Von dort aus laufe ich zum Hafen und schaue den Seglern dabei zu, wie sie mit ihren Yachten anlegen. Auch hier hat sich Sofia mit ihren Freunden und zwei jungen Männern ablichten lassen. Aber wie zuvor bleibt sie abwesend.

Sogar über den wöchentlichen Markt schlendere ich. Tischdecken mit Klatschmohn-Muster, Porzellan für das perfekte Pasta-Abendessen, Babykleidung, Modeschmuck und Strandkleidchen reihen sich aneinander, und die Marktschreier preisen ihre Waren an oder feilschen mit den Touristen. Weiter hinten befinden sich Wagen, in denen Käse, Salami oder Fisch verkauft werden. Ein besonders hartnäckiger Verkäufer versucht, mir eine Flasche Grappa anzudrehen.

»Ich mach dir einen Spezialpreis, Bellissima!«, ruft er. Ich lasse ihn stehen.

Komm schon, Sofia, denke ich. Lass mich wenigstens durch eine kleine Gefühlsregung spüren, dass du noch da bist.

So schnell lasse ich mich allerdings nicht entmutigen. Zumindest nicht, solange ich noch eine Idee in petto habe. Wenn man einen Menschen kennenlernen möchte, schaut man sich am besten sein Handy an. Liest Nachrichten, die derjenige an Freunde und Familie geschickt hat: Terminvereinbarungen, blödsinnige Memes, Texte, die man im Suff an seinen Schwarm gesendet hat. Man schaut sich die Social-Media-Profile an, geht durch die Apps, welche die Person auf das Handy geladen hat, oder scrollt sich durch Fotos.

Kein Wunder, dass Sofia, die dermaßen geheimniskrämerisch ist, weder ihren PIN fürs Handy noch ihr Computerpasswort mit mir teilt. Doch das heißt nicht, dass ich ihr Handy nicht doch knacken kann. Zugegeben, Hacker-Profi bin ich keiner, doch mit einem PC und einem Kabel bewaffnet muss ich das – hoffentlich – auch gar nicht sein.

Also nehme ich den Bus in Richtung der Bibliothek *Comunale Pino Crescini Garda*. Die Bücherei befindet sich in einem herrschaftlichen, lachsfarbenen Gebäude mit schief hängenden Fensterläden, an deren Seiten Italienflaggen flattern. Kühle Luft umfängt mich, sobald ich eintrete, und lässt mich in meinem kurzärmligen Shirt und den Hot Pants frösteln. Die Bibliothekarin, die gleich neben dem Eingang hinter einem Rezeptionstisch sitzt, nickt mir zu, als ich eintrete.

Der Computerbereich befindet sich hinter mehreren Regalreihen, und obwohl die Bibliothek sonst den Eindruck erweckt, man sei dreißig Jahre in die Vergangenheit gereist, sind die Tische hier mit modernen Geräten bestückt. Ich lasse mich an einem Sitz am Rand nieder, verbinde Sofias Handy über ein Kabel mit dem PC und halte die Luft an.

Zwei Sekunden später erscheint ein Ordner mit den Namen des Handymodells auf dem Bildschirm. Unter der Tischplatte balle ich die Hand zur Faust – ja! Mit einem Doppelklick öffnet sich eine Liste der Unterordner: Bilder. Nachrichten. Apps.

Innerlich juble ich. *Na, Sofia, was denkst du nun?* Doch Sofia bleibt merkwürdig ruhig. Es dauert nicht lange, bis ich weiß, warum.

Sofia hat alle Nachrichten, die älter sind als einen Monat, von ihrem Handy gelöscht. Die Nachrichten, die sie in den letzten Wochen geschrieben hat, belaufen sich auf weniger als zwei Dutzend, die meisten davon an ihre Mutter. *Komme heute später nach Hause.* Oder: *Hab' vergessen, die Milch zu kaufen. Sorry.*

Valentina ist die Einzige, die Sofia in den letzten Wochen semi-regelmäßig geschrieben hat. Eine Handvoll anderer Mädchen, deren Namen mir nicht bekannt waren, haben nach einer, spätestens zwei unbeantworteten Nachrichten aufgegeben.

Auch im Fotoordner werde ich nicht fündig. Da sind Bilder, ja, aber nicht die, die ich erwartet habe. Ich finde Memes, die Katzen mit weit aufgerissenen Mäulern oder ein Baby mit gereckter Faust zeigen. Partyfotos von Valentina und den anderen Freundinnen. Ein paar Landschaftsbilder von Bergen und Wäldern, aufgenommen vermutlich während des Klettercamps in den Dolomiten.

Aber kein einziges Bild von Sofia. Weder ein Selfie noch ein Portrait oder ein Gruppenbild. Hat sie wirklich alle Fotos gelöscht, auf denen sie zu sehen war? Warum?

Ich scrolle bis zum Ende des Fotoordners, suche nach einer Spur von ihr. Doch da ist nichts. Ich verstehe das nicht. Sofia hat alles Persönliche von ihrem Handy getilgt, jedes Foto und alle Nachrichten gelöscht, die mehr über ihre Persönlichkeit zeigen könnten, und ihre Accounts deaktiviert.

Als ob sie sich selbst hat ausradieren wollen.

***

Am nächsten Morgen wache ich mit den ersten Sonnenstrahlen auf. Sofias Körper fühlt sich nach nur zwei Tagen nicht mehr fremd an. Die Haarsträhnen, die sich nach einer Nacht voller Träume und Drehungen im Bett um meinen Hals gewickelt haben, die Temperatur ihrer Haut, der Herzschlag, ruhig und gleichmäßig, und das leichte Ziehen im linken Arm, gleich unterhalb des Ellenbogens, dort, wo die Narbe sitzt. All das fühlt sich normal an, als ob dies immer schon mein Körper gewesen wäre.

Auch an die Umgebung habe ich mich in kürzester Zeit gewöhnt. Die Orientierungslosigkeit des ersten Aufwachens ist vergessen. Als ich die Augen aufschlage, weiß ich sofort, wo ich mich befinde und was ich heute zu tun habe.

Schon merkwürdig, wie schnell man sich an ein neues Leben, einen neuen Körper gewöhnt. Das war nicht immer so. Anfangs fiel es mir schwer. Jeder Morgen in einer fremden Haut brachte mich zur Verzweiflung. Bevor ich den Tag begann, blieb ich mit geschlossenen Augen liegen, minutenlang, manchmal sogar Stunden, und ich klammerte mich an die Hoffnung, dass dieser Alptraum aufhören würde.

Dabei fühlte ich noch im Bett liegend, dass diese Hoffnung vergebens war. Ich hörte es am Pochen meines Herzens, das dem Rhythmus eines fremden Körpers folgte. Das Prickeln meiner Haut verriet es, das Gefühl meiner Zehen, meiner Finger, meiner Brust, meines Rückens. Jede Zelle meines Körpers erzählte die Geschichte einer Person, die nicht ich war.

Trotzdem hoffte ich jeden Morgen aufs Neue, dass all diese Gefühle nur Einbildung waren. Dass ich wieder ich selbst sein durfte. Bis zu dem Moment, in dem ich die Augen aufschlug.

Mittlerweile verfliegt dieser Augenblick des vergeblichen Hoffens nach wenigen Sekunden. Man gewöhnt sich an alles – mit jedem neuen Körper etwas schneller.

Heute beeile ich mich, aus dem Bett zu kommen und mich fertigzumachen, denn ich habe einiges vor. Im Bad spritze ich mir eiskaltes Wasser ins Gesicht, um mir das letzte bisschen Schlaf aus den Augenwinkeln zu reiben. Die Haare binde ich zu einem lockeren, hoch sitzenden Pferdeschwanz zusammen und lege leichtes Make-up auf. Ich möchte hübsch aussehen, dem Anlass angemessen. Elegant, aber nicht übertrieben. Immerhin bin ich zu keiner Party unterwegs, sondern zur Beerdigung meiner letzten Gastgeberin Maria.

Sofias Kleiderschrank gleicht einem Regenbogen, doch ich finde einen schwarzen Jumpsuit, dessen Ärmel mit grauen Blümchen verziert sind, und streife ihn mir über.

In der Küche erwartet mich ein vertrauter Anblick, sofern man nach nur zwei Tagen von Vertrautheit sprechen kann. Sofias Vater sitzt am Küchentisch, vor sich ein halb aufgegessenes Panino mit Schokoladenaufstrich, in der Hand eine Tasse Kaffee, und liest die Zeitung, während ihre Mutter mit dem Rücken zu mir am Tresen steht und Tomaten aufschneidet. Eine Radiosprecherin verkündet, dass uns ein heißer Tag mit viel Sonnenschein bevorsteht, ideal zum Baden, weniger ideal für Trauer, aber man kann sich das Wetter eben nicht aussuchen.

»Guten Morgen«, begrüße ich die beiden, worauf Sofias Vater von der Zeitung aufschaut.

»Du warst gestern aber schon früh im Bett«, sagt ihre Mutter, ohne sich umzudrehen.

Das stimmt, die vergangene Nacht mit Valentina und zu vielen Drinks lag mir in den Knochen und nachdem ich meine Spurensuche erfolglos beendet hatte, war ich schon um neun Uhr ins Bett gefallen.

»Ich war etwas müde«, antworte ich ausweichend, was den beiden als Erklärung genügt.

»Espresso?« Sofias Mutter reicht mir eine Tasse, ohne meine Antwort abzuwarten.

»Sagt mal, ihr kennt doch Giulio, oder?«, frage ich, woraufhin sie nickt.

»Wisst ihr denn, wo er wohnt?«

»Was?«, lacht ihre Mutter, und endlich richtet auch ihr Vater seine Aufmerksamkeit von der Zeitung auf mich.

»Na ja, die Adresse.« Ich nehme einen Schluck aus der Tasse, um ihrem überraschten Blick auszuweichen.

»Wozu brauchst du denn seine Adresse?«, will er wissen.

»Für einen Brief. Ich habe gestern beim Aufräumen ein paar Sachen von ihm gefunden, Zettel und so, und die möchte ich ihm schicken. Aber ich kann mich nicht mehr an seine Hausnummer erinnern.«

Sofia brodelt in meinem Magen. Offenbar ahnt sie, was ich vorhabe, und es passt ihr ganz und gar nicht. *Pech für dich*, denke ich. Denn das Einzige, was sie dagegen tun kann, ist, in meinem Inneren zu schmollen.

»Warum bringst du ihm die Sachen nicht einfach vorbei? Er wohnt doch nur ein paar Straßen weiter«, fragt Sofias Vater. »Oder redet ihr beiden immer noch nicht miteinander?«

Für diesen Kommentar erntet er einen bösen Blick von Sofias Mutter.

»Via Santorini«, sagt sie. »Elf, glaube ich. Oder war es dreizehn?«

Via Santorini! In dieser Straße habe ich gelebt, als ich ein paar Wochen im Körper der alten Raffaela verbrachte.

»Oh, das liegt wirklich gleich um die Ecke«, rutscht es mir heraus. Wie dämlich. Als Sofia sollte ich doch wissen, wo mein ehemals bester Freund lebt. »Danke, ich, ähm … gehe dann mal.«

Nun dreht sich Sofias Mutter um. Ihr Gesicht strahlt. »Es ist schön, dass du wieder mehr aus dem Haus gehst. Richte Giulio einen lieben Gruß von mir aus.«

»Mache ich.«

***

Ich spaziere zu Giulios Haus und werfe einen Blick auf die Armbanduhr. Es ist neun Uhr morgens. Das Begräbnis meiner vorherigen Gastgeberin findet um elf Uhr in einem kleinen Ort namens Peschiera am südlichen Ufer des Gardasees statt. Dort, wo der See am breitesten ist und an die Adria erinnert. Bis dorthin werde ich zirka dreißig Minuten mit der Vespa unterwegs sein, mir bleibt also etwas mehr als eine Stunde, um Sofias Geheimnis rund um das Klettercamp aus Giulio herauszukitzeln.

Sofias Nervosität begleitet mich auf meinem Weg. Giulio wohnt in einem hellgelben Haus in toskanischem Stil mit einem Garten voller Blumen.

Kaum, dass ich den Klingelknopf gedrückt habe, öffnet mir ein Mann Ende vierzig in einem hellen Hemd mit offenem Kragen die Tür. Offensichtlich ist er Giulios Vater: Dieselben prägnanten Augenbrauen, dieselben dunklen Haare, die er jedoch kürzer geschnitten hat als sein Sohn. Er sieht sportlich aus und dem akkuraten Haarschnitt und gebügelten Hemd nach zu urteilen so, als wäre ihm sein Aussehen wichtig.

»Sofia?« Er zieht beide Augenbrauen hoch. Seine Überraschung ist ziemlich offensichtlich.

Im selben Moment fühle ich Hitze in mir hochbrodeln. Ich tue mich schwer, Sofias Emotionen zuzuordnen. Ärger? Scham? Angst? Jedenfalls ist sie wenig glücklich darüber, dass ich Giulio besuchen möchte – was ein Zeichen dafür sein könnte, dass das genau der richtige Ort für mich ist.

Ich nehme meine gesamte Konzentration zusammen, um Sofia in den Hintergrund zu drängen. Das mache ich nur selten, immerhin sind die Gefühle meiner Gastgeber ein guter Indikator dafür, ob ich mich auf der richtigen Spur befinde. Doch Sofia lässt mir keine andere Wahl. Wenn sie will, dass ich ihren Emotionen folge, muss sie einfach nur aufhören, ihren letzten Wunsch vor mir geheim zu halten.

Ich würde mir gerne einreden, dass sich bei meinem Anblick freudige Überraschung oder etwas Vergleichbares auf dem Gesicht von Giulios Vater abzeichnet, doch anders als Sofias Mutter scheint ihn die Aussicht, dass Giulio und ich uns treffen, nicht gerade positiv zu stimmen.

»Guten Morgen«, begrüße ich ihn übertrieben fröhlich. »Lange nicht gesehen. Wie geht es Ihnen?«

Seine Antwort besteht aus einem knappen »gut«.

»Schön. Sehr schön! Und Ihrer Frau?«, frage ich und hätte mir am liebsten selbst auf die Zunge gebissen. Ich weiß doch gar nicht, ob er eine Frau hat.

Bei der Erwähnung seiner Frau zuckt er unmerklich zusammen. »Ihr geht es auch gut, danke. Was führt dich zu uns, Sofia?«

Bilde ich es mir ein oder lehnt er sich leicht zurück, während er spricht, so als wolle er den Abstand zwischen sich und mir so groß wie möglich halten?

»Ich möchte Giulio besuchen. Ist er zu Hause?«

Kaum, dass ich die Frage gestellt habe, erscheint Giulio im Hausgang. Er muss gerade aufgestanden sein, hat verwuschelte Haare, trägt ein weißes T-Shirt und eine Pyjamahose. Wenn sein Vater über meinen Besuch schon wenig erfreut war, so schaut Giulio geradezu schockiert aus.

»Was machst du hier?«, fragt er, wobei er erst zu mir, dann zu seinem Vater und zurück zu mir schaut.

»Ich wollte mit dir reden. Kann ich … Kann ich reinkommen?«

Ohne ein Wort fasst er mich am Arm und zieht mich in den Flur. Mein Magen zieht sich schmerzhaft zusammen, als ich über die Türschwelle trete.

Sofias Wut spüre ich als kleine Blitze im Bauch. Und noch etwas – Hoffnung? Sie scheint gespalten zu sein zwischen dem Wunsch, auf der Stelle umzudrehen, und dem Verlangen, sich mit Giulio zu versöhnen. Doch während ich Giulio schweigend die Treppe nach oben folge, beruhigt sich ihr Geist allmählich, schwingt von Ärger zu Vorfreude um. Wie es aussieht, hat sie beschlossen, mir eine Chance zu geben.

Giulios Zimmer liegt im ersten Stock und ist völlig anders als das von Sofia. Alles ist geordnet. Keine losen Zettel oder unaufgeräumten Ordner liegen herum, dafür hat er in einer Ecke des Zimmers ein paar Stapel Bücher stehen. An der Wand neben der Zimmertür hängen Kletterseile und ein Gurt, die anderen Wände sind mit Bildern von Berglandschaften, Seen und Felswänden bedeckt. Abgesehen vom Bett ist das einzige Sitzmöbel sein Schreibtischstuhl auf der anderen Seite des Zimmers. Unschlüssig schaue ich mich um, bevor ich mich auf das Bett sinken lasse. Giulio bleibt mit verschränkten Armen mitten im Raum stehen.

»Was willst du hier?«, wiederholt er seine Frage von eben. Seine Stimme klingt eine Nuance wärmer als zuvor, aber vielleicht ist das auch nur mein Wunschdenken.

»Sieht aus, als wärst du nicht gerade erfreut, mich zu sehen«, stelle ich fest.

»Sollte ich das denn?«

»Na ja, ich hatte es gehofft, und auch, dass wir die Sache zwischen uns wieder in Ordnung bringen können.«

»Die Sache?«

Innerlich seufze ich auf. Warum muss er es mir so schwermachen? Meine Finger tanzen über meine Oberschenkel wie über ein unsichtbares Klavier. Und Sofia? Die ist in Wartestellung. Gespannt, was als Nächstes passieren wird.

»Wir waren doch früher richtig gute Freunde«, beginne ich. »Erinnerst du dich noch daran, wie wir uns vor ein paar Jahren gemeinsam betrunken und über das Universum geredet haben? Und über dessen Ende oder über das Ende vom Ende vom Ende, na ja, du weißt schon. Ich vermisse das, diese Momente mit dir. Ich vermisse *dich*.«

Die emotionale Reaktion, auf die ich gehofft habe, bleibt aus. Giulio steht nur da.

Ich wünschte, Sofia würde mir mit einer kleinen Erinnerung weiterhelfen oder mir zumindest durch ihre Gefühlsregungen zeigen, was ich als Nächstes tun soll, doch sie hält sich zurück.

»Findest du es nicht schade, dass unsere Freundschaft zerbrochen ist?«, frage ich. »Ich finde, wir sollten darüber reden, was zwischen uns passiert ist, damals im Camp.«

Endlich setzt Giulio sich, jedoch nicht neben mich, sondern auf den Schreibtischstuhl auf der anderen Seite des Zimmers.

»Wir waren doch schon lange vor dem Camp keine Freunde mehr«, stellt er leise fest.

»Aber während des Camps haben wir wieder miteinander geredet, richtig? Das ist zwar nicht viel, aber es könnte ein Anfang sein.«

»Nur, weil wir mussten. Im Camp konnten wir uns ja nicht aus dem Weg gehen.« Er hält einen Moment inne, scheint zu überlegen.

Seine Körperhaltung verändert sich, er lehnt sich leicht nach vorn und beißt sich auf die Unterlippe. Ich warte, möchte seine Gedanken nicht unterbrechen. Vielleicht ist das der Moment, in dem er entscheidet, Sofia eine Chance zu geben, und tatsächlich sind seine nächsten Worte weicher: »Es stimmt schon. Als wir im Camp waren, habe ich darüber nachgedacht, ob wir alles hinter uns lassen können. In den ersten Tagen, als wir gemeinsam geklettert sind, da hat es sich fast so angefühlt wie früher, bevor … Na, du weißt schon. Aber dann? Du hast dich genauso verhalten wie damals, genauso rücksichtslos. Du hast dich diesem Pierluigi an den Hals geworfen und sobald der auf deine Flirtereien eingestiegen ist, warst du zu cool für uns andere.«

Das klingt wirklich so, als wäre er eifersüchtig gewesen. Mit Valentinas Theorie würde es auf jeden Fall zusammenpassen. Aber wer ist Pierluigi? Ein Teilnehmer oder ein Trainer? Basierend auf dem Wenigen, was ich über Sofia weiß, tippe ich auf Zweiteres. Jetzt will ich es genau wissen!

»Hast du mich deshalb fallen gelassen, als du mich sichern solltest? Weil ich etwas mit dem Kletterlehrer angefangen habe?«, frage ich ihn.

»Fängst du ernsthaft wieder mit diesem Schwachsinn an?!« Er fasst sich kopfschüttelnd an die Stirn, als könnte er nicht glauben, was er da aus meinem Mund hört. »Du kannst doch nicht wirklich glauben, dass ich einen Unfall riskiere, nur weil ich sauer auf dich war!«

»Was war dann der Grund?«

»Es war eine Unachtsamkeit. Ich war einen Moment lang abgelenkt und hatte das Seil nicht gespannt, als du abgerutscht bist.« Er hebt beide Hände mit den Innenflächen nach oben, ehe er sich tief seufzend durch die Haare fährt. »Sowas passiert. Außerdem habe ich das Seil rechtzeitig wieder zu fassen bekommen. Du tust so, als wärst du auf dem Boden aufgeschlagen und hättest dir den Hals brechen können, dabei bist du höchstens zwei Meter an der Wand runtergerutscht. Ich kapiere echt nicht, warum du deswegen so eine Szene machst.«

Giulio klingt genervt und unterstreicht diesen Tonfall noch mit einem Augenrollen. Er hat Sofia also gar nicht auf den Boden fallen lassen? Aber wie hat sie sich dann verletzt? Das will ich genauer wissen und entgegne scharf: »Das hätte richtig ins Auge gehen können.«

»Ist es aber nicht!«

»Du hast dich nie dafür bei mir entschuldigt.«

Er hält in der Bewegung inne und schaut mich ein paar Sekunden lang bloß an. Seine Brauen ziehen sich zusammen. Als er weiterspricht, klingt seine Stimme ruhig.

»Doch, das habe ich. Direkt, nachdem es passiert ist, aber du wolltest meine Entschuldigung nicht hören. Du hast dich richtig aufgespielt.«

»Weil es dir nicht wirklich leidgetan hat. Ich wollte keine leeren Worte, ich wollte eine echte Entschuldigung«, sage ich in Erinnerung an den Streit zwischen Giulio und Sofia.

»Bist du deswegen hier? Damit ich dir sage, dass es mir leidtut?« Ungläubig starrt er mich an. »Wo ist deine Entschuldigung? Die habe ich auch nie bekommen.«

Dass er das Thema ohne jegliches Schuldgefühl abtut, macht mich wütend. Überraschenderweise teilt Sofia meine Wut nicht. Sie ist mittlerweile ruhig, scheint es zu genießen, mit Giulio zu sprechen – auch wenn das Gespräch einen unguten Verlauf angenommen hat.

Also starte ich einen neuen Versuch. »Es tut mir leid. Alles«, beteuere ich und schaue ihm dabei in die Augen.

Was sieht Giulio? Eine verzweifelte Sofia, die ihn vermisst, jemanden, dessen Freundschaft ihm trotz allen Streits wichtig ist, oder eine Verrückte, die er am liebsten aus seinem Zimmer werfen würde?

»Alles?«, wiederholt er. Seine Arme hat er mittlerweile vor der Brust verschränkt. Kein gutes Zeichen.

»Ja!«

Meine Finger wollen vor Nervosität nicht stillhalten, darum schiebe ich meine Hände unter die Oberschenkel. Jetzt muss ich meine Worte mit Bedacht wählen.

»Es tut mir leid, wie ich mich dir gegenüber verhalten habe, während des Camps und auch davor schon. Es tut mir leid, dass ich keine gute Freundin war, dass ich mich wegen der Sache mit dem Sichern so aufgeregt habe. Es tut mir leid, dass ich dich für Pierluigi und davor schon für meinen

Exfreund habe fallen lassen. Und dass die beiden dir gegenüber nicht gerade nett waren, tut mir auch leid.«

Er wartet einige Sekunden, fragt dann: »Ist das alles?«

Was denn noch? Ich horche in mich hinein, hoffe auf einen Hinweis von Sofia. Kurz blitzt ein Bild davon auf, wie Sofia sich langsam das T-Shirt vom Kopf streift, doch innerhalb eines Sekundenbruchteils verschwindet es wieder. Entweder will oder kann Sofia mir keine gezielten Erinnerungen schicken. Vielleicht weil sie sich für ihre Taten schämt?

Wieder fällt mir Valentinas Theorie ein, der zufolge Giulio unglücklich in Sofia verliebt war.

»Es tut mir auch leid, dass ich deine Gefühle verletzt habe. Ich hätte an dich denken sollen, bevor ich mich mit diesen Typen einlasse.«

»Meine Gefühle? Für dich?«

»Mhm.« Ich nicke.

Auch ohne Valentinas Sticheleien wäre mir spätestens jetzt klargeworden, dass zwischen Giulio und Sofia mehr war als reine Freundschaft. Die Spannung ist spürbar, dieses Prickeln, das meine Finger zum Tanzen bringt, sobald ich in seine dunklen Augen schaue.

»Ich glaube es nicht«, murmelt er und fährt sich mit beiden Händen durch die Haare. »Ich glaube es wirklich nicht. Sowas kann auch nur von dir kommen.«

Sofias Überraschung sprudelt in mir hoch. Bedeutet seine Reaktion etwa, dass er keine Gefühle für sie hat? Oder ist er bloß zu wütend, um es zuzugeben? Verdammt, warum muss das bloß so verwirrend sein?

Giulio geht im Zimmer auf und ab wie ein gefangener Tiger, während er weiterspricht: »Du glaubst wirklich, dass sich alles um dich dreht, oder? Du kommst hierher, redest davon, dass du mich vermisst, und entschuldigst dich für allen möglichen Mist, nur nicht für das, was du *wirklich* getan hast. Nicht jeder Mann fährt auf dich ab, Sofia, auch wenn das für dich wahrscheinlich schwer zu glauben ist.«

Die Luft im Raum fühlt sich zähflüssig an – oder ist es meine Kehle, die sich zuschnürt?

»Was habe ich getan?«, frage ich. Meine Stimme klingt zittrig.

»Du weißt genau, was du getan hast!«, antwortet er so laut, dass es an Schreien grenzt.

»Das weiß ich *nicht*!«

Kaum, dass die Worte meine Lippen verlassen haben, spüre ich Sofias Wut. Ihre Hoffnung, dass ich die Freundschaft mit Giulio retten könnte, ist mit einem Schlag verflogen. Sie will weg – aufstehen und gehen. Giulio nie wieder unter die Augen treten.

Am liebsten würde ich laut fluchen. Warum muss sie es mir so schwermachen? Das hier ist ihre eigene Schuld, weil sie ihre Erinnerungen nicht mit mir teilt. Ihre Wut hilft mir nicht weiter. Informationen schon – und die gibt sie mir nicht.

Giulio bleibt abrupt stehen, schaut mich aus kalten Augen an. »Geh«, fordert er mit müder Stimme.

»Was?«

»Ich habe deine Spielchen satt, Sofia. So viele Jahre bin ich darauf hereingefallen, aber heute? Ich weiß nicht, was echt und was gespielt ist. Es ist auch egal. Ich kenne dich nicht mehr. Du solltest gehen.«

Ich möchte etwas erwidern, öffne den Mund, schließe ihn wieder. Wie ein Fisch auf dem Land fühle ich mich, und weiß nicht, was ich sagen könnte, um die Situation zu retten.

Innerlich flehe ich Sofia an, mir zu helfen, doch ich fühle nur ihren Ärger. Wer hätte gedacht, dass es möglich ist, die zerrüttete Beziehung zwischen den beiden noch schlimmer zu machen? Falls Giulio Sofia nicht schon ohnehin gehasst hat, tut er es jetzt.

Langsam stehe ich auf und gehe auf die Tür zu. Bevor ich das Zimmer verlasse, drehe ich mich ein letztes Mal um. Da steht Giulio mit verschränkten Armen und finsterer Miene.

Das war's, ich gebe auf. Falls meine Aufgabe darin bestand, diese Freundschaft zu retten, habe ich versagt. Von Sofia kommt nur Stille.

Schweigend gehe ich nach draußen.

4. Kapitel

Vehement wische ich die Tränen weg. Ich will nicht weinen, nicht wegen diesem Giulio. Immerhin ist er Teil von Sofias Leben, nicht von meinem. Was auch immer zwischen den beiden vorgefallen ist, sollte mich kaltlassen, doch die Tränen kommen immer weiter. Ich würde mir gerne einreden, dass es Sofias Emotionen sind, die da in mir aufsteigen, doch sie glänzt wieder einmal durch Abwesenheit.

Zum Glück habe ich keine Zeit, länger an Giulio und seinen wütenden Gesichtsausdruck zu denken. Ich muss mich beeilen, um pünktlich in Peschiera anzukommen. Eine Beerdigung gehört zu den Terminen, zu denen man auf keinen Fall zu spät kommen möchte.

In der Garage finde ich Sofias Vespa, ein schwarzes Modell mit zwei weißen Streifen an den Seiten, und einen Helm, den ich mir fest auf den Kopf schnalle. Mein Fahrstil beweist eindeutig, dass es eine Weile her ist, seit ich das letzte Mal ein solches Gefährt gesteuert habe. Um Haaresbreite lenke ich meinen Motorroller am Gartenzaun von Sofias Elternhaus vorbei, und zwei Straßen weiter trete ich an einer Kreuzung so abrupt auf die Bremse, dass ich fast vom Sitz rutsche. Auch Giulios Haus passiere ich. Instinktiv schaue ich zu seinem Zimmerfenster hoch, und muss den Lenker im nächsten Augenblick herumreißen, denn beinahe wäre ich auf die Gegenfahrbahn gekommen.

Kein guter Start für meine Fahrt. Bitte, liebes Universum, lass mich nicht auf diesem Motorroller sterben. Nicht, bevor ich herausgefunden habe, welche Aufgabe ich in Sofias Leben zu erfüllen habe.

Da ich mich von nun an ausschließlich auf die Straße konzentriere, treten keine Fahrschwierigkeiten mehr auf. Wie beim Fahrradfahren: Hat man es einmal gelernt, vergisst man nie wieder, wie es geht, auch wenn man mitunter ein paar Anläufe braucht, bis man fest im Sattel sitzt.

Eine halbe Stunde später erreiche ich den Friedhof von Peschiera, wo die Trauergemeinde bereits hinter dem Sarg zum Grab schreitet. Sofias Anwesenheit spüre ich kaum mehr. So ist es meistens. Selbst die Gastgeber, die in engem Kontakt zu mir stehen, lassen mir Zeit, mich von meinem letzten Ich zu verabschieden.

So stehe ich da und beobachte die Trauernden. Rund sechzig Personen verschiedener Altersgruppen, alle in schwarz gekleidet, die meisten recht elegant, als würden sie zu einer Gala und nicht zu einer Beerdigung gehen. Viele von ihnen tragen Rosen oder weiße Lilien mit den Blumenköpfen nach unten.

Am Kopfende des Trauerzugs, gleich hinter dem Padre mit seinen Ministranten, sehe ich einen Mann mit schütterem, hellbraunem Haar, der den Kopf gesenkt hält.

Marcello, der sanfte, ruhige Marcello, der so gerne Gnocchi mit Rahmsoße kocht, das einzige Gericht, das er beherrscht und auf das er wahnsinnig stolz ist. Marcello, der sich einen Hund wünscht, sich aber nicht zwischen Golden Retriever und Yorkshire Terrier entscheiden kann. Marcello, der darauf besteht, dass seine Frau, sein Sohn und er sich vor dem Abendessen die Hände reichen, und dass sie erzählen, wofür sie heute dankbar sind. Jeden Tag. Marcello, der vor exakt vierundsechzig Stunden seine Frau verloren hat, und von dem ich mich frage, wie er allein zurechtkommen soll.

Eine ältere Frau, deren dunkles Haar von grauen Strähnen durchzogen ist, hat ihren Arm um seine Schultern gelegt und stützt ihn, obwohl sie einen Kopf kleiner und viel dünner ist als er. Seine Mutter? Auf Marcellos anderer Seite hält ein kleiner Junge, ebenfalls mit hellbraunen Haaren, seine Hand.

Das ist Tomaso. Ich sehe nur seinen Hinterkopf und ich bin fast froh darüber. Würde ich es aushalten, in seine großen, rehbraunen Augen zu schauen? In sein Gesicht mit dem breiten Mund und den Sommersprossen auf dem Nasenrücken? Seine Stimme zu hören, die mich bis vor vierundsechzig Stunden Mama genannt hat? Obwohl es sich damals komisch angefühlt hat, dieses Wort zu hören – weil ich den Jungen doch gerade erst kennengelernt habe und auch, weil ich zu jung bin, um seine Mutter zu sein –, rührte es mich so, dass ich ihm einen Kuss auf die Stirn drückte.

Ich muss schlucken. Der Kloß im Hals ist wieder da. Ja, denke ich, ja, ich könnte ihm ins Gesicht schauen und so tun, als wäre ich eine Fremde. Ich weiß es, weil ich es schon früher mit anderen Familien in derselben Situation getan habe.

Nachdem ich in einem Körper gestorben und im nächsten aufgewacht bin, besuche ich die Beerdigung meines letzten Körpers. Meine eigene Beerdigung, könnte man sagen. Es ist eine Art Ritual, meine Art, mich von dem letzten Leben zu verabschieden. Von meinen Gastgebern, ihren Familien, ihren Freunden – von allem. Mir bewusst zu machen, dass wieder ein Abschnitt vorbei ist.

Ich war nur eine Besucherin in Marcellos und Tomasos Leben, neun kurze Tage lang war ich das, und jetzt, wo ich in ein neues Leben weitergezogen bin, bin ich nichts mehr für sie.

Das ist ein Fakt und es ist wichtig, dass ich ihn mir nicht bloß vorsage, sondern ihn spüre. Bis in meine Eingeweide. Nur so schaffe ich es, mein früheres Leben abzustreifen und mich voll und ganz auf mein neues Ich einzulassen. Es muss wehtun, so richtig! Damit es danach nicht mehr wehtut.

Ich schließe mich dem Trauerzug an, der langsam über den Friedhof schreitet. Die Worte des Padres sind zu leise, als dass ich sie verstehen könnte, was egal ist, ich hätte sowieso nicht zugehört. Der Gang über den Friedhof ist wie eine stille Meditation für mich, jeder Schritt ein Abschied, und als die Zeremonie zu Ende ist, und ein Trauernder nach dem anderen das Friedhofsgelände verlässt, fühle ich mich frei. Frei und bereit, Sofia zu sein.

Als eine der letzten Trauergäste gehe ich auf Tomaso, Marcello und seine Mutter zu und schüttle ihnen die Hand.

»Mein Beileid.«

»Danke«, murmelt Marcello, wobei sein Blick meine Wange bloß streift.

Tomasos Mund öffnet sich, als er mir die Hand reicht. Er starrt mich dermaßen intensiv an, als würde er einen Geist sehen. Erkennt er mich? Nein, das ist nicht möglich. Ich bin jetzt ein siebzehnjähriges Mädchen, das nichts mehr mit seiner Mutter zu tun hat, und einen Augenblick später, als unsere Hände sich voneinander lösen und er dem nächsten

Trauergast die Hand schüttelt, verschwindet das Gefühl, dass er mich erkannt hat.

Einen letzten Blick werfe ich auf den Sarg, diesen schwarzen Kasten, in dem das liegt, was bis vor wenigen Tagen mein Körper war. Dann entferne ich mich langsam von der Trauerfamilie und gehe auf den Friedhofsrand zu.

Da, im Schatten einer Reihe Zypressen, steht jemand und beobachtet mich. Oder zumindest bilde ich mir ein, dass er mich ansieht. Ich schirme meine Augen mit der Handfläche ab und schaue genauer hin. Kann das sein? Ja, er ist es wirklich.

Giulio.

***

»Hi«, sage ich bloß, als ich auf Giulio zutrete.

Dass er mir gefolgt ist, muss bedeuten, dass er mich beziehungsweise Sofia trotz unseres Streits nicht hasst. Eigentlich sollte ich mich darüber freuen – Sofia tut das zumindest, wenngleich ich sie nur als schwaches Prickeln spüre. Doch nachdem ich eben meiner früheren Kurzzeit-Familie Lebewohl gesagt habe, will sich die Aufregung nicht recht einstellen. Als ob ich eine Dosis Abschieds-Sedativum genommen hätte, das meine Gefühlswelt in einen Schlummerzustand versetzt.

»Was machst du hier?«

Anstatt mir eine Antwort zu geben, stellt Giulio fest: »Ich habe dich vorhin wegfahren sehen. Du wärst vor meinem Haus beinahe in ein anderes Auto gekracht, und dann bist du in Schlangenlinien gefahren, als ob du betrunken wärst.«

»Ich versichere dir, ich bin vollkommen nüchtern«, antworte ich. Dass ich weit weniger ruhig bin, als meine Worte vorgeben, verraten meine tanzenden Finger. »Und da bist du mir gefolgt?«

Giulio zuckt nur die Schultern, doch sein beinahe schüchternes Schweigen ist Antwort genug. Er hat sich Sorgen gemacht. Langsam löst sich das Taubheitsgefühl und macht etwas Wärmerem, Sanfterem Platz.

»Ich wollte nicht schuld daran sein, dass du einen Unfall hast«, meint er schließlich und mustert mich dabei so intensiv, dass ich eine Gänsehaut bekomme.

»Wieso solltest du schuld sein?«

»Na ja, nach unserem … er hält kurz inne, sucht nach dem richtigen Wort. *Streit*, hätte ich beinahe gesagt, doch er fährt fort: »… Gespräch warst du ziemlich aufgelöst. Du warst irgendwie neben der Spur, die ganze Zeit schon.«

»So könnte man es nennen.« Ich lächele schwach. »Nachdem, wie wir heute Morgen auseinandergegangen sind, dachte ich, es ist dir vermutlich egal, was mit mir passiert.«

»Du weißt, dass es das nicht ist«, unterbricht er mich, beißt sich dann auf die Unterlippe und wechselt das Thema. »Woher kanntest du die Familie?«

Dabei deutet er mit dem Kopf in Richtung des Grabs, an dem noch immer Marcello und Tomaso mit hängenden Köpfen stehen.

»Schwer zu erklären, aber wenn du etwas Zeit für mich hast, erzähle ich es dir gern. Was hältst du davon, wenn wir uns bei einem Spaziergang unterhalten?«

Giulios Schulterzucken deute ich als Zustimmung, also gehen wir weg vom Friedhof in Richtung der Altstadt Peschieras, die gleich neben dem Seeufer liegt und in der sich alte, pastellfarbene Häuser mit winzigen Balkonen und bunten Fensterläden aneinanderreihen. Erst laufen wir schweigend, doch nach einer Weile, als der Friedhof bereits nicht mehr zu sehen ist, beginne ich zu erzählen. Währenddessen spüre ich Sofias Anwesenheit als sanfte Wärme in meinem Bauch. Zum ersten Mal fühlt sich ihre Gegenwart nicht feindselig an, vielleicht weil sie neugierig auf meine Geschichte ist, oder auch, weil sie Giulios Nähe genießt.

»Ihr Name war Maria. Die Frau, die gestorben ist«, erkläre ich. Wir laufen gerade durch eine enge Gasse, wo Wäscheleinen zwischen den Fenstern der benachbarten Häuser gespannt sind. Ich schaue nach oben und sehe ein paar Hemden und knallrote Unterhosen, die im sanften Wind wogen. Das bringt mich zum Schmunzeln. »Sie war Krankenschwester. Das heißt, früher war sie das einmal. Bevor sie krank wurde. Krebs.«

»Das tut mir leid«, sagt Giulio. Eine Standardfloskel.

»Muss es nicht. Ich meine, muss es schon, sie ist ja tot, aber zumindest konnte sie ihre letzten Wochen mit ihrer Familie verbringen.«

Maria hatte darauf bestanden, aus dem Krankenhaus entlassen zu werden, noch bevor ich ihren Körper übernahm. Damals war schon klar, dass sie es nicht schaffen würde, und ihre letzten Wochen wollte sie in ihrem eigenen Haus verbringen.

»Weißt du, was sie in ihren letzten Tagen gemacht hat?«, frage ich. »Das alte Segelboot ihres Schwiegervaters restaurieren lassen und eine Segeltour für ihren Mann und ihren Sohn organisiert.«

Maria war eine der Gastgeberinnen, die mir ihre Erinnerungen recht klar schicken konnte. Ihr letzter Wunsch war, dass die beiden nach ihrem Tod in ein Abenteuer aufbrechen, anstatt zu Hause in ihrer Trauer zu versinken. Dass sie über das Mittelmeer segeln und sich für Maria unzählige Sonnenuntergänge anschauen.

»Sie wollte nicht als kranke Frau in Erinnerung behalten werden, sondern als jemand, der ihnen den Sonnenuntergang am Meer geschenkt hat.«

Einen Moment verharre ich in der Wärme, die ich gespürte habe, als Maria mir diesen Wunsch offenbarte.

»Und den Sonnenaufgang«, murmelt Giulio.

Ein schöner Gedanke. Merkwürdigerweise hat Maria stets nur an den Sonnenuntergang gedacht, nie an den -aufgang. Möglicherweise ein Nebeneffekt ihres eigenen Untergangs.

»Ganz schön beeindruckend, dass sie das trotz ihrer Krankheit geschafft hat.« Ein kurzes, aber ehrliches Lächeln stiehlt sich auf sein Gesicht.

Das ist es, und es erfüllt mich mit Stolz, immerhin war ich es, die das alles organisiert hat. Eine zweite Chance, die ich genutzt habe.

Kurz darauf erreichen wir das Seeufer. Hier reihen sich zahlreiche Segelboote neben kleine Yachten. Möwen kreisen am Himmel und stoßen krächzende Schreie aus. Über die Promenade spazieren nur wenige Touristen, dafür sind die Tische vor den Restaurants gut gefüllt.

Während wir an einer Gelateria vorbeischlendern, vor der sich eine lange Schlange gebildet hat, sagt Giulio: »Du hast noch nicht erzählt, woher ihr euch kennt.«

»Ganz zufällig haben wir uns getroffen. Ich bin ihr im Krankenhaus über den Weg gelaufen, da hat sie mir ihre ganze Geschichte erzählt«, antworte ich darauf bedacht, so wenig zu lügen wie möglich.

Mit Ausreden bin ich bereits heute Morgen nicht weit gekommen, da will ich es lieber mit der Wahrheit versuchen. Die Hände falte ich wie zum Gebet, damit meine tanzenden Finger nicht verraten, wie nervös ich bin.

»Du warst im Krankenhaus?«

»Wegen meines Armes.«

Trotz des guten Vorsatzes gleitet mir die Lüge mühelos über die Lippen. Wenn man sein Dasein so verbringt wie ich, in geborgten Körpern und immer neuen Leben, wird Lügen zu etwas Alltäglichem, und auch wenn ich mit Giulio gerne ehrlich sein würde, komme ich ohne kleine Notlügen nicht aus.

»Es fehlt mir, Zeit mit dir zu verbringen«, wechsle ich das Thema, darauf hoffend, dass Giulio das zum Anlass nehmen wird, mir mehr über Sofia zu erzählen.

»Ich vermisse es auch. Manches zumindest.«

»Aber nicht alles?«

Darauf schüttelt er den Kopf. »Das, was mir am meisten fehlt, ist es, jemanden zu haben, mit dem ich über jeden Blödsinn reden kann, der mir durch den Kopf geht.«

»So wie unser Gespräch über das Ende des Universums?«

Er schmunzelt. »Damit hast du vorhin echt ins Schwarze getroffen. Das ist schon ewig her und trotzdem konnte ich mich genau daran erinnern. So was habe ich geliebt. Darüber zu philosophieren, was hinter dem Ende des Universums liegt, wie es sich anfühlen würde, Flügel zu haben, wie unser Leben aussehen würde, wenn wir in einer Parallelwelt geboren worden wären ...«

»Wir waren echt gute Freunde, oder?«, meine ich.

»Ja.«

»Aber jetzt nicht mehr.«

»Jetzt nicht mehr«, wiederholt er und mein Magen zieht sich zusammen.

Ich wende das Gesicht ab, weil ich nicht will, dass Giulio sieht, wie meine Lippen beben. Dabei fällt mein Blick auf zwei alte Herren mit Baskenmützen, die mit einem Schachbrett auf einer steinernen Bank an der Uferpromenade sitzen. Zwei Meter neben ihnen tanzen Kinder mit Seifenblasen. Kichernd strecken sie die Arme nach den durchscheinenden Blasen aus und kreischen, wenn sie diese zerplatzen.

Alte Freunde. Junge Freunde. Und Giulio und Sofia, die keine Freunde mehr sind.

»Was war der Moment, in dem unsere Freundschaft zerbrochen ist?«, frage ich. Noch immer sehe ich den spielenden Kindern zu und knete dabei meine Hände.

Ganz ehrlich, ich glaube selbst nicht daran, dass er es mir einfach erzählen wird. Meine Hoffnung ist vielmehr, dass Sofia mir endlich Erinnerungen sendet, um meine Fragerei zu beenden. Doch sie hält sich zurück.

»Was ist los mit dir, Sof? All dieses Gerede davon, dass du mich vermisst, und dass du mich bittest, dir etwas zu erzählen, was du schon längst weißt. Wenn ich es nicht besser wüsste, müsste ich glauben, dass du dich tatsächlich nicht daran erinnerst. Du wirkst wie eine ganz andere Person.«

Er hat ja gar keine Ahnung, wie sehr er mit seinen Worten ins Schwarze trifft.

»Ich fühle mich auch anders.«

Giulio beißt sich auf die Unterlippe und schüttelt kaum merklich den Kopf. »Erzähl es mir.« fordert er. »Du stellst all diese Fragen, aber ich habe keine Ahnung, warum dir das plötzlich so wichtig ist.«

»Das ist nicht so einfach.«

»Sollte es aber sein.« Mit einem ernsten Ausdruck in den dunklen Augen wendet er sich mir zu.

Hilf mir, Sofia. Was soll ich tun? Was soll ich sagen?

Ich könnte Sofia erwürgen. Oder schütteln. Oder sie anschreien. Schade, dass der einzige Weg, ihr eine Ohrfeige zu verpassen, ist, mich selbst zu schlagen. Ich verstehe sie nicht. Wenn ich ihre Gefühle richtig deute und sie wirklich Nähe zu Giulio will, wieso nutzt sie diesen Moment nicht, um mir zu helfen?

Gemeinsam setzen wir uns an die Uferpromenade, die rund einen Meter höher als der Seespiegel liegt. Die Steinfliesen sind vom Sonnenlicht angenehm warm, meine Beine lasse ich über den Rand baumeln, während unter mir das Wasser rhythmisch gegen die Steinwand schwappt.

Und jetzt? Soll ich mir aus den Bruchstücken, die ich rund um Sofias Leben gesammelt habe, eine Geschichte zusammenreimen, meiner Fantasie freien Lauf lassen oder mich vage halten? Mein Bauchgefühl rät mir jedoch zu etwas Anderem. Nämlich zur Wahrheit. Wie ich Giulio diese erzählen soll, ohne zu erwähnen, dass ich nicht mehr Sofia bin, ist allerdings eine Herausforderung.

»Also … Ich habe in den letzten Tagen viel darüber nachgedacht, wer ich bin und was ich von meinem Leben möchte. Wenn mir jemand eine Pistole an den Kopf halten und mich zwingen würde, einen Wunsch zu nennen – eine letzte Sache, die ich richtigstellen will, bevor er abdrückt – was würde es sein?«

»Was hat das mit mir zu tun?«, fragt Giulio.

Ich versuche, seine Stimmlage zu deuten. Ist er genervt? Neugierig? Als ich aufschaue, sehe ich, dass sein Blick auf meinen Tango tanzenden Fingern liegt, und ich zwinge mich, sie ruhig zu halten – was mir gerade einmal zehn Sekunden lang gelingt.

»Es gibt da *einige* Dinge, die ich gerne richtigstellen würde. Eines davon ist, das mit dir ins Reine zu bringen. Und, Giulio, ich weiß, wie bescheuert das klingt, aber ich glaube, es würde mir wahnsinnig viel helfen, mit deinen Worten zu hören, was ich damals verbockt habe.«

»Wieso?«

»Weil es eine Sache ist, über die Fehler nachzudenken, die man begangen hat, aber eine ganz andere, von jemandem zu hören, was man angerichtet hat.«

Sofia spüre ich nun wieder deutlich. Sie ist ruhelos, sorgt dafür, dass auch mein Puls schneller schlägt.

Giulio lehnt sich zurück, als er antwortet: »Ich weiß nicht, was es bringen soll, wenn ich dir das alles erzähle.«

Weil ich mittlerweile weiß, dass dieses Wort aus Sofias Mund Wunder wirkt, sage ich: »Bitte.«

Und tatsächlich beginnt er nach einem letzten Augenverdrehen zu erzählen: »Die Kurzversion ist, dass du mit meinem Vater schlafen wolltest.«

Ich verschlucke mich beinahe, als ich das höre. *Sie wollte was?* Sofia hüpft wie ein Gummiball in meinem Inneren auf und ab. Giulio schaut mich an, als erwarte er Widerspruch von mir, doch ich weiche seinem Blick aus.

»Die lange Version fängt mit Bernie an. So hieß er doch, oder, dein ach-so-toller College-Freund?«

Ich nicke.

»Du hast ständig davon erzählt, wie erwachsen er ist, von seinen Unifeiern, seinen coolen Freunden und seinen politischen Ansichten. Dabei war er in Wirklichkeit ein fauler Sack.«

Wieder hält er inne, doch auf meinen Widerspruch wartet er vergeblich. Sofias Geist pulsiert unruhig in meiner Brust.

»Ich mochte ihn von Anfang an nicht, aber ich wollte wenigstens versuchen, mich für dich zu freuen. Du warst ja glücklich mit ihm. Das hat sich geändert, als du angefangen hast, dir gemeinsam mit ihm irgendwelche Pillen einzuwerfen. Ich habe mir Sorgen um dich gemacht, aber du …« Er schluckt, schließt die Augen und hält das Gesicht in die Sonne. Nach ein paar Sekunden fährt er fort: »Und jetzt sitze ich hier und erzähle dir die ganze Geschichte. Nach allem, was du abgezogen hast.«

»Bitte«, wiederhole ich, damit er es sich nicht anders überlegt.

Er schüttelt den Kopf, als könnte er selbst kaum glauben, dass er sich wirklich auf dieses Gespräch einlässt. »Du dachtest, dass ich eifersüchtig bin, und hast gesagt, dass ein kleiner Junge wie ich sowieso keine Chance bei dir hätte. So warst du, Sofia, immer schon. Dass ich mir Sorgen um dich mache, war dir scheißegal, und außer mir hat dir keiner ins Gewissen geredet. Und dann das mit meinem Dad … Ich frage mich bis heute, ob du's aus Rache gemacht hast oder ob du irgendwelche Vaterkomplexe hast. Ernsthaft, Sofia, ich könnte kotzen, wenn ich nur daran denke!«

Giulio gestikuliert ausschweifend, während er spricht, doch nun hält er inne.

»Was habe ich dann getan?«, frage ich und er schaut mich lange an. »Bitte, ich muss es von dir hören.«

Er lächelt. Besser gesagt, seine Lippen lächeln, seine Augen bleiben kalt. »Du hast dich meinem Vater an den Hals geschmissen. Das war so krank.«

Sofia zuckt in meinem Magen zusammen und ich mit ihr. Giulio spuckt in den See. Es scheint ihm eine gewisse Genugtuung zu bereiten, mir diese Dinge an den Kopf zu werfen. Gleichzeitig versteifen sich seine Arme, als würde er am liebsten aufspringen und weglaufen.

»Meine Mutter ist durchgedreht damals. Sie hat ernsthaft geglaubt, mein Vater könnte sowas machen. Junge Mädchen verführen. Die beiden hätten sich fast getrennt deinetwegen.«

Kein Wunder, dass Giulio und Sofia sich in der Folge zerstritten haben.

»Ich war ein ganz schönes Arschloch«, stelle ich fest.

Im Geiste korrigiere ich mich. Nicht ich. Sofia war ein ganz schönes Arschloch.

»Du wolltest das alles hören«, sagt Giulio, als müsste er sich verteidigen. Und wieder wartet er und schaut mich auf diese merkwürdige Art an, als erwarte er, dass ich protestiere.

»Was für eine Geschichte …«, sage ich.

»Tja, darum hast du mich doch gebeten. Um eine Geschichte, oder?«

Ich schaue ihn mit großen Augen an. Kann es sein, dass er sich das alles nur ausgedacht hat? Dass er mir eine falsche Geschichte aufgetischt hat, um mir eins auszuwischen?

»Das alles … Es ist wirklich passiert?«, hake ich nach.

»Was denkst du denn?«

»Ich muss die Wahrheit wissen, Giulio. Das hier ist kein Spiel für mich. Bitte! Es tut mir leid, dass ich früher so mies zu dir war, und dass ich heute so komisch war, tut mir auch leid. Bitte sag mir, ob das, was du mir gerade erzählt hast, so auch wirklich passiert ist. Ich muss das wissen.«

Sofort verdüstert sich sein Blick. »Wenn du das so dringend wissen willst«, meint er und stemmt sich auf die Füße, »solltest du dein eigenes Gewissen befragen.«

»Warte!«, rufe ich ihm nach, als er sich ein paar Schritte entfernt. »Habe ich es wieder ruiniert? Uns, meine ich, und unsere Chance, wieder Freunde zu werden?«

Giulio bleibt stehen. Er klingt ruhig, als er weiterspricht, viel gefasster als zuvor, während er mir von Sofia und seinem Vater erzählte. »Nein. Ich weiß nicht, was ich von deinem wirren Gerede halten soll, aber zumindest, dass du dich ändern möchtest, scheinst du ernst zu meinen. Ehrlich gesagt glaube ich, das hast du schon ein bisschen.« Er geht weiter, hält noch einmal inne und fragt: »Kommst du?«

»Ich bleibe noch ein bisschen hier, danke.«

Er lächelt zum Abschied. Immerhin etwas, das ich geschafft habe. Giulio hasst Sofia nicht mehr, ein erster Schritt, auch wenn es zurück zu ihrer Freundschaft noch ein langer Weg ist.

Babyschritte. Einer nach dem anderen.

***

Lange, nachdem Giulio gegangen ist, sitze ich am See und schaue den Wellen zu, die in kräuselnden Bewegungen an der Steinwand entlanggleiten. Kreise formen sich im Wasser, wandern auf den Rand des Sees zu und lösen sich auf, als sie an der Wand abprallen, während vereinzelte Tropfen in die Luft springen und dort wie Glassplitter funkeln.

Ein warmes Kribbeln breitet sich in meinem Magen aus, wie Schmetterlinge und Vorfreude, doch viel vertrauter. Es ist Sofias Anwesenheit, die ich fühle. Zum ersten Mal gehen von ihr weder Missmut noch Nervosität aus, sie wirkt ruhig, geradezu fröhlich. Wie es scheint, habe ich bei dem Gespräch mit Giulio etwas richtig gemacht.

Die Wasserkreise verschwimmen vor meinen Augen, als sie von einer Erinnerung verdrängt werden. Sie kommt langsam, sanfter als bei den letzten Malen, was daran liegt, dass sie nicht durch den Moment, einen Reiz, eine Emotion oder durch Sofias Schock ausgelöst wurde. Im Gegenteil, Sofia teilt sie freiwillig mit mir. Ich schließe die Augen und lasse zu, dass ihre Erinnerung mich umarmt und meinen Geist von der Gegenwart in Sofias Vergangenheit trägt.

Ich liege auf einem Bett, das nicht mein Bett ist, den Kopf auf den rechten Arm gestützt, die linke Hand an meiner Hüfte, die Beine ausgestreckt. Mein Becken habe ich leicht angehoben, sodass meine Rundungen zur Geltung kommen.

»Du siehst so heiß aus«, raunt Bernie, der oberkörperfrei vor mir steht.

Es war seine Idee, uns vom langweiligen Nachbarschafts-Barbecue im Garten von Giulios Familie wegzuschleichen und im Schlafzimmer seiner Eltern miteinander zu schlafen. Es fühlt sich falsch an, hier zu sein. Und gleichzeitig aufregend.

Mein Herz wummert in der Brust. Vor Erregung? Oder wegen der Pille, die Bernie mir vorhin auf die Zunge gelegt hat?

Ich lecke mir über die Lippen. Sie sollen glänzen, voll sein, verführerisch. Meine Unterlippe kribbelt merkwürdig.

Langsam beugt Bernie sich zu mir herab, streichelt mir über die Hüften und küsst meinen Hals. Ich schließe die Augen, atme tief durch. Bernie presst sich enger an mich. Hitze steigt meine Brust hoch und hüllt meinen Kopf ein. Sie kommt in Wellen und lässt meine Gedanken durcheinanderfliegen wie einen Haufen Konfetti. Ein bisschen fühlt es sich so an, als würde mein Gehirn pulsieren. Der Geruch von Bernies Aftershave und von Schweiß steigt in meine Nase, und mir wird schlecht.

Als ich die Augen aufschlage, dreht sich alles. Ich blinzele in der Hoffnung, dass der Schwindel nachlassen wird, doch das Gegenteil passiert und er nimmt zu. Die Deckenlampe vervielfältigt sich, bis sie als dreifaltiger Lichterwirbel über mir kreiselt. Die Matratze bewegt sich ebenfalls, als würde ich auf dem Meer treiben. Ich blinzele noch mehr, will, dass der Raum stillhält. Aber er schwankt weiter.

»Bernie«, sage ich, aber er presst sich noch härter gegen mich und küsst mein Dekolletee. Seine Lippen fühlen sich wie warme Waschlappen auf der Haut an.

Mir ist heiß, viel zu heiß. Warum hört die Deckenlampe nicht auf, zu kreiseln? Ich presse die Augen wieder zu, doch die Übelkeit bleibt.

»Bernie«, flüstere ich noch einmal.

Er grunzt.

Ich will ihn wegschieben, aber er ist zu schwer. Und er ist überall. Dreht sich wie die Lampe über mir, unter mir, um mich herum.

Plötzlich lässt er von mir ab. Jemand hat ihn weggezogen. Ich brauche einen Augenblick, um die Augen zu öffnen und den schwankenden Farbenwirbel als Giulio zu erkennen. Er trägt ein hochgeschlossenes Hemd. Giulio trägt nie Hemden.

Wieso denke ich an Hemden?

Der Raum dreht sich und Giulio hat Bernie an den Armen gepackt und schreit ihn an. Was sagen die beiden? Ich höre es und höre es doch nicht. Alles dreht sich. Ich bin verwirrt.

Kurz darauf verschwindet Bernie. Giulio kommt zu mir und hilft mir, mich aufzusetzen. Nur dass er nicht Giulio ist, sondern Giulios Vater. Sein Hemd ist bis ganz oben zugeknöpft. Er riecht nach Grillfleisch.

Als ich sitze, hält er mir ein Glas Wasser an die Lippen. Vorsichtig nehme ich einen Schluck. Mein Kopf dreht sich noch immer, doch mein Magen beruhigt sich und der Raum nimmt langsam wieder scharfe Konturen an. Ich leere das Glas und schaue zu ihm hoch.

Giulios Dad weicht meinem Blick aus. Seine Augen springen von einer Seite des Raums zur anderen. Er schaut zum Fenster, zur Wand, schaut in mein Gesicht, auf das Bett, auf den Boden, an die Decke, zurück zur Tür. Nur auf meinen halbnackten Körper schaut er nicht, als hätte er Angst davor, was er sehen würde.

»Zieh dich wieder an, Sofia.«

»Sicher?«, frage ich und kichere.

Eigentlich ist mir gar nicht zum Kichern zumute. Noch immer ist mir schlecht und dann ist da die Art, wie er mich ansieht, nein, wie er mich nicht ansieht.

»Sofia, zieh dich an!«, fährt er mich an.

Schärfer, dieses Mal. Gehetzt und auch wütend.

»Na gut.«

Vorsichtig, weil der Boden bei jeder Bewegung wackelt, rutsche ich vom Bett und hebe das erstbeste Kleidungsstück hoch. Doch es ist nicht mein Shirt, es ist eines von seinen. Ich höre ihn laut ausatmen, als ich es mir überstreife. Wieder sind seine Augen zur Decke gerichtet.

»Ich sollte mich doch anziehen«, sage ich und lege den Kopf schief. Was wirst du jetzt machen, alter Mann?

»Wo sind deine Kleider, Sofia?«, fragt er.

Ich habe das Gefühl, dass er mehr sagen will, doch bevor er Gelegenheit dazu bekommt, öffnet sich die Schlafzimmertür. Giulios Mutter kommt herein, einen Schritt nur, bevor sie erstarrt. Ihre Lippen leuchten rot. Sie trägt blaue Jeans und eine weiße Bluse. So viele Farben.

»Rita, ich … ich kann es erklären.«

Hat er das gerade wirklich gesagt? Ich kann es erklären – wie in einer billigen Seifenoper. Doch ehe er zu einer Erklärung ansetzen kann, geht seine Frau rückwärts nach draußen.

Er sollte ihr nachlaufen, sie zurückhalten. Und was tut er? Steht wie angewurzelt da und streckt den Arm nach ihr aus wie nach einem entlaufenen Hund. Seine Finger ziehen sich lang wie Kaugummi oder eine Slackline. Die Konturen seiner Hand verschwimmen. Ich presse die Augenlider fest aufeinander. Als ich sie ein paar Sekunden später öffne, sehen seine Finger wieder normal aus.

Giulios Mutter wirft mir einen letzten Blick zu. Ihre Lippen zittern. Wie sie mich anschaut. Wie ein Insekt.

Ich weiß genau, was sie von mir hält. Ich bin eine Schlampe. Sofia, der schlechte Einfluss. Sofia, die nie mithalten könnte mit dem schlauen, fleißigen Giulio. Ich bin nicht gut genug für ihren Sohn. Das denkt sie doch, oder? In meinem Magen brodelt es heiß.

Wird sie mich anschreien? Schluchzen und fluchen? Nein, sie presst die Lippen aufeinander, so fest, sodass alle Farbe aus ihnen weicht, und haut die Schlafzimmertür von außen krachend zu.

Giulios Vater und ich sind wieder allein. Er steht reglos im Raum, noch immer schwebt sein Arm in der Luft.

Schwankend krieche ich über die Matratze zur anderen Bettseite, wo meine Sachen auf dem Boden liegen. Ich ziehe mir meine Jeans und mein eigenes T-Shirt an, stehe wankend auf und drücke mich an Giulios Vater vorbei aus dem Zimmer. Ich will nur noch weg.

Weg von dem sich drehenden Schlafzimmer, weg von Giulios Vater, der meinen Anblick nicht erträgt, von seiner Mutter, die mich für ein Insekt hält. Weg von Bernie. Von ihm vor allem.

Ich würde laufen, wenn der Boden nur stillhalten könnte. So bleibe ich schwankend am oberen Treppenabsatz stehen und halte mich mit beiden Händen am Geländer fest, um nicht umzukippen. Ich höre Schritte hinter mir und drehe mich um. Da steht Giulio.

Ich will, dass er mich umarmt, mir den Kopf streichelt und mir sagt, dass alles okay ist. Aber er tut nichts davon. Steht nur da, regungslos wie sein Vater und schaut mich auf die Art an, wie es sonst nur seine Mutter tut.

Nachdem die Erinnerung verblasst ist, bleibe ich mit geschlossenen Augen sitzen. Giulios Geschichte hat also der Wahrheit entsprochen. Zumindest, soweit er die Wahrheit kennt. Kein Wunder, dass Giulio so aufbrausend reagiert hat, als ich nicht wusste, warum wir uns damals gestritten haben. Ich fühle mich elend beim Gedanken daran, was passiert wäre, wenn Giulios Vater nicht aufgetaucht wäre. Warum hat Sofia ihn nicht verteidigt? Er wollte ihr nur helfen, und sie hat zugelassen, dass sowohl seine Frau als auch sein Sohn glaubten, Sofia hätte ihn verführt. Warum hat sie das nie richtiggestellt?

Ich muss tief durchatmen. Nur langsam lässt das Ekelgefühl von mir ab. Als ich an mir hinabschaue, sehe ich, dass sich auf meinen nackten Armen eine Gänsehaut gebildet hat. Wieso hat Sofia diese Erinnerung freiwillig mit mir geteilt, wo sie doch alle anderen unter Verschluss hält? Um mich davon abzubringen, weiter in ihrer Vergangenheit zu bohren? Möglich, doch ich glaube, dass es ihr in Wirklichkeit darum ging, dass ich Giulio nicht für einen Lügner halte.

5. Kapitel

Während der Heimfahrt fasse ich einen Entschluss. Bisher habe ich meine Zeit dafür eingesetzt, Sofias Geheimnis zu lüften. Aber ich weiß nach wie vor nicht, welche zweite Chance ich für sie nutzen soll. Natürlich könnte ich weitersuchen, doch mein Plan ist ein anderer. Dass Sofia egoistisch war, und ihre Unsicherheit hinter Launenhaftigkeit versteckt hat, weiß ich mittlerweile. Ebenso, dass sie in den letzten Wochen ihre Freunde vernachlässigt und mit ihren Eltern kaum Zeit verbracht hat.

Wenn ich ihr Geheimnis schon nicht lüften kann, will ich wenigstens ein paar Schritte in die richtige Richtung tun, damit nach Sofias Tod mehr bleibt als die Erinnerung an Partynächte, kurzlebige Flirts, unbeantwortete SMS und stille Abendessen ohne Gesprächsstoff.

Den ersten Schritt habe ich mit Valentina und Giulio gemacht. Beide reden wieder mit Sofia. Heute Abend bin ich auf einer Party am Seeufer eingeladen und plane, dort ein bisschen Wiedergutmachung bei ihren anderen Freunden zu leisten. Fehlt nur noch Sofias Familie.

Einen Moment lang spiele ich mit dem Gedanken, den Geschwistern einen Brief zu schreiben. Ich könnte alte Fotos heraussuchen und in ein Kuvert stecken, könnte vage von Kindheitserinnerungen schwärmen und ihnen mitteilen, dass sie mich inspiriert haben, ein besserer Mensch zu sein.

Doch diese Geste fühlt sich übertrieben an. Vor allem fühlt sie sich nicht nach etwas an, das Sofia tun würde, und trotz guten Willens muss ich ihrem Wesen treu bleiben.

Also entscheide ich mich für eine kleinere Geste, die von Sofia kommend dennoch groß ist. Ich möchte für ihre Eltern kochen. Etwas Einfaches. Etwas, das ihre Tochter realistischerweise selbst kochen könnte. Also halte ich bei der Heimfahrt vor einem Supermarkt, um frische Tomaten, Basilikum, Knoblauch und Pasta zu kaufen.

Eine Kochkünstlerin bin ich selbst ehrlich gesagt nicht, aber mit Mühe schaffe ich es, bis zum Abend eine halbwegs genießbare Tomatensoße und Nudeln zu zaubern. Sofias Mutter ist die Überraschung anzusehen, als sie zur Küche hereinkommt.

»Was machst du denn hier?«, fragt sie, und ich bin mir sicher, dass sie trotz der Töpfe auf dem Herd nicht vermutet, dass ich für sie und ihren Mann Abendessen zubereitet haben könnte. Sofia hilft nicht, Sofia kocht nicht, basta.

»Pasta!«, verkünde ich. »Mit Tomatensoße. Ich dachte, ich verwöhne dich und Papa mal.«

»Gibt es einen Anlass?«

»Nur so.«

Als Sofias Vater kurz darauf nach Hause kommt, ist er nicht minder überrascht über die neuentdeckten Kochambitionen seiner Tochter und wirft ihrer Mutter einen verstohlenen Blick zu. Diese nickt zur Bestätigung. Ja, das Unmögliche ist passiert, die Tochter hat zum Kochlöffel gegriffen.

Meine Spaghetti sind etwas zu durchgekocht, um als *al dente* durchzugehen, und die Soße hätte weniger Salz vertragen. Trotzdem lassen wir uns das Abendessen schmecken. Sofias Vater öffnet eine seiner Weinflaschen und wir prosten uns gegenseitig zu.

»Wie war euer Tag?«, frage ich.

Erst antworten die Eltern nur knapp, doch mit jedem Schluck Wein entspannen sie sich etwas und langsam lockert sich die Stimmung. Sofias Mutter erzählt von einem Nachmittagsbesuch bei ihrer besten Freundin, deren Sohn derzeit, ich zitiere, »eine Krise durchmacht«. Als sie das sagt, hebt sie bedeutungsschwer die Augenbrauen, der Vater schnalzt mit der Zunge, während er nickt, und ich mache ein besorgtes Gesicht und tue so, als hätte ich eine Ahnung, wovon sie redet.

Auch Sofias Vater plaudert, weniger vom Job, dafür über die Nachrichten und über seine Idee, ein neues Auto zu kaufen.

Das Gespräch mit ihren Eltern fühlt sich natürlich an, keine Fettnäpfchen oder Fallstricke, und auch Sofia scheint diesen Moment zumindest ein bisschen zu genießen. Sie prickelt warm in meinem Inneren. Ein normales Familienabendessen eben, und schon wieder fühle ich mich wie in einem Déjà-vu.

Als ich mich nach dem Abendessen verabschiede, lächelt Sofias Mutter.

»Viel Spaß mit deinen Freunden. Grüß mir Valentina und Giulio!«

»Mache ich, danke. Euch auch einen schönen Abend.«

Vor der Haustür bleibe ich stehen und schaue durch das Küchenfenster in den hell erleuchteten Raum, wo sich Sofias Mutter und Vater wieder an den Küchentisch gesetzt haben. Die Weinflasche ist mittlerweile leer, die Gläser dafür bis zum Rand gefüllt. Ich glaube – und hoffe –, die beiden haben den Abend genossen.

Wieder ein Schritt in die richtige Richtung. In meiner Brust kribbelt es warm. Ich denke, die echte Sofia ist zumindest ein bisschen stolz auf mich.

***

Die Party findet am Ufer des Gardasees statt. Auf einem etwa zwanzig Meter langen Strandabschnitt abseits der belebten Touristenstraßen tummeln sich gut hundertfünfzig Jugendliche. Schon von Weitem höre ich leise Musik und Gelächter.

Baumreihen säumen die Ränder des Strands. Zwischen ihnen spannen sich Lichterketten über die Feiernden und leuchten wie übergroße Glühwürmchen vor dem Nachthimmel. Dieser ist von Wolken bedeckt, hinter denen sich die Sterne und der Mond verstecken. Das Seewasser liegt dunkel und ruhig vor uns. Man kann sich gut vorstellen, dass wir hier am Meer sind.

Ich stelle Sofias Vespa auf einem Parkplatz ein paar Meter vom Strand entfernt ab und folge einem von Fackeln beleuchteten Weg. Winzige Kieselsteine knirschen unter meinen Füßen.

Unweit von mir tanzt eine Gruppe Mädchen mit Wunderkerzen in der Hand und mehrere Jugendliche haben sich auf den Rücken gelegt und schauen in den dunklen Nachthimmel.

Kaum, dass ich den Strand betrete, drückt mir jemand einen Becher mit einer undefinierbaren, süßlich schmeckenden Flüssigkeit in die Hand. Zwei Mädchen winken mir zu, von ein paar anderen ernte ich überraschte Blicke, vermutlich weil Sofia die letzten Feiern geschwänzt hat.

Auf Zehenspitzen überblicke ich die Menge an Feiernden auf der Suche nach einem bekannten Gesicht. Ich entdecke Giulio, der sich gemeinsam mit einem Freund durch die Menge schiebt. Nach unserem gestrigen Gespräch frage ich mich, wie er reagieren wird, wenn er mich sieht. Doch bevor ich ihn grüßen oder auch nur in seine Nähe gehen kann, kommt Valentina halb tänzelnd, halb hüpfend auf mich zu und umarmt mich stürmisch von der Seite. Wie bei unserem ersten Treffen sind ihre Lippen blutrot angemalt, die Augen mit dunklem Kajal umrundet, und sie trägt ein knapp geschnittenes, seidig fließendes Kleid. In meinem T-Shirt komme ich mir etwas underdressed vor.

»Hey, Babe! Du bist echt gekommen! Freut mich total! Ich hatte Angst, du würdest wieder abspringen!«, begrüßt sie mich fröhlich und schon etwas angetrunken.

»Klar bin ich hier. Schön dich zu sehen«, sage ich und bemühe mich um ein ehrliches Lächeln.

»Komm, die anderen warten.«

Mit diesen Worten nimmt sie meine Hand und zieht mich hinter sich her, vorbei an tanzenden und schmusenden Pärchen, und vorbei an zwei Jungs, die eine Sandburg bauen, bis zu einem Platz am Rande des Geschehens, an dem eine siebenköpfige Gruppe sich rund um einen Haufen Holz niedergelassen hat, der irgendwann einmal ein Lagerfeuer werden soll. Zwei Blondinen, eine Braunhaarige und vier Jungs, alle mit dunklen Haaren. Mehrere Flaschen stehen halb in den Sand eingegraben zwischen Sofias Freunden, und eine mit Flüssigkeit gefüllte Melone wird herumgereicht. Währenddessen müht sich ein Junge mit Skater-

Mütze mit seinem Feuerzeug und einem Stück Zeitung ab, das Feuer in Gang zu bringen, doch bisher hat er nur ein paar kleine Funken erzeugt. Ich erkenne ihn genauso wie die meisten anderen der Runde von den Fotos wieder, die Sofia in ihrer Schreibtischschublade versteckt hat.

»Seht mal, wen ich mitgebracht habe!«, verkündet Valentina.

Alle scheinen sich zu freuen, mich zu sehen. Einer nach dem anderen drücken sie mir Küsschen auf die Wange und umarmen mich zur Begrüßung.

»Wo hast du gesteckt? Wir haben dich vermisst!«, meint eines der Mädchen, eine Blondine, die ihre Haare zu einem Dutt frisiert hat.

»In meinem Zimmer. Da habe ich mich eingeigelt. Es hat ein paar Wochen gedauert, bis ich einsehen musste, dass das Leben als Igel allein in seinem Loch keinen Spaß macht«, scherze ich, worauf sie verständnisvoll nickt.

Zum Glück wandern die Gesprächsthemen schnell weg von mir zu Theo, dem Jungen, der sich vergeblich mit dem Lagerfeuer abmüht, und von ihm zu den Partys der letzten Wochen. Ich lache mit den anderen und lausche ihren Feiergeschichten. Ich versuche, diesen Abend und die Gesellschaft von Sofias Freunden zu genießen – ja, wirklich, ich gebe mir alle Mühe! Doch statt Freude überkommt mich Sehnsucht.

Die Nähe des Sees, Theos schwacher Versuch, ein Feuer in Gang zu bringen, das Lachen der Freunde – all das erinnert mich an mein früheres Leben, mein erstes, mein echtes. So verschieden Sofia und ich auch sein mögen, diese Facetten ihres Lebens halten mir vor Augen, wer ich einmal gewesen bin und was ich verloren habe.

Endlich hat Theo es geschafft, das Lagerfeuer zu entfachen. Die Flammen breiten sich aus, springen vom Zeitungspapier auf die Holzstücke über, erhellen die Nacht und streicheln mit ihrer Wärme meine Wangen.

»Du bist unser Held«, kichert Valentina händeklatschend und die anderen jubeln.

Im Schein des Feuers ist es nur schwer zu erkennen, doch ich glaube, dass Theos Wangen rot anlaufen.

»Das schreit nach einem Lied! Was wäre ein Lagerfeuer ohne Musik? Was meint ihr?«, schlägt eines der Mädchen vor, woraufhin wieder alle jubeln.

Sie hebt eine Gitarre vom Boden hoch, die ich bis eben gar nicht bemerkt habe, und reicht sie in meine Richtung. Mir wird heiß beim Gedanken an die Gitarre in Sofias Zimmer. Ich kann doch gar nicht spielen, doch ich habe Glück. Valentina greift sich das Instrument und legt es auf ihre Knie. Erleichtert atme ich aus.

»Was wollt ihr hören?«, fragt sie.

»Den Klassiker!«, ruft Theo.

Der Klassiker stellt sich als *Wonderwall* von *Oasis* heraus. Valentina zupft die ersten Töne und sofort stimmen alle mit ein. Auch ich kenne den Text auswendig, singe mit und fühle plötzlich dieses vertraute Kribbeln im Bauch – Sofias Anwesenheit. Aber sie wirkt angespannt, nervös. Welche Erinnerung mag sie mit dieser Situation verbinden?

Komm schon, Sofia, denke ich, öffne dich, hilf mir weiter. Ich will doch nur verstehen!

Ihre Nervosität breitet sich in meinem Magen aus und wandert von dort bis in meine Brust. Mein Herz schlägt plötzlich schneller und mein Mund wird trocken. Im nächsten Moment teilt sie wirklich eine Erinnerung mit mir. Sie kommt plötzlich, überrennt mich wie eine Flutwelle, und sie bringt meinen Puls zum Rasen.

Es muss eine Erinnerung sein, mit der Sofia selbst zu kämpfen hat – die sie erschüttert, ihr Angst macht oder ihr zu viele Schmerzen bereitet. Denn die Erinnerungen folgen keinem linearen Zeitverlauf. Anstatt einer vollständigen Szene sehe ich Fragmente, Bildausschnitte und Wortfetzen, die mit einer wahnsinnigen Geschwindigkeit auf mich einprasseln. Von einem Moment hüpfe ich zum nächsten und wieder zurück, ohne erkennbare Logik, ohne Richtung. Als ob ich in einem Wirbelsturm aus Bildern stecken würde.

Ich sehe ein Lagerfeuer. Berge ragen im Hintergrund auf. Vor dem Nachthimmel sind sie nur als dunkle Schemen ausmachbar. Wir singen ein Lied, Let It Be *von den Beatles.*

Jemand küsst mich. Ich rieche Schweiß und Aftershave und schmecke Bier, als sich seine Lippen auf meine drücken. Raue Bartstoppeln kratzen über meine Wange. Plötzlich halte ich einen Joint in der Hand. Ich inhaliere tief, schmecke Rauch und süßliches Gras.

Ein weißer Hund rollt sich neben mir zusammen und ich kraule ihn hinter den Ohren. Sein Fell fühlt sich warm und weich an.

Das Gesicht eines Mädchens mit blonden Haaren schiebt sich vor meines. Ihr Kopf ist unangenehm nah. Sie redet unablässig. Ihr Mund bewegt sich, ihre Hände tanzen in der Luft. Sie ist wütend. Ich wende mich ab, tue so, als ob ich sie nicht bemerkte. Sie interessiert mich nicht, denke ich. Dabei lässt ihr Anblick mein Inneres heißer als das Lagerfeuer werden. Ich will, dass sie still ist, will sie verbrennen, bis sie sich in Asche auflöst, will, dass sie verschwindet. Ja, das will ich. Sie soll weg!

Ihre Augen sind weit aufgerissen, die blaue Iris von roten Adern umrandet. Wieder öffnet sie den Mund, sagt etwas, ruft etwas. Ich verstehe sie nicht und lache weiter.

Und auf einmal ist sie tatsächlich weg.

Ich kichere, wir alle tun das. Doch zwischen das Gelächter und die Musik mischen sich plötzlich hohe Schreie wie Indianergebrüll und Hundegebell.

Auf einmal ist alles dunkel und still. Ich höre nur meinen eigenen Atem und mein Herz, das laut in meiner Brust hämmert. Äste und Blätter schlagen in mein Gesicht, als ich renne. So schnell. Mitten durch den Wald. Meine Seite sticht schmerzhaft, es ist kalt. Aber ich kann nicht stehen bleiben! Ich muss laufen, schneller!

Vor mir flitzt ein schwarzer Schemen zwischen den Bäumen hindurch. Ich sehe sie nicht, höre sie nur. Das Knacken der Äste unter ihren Fußsohlen, ihren keuchenden Atem, doch ich weiß, dass sie es ist.

Das Mädchen mit den großen, blauen Augen. Auch sie rennt und ich hetze hinter ihr her.

Plötzlich ist alles still. Kälte kriecht meine Beine hoch, während ich reglos hinter einer Reihe Bäume stehe und die zwei Gestalten beobachte, die sich als dunkle Schatten vor mir abzeichnen. Die kleinere fuchtelt mit den Armen, macht einen Schritt nach vorn und will nach der größeren greifen, doch die weicht zurück.

»Bitte«, höre ich sie flehen. »Bitte … alles gut werden … Familie … bitte … komm mit.«

Abermals wechselt die Szenerie. Ich bin noch immer im Wald. Wo genau, weiß ich nicht, aber ich fühle, dass ich mich tief im Herzen eines Labyrinths aus Bäumen befinde. Vor mir erstreckt sich ein Abgrund. Das Tosen der Wassermassen übertönt alles, sogar meinen Herzschlag.

Ich bin zurück am Lagerfeuer, singe das Beatles-Lied, rauche und lache. Doch das Wispern folgt mir. »Bitte. Bitte. Bitte.«

Alles verschwimmt, wird wieder schwarz. Plötzlich bin ich wieder im Wald. Auch das Wassertosen ist zurück. Mir ist kalt, ich zittere am ganzen Körper, Schmerz fährt durch meinen Ellenbogen. Ich schaue an meinem Arm hinab, der voller Blut ist. Heiß rinnt es über meine Haut, trotzdem friere ich. So viel Rot.

Und noch immer folgt mir das Wispern. Bitte. Bitte. Bitte.

Vor mir rauscht das Wasser. Es ist so laut, dass ich meine Gedanken nicht mehr höre. Da sehe ich ihn, den Umriss eines Körpers, der vor mir im Wasser liegt. Ein Mädchenkörper. Blonde Haare. Sie bewegt sich nicht – und das Wispern hört auf.

Sofias Erinnerungen verschwinden so plötzlich, wie sie begonnen haben. *Let It Be* wird von *Wonderwall* abgelöst, das Tosen des Flusses vom Gelächter der Partygäste. Die Wärme des mickrigen Lagerfeuers umfängt mich ebenso wie der Gesang von Sofias Freunden, trotzdem zittere ich am ganzen Körper. Mein Puls rast geradezu. Sofias Anwesenheit spüre ich als kaltes Pochen in meiner Brust. Die Szenen scheinen sie genauso aus der Bahn geworfen zu haben wie mich.

Meine Gedanken überschlagen sich. Was zum Teufel bedeuten diese Erinnerungen? Wer ist das Mädchen mit den blauen Augen? Warum ist Sofia durch den Wald gerannt? Hat jemand sie gehetzt?

Nein.

Das Mädchen mit den blauen Augen lief vor ihr durch den Wald. Sofia wurde nicht gejagt. Sie war die Jägerin.

»Alles okay mit dir?«, fragt mich Sofias blonde Freundin, die mein Zittern als Einzige der Gruppe bemerkt hat.

Ich nicke und stürze mein pappsüßes Getränk in einem Zug hinunter. Wärme breitet sich in meinem Magen aus. Hoffentlich hilft das zumindest ein bisschen, um meine Nerven zu beruhigen.

»Ich glaube, das hier«, dabei hebe ich meinen Becher hoch, »ist mir etwas zu Kopf gestiegen. Ich sollte ein paar Schritte gehen.«

»Soll ich mitkommen?«, fragt sie.

»Nicht nötig.«

Ehe sie mehr sagen kann oder den anderen etwas auffällt, stehe ich auf und gehe vom Lagerfeuer weg. Am liebsten würde ich diesen lauten Strandabschnitt sofort verlassen und mich irgendwo hinsetzen, wo ich meine Ruhe habe. Der Gesang von Sofias Freunden irritiert mich genauso wie die Musik, die aus den tragbaren Lautsprechern einer anderen Gruppe dröhnt, oder wie das allgemeine Gelächter.

All diese Eindrücke, die vor Fröhlichkeit sprühen, stehen in krassem Kontrast zu dem, was ich eben erfahren habe. Zu den Bildern, die Sofia mit mir geteilt hat. Der Hund, das Mädchen mit den blauen Augen, die Schreie, Schmerz, Blut und schließlich der reglose Körper im Wasser.

Sofia, was hast du nur getan?

Am Seeufer bleibe ich stehen und reibe meine zitternden Hände aneinander. Ich atme ein paar Mal tief durch, versuche, mich zu beruhigen.

»Verdammt, verdammt, verdammt. Was hast du getan«, flüstere ich.

Weil meine Beine sich wie Pudding anfühlen, lasse ich mich in den Schneidersitz sinken und vergrabe die Finger in den feinen Kieselsteinen. Vor mir plätschert das Wasser, undurchdringlich und schwarz. Ich zwinge mich, meinen

Blick auf die sanften Wellen zu richten, die über die Ufer-kiesel lecken. Nur langsam greift die Ruhe des Wassers auf mich über.

Eine der Gruppen, die sich am Rande des Sees niederge-lassen hat, ist die von Giulio und seinen Freunden. Ich sitze nur ein paar Meter von ihnen entfernt. Weit genug weg, um ihn und seine Feier-Freunde nicht zu stören, aber nah genug, dass er mich sehen kann. Ich weiß selbst nicht so genau, was ich mir davon verspreche, und komme mir wie ein kleines, naives Mädchen vor. Giulio ist sauer auf mich und das zu-recht. Warum sollte er herüberkommen? Warum sollte es ihn überhaupt interessieren, dass ich hier sitze?

Doch nach ein paar Minuten erhebt er sich tatsächlich und kommt zu mir. Zwei seiner Freunde schauen ihm mit ge-runzelter Stirn hinterher.

»Was machst du hier so allein?«, fragt er und setzt sich neben mich.

»Ich brauchte eine kleine Pause von all dem Trubel.«

»Du?« Belustigung schwingt in seiner Stimme mit.

»Ich habe gerade einige Dinge über mich selbst erfahren, die nicht ganz leicht zu verdauen sind. Da wollte ich allein sein und nachdenken.«

»Okay … In dem Fall gehe ich wohl besser«, meint Giulio und macht Anstalten, sich zu erheben.

»Du musst nicht gehen«, halte ich ihn zurück.

Um ehrlich zu sein, wünsche ich mir, dass er bleibt, würde mich am liebsten an ihn lehnen und in seinen Armen wei-nen. Ob wegen Giulios Gegenwart oder aufgrund der beru-higenden Wirkung des Sees, langsam lässt das Zittern von mir ab.

»Bitte bleib«, sage ich.

Das Wort Bitte zeigt auch dieses Mal seine magische Wirkung. Vermutlich, weil alle überrascht sind, es aus Sofias Mund zu hören.

»Ich schätze, wir können auch gemeinsam allein sein«, entgegnet er schmunzelnd. »Und dabei aufs Wasser starren?«

»Ja, das Wasser, seine Ruhe und seine Weite, helfen mir, wenn ich meine Gedanken sammeln will.«

»Ach ja?«

Ich nicke. »So habe ich das immer schon gemacht. Ich habe mich zum Nachdenken an den See gesetzt oder bin aufs Surfboard gestiegen, habe auf die Wellen gestarrt und darauf gehofft, dass meine Gedanken so klar werden wie das Wasser.«

»Du surfst?«, fragt er.

»Windsurfen.«

Das hätte ich nicht sagen dürfen. Sofia surft nicht, und meine Aufgabe ist es, ihre Rolle einzunehmen, doch ehrlich gesagt ist mir das nach den Bildern, die ich gerade gesehen habe, egal.

»Das mit deinem Vater … das tut mir leid«, sage ich dann. »Mir war bis gestern gar nicht bewusst, was für ein schrecklicher Mensch ich bin. Aber wie es aussieht, war das nicht mal das Schlimmste, das ich getan habe.«

»Wie meinst du das?«, fragt er mit schiefgelegtem Kopf.

»Vergiss es«, winke ich ab, denn was sollte ich ihm erzählen? Ich weiß ja selbst nicht, was genau passiert ist. »Meine Feierlaune ist gründlich verflogen. Ich will hier weg.«

»Okay«, sagt er bloß. »Lass uns gehen.«

***

Die Motorräder sind am Rande des Seeufers abgestellt. Wie selbstverständlich bedeutet mir Giulio, bei ihm aufzusteigen, obwohl ich Sofias Vespa hier habe. Dafür bin ich ihm dankbar, immerhin bin ich aufgewühlt und habe getrunken.

Giulio lenkt uns aus der Stadt heraus. Er wirkt, als wisse er genau, wo er hinwill. Ob wir nach Hause fahren? Doch zu meiner Überraschung parkt er vor einer Autoraststätte.

»Hier gibt es die besten Croissants zu jeder Tages- und Nachtzeit«, erklärt er.

Ein Glöckchen bimmelt, als wir eintreten. Auf der linken Seite der Raststätte befindet sich ein Aufenthaltsraum mit mehreren Tischen, die alle leer sind. Rechts von uns breiten sich Regalreihen wie im Supermarkt aus. Dahinter befinden sich die Theke, wo Kaffee und Snacks verkauft werden, und einige Stehtischchen. Im Gegensatz zu den Tischen im Aufenthaltsbereich sind diese hier zum Teil besetzt. Es riecht nach frischen Brötchen und Marmelade. Die Verkäuferin gähnt gerade herzhaft.

Giulio bedeutet mir, an einem der Stehtische zu warten, während er Croissants und Orangensaft für uns an der Theke bestellt. Derweil beobachte ich zwei LKW-Fahrer am Nebentisch, die sich bei einer Tasse Espresso unterhalten. Ich versuche, Sofia in mir zu erspüren, doch ich fühle dieselbe Leere wie in meinem ersten Moment in ihrem Körper. Seitdem die Erinnerungen uns am Lagerfeuer eingeholt haben, ist nicht mal mehr ein Funken ihrer Anwesenheit spürbar. So sehr müssen diese Bilder sie getroffen haben.

Giulio balanciert ein Tablett mit zwei Pappbechern und Frühstückscroissants. Seine Haare sind vom Motorradhelm plattgedrückt, doch zwei widerspenstige Locken stehen über seinen Ohren zur Seite ab. Ich muss mir ein Schmunzeln verkneifen. Mit seiner unordentlichen Frisur sieht er irgendwie süß aus.

»Besser?«, fragt er, als ich in das Gebäck beiße und ja, hier in der ruhigen Raststätte und mit dem Geschmack von Marmelade und Croissant auf der Zunge geht es mir wirklich besser.

»Du weißt eben immer noch, was ich gerne mag«, sage ich, worauf er die Stirn runzelt.

»Wir waren nie gemeinsam hier.«

»Oh.«

Giulio seufzt. »Ich weiß, ich klinge wie eine Schallplatte auf Dauerschleife, aber du benimmst dich ernsthaft wie ein völlig anderer Mensch.«

»Wie ein Geist, der in Sofias Körper steckt?«, hake ich kichernd nach.

Gott, wie dämlich. Der Drink, den Valentina mir am See gegeben hat, zeigt seine Wirkung.

»Das würde zumindest erklären, warum du dich so merkwürdig verhältst.« Er beißt von seinem Croissant ab, denkt nach. Schließlich zeigt er ein breites Grinsen. »Nehmen wir an, dass du tatsächlich ein Geist bist. Wo steckt dann die echte Sofia?«

»Die ist auch noch hier. Wir teilen uns jetzt diesen Körper.«

»Natürlich. Wie konnte ich da nicht selbst draufkommen?«. Er verdreht spielerisch die Augen. »Und warum steckt ein Geist in Sofias Körper? Hat sie ihre Seele an den Teufel verkauft oder so?«

»Ich hoffe doch, dass ich kein Teufel bin. Nein. Es geht darum, einen Wunsch für Sofia zu erfüllen.«

Ich beobachte seine Mimik genau, denn sollte er Anzeichen dafür zeigen, dass er meine Geschichte für verrückt hält, muss ich mich zurücknehmen. Aber er lächelt zufrieden vor sich hin.

»Welchen denn?«, fragt er.

»Weiß ich noch nicht.«

»Ah … und darum all deine schrägen Fragen.«

Diese Art von Spinnerei scheint ihm ziemlichen Spaß zu machen. Kein Wunder, immerhin hat er vor Kurzem selbst betont, wie sehr es liebt, über Blödsinn zu philosophieren.

»Und wie lange hast du, werte Frau Geist, vor, in Sofias Körper zu bleiben?«

»Bis ich sterbe«, antworte ich, ohne lange darüber nachzudenken.

Mist. Auf den Tod wollte ich unser Gespräch eigentlich nicht lenken, doch Giulio spielt das Spiel weiter.

»Und wie stirbst du?«, will er wissen.

Diese Frage bringt mich zum Schlucken. Obwohl der Tod mein ständiger Begleiter ist, rede ich normalerweise nicht über ihn.

»Jedes Mal anders. Krebs, Autounfall, Schlaganfall, Herzinfarkt, ein Bergabsturz. Ich bin krank, habe einen Unfall, ertrinke, werde überfahren, schlage irgendwo am Boden auf.«

Es mag merkwürdig klingen, doch so offen über mein Dasein sprechen zu können, tut mir wahnsinnig gut – auch wenn Giulios Tonfall keinen Zweifel daran lässt, dass er meine Worte bloß für eine witzige Geschichte hält. Vielleicht ist es auch das, was es so einfach für mich macht, mich zu öffnen. Das Wissen, dass ich alles sagen kann und er es für reine Fantasie halten wird.

»Ah!« Giulio zieht wissend die Augenbrauen hoch. »Dann warst du davor schon in anderen Körpern.«

»Mhm.«

»Und bist gestorben.«

Wieder nicke ich.

»Kannst du nicht irgendwas tun, um den Tod zu verhindern?«

»Nein.«

»Oder um ihn wenigstens hinauszuzögern?«

»Auch nicht. Glaub mir, ich hab's versucht.«

»Ganz schön scheiße«, meint er und beginnt zu lachen.

Ich kann nicht anders, ich kichere mit. »Ja, richtig scheiße«, bringe ich zwischen den Lachlauten heraus. »Und glaub mir, du gewöhnst dich nie daran.«

Plötzlich schlägt die Stimmung um. Die Luft zieht sich zusammen, fühlt sich schwer an und voller Anspannung, und Giulio hält mitten im Bissen inne.

»Das klingt schrecklich.« Er lässt seine Hand mit dem Croissant sinken und schaut mir ins Gesicht, während er die Information wirken lässt. Ich schaffe es nur ein paar Sekunden lang, seinem intensiven Blick standzuhalten, und senke meinen auf den Tisch.

»Hat diese Geschichte irgendwas mit dir zu tun?«, fragt er schließlich.

»Ich … was?«

Unmöglich, dass er das ernstgenommen hat. Schließlich ist es viel zu verrückt, um es auch nur eine Sekunde lang zu glauben. Oder?

»Es klingt so, als hättest du ziemlich intensiv über den Tod nachgedacht.«

Jetzt begreife ich. Früher war Sofia ein feierwütiges, gut gelauntes, selbstbewusstes Mädchen. Dann hat sie sich völlig zurückgezogen, und jetzt redet sie über den Tod. Kein Wunder, dass Giulio sich Sorgen macht.

»Tut mir leid. Ich dachte, die Geschichte gefällt dir.«

»Tut sie. Sie klingt … spannend.« Er versucht, zu lächeln, doch es erreicht seine Augen nicht.

Eine Zeit lang essen wir schweigend. Ich beobachte weiter die wenigen Leute in der Raststätte, die kommen und gehen. Giulio beobachtet mich ein paar Sekunden lang.

Schließlich räuspert Giulio sich. Bei seiner nächsten Frage ist mir klar, dass er sie nur stellt, um das Schweigen zu beenden und seine Unsicherheit zu überspielen.

»Was passiert in deiner Geschichte, nachdem dieser Geist Sofias Körper verlassen hat?«

Ich sollte dieses Gespräch beenden. Der rationale Teil von mir weiß, dass es nur Ärger bringt, mich Giulio zu sehr anzuvertrauen – selbst wenn es nur im Spiel ist. Doch es drängt mich, weiterzusprechen. So offen zu sein, fühlt sich unglaublich gut an. Die Dinge, die mich schon so lange beschäftigen, endlich laut aussprechen zu können.

»Er wandert weiter. In den nächsten Körper. Manchmal dauert das ein paar Tage, manchmal nur Minuten.«

»Es gibt also ein Zwischen-den-Leben?«

Ich nicke.

»Und?« Er zieht die Buchstaben in die Länge und hebt die Brauen.

»Was?«

»Na, wo ist dieser Geist, wenn er zwischen zwei Leben steckt? Wie fühlt es sich an?«

»Es fühlt sich gar nicht an. Es ist so, als würde man direkt von einem Körper in den nächsten rutschen, selbst wenn dazwischen ganze Wochen vergehen. Was genau in dieser Zeit passiert, wo der Geist ist, das weiß ich nicht.«

»Weißt du«, beginnt Giulio. Er beugt sich so nahe zu mir, dass sich unsere Nasenspitzen beinahe berühren. »Wenn du dir schon so eine verrückte Geschichte ausdenkst, musst du es auch durchziehen und dir die Details überlegen. Du kannst nicht einfach sagen, dass du keine Ahnung hast, was das Dazwischen ist oder wie der Geist in neue Körper rutscht, sonst glaubt dir doch keiner.«

»Mir glaubt sowieso keiner.«

Ein Lächeln breitet sich auf seinen Lippen aus und er beugt sich noch einen Millimeter näher zu mir, sodass ich die Wärme seiner Haut in der Luft spüre.

»Stimmt«, gibt er zu. »Aber Mühe geben könntest du dir trotzdem.«

»Wenn ich tatsächlich jedes Detail kennen würde, wäre die Geschichte doch erst recht unglaubwürdig.«

»Touché«, meint er lächelnd und streckt die Hand aus, um eine Haarsträhne, die mir ins Gesicht gerutscht ist, hinter mein Ohr zu schieben. Ein paar Atemzüge lang bleibt seine Hand auf meiner Wange liegen. Dann, als ob er sich erst jetzt erinnern würde, dass wir uns eigentlich nicht mehr mögen, zieht er sich zurück. »Falls du die Geschichte irgendwann aufschreibst, als Buch oder so, musst du dir trotzdem was für den Übergang zwischen den Leben überlegen.«

Ich schaue ihm in die Augen, in denen sich mein, nein, Sofias Gesicht spiegelt. Dann lehnt er sich zurück. Sein Blick ist plötzlich wieder ernst.

»Du hattest übrigens recht, das wollte ich dir sagen.«

»Womit?«, frage ich etwas verdattert.

»Damit, dass ich dich absichtlich ein paar Meter habe fallen lassen. Beim Klettern. An der Wand. Ich hätte mich schon längst so richtig bei dir entschuldigen sollen.«

Plötzlich spüre ich einen Sprung in meinem Magen. Es ist ein Gefühl, wie wenn man in einer Achterbahn sitzt, die gerade in die Tiefe saust. Eine Sekunde später ist es verschwunden, doch es war deutlich genug für mich, um zu wissen, dass Sofia hier ist. Und sie hört genau zu. Giulios Geständnis scheint sie zu überraschen. Mich auch, um ehrlich zu sein. Wieso erzählt er mir das jetzt?

»Im Ernst? Ich meine … das … also, ich …… Wieso?!«, frage ich verdattert.

»Ich war wütend. Weißt du, als das Camp losging, hatte ich erst gar keine Lust, mit dir dort zu sein. Am liebsten hätte ich dich nie wiedergesehen. Aber dann, vor allem in den ersten zwei, drei Tagen, hast du dich verhalten wie früher. Ich dachte, vielleicht kriegen wir das wieder hin.«

»Und dann?«

»Das alles war vorbei, als du dich in diesen Pierluigi verguckt hast. Es war genauso wie damals mit Bernie. Er war der gleiche, versoffene, bekiffte Typ, aber für dich war er der ultimative Mann.« Während er das sagt, meidet er meinen Blick und zupft imaginäre Fussel von seinem Shirt.

»Hat dich das gestört? Dass ich was mit dem Trainer angefangen habe?«

»Erst nicht. Ich hatte ja Chiara. Sie war toll. Ich mochte ihren schwarzen Humor und die Art, wie sie über Sachen gelacht hat, von denen ich nie kapiert habe, warum sie witzig sind.« Er lächelt bei der Erinnerung an sie. »Aber als du dich über sie lustig gemacht hast, ist bei mir irgendwie eine Sicherung durchgebrannt.«

Während er erzählt, hält er den Blick gesenkt. Ich wundere mich, dass ich Sofias Anwesenheit so gar nicht spüre, obwohl diese Beichte sie doch aufregen müsste.

»Also hast du beim Sichern ein wenig lockergelassen, um mir eins auszuwischen«, beende ich seine Beichte. »Ich schätze, ich habe es verdient.«

Mit dieser Antwort hat Giulio offensichtlich nicht gerechnet. Er zieht skeptisch den Mundwinkel hoch. »Du solltest jetzt eigentlich eine Szene machen. Mir sagen, dass ich ein Idiot bin und ein Lügner und ein Kind …«

»Dir den Rest Orangensaft über den Kopf schütten und den ganzen Laden zusammenschreien«, füge ich hinzu.

»Genau.«

Wieder lachen wir beide.

»Ich muss dir auch etwas sagen.«

»Ja?« Er hebt die Augenbrauen.

»Es kommt wahrscheinlich viel zu spät, aber ich möchte mich bei dir entschuldigen. Für diese Aktion mit deinem Dad. Ich weiß, dass ich mich nicht okay verhalten habe. Aber …« Ich schlucke. »Es war anders, als du denkst. Ich wollte ihn nicht verführen. Ich war mit Bernie im Schlafzimmer deiner Eltern und dann … Dein Dad wollte mir helfen, er …«

»Ich weiß.« Giulio zwingt sich zu einem Lächeln, das beinahe gequält aussieht.

»Du wusstest das?« Ich starre ihn mit offenem Mund an. Giulio wiegt den Kopf. Ist das ein Ja oder ein Nein?

»Wieso hast du es mir nie erzählt?«, fragt er. »Was damals wirklich passiert ist?«

Ich zucke die Schultern. »Vermutlich, weil ich mich dafür geschämt habe.«

Und tatsächlich fühle ich Sofias Scham in meiner Brust. Selbst jetzt.

»Es ist schon komisch.« Giulio seufzt. »Nach allem, was du getan hast, war ich mir sicher, dir nie wieder eine Chance geben zu wollen. Ich habe es ernst gemeint, weißt du, als ich dir in dieser Nacht im Camp gesagt habe, dass du dich für immer aus meinem Leben verpissen sollst. Als du gestern bei mir zu Hause aufgetaucht bist, da dachte ich, du spielst nur wieder eines deiner Spielchen. Dass du dich sowieso nie ändern würdest.«

»Und jetzt ist das anders?«

»Irgendwie schon, ja. Allein, dass ich dir das alles erzählen kann, dass ich ehrlich mit dir sein kann, ohne dass du eine Szene machst und dich in den Mittelpunkt stellst … Er macht eine kurze Pause, denkt nach. »Diese verrückte Geschichte mit dem Körperwechsel, all die Fragen, die du stellst, deine ganze Art. Alles hat sich verändert. Als wärst du wirklich eine ganz andere Person. Ich mag die neue Sofia lieber.«

»Danke«, sage ich und fühle im selben Moment einen Stich in der Brust. Das ist Sofia, sie ist eifersüchtig.

Wieder beugt er sich nach vorn, legt seine Hand auf meine und sagt: »Apropos Geistergeschichte, tu mir einen Gefallen und stirb nicht, okay? Es wäre zu schade, wenn wir die neue Sofia so schnell wieder verlieren.«

Auch wenn er es als Scherz gemeint hat, muss ich schlucken. *Stirb nicht.* Diesen Wunsch werde ich ihm leider nicht erfüllen können.

Und als ob damit alles gesagt wäre, als ob wir unser Kontingent an Worten ausgeschöpft hätten, gehen wir schweigend zu Giulios Vespa und fahren nach Hause.

6. Kapitel

E gal, in wessen Körper ich stecke, wie stark oder schwach die Verbindung mit meinem Gastgeber ist, meine Träume gehören mir allein. Für die paar Stunden zwischen dem Schlafengehen und Aufwachen bin ich wieder ich und werde vom immer gleichen Traum verfolgt.

Ich stehe bis zu den Hüften im See, trage ein weißes Kleid, und über mir krächzen die Krähen. Ihr Echo tanzt über die Wasseroberfläche und übertönt alle anderen Geräusche. Der Himmel ist grau, Nebelschlieren ziehen sich über den See. In der Hand halte ich eine Laterne, die mir etwas Licht spendet. Weiter als zwei, drei Meter sehe ich damit jedoch nicht.

Aber dieses Mal ist etwas anders. Obwohl er eigentlich zu Sofias Leben gehört, hat Giulio sich in meine Traumwelt geschlichen. Er steht etwa zwei Armlängen von mir entfernt im Wasser. Erst sehe ich nur sein Spiegelbild auf der Oberfläche. Langsam hebt er den Arm, greift nach etwas in der Ferne und erstarrt mit seiner geöffneten Handfläche in der Luft. Auf dem Wasserspiegel sieht es so aus, als versuche er, eine der Krähen zu fangen, die über seinem Kopf kreisen.

Ich lasse meinen Blick von Giulios zu meinem eigenen Spiegelbild wandern. Mein weißes Kleid löst sich zum Saum hin im Wasser auf, um sich mit der Dunkelheit des

Sees zu vereinen. Plötzlich legen sich dicke Schneeflocken auf die Wasseroberfläche und auch auf meine Arme, meine Beine und mein Gesicht. Ich streiche sie weg. Erst da bemerke ich, dass heißes Blut aus einer Kopfwunde über meine Wange fließt.

In dem Versuch, mich wenigstens ein bisschen zu wärmen, schlinge ich die Arme um mich. Als ich den Blick wieder hebe, hat Giulio sich umgedreht und läuft von mir weg. Ich will, dass er zurückkommt, aber er geht weiter. »Giulio!«, rufe ich. Doch entweder hört er mich nicht oder er will mich nicht hören. Irgendwann verliere ich ihn aus den Augen.

Ich wate ihm durch das seichte Wasser hinterher. Wie lange, das weiß ich nicht. Irgendwann verstummen die Krähen, sodass ich das Wasser hören kann, das am Stoff meines Kleids leckt. Plötzlich spüre ich festen Grund unter meinen Füßen. Als ich aufschaue, sehe ich, dass sich vor mir ein Friedhof erstreckt. Er wird von Millionen Kerzen erleuchtet, in deren Licht die Schneeflocken tanzen. Ich schiebe mich durch diese Armee kleiner Flammen, bis ich das Zentrum des Friedhofs erreiche. Dort prangt ein dunkles Loch wie ein Tor in eine andere Welt. Ein offenes Grab. Langsam lehne ich mich nach vorn, um einen Blick hineinzuwerfen. Ich weiß, wen ich dort sehen werde: Mich selbst. So ist es immer.

Doch anders als normalerweise liege nicht ich auf der harten, kalten Erde, sondern Giulio. Eine feine Schicht aus Puderschnee bedeckt seinen Körper, nur sein Gesicht sticht aus der weißen Decke hervor. Auf seiner Wange schmilzt eine einzelne Flocke, verwandelt sich in einen Tropfen und hinterlässt eine Spur, während sie zu seinem Kinn wandert. Es sieht aus wie eine Träne.

Tote weinen nicht.

Am nächsten Morgen erwache ich mit Kopfschmerzen. Sofias Eltern sind bereits außer Haus. Wieder finde ich eine halbvolle Kanne Kaffee in der Küche. Ich stürze eine Tasse hinunter und dann noch eine halbe, denn ich habe ich mir fest vorgenommen, heute herauszufinden, was es mit Sofias Erinnerungen auf sich hat, und dafür brauche ich eine ordentliche Portion Koffein!

Sofias PIN-Code oder das Passwort ihres Laptops habe ich noch immer nicht entschlüsselt. Also werde ich meine Recherche anderswo durchführen müssen und fahre zum zweiten Mal zur Bibliothek von Bardolino. Ich suche mir einen Computerplatz am Rande der Bibliothek und tippe ›Go High!‹, den Namen des Klettercamps, in die Suchleiste.

Der erste Link führt mich zur Webseite des Camps, die mit Bildern früherer Kletterlager, Informationen zu Kletterrouten und einem Terminplan für kommende Veranstaltungen gefüllt ist. Auch die Facebook-Seite sowie die Bildersuche werfen eine Fülle lachender Gesichter und Klettertipps aus, jedoch keine neuen Informationen. Sofia hält sich während meiner Suche still im Hintergrund.

Als Nächstes tippe ich ›Valtellina‹ ein, das Tal, in dem der Kletterkurs stattfand, nördlich des Gardasees inmitten der Dolomiten. Hier empfangen mich Bilder pittoresker Bergdörfer und eines von Bergen eingerahmten Tals sowie Touristeninformationen.

Ich wähle die *News*-Sektion der Suchmaschine aus, weil ich dort am ehesten auf passende Informationen hoffe. Die ersten Schlagzeilen informieren mich über eine Wein-Tour durch das Tellina-Tal, die Neueröffnung eines Fünf-Sterne-Hotels sowie die zehn besten Geheimtipps für Fotos in Norditalien. Dann entdecke ich es, und sofort schlägt mein

Herz schneller. Ein Kribbeln breitet sich in meinem Bauch-raum aus. *Hallo Sofia*, denke ich.

Die Schlagzeile lautet: *Sechzehnjährige vermisst im Valtellina.*

Ich schlucke die Nervosität hinunter und klicke auf den Link. Mir wird gleichzeitig heiß und kalt, während ich den Artikel lese, der davon berichtet, dass die sechzehnjährige Chiara Ronzati vor fünf Wochen, also genau zu der Zeit, als Sofia und Giulio am Klettercamp teilnahmen, verschwunden ist. Chiara – wie das Mädchen, das Giulio kennenge-lernt hat. Das Mädchen, dessen Lachen und dunklen Humor er anziehend fand. Das Mädchen, über das Sofia sich lustig gemacht hat. Kann das ein Zufall sein?

Sofia, komm schon, schick mir eine Erinnerung, irgendwas, flehe ich innerlich. Doch mein stummes Bitten ist ihr egal. Kälte kriecht meinen Rücken hoch, als wäre Sofia in mir zu Eis gefroren. Die Finger meiner linken Hand trommeln auf der Tischplatte, während ich mit der rechten schnell weiter scrolle. Der Artikel berichtet davon, dass mehr als zweihun-dert Männer und Frauen der umliegenden Orte sich an der Suche nach Chiara beteiligt haben. Ohne Erfolg.

»Unsere Chiara war ein fleißiges Mädchen, ruhig und beliebt in ihrer Klasse. Wir machen uns große Sorgen. Wir würden alles tun, um sie zurückzubekommen. Chiara, wenn du das liest, bitte komm zurück«, wird ihre Mutter zitiert.

Chiara wird als sportliche und freundliche Person be-schrieben. Niemand weiß, warum sie weggelaufen sein könnte. Neben dem Artikel prangt ein Foto von ihr. Blonde Haare, blaue Augen, breites Lächeln. Das ist sie, eindeutig. Das Mädchen aus Sofias Erinnerung. Das Mädchen, das So-fia durch den Wald gejagt hat.

Sofia, was hast du nur getan?

Wieder keine Antwort. Dafür eine Erinnerung. Endlich.

Ich friere. Meine Arme und Beine sind vor Kälte steif, meine Finger zittern. Hinter mir rauscht der Wind durch eine Wand aus Tannennadeln. Der Mond ist unter einer Wolkendecke verschwunden, die sein Licht verschluckt, als sei ich direkt in ein schwarzes Loch gelaufen.

Giulios Anwesenheit fühle ich mehr, als dass ich ihn sehe.

»Du verdammtes Arschloch!«, schreie ich.

»Sofia?« Er klingt überrascht. Am liebsten würde ich ihm eine Ohrfeige verpassen, ihn kratzen, bis er blutet. Doch ich bleibe am ganzen Körper zitternd stehen.

»Was hast du gemacht?«, frage ich, leiser dieses Mal, fast flüsternd.

Giulio antwortet gar nichts.

»Wolltest du mit Chiara abhauen?«

»Wovon redest du?« Er klingt ehrlich verwirrt, als hätte er keine Ahnung, was ich von ihm will. Das macht mich erst recht wütend.

»Wolltest du!?«, rufe ich.

»Warum sollte ich das? Sofia, was ist los?«

»Du bist so ein Arschloch«, spucke ich aus. »Sag mir wenigstens die Wahrheit! Du hast sie gevögelt und jetzt weißt du nicht, was du machen sollst!«

Aber ich weiß es. Nicht, was er machen soll, sondern, was er machen wird. Er wird das Richtige tun – oder zumindest das, was er für das Richtige hält. So ist er nun mal.

Und das ist das Schlimmste an dieser Situation: Dass ich Giulio verlieren werde. An sie, dieses Mädchen mit dem viel zu süßen

Gesicht, den riesigen Babyaugen, der Piepsstimme, die alle einlullt. Sie wird ihn mir wegnehmen.

Falsch. Sie hat ihn mir schon weggenommen. Dabei habe ich ihn gerade erst zurückbekommen.

»Du hast sie doch nicht mehr alle«, faucht er.

»Ich wünschte, du hättest nicht mit ihr geschlafen«, flüstere ich.

Giulio lacht auf. Trocken. Bitter.

Es klingt gar nicht nach ihm.

»Bist du eifersüchtig, oder was?« Und als ich nichts entgegne, als ich nur zitternd vor ihm stehe, macht er einen Schritt auf mich zu und sagt: »Du bist doch völlig high.«

»Ich ... ich ...«

Das bin ich wirklich, aber es ändert nichts daran, dass ich mich beim Gedanken, Giulio für immer zu verlieren, am liebsten übergeben würde. Ja, wir haben uns auch schon davor gestritten, aber ich wusste immer, dass er zurückkommen würde. Nur dieses Mal nicht.

»Sofia?«

Er steht jetzt vor mir, legt die Hand auf meinen Oberarm, und auch wenn ich sein Gesicht nicht sehen kann, bin ich mir sicher, dass es Sorge ausdrückt.

»Es ist alles okay«, sagt er sanft.

»Nichts ist okay!«

»Ich will nicht mit Chiara abhauen.« Er spricht überdeutlich wie mit einem Kind. »Und ich habe auch nicht mit ihr geschlafen. Okay?«

»Du ... was?« Wenn das stimmt ... wenn er die Wahrheit sagt und wirklich nie mit ihr geschlafen hat, dann ... dann habe ich ... Ich balle die Hände zu Fäusten und beiße mir so fest auf die Unterlippe, dass ich Blut schmecke.

»Komm. Ich bringe dich zurück.«

Er versucht, mich mit sich zu ziehen, aber ich reiße mich los. Ich kann nicht mit. Wie sollte ich? Nicht nach dem, was ich jetzt weiß. Nicht nach dem, was passiert ist.

»Sofia, warte!«

Ich stolpere beinahe, als ich mich umdrehe und losrenne.

»Wenn du jetzt wegrennst, komme ich dir nicht nach!«, ruft Giulio hinter mir. »Was soll das, Sofia?!« Und dann, wütender: »Dann hau doch ab. Am besten verpisst du dich ganz aus meinem Leben!«

Nur einmal noch schaue ich über meine Schulter und sehe Giulio, der in die entgegengesetzte Richtung läuft.

Was haben diese Erinnerungsbilder zu bedeuten? Mein Herz schlägt mittlerweile so schnell, dass es droht, aus meiner Brust zu springen. Was hat Sofia nur getan? Hat sie Chiara verschwinden lassen, damit sie ihr Giulio nicht wegnimmt?

Viele meiner Gastgeber hatten dunkle Geheimnisse, sie haben gelogen, jemanden betrogen, sogar gestohlen. Im Körper eines Mörders war ich noch nie.

Hitze überkommt mich wellenartig, mein Schock gemischt mit Sofias. Denke ich das denn wirklich? Dass Sofia eine Mörderin ist?

In diesem Moment schießt mir ein Gedanke durch den Kopf, so laut, dass es wehtut: *Ich muss Chiara finden.*

Und im nächsten Augenblick kommt eine weitere Erinnerung hoch.

Ich sitze am Schreibtisch und starre auf das Display, auf Giulios Nummer und auf meinen Daumen, der einen halben Zentimeter über der Anruftaste schwebt.

»Komm schon, Sofia, komm schon«, versuche ich mir selbst Mut zu machen.

Aber ich bringe es nicht über mich, auf das kleine, grüne Telefonsymbol zu drücken. Ich muss ihn anrufen, ihm erzählen, was ich weiß, ihn bitten, mit mir ins Valtellina zu fahren. Er hat die Wahrheit verdient. Er muss wissen, was mit Chiara passiert ist. Außerdem brauche ich seine Hilfe, um sie zu finden.

Aber ich schaffe es nicht. Giulio hasst mich. Er wird mich verurteilen und er wird mir kein Wort glauben.

»Komm schon, komm schon«, murmle ich.

Ich drücke auf die Taste und halte den Atem an. Während das Rufzeichen ertönt, spüre ich, wie mein Herzschlag sich beschleunigt. Es tutet dreimal, viermal, fünfmal. Schließlich höre ich die Stimme des Anrufbeantworters. »Bitte hinterlassen Sie eine Nachricht.«

Verdammt! Ich lasse den Kopf in meine Hände sinken und kämpfe gegen die Tränen an.

Als die Erinnerung verblasst, weiß ich, was ich zu tun habe. Giulios Handynummer habe ich aus Sofias Erinnerung noch frisch in meinem Kopf. Schnell packe ich meine Sachen zusammen und gehe zur Rezeption.

»Entschuldigen Sie, Signora. Darf ich bitte Ihr Telefon benutzen?«, frage ich die Bibliothekarin, die mich irritiert anschaut, es mir aber erlaubt. Doch ich erreiche nur den Anrufbeantworter, genauso wie in Sofias Erinnerung.

Und jetzt? Soll ich zu ihm nach Hause fahren? Warten, bis er sich meldet? Da kommt eine neue Erinnerung hoch.

Ich sehe Chiara auf einer breiten Fußgängerstraße umringt von Dutzenden von Leuten, die Einkaufstaschen tragen oder händchenhaltend schlendern. Es muss Hochsommer sein, denn alle tragen Shorts oder Kleider. Die Sonne steht hoch am Himmel und brennt auf meinen Kopf.

»Chiara!«, wispere ich.

Sie kann mich nicht gehört haben. Trotzdem schaut sie sich um, presst die Lippen zusammen und läuft los. Ich muss ihr nach! Sofort!

Einen Sekundenbruchteil später ist die Erinnerung weg, doch ich glaube, verstanden zu haben, was Sofia mir sagen will.

Ich laufe nach draußen, schwinge mich auf den Sitz der Vespa und fahre los. Endlich kenne ich Sofias Ziel: Ich muss zum Valtellina fahren. Chiara finden, falls sie noch lebt. Die Beichte ablegen, falls sie tot ist. Ich muss das richtigstellen, was Sofia am Abend des Lagerfeuers im Camp verbrochen hat.

Während der Fahrt bin ich überraschend ruhig. Zwar rumoren die Fragen in meinem Kopf, doch das Wissen, dass ich Sofias zweite Chance endlich so nutze, wie sie es gewollt hat, beruhigt mich.

Nach rund zwei Stunden Fahrt tauchen die Dolomiten in der Ferne auf. Mein Puls beschleunigt sich, das Kribbeln ist wieder da. Sofias Präsenz ist jetzt deutlich spürbar, wie ein Kolibri flattert sie in meinem Magen, und im nächsten Moment überschwemmen mich die Bilder.

Ich an der Felswand, Giulio unter mir mit dem Sicherungsseil in der Hand. Das Lagerfeuer vor dem Hintergrund der nachtschwarzen Berge. Zwei Schemen im Wald. Tannennadeln, die mir ins Gesicht schlagen, während ich an den Bäumen vorbei hetze.

Chiaras große blaue Augen. Der Körper im Fluss, Wasserrauschen.

Nur einen Moment lang übermannen mich Sofias Erinnerungen, dann bin ich zurück in der Realität, zurück auf der Straße und auf der Vespa. Doch dieser Moment war zu lang.

Ich höre lautes Hupen. Ein LKW! Die Reifen des Motorrollers quietschen, als ich den Lenker herumreiße.

Zu spät.

Ich verliere die Kontrolle, schlittere über die Straße. Wie in Zeitlupe nehme ich wahr, dass ich mitsamt Vespa auf die Seite kippe. Das Hupen wird lauter, die Reifen des LKW quietschen. Alles wird hell, als sich Himmel und Sonnenlicht über mir ausbreiten.

Krachend schlage ich am Boden auf.

Paola

7. Kapitel

Das darf nicht passiert sein!

Ich war so nahe dran, Sofias zweite Chance zu nutzen!

Das Hupen des LKW gellt in meinem Schädel, meine linke Körperhälfte brennt, vor allem mein Kopf, der sich anfühlt, als würde er entzweigerissen.

Ich torkle nach vorn, stütze mich an einer festen Oberfläche ab, um nicht zu fallen, und atme tief durch, während ich meine Augenlider fest aufeinanderpresse. Langsam verklingt das Hupen, der Schmerz ebbt ab, und mit ihm löst sich der Moment des Unfalls von mir.

Einen Augenblick lang gebe ich mich der Hoffnung hin, dass das nur ein Traum ist, dass ich noch immer in Sofias Körper stecke. Doch ich fühle mich schwerer an, weicher, älter, sodass ich es einsehen muss: Ich bin nicht mehr Sofia. Sie ist weg. Endgültig.

An den Moment zwischen zwei Leben werde ich mich nie gewöhnen. An diese paar Sekunden, in denen ein Teil von mir sich an der Erinnerung des alten Körpers festkrallt und ich den Nachhall des Todes spüre, während gleichzeitig die neuen Eindrücke auf mich einprasseln.

»Signora, ist alles in Ordnung mit Ihnen?«, höre ich eine besorgte Stimme.

Ich schüttle mit geschlossenen Augen und aufeinanderge-
pressten Lippen den Kopf. Ich brauche noch ein paar Sekunden, um mich in den neuen Körper hineinzufühlen. Meine
Körpertemperatur ist höher als die von Sofia, aber meine
Finger und Füße fühlen sich kalt an, und mein neues Herz
schlägt schneller, als ich es von Sofia gewohnt bin. Die
schmerzende Narbe am Unterarm ist verschwunden, dafür
spannen meine Unterschenkel und die Füße drücken, als
würden sie in zu kleinen Schuhen stecken.

»Signora, hören Sie mich? Signora?«, meldet sich da wieder die besorgte Stimme.

Ich zwinge mich zu einem Lächeln. Schneller, als es mir
lieb ist, muss ich in meine neue Rolle schlüpfen. Als ich die
Augen öffne, sehe ich erst nur Zitronen. Zitronenbilder an
der Wand, ein zitronengelber Teppich, Zitronen-Zierdeck-
chen auf dem Tisch, an dem ich mich abstütze. In einem Regal zu meiner Rechten stehen reihenweise Flaschen Limon-
cello, gefüllt mit der berühmten, gelb leuchtenden
Flüssigkeit, daneben ein Korb mit Zitronenseife. Auf der anderen Seite des Raums sind Teller, Schüsseln, Salzstreuer
und Geschirrtücher ausgestellt. Alles mit Zitronendruck.

Die besorgte Stimme gehört einem älteren Herrn mit
Brille und Safarihut, der ein Körbchen voller Zitronen-Sou-
venirs in der Hand hält.

»Mir war nur schwindelig«, beruhige ich ihn. Er nimmt
meine Antwort nickend zur Kenntnis und schaut sich weiter im Laden um.

Wo bin ich?

Kaum, dass ich mir diese Frage stelle, kenne ich die Antwort. In einem kleinen Souvenirladen im Herzen Limones,
einer Stadt am nördlichen Rand des Gardasees. Und ich

weiß auch, wer ich bin. Paola Esposito, siebenundvierzig Jahre alt, Verkäuferin, alleinstehend. Dieses Wissen kommt so selbstverständlich, als wäre es immer schon dagewesen. Weil sie es mir geschickt hat – die echte Paola.

Ihre Anwesenheit spüre ich als warmes Plätschern in der Brustgegend. So sollte es immer sein, doch leider sind Gastgeberinnen wie Paola, die mir zielsicher Informationen schicken und dafür sorgen, dass ich mich in ihrem Leben zurechtfinde, die Ausnahme. Das andere Extrem, das mich ignorierende, wütende, Geheimnisse bewahrende Extrem, das ich in Sofias Körper erlebt habe, zum Glück genauso.

Der Gedanke an Sofia und ihre vergeudete zweite Chance versetzt mir einen Stich. Zu sterben, bevor ich meine Aufgabe im Leben meiner Gastgeber erfüllt habe, ist unglaublich frustrierend. Doch es hilft nichts. Ich muss loslassen, weil da ein neues Leben ist, das zu Ende geführt werden muss, ein neuer Körper, eine neue zweite Chance.

Zwischen mehreren Zitronenbildern hängt ein gelb bemalter Spiegel, in dem ich mich jetzt mustere. Meine dunkelbraunen Haare kräuseln sich in wilden Ringellocken, die mehr schlecht als recht zu einem Dutt zusammengebunden sind. Auf meiner Nase sitzt eine Brille mit rotem Rand und dicken Gläsern. Ich trage ein rot-schwarz kariertes Jackett passend zum ebenfalls karierten Rock. Beides ist etwas zu eng, sodass der Stoff an meiner Brust und an der Hüfte spannt. Meine Beine fühlen sich schwer und geschwollen an, meine Füße stecken in roten, glitzernden Schuhen mit niedrigem Absatz. Um meinen Hals hängt eine Perlenkette, an deren Ende ein – wie sollte es anders sein – Zitronenanhänger baumelt. *Paola*, denke ich bei mir, *du hast einen ausgefallenen Geschmack. Ob dein Wunsch ebenso ausgefallen ist?*

Meine Brust, in der ich Paolas Präsenz spüre, wird wärmer, als eine Erinnerung aufblitzt:

Ich stehe im Souvenirladen, umgeben von Zitronen. Langsam ziehe ich die Schublade der Ladentheke auf und lege ein in Backpapier eingeschlagenes Päckchen hinein.

Schon verblasst die Erinnerung.

Wie schön, eine Gastgeberin zu haben, die weiß, welche Chance sie nutzen möchte, und dieses Wissen bereitwillig mit mir teilt. Der ältere Herr mit Safarihut kramt mittlerweile in einem Korb voller Zitronen-Schlüsselanhänger, sodass ich in Ruhe nachsehen kann, ob Paolas Päckchen noch immer in der Schublade liegt. Tatsächlich tut es das! Sobald ich es in den Händen halte, schickt Paola mir die nächste Erinnerung.

Ich sehe einen Mann mit grauem Lockenkopf und einer eckigen, schwarzen Brille mit dickem Rand vor mir. Er macht ein ernstes Gesicht, Sorgenfalten ziehen sich über seine Stirn. Ob er wütend ist? Doch dann fängt er so heftig an zu lachen, dass er sich auf die Brust klopft.

So kenne ich meinen Bruder, immer fröhlich, immer das Positive sehen.

Die Erinnerung macht der Realität und mit ihr einer Unmenge an Zitronen Platz. Was Paola mir mit der zweiten Erinnerung sagen möchte, ist mir nicht klar. Hat sie das Päckchen von ihrem Bruder erhalten oder soll ich es ihm überbringen? Bei meiner zweiten Idee blubbert die Wärme in meiner Brust hoch. Ich schätze, das ist ein Ja von Paola.

Somit weiß ich, was ich zu tun habe – bleibt nur, ihren Bruder ausfindig zu machen.

Es ist schon merkwürdig. Während manche Informationen wie Paolas Name, ihr Alter oder ihr Beruf so klar sind, muss ich ihren Wunsch mit Hilfe kryptischer Erinnerungsbilder selbst erraten. So ist das immer und ich habe es nie ganz verstanden. Die beste Erklärung, die ich mir zusammenreimen konnte, ist, dass Fakten sich klarer und somit einfacher kommunizieren lassen als Emotionen und Wünsche.

Vorsichtig reiße ich den Backpapierrand auf, denn ich bin neugierig, was Paola in ihrem Päckchen versteckt hat. Darin befindet sich ein dicker Stapel Zettel, sicher drei- oder vierhundert bedruckte Seiten. Paola lässt meine Brust kribbeln. Dass ich einen Blick auf den Inhalt ihres Päckchens werfen will, scheint sie nervös zu machen.

»Entschuldigen Sie, Signora, ich würde gerne bezahlen«, unterbricht der ältere Herr meine Gedanken.

Als ich aufschaue, fällt mein Blick auf den Computerbildschirm, genauer, auf das untere, rechte Eck, auf dem ich das Datum sehe. Der zehnte August. Seit ich in Sofias Körper gestorben bin, sind vier Tage vergangen.

»Nein, nein, nein!«

»Wie bitte, Signora?«, fragt der alte Mann überrascht.

Da erst merke ich, dass ich laut gesprochen habe. »Tut mir leid«, stammle ich, ignoriere seinen Wunsch zu bezahlen, starte den Browser und tippe Sofias Namen in die Suchleiste.

Sofort ploppen Artikel über den Verkehrsunfall auf, doch diese überfliege ich nicht einmal. Was ich brauche, sind die Traueranzeigen. Vier Tage – ich muss wissen, ob ich Sofias

Beerdigung verpasst habe. Mein letzter Besuch in ihrem Leben, meine Art, mich zu verabschieden.

Mein Herz schlägt schneller, ich fühle mich fast genauso nervös wie an dem Tag in der Bibliothek, als ich von Chiaras Verschwinden erfahren habe. Beim Gedanken an ihre großen, blauen Augen und vor allem an Giulio wird mir übel. Daran, was er sagen und denken würde, wenn er wüsste, was Sofia getan hat.

»Signora, ich würde jetzt wirklich gern bezahlen«, bittet der Kunde mittlerweile deutlich ungeduldig und auch Paola lässt mich ihre Unruhe spüren.

Endlich finde ich die Sterbeanzeige, die das Bild einer lachenden Sofia zeigt. Termin der Beerdigung: zehnter August, vierzehn Uhr. Jetzt ist es ist ein Uhr nachmittags. Wenn ich sofort aufbreche, schaffe ich es, vor Ende des Begräbnisses in Bardolino zu sein.

Ich öffne Paolas übergroße, giftgrüne Handtasche, die sie auf der Ladentheke platziert hat, und krame auf der Suche nach einem Autoschlüssel darin herum. *Bitte, bitte, hab ein Auto!* Und tatsächlich werde ich fündig. *Ja!*

»Signora!«, meldet sich der Kunde wieder.

»Wir schließen jetzt«, sage ich, woraufhin er seine Hand zum Protest hebt.

»Aber Signora, Sie werden wohl noch Zeit haben …«

»Behalten Sie Ihre Einkäufe, das geht aufs Haus.«

Einem Pärchen, das eben den Laden betreten will, rufe ich zu: »Tut mir leid, wir schließen. Kommen Sie morgen wieder. Alle nach draußen!«

Den älteren Herrn muss ich vor mir herschieben, immer wieder dreht er sich um und protestiert, dass er doch bezahlen müsse, sogar dann noch, als wir schon vor der Ladentür stehen.

»Sehen Sie die Zitronen als kleines Zeichen meiner Zuneigung«, sage ich, wobei ich die Lippen lasziv spitze.

Oder zumindest versuche ich das. Laszive Gesten fielen mir in Sofias Körper wesentlich leichter. Jetzt, da ich Paola bin, fühlen sie sich unnatürlich an, und vermutlich sehe ich nicht wie eine Verführerin, sondern wie eine Ente aus. Der ältere Mann macht ein Gesicht, als hätte ich versucht, ihn zu erdolchen. Paolas Geist prickelt heiß in meine Wangen hoch. Tut mir leid, denke ich im Stillen. Ich wollte dich nicht blamieren.

Ich schließe die Ladentür ab und schaue mich um. Der Zitronen-Shop befindet sich in einer Fußgängerzone mit vielen bunten Läden. Autos fahren hier keine, dafür wäre die Straße auch zu eng.

Wo hast du dein Auto geparkt, Paola?

Doch dieses Mal schickt Sie mir keine Erinnerung, brodelt nur leicht verärgert in meiner Brust. Ich weiß ja, Paola hätte sich gewünscht, dass ich ihre zweite Chance sofort nutze, ohne Umschweife, ohne Zeit bei der Beerdigung einer launischen Siebzehnjährigen zu verschwenden. Doch ich muss dorthin, um abzuschließen und, wenn ich ehrlich zu mir selbst bin, auch, um Giulio ein letztes Mal wiederzusehen.

Neben einem Tante-Emma-Laden entdecke ich eine steil abfallende Straße, der ich nun folge. Immer wieder drücke ich auf den Knopf des Autoschlüssels. Am Straßenrand sind zahllose Autos geparkt. Sie sind so eng aufgefädelt wie Perlen an einer Kette. Ob eines davon Paola gehört? *Komm schon, na, komm*, denke ich, und als hätte das Auto mein stummes Betteln gehört, blinken die Leuchten eines Wagens auf. Ein winziges, rosarotes Auto mit Rostflecken an den Seiten, das seine besten Jahre eindeutig schon hinter sich hat.

»Danke«, flüstere ich, auch wenn ich gar nicht so recht weiß, bei wem ich mich eigentlich bedanke.

Den Führerschein habe ich nie gemacht, doch in früheren Leben bin ich mit dem Auto gefahren, und ich hoffe, dass dieses bisschen Training genügt, um mich heil ans Ziel zu bringen.

Als ich den Zündschlüssel herumdrehe, knattert der Wagen laut los und stirbt im nächsten Moment ab. Ich brauche drei Anläufe, um ihn zu starten, und eine gefühlte Ewigkeit, ihn aus seiner engen Parklücke zu manövrieren. Dann geht die Fahrt endlich los. Ein Netz an kurvigen und steil abfallenden Straßen zieht sich durch Limone. Ich halte so konzentriert nach Schildern Ausschau, dass ich beinahe einen jungen Mann über den Haufen fahre, der vor mir die Straße kreuzt und mich im Anschluss mit eindeutigen Gesten bedenkt. Wenigstens bringt das Paola dazu, ihr Schmollen aufzugeben, und plötzlich weiß ich ganz genau, welchen Weg ich einschlagen muss, um die Stadt zu verlassen.

Die Straßen sind so eng, dass ich an den Rand fahren und stehen bleiben muss, wann immer mir ein Fahrzeug entgegenkommt. Jedes Mal, wenn ich dafür auf die Bremse trete, schnauft der Wagen, als würde er mir eine Standpauke dafür erteilen, dass ich zu grob mit ihm umgehe. Kurz darauf erreiche ich die Hauptstraße, die am See entlangführt. Zu meiner Rechten ragen die Felswände grau und harsch auf, zu meiner Linken liegt das glitzernde Wasser. Hier beschleunige ich, was Paolas Wagen zum Röhren bringt. Ich hoffe inständig, dass er die Fahrt bis nach Bardolino durchhält.

Paola schmollt wieder. Ich spüre, dass sie da ist, jedoch so dumpf, als habe sie sich in den hintersten Winkel meines Herzens zurückgezogen. Während ich über die Straße brause, denke ich die ganze Zeit an Sofias Geheimnis, daran, dass ich so knapp davor war, es zu lüften, und immer wieder wandern meine Gedanken auch zu ihm.

Zu Giulio.

***

Auf dem Kirchenvorplatz drängen sich so viele Menschen, dass die Türen offen bleiben müssen, damit auch diejenigen, die draußen stehen, den Worten des Pfarrers lauschen können. Ich halte mich im Hintergrund, stehe am Rand des Vorplatzes und beobachte die Trauergäste. Zwei Jungen erkenne ich von Sofias Fotos wieder und bei zwei Mädchen glaube ich, sie während der Party am See gesehen zu haben. Alle anderen kommen mir nicht bekannt vor.

Von meinem Platz aus habe ich Schwierigkeiten, zu hören, was in der Kirche gesprochen wird. Die Stimme des Pfarrers erreicht die letzten Reihen nur schwach. Er erzählt irgendetwas Generisches über den Verlust eines jungen Menschen, die Trauer, die zurückbleibt, und über Gott, der einen Plan für jeden von uns hat.

Toller Plan, mich in Sofias Körper zu setzen und während ihrer letzten Tage im Dunkeln tappen zu lassen. Ich schnaube, wofür ich mir einen verärgerten Blick von der Dame neben mir einfange.

Als Nächstes spricht Sofias Mutter. Ihre Stimme ist klarer, dringt deutlich bis zu mir nach hinten. Sie erzählt davon, wie Sofia als kleines Mädchen auf einen Baum geklettert ist, wobei die Art, wie sie redet, merkwürdig gefasst wirkt.

»Meine Sofia war eine liebevolle Tochter, eine mitfühlsame Freundin. Jemand, dem Sonnenschein und Lachen folgten, wohin sie auch ging, und der uns mit achtsamen Gesten immer wieder überrascht hat. Mal hat sie uns etwas geschenkt, mal für uns gekocht«, sagt sie.

Ja, einmal, denke ich. Und das war nicht Sofia, das war ich.

Dass nur die besten Seiten der Verstorbenen betont werden, kenne ich von früheren Beerdigungen. Doch das Bild, das ihre Mutter zeichnet, hat nicht einmal Ähnlichkeit mit der echten Sofia. Sie beschreibt Sofia als treue Freundin, als ambitionierte Schülerin, als ehrlichen Menschen und als rücksichtsvolle Tochter. Lauter Qualitäten, die Sofia nicht besaß.

Trotz oder vielleicht gerade wegen dieses verzerrten Bildes sehe ich einige Trauergäste die Taschentücher zücken und sich Tränen aus den Augenwinkeln wischen. Weil wir einen solch wundervollen Menschen verloren haben. An all das, was nicht wundervoll war, wollen wir nicht mehr denken, und ehrlich gesagt bin ich froh darüber, dass Sofias Mutter das Leben ihrer Tochter in der Kirche schönzeichnet. Zumindest in den Erzählungen nach ihrem Tod darf Sofia ein glücklicher Mensch sein. Einer, der das Richtige tut und keine dunklen Geheimnisse verbirgt.

Als der Gottesdienst vorbei ist, ziehen die Besucher von der Kirche auf den Friedhof. Wieder halte ich mich im Hintergrund und beobachte, wie die Trauernden sich an mir vorbeischieben.

Gleich nach dem Pfarrer und seinen Ministranten verlassen die Eltern die Kirche, und zum ersten Mal sehe ich

Sofias Geschwister. Ihre Schwester sieht aus wie eine ältere Version von ihr. Langes, blondes Haar, gebräunte Haut, volle Lippen. Wären da nicht die Fältchen um ihre Augen, könnte sie glatt als Sofia durchgehen. Sie hält die Hand ihres Mannes, der dunkle Locken hat so wie Giulio, und für einen kurzen Moment frage ich mich, was zwischen den beiden hätte sein können, wenn Sofia eine Zukunft vergönnt gewesen wäre.

Weitere Trauernde, die ich nicht kenne, folgen. Manche drücken sich Taschentücher vor das Gesicht und schluchzen, andere schauen mit glasigem Blick in die Luft.

Ich erspähe Valentina, eingerahmt von ihren Eltern. Wie immer sind ihre Lippen knallrot bemalt, das Make-up rund um ihre Augen ist von Tränen verschmiert. Ich hebe die Hand, als sie an mir vorbeigeht, doch sie winkt nicht zurück, sondern schaut mich nur an, als sei ich eine Verrückte. Natürlich. Sie hat keine Ahnung, wer ich bin, und ich frage mich, was in mich gefahren ist. Ich habe doch sonst keine Probleme damit, mich von meinen früheren Leben abzukapseln. Dass es mir bei Sofia so schwerfällt, mag daran liegen, dass ich versagt habe, oder auch daran, dass sie mich so sehr an mein erstes Leben erinnert hat.

Ein paar Reihen hinter Valentina tritt Giulio aus der Kirche, seinen Vater neben sich. Er trägt einen schwarzen Anzug und ein schwarzes Hemd. Seine Haare sind ordentlich nach hinten gegelt. Ohne die Locken, die ihm widerspenstig ins Gesicht fallen, sieht er ganz anders aus. Er schaut mich direkt an – oder bilde ich mir das nur ein? Sofort senke ich den Blick und hebe ihn erst wieder, als der Trauerzug an mir vorbei geströmt ist.

Während der Beisetzung halte ich mich im Hintergrund und beobachte von dort aus, wie ein Trauernder nach dem anderen auf das offene Grab zutritt. Wie sie hinabschauen, sich dabei bekreuzigen oder eine Blume in das Erdloch werfen. Die meisten Trauernden haben Rosen gebracht, die mit gesenkten Köpfen zu Sofia auf den Sarg fallen.

So viele Rosen.

Paola, deren Anwesenheit ich während der Beerdigung als dumpfe Wärme fühlen konnte, hat sich zurückgezogen. Sie lässt mir Zeit, mich von Sofia zu verabschieden und in meinen jetzigen Körper hineinzufühlen. Die geschwollenen Beine schmerzen, meine Schuhe drücken an den Zehen und ich spüre ein leichtes Spannen in der Brust. Beste Voraussetzungen für mein neues Leben.

Von meinem Platz direkt neben der Friedhofsmauer aus kann mich niemand sehen, weder Sofias Familie noch ihre Freunde. Weder Valentina noch die Mädchen, die ich von der Party am See kenne, oder Giulio und sein Vater. Aber ich sehe sie alle.

***

Nach dem Begräbnis warte ich am Rand, bis die meisten Trauernden den Friedhof verlassen haben. Aus der Ferne sehe ich Giulio, der mit seinem Vater spricht und sich verabschiedet, bevor er allein davongeht. Wo er wohl hin will?

So unauffällig wie in meinem farbenfrohen Outfit möglich, folge ich ihm. Giulio verlässt den Friedhof und spaziert durch eine verlassen wirkende Wohnstraße bis zu einem Park, in dem ein Kiesweg zwischen Liegewiesen, einem Spielplatz und Blumenbeeten hindurchführt. Zahlreiche

Bäume werfen ihre Schatten. Unter einem besonders großen Pinienbaum lässt Giulio sich nieder. Mit geschlossenen Augen sitzt er da, den Hinterkopf an den Baumstamm gelehnt.

Während ich langsam auf ihn zugehe, klopft mein Herz schneller. Um ehrlich zu sein, bin ich mir selbst nicht sicher, ob das, was ich hier mache, klug ist. Doch Sofias letzte Erinnerung hat mir gezeigt, dass sie mit ihm sprechen, ihm erzählen wollte, was mit Chiara passiert ist. Sie hat geglaubt, dass Giulio ihr helfen könnte, Chiara zu finden, und wenn ich ihre zweite Chance schon zu Lebzeiten nicht nutzen konnte, so kann ich zumindest versuchen, ihre Botschaft jetzt zu übermitteln.

»Mhm«, räuspere ich mich, als ich vor ihm stehe.

Giulio öffnet blinzelnd die Augen, die im Schatten des Pinienbaums noch dunkler wirken, und schon wieder entwickeln meine Finger ihr typisches, nervöses Eigenleben.

Jetzt nur nichts Auffälliges sagen.

»Darf ich mich dazusetzen?«, frage ich.

Doch anstatt zu nicken, stemmt Giulio sich mit beiden Armen hoch. Offensichtlich steht ihm der Sinn nicht nach Gesellschaft.

»Ich habe dich auf Sofias Beerdigung gesehen«, erkläre ich.

»Sie kannten Sofia?«

Als ich aufschaue, sehe ich, dass sein Blick an meinen tanzenden Fingern hängt. Sofort verschränke ich meine Arme.

»Wir waren so etwas wie Freunde«, antworte ich. »Und du?«

»Wir waren auch mal Freunde. Dann waren wir keine Freunde mehr und am Schluss, ja, da waren wir wieder Freunde.«

»Klingt kompliziert.«

»Das war sie. Kompliziert, meine ich.«

Nun schaut Giulio mir direkt in die Augen. Sein Blick ist so intensiv, als würde er durch mich hindurchschauen, hinter Paolas Brillengläser und Pupillen, bis zu dem Punkt, an dem *ich* stecke. Mein wahres Ich. Aber natürlich ist das nur Einbildung.

»Können wir ein Stück gehen?«, frage ich. »Es gibt da etwas, das ich dir erzählen möchte.«

Giulio lässt mich einen Augenblick zappeln, bevor er zustimmt. »Na gut.«

Die Sonne steht hoch am Himmel, Vogelgezwitscher liegt in der Luft und die Schatten der Bäume tanzen über den Grund. Der Duft nach frisch gemähtem Gras und Flieder liegt in der Luft. Wir passieren Kinder, die Fußball spielen, und ein älteres Pärchen, das auf einer Parkbank Händchen hält. Es könnte ein wunderschöner Spaziergang sein, wäre da nicht die Tatsache, dass ich ihm gleich von Sofias größtem Geheimnis erzählen muss – und gleichzeitig von ihrer größten Schuld.

»Worüber wollten Sie mit mir sprechen?«, fragt Giulio, nachdem wir ein paar Schritte gegangen sind.

»Sofia hatte einen Wunsch«, beginne ich vorsichtig. »Sie wollte, dass ich dir etwas erzähle. Ihre Beichte übermittle, quasi. Sie hatte ein schlechtes Gewissen wegen etwas, das sie getan hat. Im Valtellina, während des Klettercamps.«

»Ach ja?« Nun hebt Giulio beide Augenbrauen.

»Es gab doch damals diese Lagerfeuer-Feier«, beginne ich und bleibe stehen, um mir die Schuhe auszuziehen. Paolas Füße bringen mich um!

»Ja, das war am letzten Abend. Wir haben das Ende des Camps gefeiert.«

»Du warst auch da?«, rutscht es mir heraus.

»Alle waren da.«

Das ist neu für mich. Ob Giulio mir helfen kann, die losen Erinnerungsstücke von Sofia zu einem fertigen Puzzle zusammenzufügen?

»Hast du mitbekommen, ob es einen Streit zwischen Chiara und Sofia gab?«

»Nein.«, Giulios Mundwinkel zucken. »Nicht, solange ich dabei war zumindest.«

Die Art, wie er meinem Blick ausweicht, verrät mir, dass er nicht ganz ehrlich mit mir ist.

»Ganz sicher?«, hake ich nach.

»Ja.«

»Und zwischen dir und Sofia – gab es da einen Streit?«, frage ich in Gedanken an eine der letzten Erinnerungen, die Sofia mit mir geteilt und in der sie Giulio als Arschloch beschimpft hat.

»Was sollen diese Fragen? Worum geht es hier?« Er klingt gereizt.

Viel länger wird er mir wahrscheinlich nicht zuhören, also muss ich zum Punkt kommen, auch wenn ich selbst nur halb verstehe, was genau an jenem Abend passiert ist.

»Chiara ist doch verschwunden, richtig?«

»Ja«, meint er. Zwischen seinen Augenbrauen zeigen sich zwei senkrechte Falten. Zornesfalten? Oder ist er bloß skeptisch?

»Okay, also … Irgendwann während dieser Feier liefen Chiara und Sofia in den Wald. Sofia war hinter Chiara her und … Ich weiß nicht genau, was dort passiert ist, aber ich glaube, dass Chiara abgestürzt ist. In eine Schlucht oder in einen Fluss. Es kann sein, dass …«

Wie soll ich es ihm bloß sagen? Giulio ist erstarrt, hält den Atem an.

»Ich glaube, dass Chiara tot ist«, bricht es aus mir heraus. »Ich weiß, es ist hart, aber …«

»Das kann nicht sein«, unterbricht er mich. Er klingt gehetzt, seine Oberlippe zuckt kaum merklich.

»Was?«

»Chiara ist an diesem Abend ins Camp zurückgekommen. Sie ist erst am nächsten Tag abgehauen.«

Wieder etwas, das mir neu ist.

»Bist du dir da sicher?«, frage ich.

»Ja. Ich meine … also, ich habe sie nicht selbst zurückkommen sehen.«

»Hat es denn jemand gesehen?« Wenn sie wirklich ins Camp zurückgekehrt ist, habe ich Sofias Erinnerungen völlig falsch interpretiert.

»Ja, der Trainer …«, beginnt Giulio und wird plötzlich ganz blass. »Scheiße«, sagt er bloß und tritt von einem Fuß auf den anderen. Dann wieder: »Scheiße.«

Ich strecke meinen Arm nach ihm aus und lege meine Hand auf seine. Unter meiner Berührung erstarrt er. Er muss tief durchatmen, ehe er sich gefasst hat.

»Das kann nicht sein. Chiara ist nicht im Wald.«

»Ich glaube doch, dass …«

Wieder unterbricht er mich: »Wir haben nach ihr gesucht. Hunderte Leute haben tagelang den Wald durchkämmt. Ich war auch dabei. Wenn sie wirklich abgestürzt wäre, hätten wir sie doch gefunden.«

»Vielleicht habt ihr nur nicht an der richtigen Stelle gesucht.«

»Ist Sofia deshalb ins Valtellina? Weil sie gedacht hat, dass Chiara tot ist und irgendwo im Wald liegt?«

Giulio ist nun so blass, dass ich mir Sorgen mache, er könnte ohnmächtig werden.

»Wir sollten uns besser hinsetzen«, schlage ich vor. Für ihn und für meine schmerzenden Füße.

Tatsächlich folgt er meiner Anweisung, lässt sich im Schneidersitz im Gras nieder und legt die Hände in den Schoß. Er flüstert etwas, das ich erst auf den zweiten Anlauf verstehe.

»Es ist meine Schuld.«

»Wie bitte?«

»Scheiße, scheiße, scheiße.«

»Giulio, ich …«, beginne ich, aber er hört mir nicht zu. Seine Hände hat er zu Fäusten geballt und das so verkrampft, dass die Knöchel weiß hervortreten.

»In den letzten Tagen war Sofia merkwürdig. Sie hat lauter Fragen über Dinge gestellt, die sie eigentlich wissen sollte, und sie hat irgendeine verrückte Geschichte über einen Geist und den Tod erzählt. Gott, sie hat mir praktisch angekündigt, dass sie sterben wird, und ich habe sie nicht ernstgenommen.«

»Ich hörte, es war ein Unfall«, werfe ich ein und mustere ihn aufmerksam.

»Das sagen sie zumindest. Aber woher wissen wir, dass Sofia ihren Motorroller nicht absichtlich in den LKW gelenkt hat?«

Er atmet tief ein und aus, seine Lippen zittern. Er darf sich nicht die Schuld an dem geben, was passiert ist! Vor allem, weil ich es war, die ihm diesen idiotischen Gedanken in den Kopf gesetzt hat. Nur weil ich ihm die Geschichte meiner geborgten Leben erzählt habe, ist er auf die Idee gekommen, Sofia könnte den Unfall absichtlich verursacht haben.

»Ich bin mir sicher, dass es keine Absicht war.«

»Wissen Sie das oder raten Sie das?«

»Ich weiß es«, antworte ich bestimmt, worauf Giulio langsam nickt. »Sie ist ins Valtellina gefahren, um Chiara zu suchen, nicht, um sich umzubringen«, füge ich hinzu.

»Ich hätte ihr besser zuhören müssen, als sie mir diese verrückte Geschichte erzählt hat.« Er lässt den Kopf hängen und starrt auf das Gras unter sich. »Ich hätte sie ernst nehmen müssen, mehr nachfragen, irgendwas. Ich fand die ganze Sache noch witzig. Gott, was bin ich für ein Idiot!«

Ich würde Giulio so gern in den Arm nehmen und ihm alles erklären. Ihm sagen, dass Sofias Tod unausweichlich war, dass er nichts daran hätte ändern können. Aber er würde mir nie glauben, also sage ich bloß: »Du hast dir nichts vorzuwerfen, Giulio, wirklich nicht! Du warst für sie da in den letzten Tagen – am Friedhof in Peschiera und bei der Strandparty. Das hat sie mir erzählt. Du warst ein guter Freund.«

Wieder lege ich meine Hand auf seine. Dieses Mal lässt er meine Berührung zu, ergreift meine Finger und drückt sie. Ein paar Sekunden verstreichen, ohne dass er etwas sagt. Er mustert bloß meine Hand in der seinen. Schließlich hebt er den Blick und schaut mich so intensiv an, wie er es vor ein paar Tagen in Peschiera getan hat – und zum zweiten Mal an diesem Tag habe ich das Gefühl, dass er irgendwie *mich* in Paola sieht.

»Wer sind Sie? Ich meine, wer bist du?«, flüstert er.

»Ich sagte dir doch, ich bin eine Freundin von Sofia.«

»Ja, aber woher weißt du all diese Sachen? Das mit Peschiera … Ich …« Giulio streicht sich mit der freien Hand übers Gesicht. »Ich drehe gerade wirklich durch.«

»Das tust du ni-«

Wieder lässt er mich nicht ausreden, die Worte quellen nur so aus ihm heraus, als müsste er sich von innen heraus reinigen, indem er sie loswird, als hätte irgendjemand ein Loch in die Hülle gebohrt, die alles aufrecht hält.

»Bevor sie gestorben ist, hat Sofia mir eine irre Geschichte über einen Geist erzählt, der durch Körper wandert. Außerdem hat sie sich komplett verändert. Die Art, wie sie geredet hat, wie sie mich angeschaut hat. Sie hat zum ersten Mal richtig zugehört und … All diese Geheimnisse und …«

Er fährt sich über die Stirn, während er hörbar ausschnauft. Der arme Giulio wirkt, als stehe er kurz davor, laut loszuschreien. Aber er reißt sich zusammen und die Worte sprudeln weiter.

»Es kommt mir so vor, als hätte sie genau gewusst, dass sie sterben würde. Und jetzt bist du hier und du … Das klingt jetzt gleich noch viel verrückter, aber du erinnerst mich an sie. Nicht an Sofia, wie sie früher war, sondern am Schluss. Nachdem sie sich verändert hat.«

Er weicht meinem Blick aus. Ich habe das Gefühl, dass er gar nicht wirklich mit mir redet, sondern mit sich selbst. Dass er seine Gedanken aussprechen muss, um sie zu ordnen und um sich selbst davon zu überzeugen, dass der Verdacht, der sich in seinem Kopf geformt hat, verrückt sein muss.

»Ich habe dich heute beim Begräbnis gesehen. Du standest ganz hinten. Sofia hat dasselbe auf einer anderen

Beerdigung getan, nur ein paar Tage vor ihrem Tod. Wie sie so dastand und die Leute beobachtet hat, sah sie aus wie du. Ganz genauso sogar. Sie hatte auch diesen neuen Tick. Ihre Finger haben getanzt, wenn sie nervös war. Das ist mir vorher nie bei ihr aufgefallen, aber in den letzten Tagen, da war es offensichtlich. Genauso wie deine Finger vorhin. Und die Art, wie du redest, wie du mich anschaust … Es ist, als würde ich mit Sofia sprechen. Ich weiß, wie verrückt das alles klingt.«

Giulio presst die Lippen so fest zusammen, dass sie sich weiß färben, lässt meine Finger los und schiebt sie unter seine Oberschenkel. Seine Wangen sind blass, auf seiner Stirn zeigen sich die ersten Schweißtropfen. So aufgelöst wie jetzt war er nicht mal bei unserem Streit oder in der Erinnerung, in der Sofia ihm vorwarf, dass er sie absichtlich hat fallen lassen.

Das habe ich angerichtet. Indem ich ihm zu viel erzählt und ihm Einblick in eine Welt gewährt habe, die zu abgedreht ist, um sie mit menschlicher Logik zu begreifen. Eigentlich sollte ich mich schuldig fühlen, doch um ehrlich zu sein, bin ich vor allem erleichtert und … na ja, auch etwas froh.

Giulio hat mich erkannt – mich! –, und das, obwohl ich momentan aussehe wie eine schrullige Katzenlady mit elektrisierten Haaren und zu kleinen Glitzerschuhen.

»Du bist nicht verrückt«, sage ich.

»Ganz offensichtlich bin ich das doch.«

»Was willst du hören?«

»Dass ich mir das alles bloß einbilde. Dass ich nicht schuld an Sofias Tod bin. Dass … keine Ahnung.«

»Du bist nicht schuld an Sofias Tod!«

Giulio nickt, weicht meinem Blick jedoch aus.

»Giulio, du musst mir glauben. Du kannst nichts dafür. Niemand kann das!« Und einem Reflex nachkommend, füge ich hinzu: »Bitte. Was muss ich sagen, um dich zu überzeugen?«

Er schenkt mir ein schwaches Lächeln. »Wie wäre es mit der Wahrheit?«

»Die würdest du mir sowieso nicht glauben.«

»Weil du ein Geist bist, der Körper besetzt?«, fragt er und ich weiß, dass er einen Scherz macht, doch gleichzeitig klingt seine Stimme, als würde er mich anflehen. Da ist so viel zwischen den Zeilen, so viel Ungesagtes. *Sag mir, dass ich nicht verrückt bin. Oder sag mir, dass ich es doch bin. Dass ich irre bin, dass all das gar nicht wahr sein kann. Sag mir, dass du ein Geist bist. Sag mir, dass du Sofia bist. Sag mir, dass ich Sofia nicht verloren habe.*

All das höre ich in seinen unausgesprochenen Worten.

»Sofias Geistergeschichte«, sage ich und er lächelt.

»Ganz ehrlich, ich würde mir wünschen, dass diese Geschichte wahr sein könnte. Besser das als die Alternative«, flüstert er.

Paola, die sich bisher so sehr im Hintergrund gehalten hat, dass ich sie beinahe vergessen hätte, schickt mir in diesem Moment eine Erinnerung.

Ich bin viel jünger als jetzt, gerade einmal zwölf Jahre alt und ich sitze am Küchentisch. Meine Mutter steht neben mir und hält einen Kochlöffel in die Höhe. Eine Geste, deren Bedeutung mir allzu bekannt ist: Mund halten, jetzt redet Mama.

»Du hättest deinen Lehrer nicht anlügen dürfen. Lügen kommen immer heraus!«

Ich würde mich gerne verteidigen. Ihr erklären, dass mein Lehrer mir die Wahrheit, in der mein fieser Banknachbar meine Hausübung geklaut hat, nie geglaubt hätte. Also musste ich mir etwas ausdenken. Aber ich weiß, dass sie das nicht hören will.

So ist das, wenn sie den Kochlöffel schwingt: Jetzt redet Mama – und nur Mama.

Und Mama fährt fort: »Es ist ganz egal, ob dir der andere glaubt oder nicht. Das ist nicht deine Verantwortung. Weißt du, was deine Verantwortung ist?«

Jetzt lässt die den Kochlöffel sinken. Das Zeichen, dass sie eine Antwort von mir erwartet.

»Die Wahrheit«, flüstere ich.

Mama nickt, hält den Löffel noch höher als zuvor und betont jede einzelne Silbe, während sie meine Worte wiederholt: »Die Wahrheit! Ganz genau!«

So etwas … Eine Gastgeberin, die sich für eines meiner vergangenen Leben interessiert, hatte ich noch nie. Und dann auch noch eine, die ihre Botschaft so klar in Erinnerungen verpacken kann: Sag die Wahrheit, nur die zählt.

Ich schlucke. Wie kann ich Giulio die Wahrheit erzählen, ohne sie als Geistergeschichte zu verpacken? Wie kann ich von ihm erwarten, mir zu glauben, und selbst wenn er es tun würde, wie kann ich ihm diese Bürde aufladen?

Andererseits, wenn ich ihn mir so ansehe, blass, zittrig und von Schuldgefühlen geplagt, wie viel schlimmer kann ich seine Situation noch machen? Zur Not kann er mich immer noch für eine Verrückte halten.

»Na gut«, sage ich. »Die Wahrheit also.«

8. Kapitel

Welche Reaktion habe ich von Giulio erwartet? Dass er mir meine Geschichte sofort glaubt? Dass er mich auslacht? Erklärt, ich sei verrückt? Wütend wird?

Jedenfalls nicht, dass er mir schweigend zuhört, während ich ihm die ganze Wahrheit erzähle, mich nie unterbricht, keine einzige Frage stellt und nicht mal mit einem Kopfnicken oder -schütteln einen Hinweis darauf gibt, ob er mir glaubt. Zuerst sorgt sein Schweigen dafür, dass ich schneller spreche, um diese unmögliche Beichte, so schnell es geht, hinter mich zu bringen. Irgendwann jedoch schaffe ich es, die Verrücktheit dieses Moments auszublenden, und ich genieße es geradezu, mir für meine Geschichte Zeit nehmen zu können.

Ich erzähle ihm von meinen geborgten Leben, den zweiten Chancen meiner Gastgeber, der möglichen Kommunikation mit ihnen, von Sofias Schweigen und von den Erinnerungen, die sie mit mir geteilt hat. Nur die Erinnerung des letzten Streits zwischen Sofia und Giulio am Waldrand lasse ich fürs Erste aus. Ich will Giulio nicht mehr überfordern, als ich es muss. Ihm zu erzählen, dass ich von Sofias Wut ihm gegenüber weiß und davon, dass er sie allein hat in den Wald laufen lassen, bringe ich nicht über mich. Nachdem ich geendet habe, schaut er mich eine Zeit lang bloß an.

»Und jetzt?«, frage ich.

»Ich weiß nicht.« Er zuckt die Schultern. Er wirkt, als habe jemand die Luft aus ihm herausgelassen, sodass selbst diese kleine Bewegung ihn anstrengt. »Deine Geschichte ist vollkommen irre und gleichzeitig erklärt sie den ganzen Mist, der mit Sofia passiert ist. Ich wünschte, ich könnte sie glauben.«

Und weil ich mir dasselbe wünsche, so sehr, dass es mich fast zerreißt, beschließe ich, Paolas Rat noch einen Schritt weiter zu folgen. Nur die Wahrheit zählt – also soll er die ganze bekommen.

»Ich denke, ich sollte dir etwas zeigen«, sage ich. Etwas – oder besser gesagt: jemanden. »Dafür müssten wir allerdings nach Torbole fahren. Ich habe ein Auto hier und könnte dich mitnehmen.«

Giulio stößt kopfschüttelnd die Luft aus. »Ich soll ernsthaft mit dir in ein Auto steigen und Gott weiß wohin fahren? Dir ist schon klar, was für eine irre Geschichte du mir gerade erzählt hast?«

Ja, das ist es.

»Ich könnte dir jetzt versprechen, dass ich dich nicht entführen werde, aber ich schätze, nachdem, was du gerade gehört hast, glaubst du mir sowieso nicht. Oder?«

»Korrekt.« Trotzdem stemmt er sich hoch und reicht mir die Hand, um mir aufzuhelfen. »Wollen wir?«

»Du fährst ernsthaft mit?«

»Wenn ich wissen will, was mit Sofia passiert ist, muss ich das, oder? Vielleicht ist das auch nur der Beweis dafür, dass ich endgültig durchgedreht bin.«

Schweigend trotten wir zu Paolas Wagen und fahren in nördliche Richtung los, genauer, zu einer Privatklinik in Torbole.

Paolas Auto ist so winzig, dass ich Giulio mit meinem Ellenbogen jedes Mal anrempele, wenn ich den Gang umschalte. Außerdem ist es laut, stottert beim Anfahren, röhrt, wenn ich auch nur leicht auf die Bremse trete, und wackelt, sobald ich schneller als vierzig Stundenkilometer fahre.

»Und du bist sicher, dass du weißt, wie man Auto fährt?«, fragt Giulio auf halber Strecke, während er mich skeptisch mustert.

Er hat sich mit seiner Frage mehr Zeit gelassen als erwartet. Immerhin sind wir schon fast eine halbe Stunde unterwegs. Die ersten dreißig Minuten der Fahrt war er offensichtlich zu beschäftigt damit, die Informationen zu verdauen, die ich ihm gegeben habe. Vermutlich denkt er immer noch, er sei verrückt und ich noch verrückter. Eine rasante Autofahrt ist da wohl sein geringstes Problem.

»Keine Sorge, ich weiß schon, was ich tue.«

Im nächsten Moment trete ich hart auf die Bremse, weil ich um ein Haar eine rote Ampel übersehen hätte. Der Wagen kommt quietschend zum Stehen und gibt ein letztes Ruckeln von sich, bevor er abstirbt. Zwei Fußgänger deuten mir einen Vogel, während sie vor uns die Straßen überqueren.

»Ich merke schon, ich mache einen tollen Eindruck als Autofahrerin«, stelle ich fest.

»Hast du denn einen Führerschein?«

»Na ja, Paola hat einen Führerschein. Also technisch gesehen, ja.«

»Okay«, sagt Giulio, als ich anfahre, und fügt dann hinzu: »Woher wissen wir, dass es nicht Paolas Schicksal ist, bei einem Autounfall zu sterben?«

»Das, ähm … wissen wir nicht. Aber ich bin mir ziemlich sicher, dass es nicht *dein* Schicksal ist, bei einem Autounfall mit Paola zu sterben.«

»Sehr beruhigend«, sagt Giulio, der ein klein wenig blass aussieht. »Was sagt denn die echte Paola dazu?«

»Gar nichts.«

Paolas Anwesenheit fühle ich zwar als leichte Wärme in der Brust, doch ihre Ungeduld hat von mir abgelassen und auch Erinnerungen hat sie keine mehr mit mir geteilt. Ob sie akzeptiert hat, dass dieser Moment mit Giulio für mich Vorrang vor ihrem letzten Wunsch hat?

»Und woher weißt du, wie diese Dinge funktionieren?«

»Mir hat nie jemand erklärt, wie all das funktioniert. Ich bin eines Tages einfach in dieses Dasein hineingerutscht. Als ich das erste Mal in einem neuen Körper aufgewacht bin, hatte ich eine Million Fragen, aber niemanden, der mir eine Antwort geben konnte. Das, was ich weiß, oder besser gesagt, denke zu wissen, habe ich mir selbst zusammengereimt.«

»Das wird ja immer beruhigender«, sagt Giulio sarkastisch.

Als wollte Paolas Auto ihm zustimmen, schnauft es besonders laut. Giulio grinst jedoch.

»Ein geistig stabiler Mensch wäre jetzt wahrscheinlich beunruhigt, aber ein Verrückter wie ich macht sich doch über's Sterben keine Sorgen.«

Wenigstens seinen Humor hat er wiedergefunden. Ich beschließe, das als gutes Zeichen zu deuten.

»Na dann bin ich froh, dass du einen an der Waffel hast«, schmunzle ich.

»Alles hat seine positiven Seiten … Rot.«

»Was?«

»Die Ampel!«

Mist! Wieder steige ich hart auf die Bremsen, wogegen Paolas Auto quietschend protestiert. Kein Wunder, dass Giulio meine Fahrkünste bezweifelt.

»Das mit den roten Ampeln hast du nicht so drauf«, stellt er nüchtern fest.

Im Rückspiegel sehe ich, dass Paolas beziehungsweise meine Wangen sich rötlich verfärbt haben. »Können wir das Thema wechseln?«

»Klar.« Er legt den Kopf schief und schaut mich herausfordernd an. »Tun wir so, als würde ich deine Geschichte glauben. Wie viele Leben hast du schon gelebt? Als Gast, meine ich?«

»Vierzehn. Inklusive diesem hier.«

»Wow, so viele.« Er stößt die Luft aus. Ein paar Sekunden überlegt er, dann verziehen sich seine Lippen zu einem Grinsen. »Warst du auch mal ein Mann?«

»Zweimal.«

»Im Ernst?«

Obwohl ich meinen Blick auf die Straße gerichtet habe und sein Gesicht deshalb nicht sehen kann, höre ich ihm die Überraschung an. Das bringt mich zum Schmunzeln.

»Im Ernst«, bestätige ich. »Das eine Mal war ich ein Teenager, das zweite Mal ein älterer Herr.«

»Oh, ich … interessant«, sagt er bloß und versucht, seiner Stimme einen gleichgültigen Klang zu geben. Doch ich spüre, wie sich sein Blick in meine Wange brennt.

Ich setze den Blinker, um auf eine abzweigende Straße einzubiegen. Wir kommen gerade einmal fünfzig Meter weit, da stellt Giulio seine nächste Frage: »Und wie lange bist du normalerweise in einem Körper?«

»Das ist ganz verschieden. Die Spanne reicht von wenigen Stunden bis hin zu Wochen, sogar Monaten«, antworte ich schließlich wahrheitsgetreu. »Anfangs war ich meistens zwischen drei und sechs Wochen in einem Körper. Die letzten vier Leben waren aber kürzer, da waren es nur ein paar Tage, bevor ich gestorben bin.«

»Warum ist das so?«

Auf diese Frage zucke ich nur die Schultern. Ich versuche, mir selbst einzureden, dass es nur eine zufällige Entwicklung ist, die sich jeden Moment umkehren könnte. Abgesehen davon vermeide ich es, zu sehr über diese Frage nachzugrübeln, denn die möglichen Antworten machen mir Angst. Was, wenn es bedeutet, dass es mit mir zu Ende geht? Wenn die Zeitspanne, die mir in einem Leben bleibt, mit jedem Tod kürzer wird, bis ich völlig verschwinde?

Eine Zeit lang schweigen wir. Ich richte meinen Blick auf die Straße und achte darauf, keine roten Ampeln mehr zu übersehen. Giulio tippt währenddessen auf seinem Handy herum. Nach etwa zwanzig Minuten wird die Umgebung ländlicher. Die Häuser werden weniger, dafür sind wir eingerahmt von Weinreben und grünen Feldern.

»Wissen deine Gastgeber, dass sie sterben werden?«, fragt Giulio da.

»Ich glaube schon.«

»Ja?«

»Ich denke, dass sie meine Gefühle spüren können, genauso wie ich ihre. Außerdem bekommen sie mit, was ich tue und sage, während ich in ihrem Körper bin.«

»Und ihnen muss irgendwie klar sein, dass der Wunsch, den du für sie erfüllen musst, ihr letzter Wunsch ist«, vervollständigt Giulio meine Erklärung.

»Genau. Allerdings glaube ich, dass sie nicht wissen, wie oder wann sie sterben. Zumindest hat noch nie ein Gastgeber versucht, mir Hinweise darauf zu geben.«

»Hast du schon mal jemand anderen wie dich getroffen?«

»Nein, ich bin mir nicht mal sicher, ob es andere gibt.«

»Das klingt ganz schön einsam.«

»Du bist gut darin, die Dinge auf den Punkt zu bringen.«

Obwohl ich meine Augen auf die Straße gerichtet halte, spüre ich seinen Blick auf meiner Wange. Den Rest der Fahrt verbringen wir schweigend. Jeder hängt seinen eigenen Gedanken nach.

Schließlich kommen wir bei der Privatklinik in Torbole an, einem fünfstöckigen, kastenförmigen Gebäude, dessen Fensterrahmen in allen Farben des Regenbogens gegen das Weiß der Fassade leuchten. Baumreihen säumen die Einfahrt und lassen Schatten über den Asphalt tanzen. Die wenigen Parkplätze vor dem Eingang sind besetzt, also fahren wir in die Tiefgarage und nehmen den Fahrstuhl in den dritten Stock. Als sich die Aufzugtüren öffnen, steigt mir der wohlbekannte Geruch nach Desinfektionsmittel und Krankheit in die Nase. Auch hier ist alles in Weiß gehalten. Landschaftsbilder und abstrakte Gemälde bedecken die Wände, als könnten diese davon ablenken, dass wir uns in keinem Museum, sondern in einem Krankenhaus befinden. Ein älterer Mann mit Rollator geht langsam an uns vorbei. Sein blaues Hemdchen ist ein einsamer Farbklecks in diesem Gang.

Giulio folgt ihm mit dem Blick und fragt dann: »Verrätst du mir endlich, wen wir besuchen?«

»Das siehst du gleich. Komm.«

Blaue Bodenmarkierungen zeigen den Weg zur neurologischen Station an, wobei ich diese gar nicht gebraucht hätte, so oft war ich schon hier. Wir folgen den Markierungen fast bis zum Ende des Gangs. Eine Krankenschwester mit braunem Pixie-Schnitt rollt einen Wagen mit Akten aus dem Zimmer Nummer 319. Genau dort wollen wir hin.

»Hallo Ricarda, wie geht's dir heute?«, frage ich.

Ricarda ist meine Lieblingskrankenschwester, denn selbst an stressigen Tagen nimmt sie sich immer ein paar Minuten Zeit, um mit ihren Patienten zu plaudern. Selbst mit denen, die nicht antworten.

Ihre Stirn legt sich in Falten, als sie mich sieht. Paola trifft sie schließlich zum ersten Mal.

»Kommt ihr Lucia besuchen?«, fragt sie.

Als ich nicke, hält sie uns die Tür auf, wobei ihr Blick ein paar Sekunden an Giulio hängen bleibt. Mittlerweile ist sie es gewohnt, dass Lucia, das Mädchen in Zimmer 319, regelmäßig Besuch von Fremden erhält, die Ricarda mit Vornamen begrüßen. Allerdings komme ich sonst nie in Begleitung.

Wir betreten das kahle Zimmer, in dessen Zentrum sich ein Bett und mehrere Geräte befinden. Giulio bleibt im Türrahmen stehen. Als ich ihm mit einer ausholenden Geste bedeute, einzutreten, folgt er mir zögerlich.

»Hallo, Lucia«, sagt Giulio leise und schluckt beim Anblick des Mädchens im Krankenbett, dem Schläuche aus

Mund und Nase laufen und das über Kabel mit einem Herzmonitor verbunden ist.

Früher einmal war Lucias Haut ebenso braun gebrannt wie Sofias, ihre rötlichen Haare waren vom Sonnenlicht an den Spitzen ausgebleicht. Sie war voller Wünsche und Ideen für ihre Zukunft, voller Tatendrang und voller Ambition, das Beste aus sich herauszuholen. Jetzt gibt es keine Zukunft mehr. Ihr Haar ist stumpf und ihre Haut sieht ungesund gräulich aus. Wie sie so daliegt, reglos und mit geschlossenen Augen, könnte sie ebenso gut tot sein.

»Was ist mit ihr?«

»Sie liegt im Koma«, erkläre ich. »Sie hatte einen Unfall beim Windsurfen. Hat die Stange ihres Segels auf den Kopf gekriegt und wäre fast ertrunken. Ein Kumpel, mit dem sie öfter Surfen war, hat sie in letzter Sekunde aus dem Wasser gefischt und auf sein Board gezogen. Ein paar Leute am Ufer haben den Unfall mitbekommen und die Wasserrettung gerufen. Die haben beide an Land gebracht. Die Ärzte sagen, sie hatte Glück, dass sie überlebt hat, aber ich weiß nicht, ob hier zu liegen, wirklich Glück bedeutet.«

»Beim Windsurfen …«, murmelt Giulio. Ob er sich an unser Gespräch am Ufer des Gardasees vor wenigen Tagen erinnert? Daran, wie ich ihm vom Windsurfen erzählt habe und davon, dass die Ruhe des Seewassers mir hilft, meine Gedanken zu klären? »Wie lange ist sie schon hier, im Koma, meine ich.«

»Seit einem Jahr, elf Monaten und drei Tagen.«

Er schluckt. Vorsichtig lässt er einen Finger an Lucias Unterarm hinabgleiten. Obwohl ich in Paolas Körper stecke, bereitet es mir eine Gänsehaut. Es ist seltsam zu sehen, wie er mich berührt – und gleichzeitig doch nicht berührt.

»Und … wie stehen die Chance, dass sie wieder aufwacht?«, will er wissen.

»So genau weiß das niemand. Die Ärzte wollten die Geräte schon vor ein paar Monaten abschalten, aber Lucias Eltern waren dagegen. Sie hoffen auf ein Wunder. Die Sache ist nur, selbst wenn sie aufwacht, weiß niemand, wie viel noch von ihr übrig ist.«

Ich lasse meinen Handrücken über Lucias Wange gleiten. An das Gefühl meiner Hand auf ihrer Haut werde ich mich nie gewöhnen. Weil ihre Wange sich anfühlt, als gehöre sie zu einer anderen Person. Weil ich die Wärme ihrer Haut in den Fingern eines fremden Körpers fühle. Und weil es eigentlich umgekehrt sein sollte.

»Wer ist sie?«, fragt Giulio, dabei hat er sich die Antwort wahrscheinlich längst selbst zusammengereimt.

»Das bin ich«, antworte ich. »Oder zumindest war ich das mal, als ich noch ein eigenes Leben hatte.«

Ich habe eine ganze Rucksackladung an Fragen erwartet, aber Giulio schaut mich nur stumm an. Unter seinem Blick bröckelt meine Fassade. Ich spüre meine Augen glasig werden und schlucke die Tränen hinunter. Er muss es trotzdem bemerkt haben, denn nach kurzem Zögern legt er den Arm um mich und zieht mich an sich heran.

Ich lege meinen Kopf an seine Schulter, dorthin, wo Nacken und Kinn eine Kuhle bilden, perfekt, um sich hinein zu kuscheln. Mich so von ihm halten zu lassen, fühlt sich nach Geborgenheit an. Seine Körperwärme und das Heben und Senken seiner Brust senden Wellen der Ruhe durch meinen Körper.

Aus den Augenwinkeln sehe ich einen Spiegel und da wird mir klar, wie diese Umarmung aussieht. Er, der siebzehnjährige Junge mit den dunklen Augen, und ich, die dreißig Jahre ältere Frau mit verrückten Locken, schreiend roter Brille und Glitzerschuhen. Wie seine schrullige Tante schaue ich aus. Da ziehe ich mich aus Giulios Umarmung.

»An den Unfall selbst erinnere ich mich nur vage«, beginne ich zu erzählen. »An das, was danach passiert ist, dafür umso genauer.«

Als ich in meinem ersten neuen Körper aufwachte, schneite es. Ich stand am Fenster und sah den Flocken dabei zu, wie sie sich auf der Straße oder auf den Ästen der umliegenden Bäume niederließen. Das war komisch, immerhin war doch Sommer, oder zumindest dachte ich das. Doch in Wahrheit war seit meinem Unfall ein halbes Jahr vergangen.

So begriff ich, dass sich meine Realität geändert hatte. Durch den Schnee.

»Mein erster neuer Körper gehörte einer Studentin namens Amelia«, erzähle ich jetzt. »Das ist so ziemlich das Einzige, was ich von ihr weiß. Ich bin durchgedreht damals. Mit dem neuen Körper und den Erinnerungen, die nicht meine waren … Mit all dem bin ich nicht klargekommen. Ich wusste nicht mehr, was real ist und was Einbildung. Das Schlimmste war das Gefühl, nicht mehr allein in meinem Körper zu sein. Das heißt, es war ja gar nicht mehr mein Körper.«

Ich konnte die Wut, die Nervosität oder die Freude meiner Gastgeberin spüren, und obwohl ich damals nicht verstand, woher diese Gefühle kamen, wusste ich, dass sie nicht mir gehörten.

Während ich rede, laufe ich auf und ab. Ich schaffe es nicht, Giulio ins Gesicht zu schauen.

»Und dann das Sterben. Immer und immer wieder. In den ersten Monaten dachte ich, ich könnte den Tod verhindern.«

Ich ging damals nicht mehr aus dem Haus, aß nur noch Sachen, an denen ich sicher nicht ersticken konnte, trug Schutzkleidung und schlich durch die Gegend, als würde ein Mörder hinter jeder Ecke lauern. »Aber ich habe es nie geschafft. Bei meiner zweiten Gastgeberin bin ich beim Duschen ausgerutscht und mit dem Kopf auf die Fliesen geknallt. Klischee, oder? Ich dachte immer, sowas passiert nur in Filmen – bis es dann mir passiert ist. Also habe ich von da an nur noch im Sitzen geduscht, aber das hat auch nicht geholfen. Einmal hatte ich einen Schlaganfall, ein anderes Mal einen allergischen Schock. Einmal bin ich einfach eingeschlafen und nicht mehr aufgewacht. Dabei war ich in dem Körper nicht mal besonders alt, höchstens fünfundsechzig. Keine Ahnung, was da passiert ist.« Ich streiche mir die Haare aus dem Gesicht. »Irgendwann musste ich einsehen, dass es keinen Zweck hat, den Tod vermeiden zu wollen. Und dass es da einen anderen Grund geben muss, warum ich mich im Körper von Leuten befinde, die sterben werden.«

»Und da hast du angefangen, diese zweiten Chancen zu nutzen?«

Giulio spricht langsam, sanft, wie mit einem Kind. Ob er immer noch glaubt, dass ich verrückt bin?

»Nicht sofort. Erst wollte ich herausfinden, was mit meinem echten Körper passiert ist, und bin hierhergekommen. Das war … nicht besonders aufbauend.«

Noch heute lässt mich die Erinnerung daran schlucken. Giulio schaut mich fragend an.

»Stell dir vor, du siehst dich selbst so«, erkläre ich, wobei ich auf den blassen Körper im Krankenbett deute. »Abgemagert, an Schläuchen hängend, fast tot.«

Mehr sage ich nicht, dabei war der Anblick meines Körpers nicht mal das Schlimmste, sondern der Anblick meiner Lieben am Krankenbett. Meiner Familie. Meiner Freunde.

Bei meinem ersten Besuch im Krankenhaus traf ich meine Eltern. Ich wollte mit ihnen sprechen, aber natürlich erkannten sie mich nicht. Ich hätte ihnen so gern gesagt, dass ich Lucia bin, aber ich wusste nicht, wie.

Also beließ ich es dabei, sie zu beobachten. In jedem neuen Körper kam ich ins Krankenhaus. Ich war ein Theatergast in meinem eigenen Leben, sah zu, wie meine Eltern, meine Schwester und meine Freunde litten, und es brach mir das Herz. Alles, was ich wollte, war, dass sie weitermachen, nach vorn schauen. Eines Tages taten sie das tatsächlich. Sie kamen nicht mehr täglich, sie arbeiteten wieder, manchmal lachten sie sogar, waren glücklich. Ohne mich. Und obwohl ich mich für sie hätte freuen sollen, brach es mein Herz noch mehr. Weil ich begriff, dass ich langsam, aber sicher kein Teil meines eigenen Lebens mehr war.

»Als ich irgendwann verstanden habe, dass ich eine Aufgabe in den Leben meiner Gastgeber erfüllen muss, hat dieser ganze Irrsinn wenigstens ein bisschen Sinn ergeben.«

»Wow«, sagt Giulio nur.

Ich vermute, nach meiner Geschichte fehlen ihm die Worte. Eine Zeit lang stehen wir schweigend neben dem Krankenbett, bis ich vorschlage, einen Spaziergang zu machen.

»Weil das Wetter so schön ist«, sage ich. Dabei hoffe ich in Wahrheit nur, dass Giulio das Gehörte an der frischen

Luft besser verdauen kann. Ich fühle Paola als warmes Streicheln an der Innenseite meiner Brust. Sie hat Mitleid mit mir. Dabei bin nicht ich es, die bald für immer von dieser Welt verschwinden wird, sondern sie. Eigentlich sollte ich Mitleid haben.

Der Garten befindet sich auf der Rückseite des Gebäudes – eine kleine Oase inmitten einer Wüste aus Krankheit. Ein Ort, an dem man sich für kurze Zeit normal fühlen kann. Hier stehen so viele Bäume, als befände man sich inmitten eines Waldes, was gut ist, da man so die Krankenhausfassade nicht mehr sehen kann. Alle paar Meter stehen Sitzbänke. Dazwischen finden sich Skulpturen: Moderne Kunst oder Nachbildungen von Märchenfiguren. Neben einem kleinen Spielplatz erstreckt sich eine Wiese voller Wildblumen.

Wir laufen schon eine ganze Weile im Garten der Klinik herum – das heißt, Giulio läuft wie ein Tiger auf und ab und flüstert in regelmäßigen Abständen das Wort »Scheiße« –, als ich das Schweigen nicht mehr aushalte.

»Was sagst du nun? Glaubst du mir?«

Er hält in der Bewegung inne. Ich wünschte, er würde sich umdrehen und mir in die Augen schauen, aber als er mir antwortet, hat er mir den Rücken zugewendet.

»Ich weiß es nicht. Aber ich kann dir zumindest nicht mehr definitiv sagen, dass ich dir nicht glaube.«

Fair.

»Aber Sofia hat dir geglaubt, oder?«, fügt er hinzu und endlich dreht er sich um.

»Ich *war* Sofia«, korrigiere ich ihn, was er ignoriert.

Er beißt sich auf die Unterlippe. »Wenn sie dir geglaubt hat, das heißt, wenn sie dir ihre Geheimnisse wirklich erzählt hat, bedeutet es, dass auch der Rest stimmt. Das mit dem Valtellina, mit dem Unfall. Denkst du, dass Chiara wirklich tot ist?«

Schon wieder spüre ich einen Stich. Da habe ich zum ersten Mal einem anderen Menschen mein Geheimnis offenbart, und das, was ihn am meisten interessiert, ist Chiara.

»Tut mir leid«, sage ich bloß.

Er nickt langsam. Schließlich geht ein unmerklicher Ruck durch seinen Körper. Mit zwei langen Schritten kommt er auf mich zu und legt beide Hände auf meine Oberarme. In seine Augen tritt ein fiebriger Ausdruck, er sieht getrieben aus. »Wir müssen herausfinden, was mit Chiara passiert ist. Wenn sie wirklich dort draußen im Wald liegt, dann müssen wir sie finden. Und wenn sie nicht im Wald liegt … Vielleicht können wir herausfinden, wohin sie abgehauen ist.«

»Na ja, ich …«

»Das ist es doch, was Sofia richtigstellen wollte, oder?!« Er zieht beide Augenbrauen nach oben. Seine Lippen zittern.

»Schon, aber ich bin nicht mehr Sofia.«

»Und das heißt, dir ist jetzt alles egal?« Er lässt meine Schultern los und bedenkt mich mit einem Blick, der verurteilend und enttäuscht, ungläubig und wütend zugleich ist.

Ich bin hin- und hergerissen zwischen dem Wunsch, Giulio zu helfen, und meiner eigenen Frustration. Es ist, als würde Giulio mir gar nicht zuhören. Ich verstehe ja, wie verwirrend das alles für ihn ist, und auch, dass er Chiara finden und Sofias Geheimnis lüften möchte. Das will ich selbst ja auch. Trotzdem schmerzt es, dass ihn nichts von dem, was ich ihm über mich und mein rätselhaftes Dasein erzählt habe, zu interessieren scheint. Nichts außer den zwei Mädchen, die ihm eigentlich am Herzen liegen.

Ich versuche, mich zu erklären: »Das ist es nicht! Aber jetzt, wo Sofia tot ist, ist es zu spät für sie.«

»Es ist nie zu spät, Dinge richtigzustellen.«

»Nicht für dich, aber ich bin jetzt Paola und ich muss ihren Wunsch erfüllen.«

»Komm mit mir. Wir steigen ins Auto und fahren ins Valtellina. Dann zeigst du mir den Ort, den du in Sofias Erinnerung gesehen hast.«

»Ich muss erst Paolas Wunsch erfüllen.«

Er verschränkt die Arme vor der Brust und schürzt die Lippen. »Ich fahre nicht ohne dich«, sagt er mit strengem Gesichtsausdruck.

»Ist das dein Ernst?«

»Ist es dein Ernst, dass du mir all diese Sachen über geborgte Körper und Sofias Wunsch erzählst, mich zu diesem Krankenhaus schleifst und mich dann allein fahren lassen willst?«

Seine Argumente sind eindeutig besser als meine. Abgesehen davon lässt mich Sofias letzter Wunsch nicht los. Ich will wissen, was passiert ist, und ja, auch wenn Sofia tot ist, möchte ich die Dinge für sie richtigstellen.

Aber auch Paolas letzten Wunsch kann ich nicht so einfach aufgeben.

»Gib mir ein bisschen Zeit. Ein paar Tage nur, damit ich Paolas Wunsch erfüllen kann. Dann fahre ich mit dir«, bitte ich.

»Woher weiß ich, dass du wieder zurückkommst?«, fragt er.

Ich zucke die Schultern. Zu gern würde ich ihm versprechen, dass ich ihn nicht im Stich lassen werde, aber wie könnte ich das, wenn der Tod doch so nahe ist?

»Wir brauchen nur ein paar Stunden, um ins Valtellina zu fahren. Morgen sind wir wieder zurück und dann tust du, was auch immer du wunschtechnisch tun musst«, sagt er.

Ich möchte protestierten. Das bin ich Paola schuldig. Doch Giulios Blick ist so, so flehend und in seiner Stimme liegt Verzweiflung. Wie könnte ich ihm seinen Wunsch abschlagen? Und es sind doch nur ein paar Stunden Aufschub, um die er mich bittet.

»Okay«, murmle ich so unschlüssig, dass es eher wie eine Frage klingt als wie eine Antwort. »Das heißt …?«

»Wir fahren ins Valtellina!«

***

Als wir das Krankenhaus verlassen, schickt Paola mir eine neue Erinnerung:

Ich stehe in einer Küche, deren Wände mit bunt gemusterten Fliesen bedeckt sind, und summe vor mich hin, während ich eine Lasagneform aus dem Ofen ziehe.

»Das riecht wie bei Mama«, sagt jemand.

Als ich mich umdrehe, sehe ich den Mann aus Paolas letzter Erinnerung, der, dem ich das Päckchen übergeben soll. Ihr Bruder.

»Das schmeckt auch wie bei Mama, Michele«, antworte ich mit Paolas Stimme. »Gibst du mir die Teller?«

Daraufhin reicht er mir zwei pinkfarbene Porzellanteller, deren Ränder mit spielenden Katzen verziert sind. Ich hieve eine Portion Lasagne darauf, die so groß ist, dass sie über den Tellerrand quillt.

Micheles tiefe Stimme vibriert, als er lacht. »Die Portionsgröße hast du dir auch bei Mama abgeschaut!«

»Natürlich. Ich muss doch dafür sorgen, dass mein kleiner Bruder nicht vom Fleisch fällt!«

»Du solltest dir einen Mann suchen! Deine Kochkunst ist sonst doch völlig verschwendet!«

»Ha! Fürs Kochen brauche ich keinen Mann und fürs Essen habe ich dich, wenn's gut läuft, und die drei Straßenkatzen aus der Nachbarschaft, wenn ich's verhunze. Abgesehen davon muss der Mann, der es mit meiner Leidenschaft aufnehmen kann, erst noch geboren werden!«

Nun lacht Michele aus vollem Hals. »Eine Frau, ein Wort!«

Als die Erinnerung verklingt, fühle ich ein aufgeregtes Prickeln in der Brust. Paola will mich an ihren Wunsch erinnern, daran, dass ich ihr Päckchen überbringen muss, bevor es zu spät ist.

»Ich verspreche, dass ich mich gleich darum kümmere, wenn wir zurück sind«, flüstere ich, worauf Giulio die Stirn runzelt.

Da zweifelt er ohnehin schon an seiner und meiner geistigen Gesundheit und nun fange ich an, Selbstgespräche zu führen. Ich muss schmunzeln.

Paolas Ungeduld tänzelt als warmes Prickeln in meiner Brust, als wir in ihren Wagen steigen und in Richtung des Tellina-Tals aufbrechen. Um Paolas Wunsch werde ich mich kümmern, sobald wir zurück sind. *Das ist ein Versprechen.* Dieses Mal denke ich es nur, ohne die Worte laut auszusprechen. Für Paola scheint das zu reichen, denn ihre Ungeduld legt sich.

Während der Fahrt ist Giulio schweigsam, starrt die ganze Zeit aus dem Autofenster und hängt seinen Gedanken nach. Zu gern würde ich hinter seine Stirn schauen. Meine heutige

Offenbarung hat sein Weltbild völlig auf den Kopf gestellt. Ich selbst habe Wochen gebraucht, um mich an diese neue Realität zu gewöhnen, und mir nach und nach die Antworten auf alle offenen Fragen erschlossen. Giulio habe ich mit all diesem Wissen wie eine Dampflok überfahren.

Dazu kommt die Tatsache, dass er gleich zwei Mädchen, die ihm wichtig waren, Sofia und Chiara, verloren hat. Es ist ganz natürlich, dass er Zeit für sich und seine Gedanken braucht. Trotzdem war mir der fragenstellende Giulio von vorhin deutlich lieber.

Weil mich die Stille nervös macht und ich ohne Ablenkung unentwegt an meine schweren Beine und die schmerzenden Zehen denken muss, schalte ich das Radio ein. Eine Opernarie beschallt uns in voller Lautstärke. Volle fünf Minuten lang. Dann beginnt das Radio zu knistern und fällt kurz darauf ganz aus, sodass das Rattern von Paolas Auto unsere einzige Hintergrundmusik ist.

Leider dürfen wir auch diese nur ein paar Kilometer lang genießen, denn plötzlich stöhnt das Auto laut und gibt knatternd den Geist auf. Ich lenke den Wagen an den Rand der schmalen Landstraße. Wir befinden uns wortwörtlich im Nirgendwo. Die Hänge der Dolomiten tauchen bereits am Horizont auf, also dürfte das Valtellina nicht mehr allzu weit entfernt sein. Doch rund um uns herum erstreckt sich Ackerland. In der Ferne mache ich eine Ansammlung mehrerer Gebäude aus – ein Dorf? –, doch sie sind zu weit weg, um sie zu Fuß zu erreichen. Im Körper der sportlichen Sofia wäre es vermutlich kein Problem gewesen, doch als Paola, mit schmerzenden Füßen und schweren Beinen: keine Chance.

Ich drehe den Zündschlüssel noch dreimal herum. »Bitte, Auto, komm schon«, murmle ich. Doch mehr als ein müdes Schnaufen kann ich dem Wagen bei meinem Neustart-Versuch nicht entlocken. »Verdammt!«, stoße ich aus und haue auf das Lenkrad.

»Pannendienst?«

»Mist.«

»Ist das ein Ja?«

»Ja«, seufze ich.

Ein Mechaniker holt uns in Rekordzeit ab. Es ist ein freundlicher, jedoch wenig gesprächiger Mann. »Da hattet ihr Glück, dass ihr so nahe an meiner Werkstatt liegengeblieben seid«, sagt er bloß und fährt los.

Während der Fahrt, die nur rund zehn Minuten dauert, streife ich Paolas Glitzerschuhe von meinen angeschwollenen Füßen und strecke die Zehen durch. Schon besser!

»Wir schauen uns den Wagen gleich an«, sagt der Mechaniker, als wir aussteigen. »Ihr beiden könnt solange im Shop warten. Oder hier draußen. Oder in der Tankstelle, da gibt es Kaffee.« Er deutet auf besagtes Gebäude, das direkt an die Werkstatt grenzt, und geht davon, ohne auf eine Antwort zu warten.

Giulio verschwindet im Shop und ich vertreibe mir die Zeit, indem ich auf dem Vorplatz auf und ab gehe. Seit das Auto seinen Geist aufgegeben hat, ist mir übel, sodass ich das Bisschen Bewegung genieße. *Paola*, denke ich im Stillen, *du hättest deinen Wagen und deinen Körper echt besser in Schuss halten können.*

Schon ist Giulio zurück und überreicht mir einen Becher Orangensaft und ein in Folie gehülltes Gebäck. Trotz meiner

Übelkeit nehme ich einen Bissen von dem zuckersüßen Zimtkringel.

»Danke. Nicht ganz so gut wie ein Raststätten-Croissant, aber gegen den Hunger wird's helfen«, scherze ich.

Giulio erstarrt mitten in der Bewegung. Mit offenem Mund schaut er mich an, den Becher auf Gesichtshöhe, so als hätte er vergessen, wie Trinken funktioniert.

»Alles okay?«

»Niemand weiß von dem Abend in der Raststätte, niemand außer Sofia und mir.« Langsam stellt er den Becher ab. Sein Blick bleibt an ihm hängen. Nur mühevoll bringt er die nächsten Worte hervor. »Wenn deine Geschichte stimmt, heißt das, dass die Sofia, mit der ich mich die letzten Tage unterhalten habe, nicht die echte Sofia war.«

Wenn deine Geschichte stimmt.

Natürlich weiß ich, wie irrwitzig die Wahrheit ist, trotzdem fällt es mir schwer, mich durch Giulios Zweifel nicht entmutigen zu lassen.

»Ich dachte wirklich, Sofia hätte sich geändert.«

Die Enttäuschung steht ihm ins Gesicht geschrieben. Schon wieder fühle ich einen Stich in der Brust.

»Weißt du von Mailand?«, fragt er plötzlich.

»Äh, nein?« Keine Ahnung, wovon er spricht. Hoffentlich nicht wieder eine von Sofias Anti-Heldentaten.

»Hmm. Okay, schade.«

Mehr sagt er nicht. Doch nun hat mich die Neugierde gepackt und selbst Paola prickelt gespannt in meiner Brust.

»Was hat es denn mit Mailand auf sich?«, frage ich deshalb.

Ich kann ein Zögern erkennen, doch schließlich erzählt er: »Ich habe den Leiter des Camps bei der Beerdigung getroffen und ein bisschen mit ihm über Sofia gesprochen. Er hat erzählt, dass Sofia zwei Wochen, bevor sie gestorben ist, bei der Kletterschule angerufen und eine Nachricht für den Trainer, Pierluigi, hinterlassen hat. Sie sagte irgendwas davon, dass sie weiß, was in Mailand ist. Ich dachte ... na ja, vielleicht hast du eine Ahnung, was es mit Mailand auf sich hat.«

Sie weiß, was in Mailand ist. Wie merkwürdig. Während ich in Sofias Körper steckte, hat niemand die Stadt je erwähnt. Weder ihre Freunde noch ihre Familie und auch bei meiner Spurensuche bin ich nicht über Mailand gestolpert. Ich wüsste zu gern, was es mit ihrer kryptischen Aussage auf sich hat, aber Mailand ist nur eines von vielen Geheimnissen, das Sofia vor mir bewahrt hat.

Unser Gespräch wird unterbrochen, als der Mechaniker winkend auf uns zukommt. »Wollt ihr die schlechte oder die gute Nachricht zuerst?«, fragt er.

»Die schlechte«, antworte ich sofort, während Giulio sagt: »Die gute.«

Lächelnd fügt er hinzu: »Optimistin bist du keine, oder?«

Darauf zucke ich die Schultern. »Na gut, die gute Nachricht zuerst.«

Der Mechaniker grinst. »So mag ich das, immer das halbvolle Glas sehen. Also, wir können das Auto wieder in Gang bringen. Das war die gute Nachricht.«

»Und die schlechte?«, fragt Giulio.

»Vor morgen früh wird das nichts. Ich bin selbst schon etwas eingerostet, aber wir haben einen astreinen, jungen Mechaniker, der sich gleich morgen darum kümmern wird. Heute hat er schon Feierabend. Die jungen Leute haben abends einfach immer was vor. Das kennen Sie sicher von ihrem Sohn«, meint er mit Augenzwinkern zu mir und ich laufe rot an, als ich realisiere, dass er denkt, ich sei Giulios Mutter.

Ich räuspere mich. »Gibt es irgendwo einen Platz, wo wir übernachten können?«, frage ich.

»Es gibt ein ganz schönes Hotel hier in der Nähe. Nur fünf Minuten mit dem Auto. Wenn ihr wollt, fahre ich euch hin«, bietet der Mann an.

»Das wäre toll, danke«, antwortet Giulio.

Ich verdrehe innerlich die Augen. Wenn wir eines nicht haben, dann Zeit. Jede Minute, die wir vergeuden, ist eine Minute weniger in Paolas Leben. Allerdings habe ich ohne ihr Auto auch keine Möglichkeit, zurück nach Limone zu fahren, um ihr Päckchen zu holen.

Zumindest wird uns die Zwangspause ein paar Stunden verschaffen, um Paolas müdem Körper Ruhe zu gönnen, und auch mein Bauch meldet sich beim Gedanken an eine Pause grummelnd zu Wort. Also ignoriere ich Paolas nervöses Magengrummeln und stimme nickend zu.

9. Kapitel

Das Hotel stellt sich als schnuckelige Pension heraus, deren Eingang mit Efeuranken gesäumt ist. Der Eingangsbereich ist in dunklem Holz gehalten und ein Kronleuchter baumelt von der Decke und hüllt den Raum in warmes Licht. *Willkommen im Romantikhotel Dolomiten*, begrüßt uns das Eingangsschild beinahe ebenso euphorisch wie die Rezeptionistin, die über beide Backen strahlt.

»*Buongiorno*! Wie kann ich Ihnen helfen?«

»Haben Sie noch freie Zimmer?«, frage ich.

»Natürlich, Signora. Wollen Sie ein oder zwei Zimmer buchen?«

»Zwei«, antworte ich pflichtschuldig, immerhin bin ich momentan Paola, eine siebenundvierzigjährige Dame, die heute bereits für Giulios Mutter gehalten wurde. Doch als mir die Rezeptionistin den Preis für eine Nacht nennt, bleibt mir der Mund offen stehen. *Paola, ich hoffe du hast genug verdient*, denke ich und komme mir im nächsten Moment dumm vor. Allzu viel Zeit, um ihr Erspartes zu genießen, bleibt weder Paola noch mir, warum also nicht ein halbes Vermögen für die zwei Hotelzimmer ausgeben?

»Ein Zimmer ist in Ordnung«, sagt Giulio, der mein Zögern bemerkt haben muss. »Ich meine, wenn es für dich okay ist.«

»Natürlich.«

Unser Zimmer befindet sich im zweiten Stock der Pension und hat einen kleinen Balkon mit Blick auf die Bergketten. Die Hänge der Dolomiten liegen harsch und grau vor uns, darunter erstreckt sich ein Nadelwald wie ein tiefgrünes Meer. Ob es einer dieser Hänge war, an dem Sofia und Giulio geklettert sind?

Das Zimmer ist geräumiger als alle Hotelzimmer, die ich in meinen bisherigen Leben besucht habe. Im Zentrum steht ein breites Doppelbett mit hellen Bettlaken, auf dessen Matratzen zwei Handtücher in Schwanenform gefaltet sind. Die Hälse der Schwäne sind zu Halbkreisen gebogen und die Schnäbel berühren sich zu einem Kuss, sodass die zwei Handtücher eine Herzform bilden. Über einer Kommode hängt ein Spiegel mit dickem Goldrand. Ein Sofa, zwei kuschelige Sessel sowie ein Tisch mit Schreibtischlampe vervollständigen die Einrichtung.

Giulio bleibt vor dem Bett stehen und betrachtet die Schwäne. Ich wünschte, ich wüsste, was er denkt.

Bevor wir zum Abendessen nach unten gehen, ziehe ich mich ins Bad zurück, um mich frisch zu machen, und spritze mir eiskaltes Wasser ins Gesicht. Der lange Tag ist mir alias Paola deutlich anzusehen. Meine Locken ähneln mittlerweile mehr einer Löwenmähne als einer Frisur und die Falten rund um die Mundwinkel und auf meiner Stirn scheinen tiefer zu sein als am Morgen. Außerdem bringen mich meine Füße und Beine um. Ich schlüpfe aus meiner Strumpfhose und setze mich auf den Rand der Badewanne, um meine geschwollenen Unterschenkel ins kalte Wasser zu halten.

Während ich so dasitze, schickt Paola mir eine neue Erinnerung:

Ich stehe vor dem Badezimmerspiegel und drehe mich, lasse den Saum meines schwarz glitzernden Kleides in der Luft tanzen. Pavarottis Torna A Surriento *tönt in voller Lautstärke aus dem Wohnzimmer. Beim Klang seiner gefühlvollen Stimme richten sich die Härchen auf meinen Armen auf. Langsam wiege ich die Hüften zur Melodie.*

Meine Mähne habe ich heute gezähmt und mit Gel zu einem Dutt frisiert, der von mehreren Glitzerspangen gehalten wird. Ich nehme mir einen Pinsel und trage Rouge auf meine Wangen auf, leicht nur, Babyrosa, weil es mich gefühlt zehn Jahre jünger macht. Die Augen betone ich mit Mascara, der meine Wimpern doppelt so lang aussehen lässt wie normalerweise, und trage blutroten Lippenstift auf.

Nachdem mein Gesamtkunstwerk vollendet ist, hauche ich meinem Spiegelbild mit gespitzten Lippen einen Kuss zu. Wie eine Femme fatale sehe ich aus und muss kichern.

Giulios Stimme dringt gedämpft durch die Wand des Badezimmers und holt mich aus Paolas Erinnerung zurück in die Realität. Vermutlich telefoniert er.

Ich glaube, ich weiß, warum Paola mir diese Erinnerung geschickt hat. Ich soll aufhören, mich für ihren Körper, ihre verrückten Locken, ihre Glitzerschuhe und überhaupt für ihre ganze Erscheinung zu schämen.

»Tut mir leid, Paola«, flüstere ich. »Du hast ja recht. Du bist ein heißer Feger.«

Was ist nur los mit mir? Normalerweise bin ich nicht so oberflächlich, sondern lasse mich auf meine Gastgeber ein, anstatt sie für ihre geschwollenen Füße oder ihren Modegeschmack zu verurteilen. Normalerweise teile ich mir aber auch kein Doppelbett in einem Romantikhotel mit einem Jungen, der mich in Gestalt der verführerischsten Siebzehnjährigen rund um den Gardasee kennengelernt hat.

Seufzend drehe ich den Wasserhahn ab. Ich muss aufhören, auf diese Art an Giulio zu denken, denn er ist nur wegen Sofia und Chiara hier – und nicht meinetwegen! Und selbst wenn es anders wäre, wie könnte ich mich als Gast in immer neuen Körpern jemals in jemanden verlieben und erwarten, dass dieser Jemand mich zurück liebt?

Als ich aus dem Bad komme, sitzt Giulio mit angezogenen Beinen auf dem Bett und tippt auf seinem Handy herum. Er hebt den Blick und sofort breitet sich ein Lächeln auf seinen Lippen aus.

»Bereit für das Abendessen?«, fragt er.

Den ersten Schock scheint er mittlerweile überwunden zu haben, zumindest ist ihm nichts mehr von der Sorge und Verwirrtheit des Tages anzumerken.

Ich nicke lächelnd. »Ich verhungere!«

Das Restaurant liegt im Erdgeschoss und ist einem Romantikhotel mehr als würdig. Der Innenraum gestaltet sich als Art Weinkeller, dessen Boden mit dunklen Kacheln ausgelegt ist und an dessen Wänden sich alte Holzfässer aneinanderreihen. Eine Unmenge an Kerzen auf den Tischen und an den Wänden hüllen den Raum in sanftes Licht.

Die Kellnerin führt uns an den Fässern vorbei in einen Garten, der von Weinreben eingerahmt wird. Hier nehmen wir an einem kleinen Messingtisch Platz und sofort zündet die Kellnerin eine Kerze für uns an. Bis auf ein älteres Paar sind wir die einzigen Gäste.

»Die Empfehlung des Abends sind in Knoblauch gebratene Scampi auf Capellini mit Tomatensoße«, spricht sie mit einem Lächeln.

Offenbar haben Giulio und ich denselben Gedanken, denn bevor sie weiterreden kann, sagen wir unisono: »Das nehme ich.«

»Wunderbar. Dazu vielleicht ein Glas Rotwein?«

»Wir nehmen eine ganze Flasche«, ordert Giulio.

Die Kellnerin wartet erst mein Nicken ab, bevor sie die Bestellung notiert – so ist das, wenn man mit seinem vermeintlichen Sohn essen geht.

»Schön hier«, stelle ich fest, nachdem sie uns allein gelassen hat.

»Ja, wirklich. Wir hatten Glück, dass dein Auto den Geist aufgegeben hat.«

Schon ist die Kellnerin zurück und schenkt uns den Wein ein. Giulio nippt an seinem Glas, nickt dann anerkennend und lehnt sich in seinem Stuhl zurück.

»Es fühlt sich komisch an, hier zu sein. Die Berge erinnern mich an das Camp und daran, dass vor ein paar Wochen noch alles anders war.«

»Die guten alten Zeiten«, versuche ich zu scherzen. »Da war noch alles besser.«

»Nicht alles. Damals kannte ich dich noch nicht und ehrlich gesagt, fühlt es sich ganz gut an, ein bisschen verrückt zu sein. Darauf sollten wir anstoßen!«

Meine Wangen werden bei seinen Worten warm. Trotz all dem Schlechten, was in den letzten Tagen passiert ist, ist er froh, dass wir uns kennengelernt haben. Und ich? Ja, ich bin das auch.

»Auf das Verrücktsein?«, frage ich.

»Auf das Verrücktsein!«

Die Gläser stoßen klirrend aneinander, wir lachen.

»Ich habe über all das nachgedacht, was du mir erzählt hast. Über die Sache mit den zweiten Chancen«, beginnt Giulio. »Darüber, was ich selbst mir wünschen würde, wenn ich heute sterben müsste.«

»Und?«

»Es ist schwierig, da gibt es so vieles …«

Mein Atem verlangsamt sich, während ich Giulio beobachte, jede kleinste Regung seines Gesichts in mir aufsauge. Ich glaube, in seinen Augen zu lesen, dass er sehr wohl weiß, was er sich wünschen würde, doch er hält sich bedeckt.

Statt mir eine Antwort zu geben, fragt er: »Was ist mit dir?«

»Oh … Darüber habe ich noch nicht nachgedacht.«

Das ist eine Lüge. Ich weiß genau, welche zweite Chance ich erfüllen wollen würde, wenn ich die Zeit zurückdrehen und die Tage, die meinem Surf-Unfall vorausgingen, wiederholen könnte.

Damals war ich relativ glücklich, habe mich mit meinen Eltern verstanden, hatte Freunde, auf die ich zählen konnte, war zwar kein Ass, aber okay in der Schule. Ich bin so oft an den See gegangen, wie ich nur konnte, manchmal zum Surfen, manchmal zum Schwimmen oder nur, um mit meinen Freunden am Strand zu liegen. Bloß eines habe ich nie erlebt. Liebe.

Das ist es, was ich mir wünschen würde, wenn ich eine zweite Chance bekäme: Mich in jemanden zu verlieben und zurückgeliebt zu werden. Etwas, das mittlerweile unerreichbar scheint. Weil niemand *mich* sieht, sondern nur die

Person, in deren Körper ich stecke. Weil ich den Wünschen meiner Gastgeber folgen muss. Weil ich nie weiß, in wessen Körper ich als Nächstes aufwachen werde.

Weil ich sterbe, die ganze Zeit, immer wieder, und was für ein Mensch wäre ich, wenn ich diese Bürde einem anderen aufladen würde?

Während ich meinen Gedanken nachhänge, beobachtet Giulio mich, genauso wie ich ihn beobachtet habe. Ich bin mir fast sicher, dass er mich durchschaut hat und genau weiß, dass ich lüge. Doch er respektiert mein Schweigen und wechselt das Thema.

»Wenn du aufwachst, in deinem echten Körper, meine ich, denkst du, dass du dich dann noch an alles erinnern kannst? An all deine Leben?«

»Ich habe noch nie von einem Patienten gehört, der aus dem Koma erwacht und Geschichten über geborgte Körper erzählt. Also vermutlich nicht.«

Plötzlich fühle ich eine tiefe Niedergeschlagenheit in mir aufsteigen. So sehr ich es genieße, endlich mit jemandem über mein Dasein sprechen zu können, trifft Giulio damit doch meine wunden Punkte. Es gibt niemanden sonst wie mich. Und selbst wenn doch, wie sollte ich die anderen jemals kennenlernen? Die Wahrheit ist doch, dass ich ganz allein bin. Ich senke die Augenlider, damit Giulio nichts von meiner Bedrücktheit bemerkt.

»Das habe ich mich auch gefragt«, fährt er fort. »Sind alle Komapatienten so wie du oder sind bei den anderen einfach die Lichter aus?«

»Keine Ahnung.«

Er beißt sich auf die Unterlippe und schwenkt sein Rotweinglas. Die neue Wirklichkeit, mit der ich ihn konfrontiert habe, scheint ihn ziemlich zu beschäftigen.

Schließlich fährt er fort: »Diese ganze Geschichte ist sogar noch verrückter, wenn du darüber nachdenkst, was sie für die Realität bedeutet. Weiß das Schicksal oder sonst wer schon vorher, dass deine Gastgeber sterben werden und steckt dich … na ja, quasi vorbeugend in ihren Körper oder sterben deine Gastgeber erst und dann wird die Zeit zurückgedreht? Option eins würde bedeuten, dass unser ganzes Leben irgendwie vorherbestimmt ist. Dann hätten wir gar keinen freien Willen.« Er runzelt die Stirn. »Und Option zwei? Wenn die Zeit, sagen wir, um eine Woche zurückgedreht wird, werden all die Dinge, die in dieser Woche passiert sind, einfach ausradiert? Wenn das der Fall ist, woher wissen wir dann, dass dieser Moment nicht gelöscht wird? Oder der gestrige oder der morgige? Was ist dann noch echt?«

Mein Blick bleibt an den Bergketten in der Ferne hängen. All diese Fragen habe ich mir schon tausende Male gestellt. Bin im Geist jede mögliche Alternative durchgegangen und wäre fast daran verzweifelt, nicht zu wissen, *was* ich eigentlich bin und was mein Dasein für die Welt bedeutet. Aber mittlerweile habe ich eingesehen, dass es besser ist, manche Fragen gar nicht erst zu stellen.

»Vielleicht wird es ja nicht gelöscht«, murmle ich.

Giulio beugt sich näher zu mir heran. Seine Stimme ist lauter als vorher und schneller. Er wirkt aufgeregt.

»Ja, aber dann müsste jedes Mal, wenn du den Körper von jemandem übernimmst, eine neue Realität erzeugt werden. Also gäbe es nicht eine, sondern mindestens vierzehn

Realitäten. Und wenn es andere Geister wie dich geben sollte, sogar noch mehr. Zwanzig oder dreißig oder siebenhundertachtundvierzig Millionen oder was weiß ich wie viele.«

»Darf ich dir einen Rat geben?«, unterbreche ich ihn. »Denk am besten gar nicht darüber nach. Wenn du dir über diese Dinge zu sehr den Kopf zerbrichst, machst du dich bloß verrückt.«

»Zu spät«, sagt er lachend. »Nervt es dich, dass ich so viele Fragen stelle?«

Ich lasse meinen Zeigefinger über den Stiel des Weinglases gleiten. Mittlerweile ist mir der Alkohol ein bisschen zu Kopf gestiegen, sodass ich mich leicht fühle. Meine nächsten Worte rutschen mir ganz natürlich über die Lippen.

»Es ist schön, dass sich jemand so für mich interessiert. Allerdings werde ich das Gefühl nicht los, dass du mich mit deinen Fragen auf die Probe stellst.«

»Wie meinst du das?«

»Na, dass du darauf wartest, dass ich einen Fehler mache und diese ganze Geschichte als Blödsinn enttarnt wird.«

»Vielleicht mache ich das auch ein bisschen.«

Wir lächeln uns an. Giulio ergreift meine Hand und drückt sie, eine stumme Geste, um mir Mut zuzusprechen.

»Ich hoffe wirklich, dass du eines Tages du selbst sein kannst.«

Ich presse die Lippen aufeinander und schließe für einen Moment die Augen. Schon wieder hat Giulio mit seinen Worten meinen wunden Punkt getroffen und ich stehe kurz davor, zu weinen.

Denn dasselbe hoffe ich auch. Ich wünschte, dass mein Leben anders wäre, nein, ich wünschte, dass ich ein *eigenes*

Leben hätte. Denn wenn ich es täte, wenn ich *ich* selbst wäre, könnte ich mich in Giulio verlieben.

Doch bevor ich irgendetwas antworten kann, stellt die Kellnerin die Teller vor uns ab, und bedenkt uns, vor allem aber unsere ineinander verschränkten Hände, mit einem abschätzigen Blick. Instinktiv möchte ich meine Hand zurückziehen, doch Giulio hält meine Finger fest, während er die junge Frau anstrahlt.

»Danke, Signora«, sagt er und zwinkert ihr zu. Noch zweimal dreht sie sich zu uns um, als sie davongeht.

»Die hat aber Augen gemacht«, schmunzelt Giulio.

Ich kichere, froh darüber, dass der entsetzte Blick der Kellnerin die Schwere der letzten Minuten zumindest ein klein wenig vertrieben hat. »Mutter und Sohn, die händchenhaltend beim romantischen Dinner sitzen, sieht man eben nicht jeden Tag.«

»Ich glaube, mittlerweile hat sie gemerkt, dass wir nicht Mutter und Sohn sind.«

»Bist du dir da sicher, so wie sie immer noch zu uns schaut?«, frage ich kichernd. »Vielleicht sollten wir sicherstellen, dass es zu keinen Missverständnissen kommt.«

»Vielleicht sollten wir das«, sagt er und beugt sich vor.

Gleich wird er mich küssen, und obwohl ich weiß, dass es nur ein Scherz ist, um die Kellnerin endgültig aus der Fassung zu bringen, schlägt mein Herz schneller. Ich schließe die Augen und lehne mich über den Tisch. Giulio legt seine Hand auf meine. Unter seinen Fingern beginnt meine Haut zu prickeln.

Plötzlich verändert sich mein Herzschlag, wird unregelmäßig, rast geradezu, und meine Brust verengt sich. Ist das Paola?

Sofort ziehe ich mich zurück. Ich kann das nicht machen! Paola würde Giulio nie küssen, wie sollte ich ihren Körper dazu zwingen?

»Sorry. Paola ist etwas schüchtern«, murmle ich, ohne ihn anzusehen.

»Schon okay.«

Giulio zieht sich ebenfalls zurück, wirkt enttäuscht. Genauso wie ich. Das hier wäre nicht mein erster Kuss gewesen. Ich habe Ehemänner geküsst, Partner und erste Dates, immer in einem geborgten Körper und auf Wunsch meiner Gastgeber und nie habe ich dabei Schmetterlinge im Bauche gefühlt. Doch hier, mit Giulio, waren die Schmetterlinge zum ersten Mal da. Wenn auch nur für einen Augenblick.

Schweigend beginnen wir zu essen. Die Scampi sind mit einer Extraportion Knoblauch gewürzt. Gut so, das wird hoffentlich gegen den Drang helfen, Giulio zu küssen.

»Ich habe dir ganz schön viel über mich erzählt, aber weiß so gar nichts über dich«, sage ich irgendwann in dem Versuch, das Gespräch wieder in Gang zu bringen.

»Ich weiß ja auch nichts über dich. Über die echte Lucia.« Er hebt den Blick. Zum ersten Mal seit unserem Fast-Kuss sieht er mich wieder richtig an.

»Da gibt es nichts besonders Interessantes zu erzählen. Ich war, na ja, normal eben. Durchschnittlich. Ich habe mit meiner Familie am Nordende des Sees gewohnt. Mein Dad hat dort einen Surf-Shop, meine Mama arbeitet in einem Büro. Der Star meiner Familie war schon immer meine große Schwester. Sie hat ein riesiges Talent fürs Windsurfen! Die letzten Jahre ist sie um die Welt gereist, hat Preise gewonnen.«

Giulio hebt beide Augenbrauen. Vor Anerkennung, denke ich, doch dann sagt er: »Das klingt ganz schön anstrengend. Eine große Schwester zu haben, die so ein Überflieger ist.«

Ich zucke die Schultern. Ich will jetzt nicht über meine Schwester oder überhaupt über meine Familie nachdenken. Diesen kleinen Moment des Glücks mit Giulio möchte ich mir nicht durch die Gedanken daran kaputt machen, was ich alles verloren habe.

Giulios nächste Frage überrascht mich. »Hattest du einen Freund?«.

Dabei schaut er mir direkt in die Augen. Ich schaffe es jedoch nicht, seinem intensiven Blick standzuhalten, und schaue auf die Capellini. Ich merke, wie mein Gesicht rot anläuft, als ich den Kopf schüttle. Im selben Augenblick spüre ich Paolas Anwesenheit wie einen Wespenstich direkt in der Brust und für einen Augenblick flammt wieder die Erinnerung an das Gespräch mit ihrem Bruder auf.

Abgesehen davon muss der Mann, der es mit meiner Leidenschaft aufnehmen kann, erst noch geboren werden!

Die Nachricht ist klar: Schäm dich nicht dafür, allein zu sein. Selbst ist die Frau. Mit deiner Leidenschaft kann es sowieso keiner aufnehmen.

Ich wünschte, ich hätte Paolas Selbstvertrauen.

Giulio nimmt einen tiefen Zug aus seinem Weinglas, scheint zu überlegen. Als er das Glas abstellt, hat sich sein Blick verdunkelt.

»Es gibt da etwas, das ich dir erzählen sollte.«

»Okay?«, sage ich, mehr Frage als Antwort.

»In der letzten Nacht im Camp, nach dem Lagerfeuer …« Er bricht ab, nimmt noch einen Schluck. »Als ich spazieren war, habe ich Sofia getroffen. Sie kam aus dem Wald, hat geweint und … Sie war völlig neben der Spur. Ich glaube, sie war high oder betrunken. Oder beides. Und sie war wütend. So richtig wütend. Hat mich ein Arschloch genannt, dabei weiß ich nicht mal, was ich getan habe, um sie so sauer zu machen.«

Während er spricht, streicht er sich immer wieder die Haare aus der Stirn. Am Ende trinkt er das Weinglas in einem Zug leer, schnappt sich die Flasche und füllt das Glas bis zum Rand auf.

Was soll ich sagen? Ich hätte so gerne die richtigen Worte, aber gibt es die überhaupt? »Sie hatte Angst dich zu verlieren«, sage ich bloß, schüttle dann den Kopf und korrigiere mich. »Sie dachte, dass sie dich schon längst verloren hat.«

Giulios Augen weiten sich. »Du weißt davon?«

»Der Streit zwischen dir und Sofia war eine der letzten Erinnerungen, die ich gesehen habe, bevor …«

Giulio versteht, ohne dass ich es laut aussprechen muss, und schluckt. »Es ging um Chiara, richtig?«

Ich weiche seinem Blick aus und nicke. Dieser Teil des Gesprächs überfordert mich schon jetzt. Hier mit Giulio in diesem Hotel zu sitzen und über Sofia zu sprechen, die vielleicht, vielleicht aber auch nicht in ihn verliebt war. Und er in sie? Kurz spiele ich mit dem Gedanken, das Thema zu wechseln, verwerfe ihn aber wieder. Dass Giulio mir von seinem schlechten Gewissen erzählt, bedeutet etwas! Was genau, das weiß ich nicht, aber es fühlt sich wie ein großer Vertrauensbeweis an.

»War Sofia eifersüchtig?«, fragt Giulio.

»Ich glaube schon.«

»Aber warum? Sie hatte doch Pierluigi, sie wollte nichts von mir ...«

»Du warst ihr anscheinend wichtiger, als du dachtest. Wichtiger, als sie es zugeben wollte. Und na ja, sie dachte, dass du ...«

Die letzten Worte schlucke ich hinunter. Mein Herz schlägt plötzlich schneller.

»Dass ich *was*?«, fragt Giulio. Als ich seinem Blick ausweiche, schluckt er. »Sie dachte, dass ich was mit Chiara am Laufen hatte.«

»Mhm«, mache ich bloß und warte, ob er noch mehr sagen wird. Sofia *dachte*, dass er etwas mit Chiara am Laufen hat? Was soll das heißen? Dass die beiden doch nicht zusammen waren?

Aber er sagt bloß: »Dann weißt du auch, dass sie weggelaufen ist, nachdem wir uns gestritten haben?«

Ich nicke.

»Wohin? Was hat sie gemacht?«

Er hebt beide Handflächen in die Luft und schaut mich mit geöffnetem Mund an. Aber die Antworten, die er sich von mir erhofft, habe ich nicht.

»Das weiß ich nicht. Die Erinnerung hat aufgehört, nachdem sie in den Wald gerannt ist.«

Giulio wartet, doch da ist nichts, was ich ihm erzählen könnte, um ihn zu erleichtern. Was in jener Nacht geschehen ist, verwirrt mich ebenso sehr wie ihn. Um meine Verlegenheit zu verbergen, hebe ich das Glas an die Lippen, aber verschlucke mich fast am Wein. Hustend beuge ich mich vornüber. Giulio streckt erst den Arm nach mir aus, doch als ich mich kopfschüttelnd zurücklehne, lässt er die Hände sinken.

»Ich wünschte, ich hätte sie nicht einfach gehen lassen«, sagt er schließlich. Seine Stimme klingt gedrückt, als hätte er den Energiefunken verloren, der ihn bis eben angetrieben hat. »Ich hätte sie zwingen sollen, mit mir zurück zum Camp zu kommen. Oder ihr nachlaufen. Irgendwas ist passiert in dieser Nacht. Ich meine, abgesehen von unserem Streit.«

»Glaubst du?«

»So ein Arm bricht sich nicht von selbst, oder?«

»Das ist in dieser Nacht passiert?!« Mir wird gleichzeitig heiß und kalt.

Er schaut mich mit schiefgelegtem Kopf an.

Offenbar ist er überrascht, dass ich das nicht schon vorher wusste.

»War das vor oder nach eurem Streit?«, will ich wissen, worauf er die Schultern zuckt.

»Keine Ahnung. Am nächsten Tag hat sie mich ignoriert. Ich war Luft für sie. Und ich habe mir nicht die Mühe gemacht, sie zu fragen, was in der Nacht passiert ist. Ich dachte mir, wahrscheinlich ist sie irgendwo runtergekugelt oder hat irgendeinen Blödsinn gemacht, so betrunken, wie sie war. Und Chiara …« Er stockt kurz und nimmt wieder einen Schluck aus seinem Glas.

Ein Mut-Trunk, vermute ich.

»Sie war am nächsten Morgen nicht mehr da. Pierluigi hat erzählt, dass er sie zum Camp gebracht hat, und ich habe ihm geglaubt. Ich war so dämlich.«

»Hast du nicht nachgebohrt? Ich dachte, sie war deine Freundin«, unterbreche ich ihn und hätte mir im nächsten Augenblick am liebsten auf die Zunge gebissen. Meine Finger tanzen unter der Tischplatte einen Miniatur-Tango.

»Wir waren nicht zusammen. Wir haben uns im Jahr zuvor im Camp kennengelernt und immer mal wieder getroffen. Ich mochte sie, ihren Humor, ihre Ungezwungenheit, und ja, sie hat mir gefallen. Aber ein Paar waren wir nicht. Vielleicht hätte was daraus werden können, wenn sie nicht abgehauen wäre.«

»Sie ist nicht abgehauen«, werfe ich ein. Ich will Giulio nicht wehtun, aber ihn in dem Glauben zu lassen, Chiara könnte irgendwo dort draußen sein, gesund und heiter, nachdem ich in Sofias Erinnerung gesehen habe, wie ihr Körper bewegungslos im Fluss lag, wäre ihm gegenüber nicht fair.

»Aber wissen wir das denn mit Sicherheit? Chiara wollte weg. Auf Reisen gehen oder in einer großen Stadt leben. Vielleicht hat sie sich diesen Wunsch erfüllt.«

»Vielleicht«, murmle ich.

»Aber du glaubst es nicht?« In Giulios Stimme schwingt eine vage Hoffnung mit und ich fühle mich schrecklich dabei, diese zerstören zu müssen.

Um eine Antwort verlegen, nehme ich einen Bissen.

Giulio fährt fort: »Zweimal bin ich hoch, um mich dem Suchtrupp anzuschließen. Ich bin an der Stelle in den Wald gegangen, an der ich Sofia in dieser Nacht über den Weg gelaufen bin. Aber da war Chiara nicht. Je mehr Zeit verging, desto sicherer war ich, dass sie weggelaufen sein muss. Ein Teil von mir hofft immer noch, dass sie wirklich einfach abgehauen ist.« Wieder schüttelt er über sein eigenes Verhalten den Kopf. »Ich war ein Idiot und ein Arschloch. Ich hätte hartnäckiger sein müssen, mehr nachfragen oder … einfach irgendwas tun. Das alles ist auch meine Schuld.«

Ich hätte ihn gerne getröstet, doch mir fehlen die Worte. Also sage ich nur: »Wir werden alles richtigstellen.«

Giulio nickt langsam. Meinem Blick weicht er aus, starrt stattdessen auf seinen Teller. »Tut mir leid, dass ich unseren Abend ruiniert habe. Vielleicht bin ich nur müde. Ich glaube, es ist das Beste, wenn wir bald ins Bett gehen.«

»Okay.«

Damit ist alles gesagt. Das bittere Ende eines fast romantischen Abends. Das restliche Essen vertilgen wir schweigend.

***

Ich kann nicht schlafen.

Im Bett neben mir liegt Giulio auf dem Bauch, die Arme um sein Kissen geschlungen, und atmet regelmäßig, doch obwohl die Müdigkeit mir mittlerweile bis hinter die Augäpfel gekrochen ist, will sich der Schlaf nicht einstellen.

Seit wir uns ins Zimmer zurückgezogen haben, ist mir wieder schlecht. Paolas Anwesenheit spüre ich mittlerweile drängender, als würde sie von innen gegen meine Brust drücken. Sie ist ungeduldig, will, dass ich mich ihrem Wunsch endlich annehme.

Außerdem spuken mir zu viele Dinge durch den Kopf. Giulios Beichte und sein schlechtes Gewissen Sofia und Chiara gegenüber. Das dumpfe Gefühl, seitdem Giulio sich mir offenbart hat, dass da noch mehr ist. Dass er irgendetwas zurückhält. Die Fragen, was wir im Valtellina herausfinden werden. Die Übelkeit macht sich jetzt um einiges stärker bemerkbar. Ist das der Wein? Oder die Angst vor den Antworten, die wir morgen im Tellina-Tal bekommen werden?

Ich brauche frische Luft! Vorsichtig, um Giulio nicht zu wecken, schiebe ich mich aus dem Bett und schleiche auf den Balkon. Der Mond wirft sein schwaches Licht auf die Umrisse der Bergketten. Irgendwo dort, zwischen den Bergen und den dunklen Tannen an deren Hängen, ist Sofias Geheimnis verborgen.

Dieser Gedanke lässt mein Herz schneller pochen, es rast geradezu. Ein Herzschlag stolpert über den nächsten. Ich spüre ein Stechen in meiner Brust. Gleichzeitig kommen neue Erinnerungen von Paola hoch. Gleich drei Stück. Momentaufnahmen, die kurz aufblitzen und sofort wieder verschwinden.

Ich sitze an einer Schreibmaschine und lasse meine Finger über die Tasten fliegen. Neben mir dampft eine Tasse mit Kräutertee.

Ich liege mit hochgelagerten Beinen auf der Couch, während mir Michele ein nasses Taschentuch auf die Stirn drückt und »Schhht« macht.

»Danke«, flüstere ich, worauf er lächelt. »Gleich geht's dir besser, große Schwester. Du wirst schon sehen.«

Ich stehe in der kleinen Boutique in Limone. Es ist kurz vor Ladenschluss. Die Sonne neigt sich bereits und verzaubert den Himmel in ein rosarotes Zuckerwatte-Land. Der Laden ist leer, nur ich, die Zitronen und das glitzernde Cocktailkleid, das ich trage. Ich pfeife eine Melodie, zu der ich mich drehe. Wann immer mein Blick den zitronengelben Spiegel streift, blitzen meine Augen, weil ich mich in diesem Kleid wunderschön finde.

Als die Spannung in meiner Brust zunimmt, fächere ich mir mit der Handfläche Luft zu, versuche, regelmäßig zu atmen. Die Übelkeit kommt in Wellen hoch und das so stark, dass mir beinahe schwarz vor Augen wird. *Paola, was willst du mir nur mitteilen?*

Ich weiß ja, dass ich Paolas letzten Wunsch nicht länger aufschieben darf, aber wieso meldet sie sich mitten in der Nacht mit solcher Heftigkeit? Es ist schließlich nicht so, als könnte ich das Päckchen jetzt sofort überbringen.

»Paola, bitte«, flüstere ich unter zusammengepressten Zähnen.

Das Spannungsgefühl, das schon vor wenigen Sekunden kaum auszuhalten war, steigert sich, als würde jemand Nägel in mein Brustbein und bis hoch in meine Schultern schlagen.

»Paola …«, flüstere ich.

Da begreife ich es.

Das ist nicht Paola, die von innen gegen meine Brust drückt. Es ist mein Herz. Paolas Herz, das sich anfühlt, als würde es zerspringen.

Wie konnte ich die Anzeichen übersehen? Ich bin schon einmal an einem Herzinfarkt gestorben, aber damals war ich im Körper eines Mannes und es hat sich völlig anders angefühlt.

Trotzdem: Ich habe so viele Stunden damit verbracht, Todesarten zu recherchieren. Ich kenne die Anzeichen. Übelkeit. Kurzatmigkeit. Diffuse Schmerzen. Spannung in der Brust. Wie konnte ich so blind sein? So dumm? So dermaßen in Sofias und Giulios Geschichte versunken, dass ich meinen jetzigen Körper ignoriert habe, der mir laut schreiend mitgeteilt hat, dass es zu Ende geht?

Das darf nicht passieren, ich darf nicht sterben. Nicht jetzt! Nicht so kurz vor dem Valtellina, einen Tag, bevor wir Sofias Geheimnis aufdecken könnten. Nicht, ohne Paolas letzten Wunsch erfüllt zu haben. Nicht mit Giulio so wenige Meter von mir entfernt.

Ich fasse mir an die Brust, stolpere wie blind auf die Balkontür zu. Giulio! Wenn ich ihn erreiche, kann er mich retten. Er wird einen Krankenwagen rufen, wird mir und Paola eine zweite, nein, eine dritte Chance verschaffen, und dann werde ich alles richtig machen. Ich werde Paolas Wunsch erfüllen! Ich verspreche es!

Doch bevor ich die Klinke der Balkontür erreiche, stolpere ich und sacke auf den Fliesenboden. Mein Herz zieht sich zusammen. Schlägt es noch? Ich kann es nicht spüren, denn alles Gefühl wird von Angst überlagert. Von Panik und von meinem schlechten Gewissen.

Es wäre so einfach gewesen, Paolas Wunsch zu erfüllen. Sie hat mir alle Informationen gegeben, die ich dazu brauchte. Und was habe ich getan? Ihre zweite Chance vergeudet!

Es tut mir leid, Paola, es tut mir so unendlich leid.

Doch als der Schmerz sich ein letztes Mal aufbäumt, bevor alles in Dunkelheit versinkt, ist es nicht Paolas Gesicht, das ich vor meinem inneren Auge sehe.

Es ist Giulios.

Eleonora

10. Kapitel

Als ich aufwache, schwebe ich.

Irgendwo in den Tiefen meines Bewusstseins, hinter einer Wand aus Wolken und Sternenstaub, sind da Gedanken an Paola und an Giulio. Doch Schmerz und Tod sind nur eine Erinnerung, während mein Körper sich leicht anfühlt.

Blinzelnd öffne ich die Augen, sehe Licht und einen Hauch von Rosa, doch mein Umfeld ist verschwommen. Bin ich wirklich gestorben? Oder bin ich noch Paola? Schon im nächsten Moment döse ich wieder weg.

Als ich zum zweiten Mal aufwache, sind mein Mund und Rachen wie ausgetrocknet. Noch immer ist mein Körper merkwürdig schwerelos, als würde er gar nicht zu mir gehören oder als wäre er betäubt.

Wo bin ich? Wer bin ich heute?

Ich muss meine ganze Willenskraft aufbringen, um mich aus der Traumwelt aus Wolken zu lösen und mich in eine sitzende Position zu stemmen. Ein weißes, dünnes Laken ist über meinen Körper gebreitet. Neben meinem Bett steht ein fahrbares Nachtkästchen, darauf eine Blumenvase und ein Krug Wasser.

Ich bin in einem Krankenhaus, und zwar nicht in irgendeinem. Das bestätigt ein Blick aus dem Fenster. Die

Landschaft, die sich draußen erstreckt, kenne ich von den vielen Malen, an denen ich mich selbst besucht habe, genauso wie das Krankenzimmer und den Geruch, der in der Luft liegt. Ich bin in der Privatklinik in Torbole!

Mein Herz flattert, als hätte ich einen Kolibri in der Brust, dieses Mal jedoch nicht, weil ich kurz vor einem Infarkt stehe, sondern vor Aufregung. Kann es sein, dass …? Ist es möglich …?

Ich wage es nicht einmal, den Gedanken zu Ende zu denken. Meine Füße geben nach, als ich mich vom Bett schiebe, sodass ich mich mit beiden Armen am Nachtkästchen festhalten muss. Sie sind schwach und an Bewegung nicht mehr gewöhnt.

Ich schließe die Augen, atme tief durch, mache einen Schritt, dann noch einen, mittlerweile etwas sicherer auf den Beinen, öffne die Tür zum Badezimmer und bleibe mit offenem Mund stehen.

Aus dem Spiegel schaut mir ein Mädchen entgegen. Ein Kind, vielleicht sieben oder acht Jahre alt. Es hat blaue Augen, die zu groß für seinen Kopf wirken. Seine Haut ist unnatürlich blass und ein buntes Kopftuch, verziert mit kleinen Fischen, ist um seinen Kopf gewickelt. Ich hebe meine Hand und das Mädchen im Spiegel tut es mir gleich, zieht das Tuch weg und enthüllt einen haarlosen Kopf.

Und im nächsten Moment blitzt ein Name in meiner Erinnerung auf: *Eleonora*.

Das bin jetzt ich.

Wie lange stehe ich hier und starre mein Spiegelbild an? Sekunden? Minuten? Oder länger? Ich weiß es nicht, doch irgendwann legt sich das Taubheitsgefühl. Die vage Anwesenheit meiner Gastgeberin steigert sich zu einem Kribbeln, das von meinen Schultern über meinen Rücken bis zu den Beinen und zurück hinauf in den Kopf wandert. Sie kann nicht still sitzen, nicht einmal als Geist im eigenen Körper. Und noch etwas fühle ich, etwas Bitteres, Kaltes, von dem ich weiß, dass es dumm und naiv ist: Enttäuschung.

Für einen Moment habe ich geglaubt, ich sei wieder ich. Das Krankenbett, die Aussicht aus dem Fenster, die Schwerelosigkeit. Ich dachte, ich sei in meinem alten Körper aufgewacht. Ich hätte es besser wissen müssen, trotzdem brennen Tränen in meinen Augen.

In einer Ecke des Badezimmers lasse ich mich nieder, ziehe die Knie heran und schlinge die Arme um sie. So klein wie nur möglich will ich mich machen. Ich schäme mich. Für meine Naivität, für meine Enttäuschung, am meisten aber für mein Versagen.

Zweimal hintereinander bin ich gestorben, ohne den letzten Wunsch meiner Gastgeberinnen genutzt zu haben. Sofia und Paola. Zwei verschwendete Chancen!

Vor allem um Paola tut es mir leid. Sofia war selbst schuld, immerhin hat sie sich von Anfang an verschlossen, hat weder Wissen noch Erinnerungen freiwillig mit mir geteilt. Trotzdem habe ich mich darin verrannt, ihr Geheimnis zu lüften, und Paolas Wunsch hintenangestellt. Bis es zu spät war.

»Paola, es tut mir leid, es tut mir so leid«, flüstere ich, obwohl sie mich nicht hören kann.

Was wohl passiert ist, nachdem ich gestorben bin? Giulio muss Paolas Körper gefunden haben und dann? Hat er die Polizei gerufen? Hat er meinetwegen Ärger bekommen?

Ich beiße mir auf die Unterlippe – an Giulio darf ich nicht denken. Er ist Teil eines alten Lebens, das jetzt vorbei ist.

Und ich muss aufhören, Sofias Leben nachzuhängen und mich auf das Jetzt konzentrieren. Auf Eleonora. Auf keinen Fall darf ich eine weitere zweite Chance verschwenden, und das bedeutet, Giulio loszulassen. Auch wenn mir dieser Gedanke das Herz bricht.

Eleonora hat aufgehört, sich zu bewegen. Auf Höhe meines Brustbeins spüre ich ihre Anwesenheit als sanftes Prickeln wie von Millionen winziger Seifenblasen. Als wolle sie mich streicheln. Mir sagen, dass alles okay ist.

Ich war erst einmal im Körper eines Kindes. Was ich damals gelernt habe, ist, dass kindliche Gastgeber auf eine andere Art kommunizieren als Erwachsene. Sie schicken keine klaren Informationen oder zusammenhängende Erinnerungen, sondern Emotionen, Träume und Erinnerungsfetzen wie Farbtupfer.

In gewisser Weise sind sie mir näher. Es ist, als wäre nicht nur ich Gast in ihrem Körper, sondern auch sie Gast in meinem Geist.

»Na, so was, wo steckst du denn?«, fragt eine Krankenschwester und lugt durch die offene Badezimmertür. Sie hat ein rundliches Gesicht mit roten Pausbäckchen.

Als sie mich am Boden kauern sieht, verändert sich ihr Gesichtsausdruck sofort. Ihr Lächeln kippt, ihre Augenpartie zieht sich zusammen und tiefe, senkrechte Falten schneiden sich zwischen ihre Brauen. Im nächsten Moment kniet sie neben mir am Boden.

»Mir geht's gut«, sage ich.

»Ist dir schwindelig?«

»Nein, mir geht's gut.«

»Oder ist dir schlecht?«

Ich schüttle den Kopf.

»Hast du Schmerzen?«

Mittlerweile muss ich mich krampfhaft davon abhalten, die Augen nicht zu verdrehen. Um der Krankenschwester zu beweisen, dass es mir gut geht, stemme ich mich auf die Beine, wobei sie ihren Arm sofort unter meine Achseln schiebt, um mir aufzuhelfen.

Jemand kichert.

Ich schaue die Krankenschwester entgeistert an. Was bitte hat sie hier zu lachen? Doch ihr Gesichtsausdruck ist unverändert besorgt. Da begreife ich, dass sie überhaupt nicht gelacht hat. Das war Eleonoras Stimme, die ich gehört habe!

War das eine Erinnerung oder hat sie wirklich gekichert? Falls sie gekichert hat, wäre das eine neue Erfahrung für mich.

Die Krankenschwester führt mich aus dem Badezimmer und zu einem kleinen Tischchen am Fenster. Erst jetzt fällt mir auf, dass sich dieser Raum von dem unterscheidet, in dem mein eigener Körper liegt. An den Wänden hängen anstelle von Aquarellen Bilder von tanzenden Mäusen und einer Katze im Frack. Die Vorhänge sind bunt gemustert und auf dem Esstisch liegen Kuscheltiere. Doch nichts von alledem kann von der trostlosen Krankenhausatmosphäre ablenken.

»Mittagessen! Heute gibt es deine Leibspeise«, verkündet die Krankenschwester und macht dabei ein Gesicht wie die Grinsekatze aus *Alice im Wunderland*.

Ich hatte erwartet, dass das Lieblingsessen einer Siebenjährigen etwas wie Pommes oder Spaghetti sein würde. Oder Pudding. Nicht so Eleonoras, denn deren Leibspeise stellt sich als Teller Cremespinat mit Röstkartoffeln heraus.

»Mir ist ein bisschen schlecht«, sage ich, und das ist nicht einmal gelogen, denn der Spinatgeruch treibt mir wirklich Übelkeit hoch.

»Oje, aber probieren magst du sicher trotzdem«, flötet die Krankenschwester.

Zum Glück öffnet sich im selben Moment die Tür. Herein kommen Eleonoras Eltern und sofort füllt sich das kahle Krankenhauszimmer mit Leben und Geschäftigkeit. Eleonoras Mama drückt mir einen Kuss auf die Stirn, bevor sie das Kissen aufschüttelt, neues Wasser in die Blumenvase füllt und frische Unterwäsche in mein Nachtkästchen räumt. Währenddessen plaudert sie unentwegt mit der Krankenschwester.

Es ist süß, wie sehr sie sich bemüht, keinen Moment der Stille zuzulassen, gleichzeitig macht sie mich nervös. Eleonoras Papa kniet sich vor mir nieder und hält mir einen ausgewaschenen, rosa Stoffhasen mit türkisfarbenem Bauch und einem fehlenden Auge hin.

»Schau mal, wen ich gefunden habe. Mister Kuschelwuff!«

»Danke?«

Zögerlich nehme ich das alte Stofftier entgegen und fühle im selben Augenblick ein freudiges Kribbeln hochsteigen. Und noch etwas. Ein Wispern. Zu leise, um Worte zu verstehen, aber es ist eindeutig da. Das Kichern von eben war also keine Einbildung. Eleonora versucht wirklich, mit mir zu sprechen.

»Deine Mama hat ein bisschen zu viel Espresso getrunken«, erklärt Eleonoras Vater schmunzelnd, mit Blick auf seine Frau, die plappert und wie ein Wirbelwind durch das

Zimmer fegt, Sachen verstellt und die Vorhänge zurechtrückt.

Gemeinsam schauen wir ihr zu, während das Flüstern in meinem Inneren allmählich lauter wird, und endlich verstehe ich die Worte: *Meine Eltern sollen nicht traurig sein.*

Eleonoras letzter Wunsch. Ich muss schlucken.

Nach den Fehlschlägen in Sofias und Paolas Leben hatte ich mir fest vorgenommen, nicht noch einmal zu versagen. Diese zweite Chance wollte ich unbedingt nutzen. Aber Eleonoras Wunsch ist einer, den niemand auf der Welt erfüllen kann.

***

Draußen ist es dunkel, als ich zum ersten Mal wieder allein bin. Eleonoras Vater hat sich für die Nacht verabschiedet, ihre Mutter schläft bei mir im Krankenhaus, ist aber mit ihrem Mann nach Hause gefahren, um ihren Pyjama und die Lesebrille zu holen, die sie dort vergessen hat.

Diesen Moment nutze ich, um mich heimlich ins Schwesternzimmer zu schleichen, wo gleich zwei PCs stehen. Ich habe mir zwar vorgenommen, meine vergangenen Leben hinter mir zu lassen, doch zumindest einen Blick zurück in Paolas Leben möchte ich werfen, bevor ich mich Eleonoras unerfüllbarem Kinderwunsch widme.

Ich tippe ihren Namen in die Suchmaschine ein und sofort erscheint ein Link, der mich zu ihrer Sterbeanzeige führt. Die Anzeige zeigt das Bild einer fröhlich lachenden Paola, umrahmt von Sonnenblumen und Geranien. *Paola wurde überraschend und viel zu früh aus dem Leben gerissen*, steht da. Darunter folgen die Namen der Trauernden, ohne dass die genaueren Todesumstände genannt werden: *In ewiger Liebe, dein Bruder Michele, deine Tante Serafina, deine Nichten und Neffen, Rosa mit Fabrizio und Damiano mit Nicolassa.*

Ein Blick auf das Datum zeigt mir, dass ich Paolas Beisetzung verpasst habe, denn seit meinem letzten Tod ist knapp eine Woche vergangen. Nicht, dass es etwas ausmachen würde, denn in meinem derzeitigen Körper hätte ich das Begräbnis ohnehin nicht aufsuchen können. Und doch … Vielleicht hätte ich dort Giulio wiedersehen können, mich dafür entschuldigen, dass ich ihn in diesem Romantikhotel in den Dolomiten alleingelassen habe, auch wenn ich den Tod natürlich nicht hätte verhindern können. Schon wieder frage ich mich, was mit ihm passiert ist, nachdem Paola gestorben ist.

Ist er aufgewacht, um das Bett neben sich leer vorzufinden? Hat er sich Sorgen gemacht? Wie hat er sich gefühlt, als er Paolas Leiche auf dem Balkon entdeckt hat? Was hat er getan? Den Notarzt gerufen? Die Polizei? Oder sich heimlich davongeschlichen?

Ich wünschte, ich könnte mit ihm sprechen, doch meine Fragen werden unbeantwortet bleiben müssen.

Bevor ich entdeckt werde, schleiche ich mich aus dem Schwesternzimmer, oder besser gesagt, versuche ich mich aus dem Schwesternzimmer zu schleichen, denn als ich aus der Tür husche, kommen mir zwei Pflegerinnen entgegen.

»Was machst du denn hier?«, fragt die eine.

»Ich, äh … Ich suche was.«

»Was suchst du denn?«

»Mister Kuschelwuff.« Puh, gut dass ich mich noch an den Namen des Kuscheltiers erinnere.

»Wen, bitte?«

»Meinen Hasen.«

»Und was macht dein Hase in unserem Pausenzimmer?«

Gute Frage. Was macht mein Kuschelhase im Pausenzimmer des Pflegepersonals? Dämlich, dämlich! Eleonora hüpft nervös durch meine Arme und Beine. *Keine Sorge, Eleonora*, denke ich. *Ich mache das schon.* Ausreden gehören schließlich zu meinem Alltag.

»Gar nichts. Er war nämlich nicht da«, antworte ich. »Ich gehe jetzt weitersuchen.«

Trotz meiner idiotischen Ausrede lassen die Pflegerinnen mich in Richtung des Aufenthaltsraums ziehen. Das ist einer der wenigen Vorteile davon, im Körper eines kranken Kindes zu stecken – im Zweifel vermuten alle das Beste von einem.

Der Aufenthaltsraum ist bis auf einen Jungen, der *Dragon Ball Z* anschaut, leer. Ich setze mich auf einen der Sessel an der Wand, von wo aus ich den Gang und das Schwesternzimmer im Auge habe, und atme erst mal tief durch. Diese kleine Aufregung hat genügt, um mich außer Atem zu bringen. Vielleicht war es auch nicht die Aufregung, sondern Eleonoras Körper, der von Monaten, vielleicht sogar Jahren der Krankheit geschwächt ist.

Sobald die Pflegerinnen außer Sichtweite sind, schleiche ich mich hinaus, verlasse die Kinderstation und nehme den Lift in den dritten Stock. Zimmer 319. Da will ich hin.

Nachdem mich das Schicksal, der Zufall oder, was auch immer für die Auswahl meiner Gastgeber verantwortlich ist, schon in dieses Krankenhaus geschickt hat, sollte ich mir wenigstens einen Besuch abstatten. Doch der eigentlich kurze Weg zu Zimmer 319 strengt mich an. Meine Schritte werden zunehmend langsamer und auf dem gut fünfzehn

Meter langen Gang muss ich zweimal stehen bleiben und mich an der Wand abstützen, weil mir schwindelig wird.

»Hey, du!«, ruft eine vertraute Stimme mir nach. Ricarda, die freundliche Krankenschwester mit dem Pixie-Schnitt. »Suchst du jemanden?«

Ehe ich antworten kann, eilt sie auf mich zu. Zum ersten Mal sehe ich sie besorgt. Schwerkranke, glatzköpfige Kinder, die allein auf der falschen Station herumlaufen, erregen also sogar im Krankenhaus Aufmerksamkeit.

»Hallo Ricarda«, sage ich. »Wie geht's dir?«

»Ich, ähm … gut. Kennen wir uns?«

»Ich komme Lucia besuchen. Ich hoffe, das ist okay, auch wenn es schon spät ist.«

Ich gebe mir nicht einmal Mühe, wie ein Kind zu sprechen. Ricardas Mund bleibt offen stehen. Meine Besuche in den unterschiedlichsten Körpern scheinen sie mehr zu verwirren, als sie es sich normalerweise anmerken lässt. Ob sie wegen mir genauso wie Giulio glaubt, verrückt zu sein? Schließlich nickt sie in Zeitlupe.

»Danke, Ricarda, schönen Abend noch.«

Ich öffne die Tür zu Zimmer 319 und trete leise ein, wie um meinen schlafenden Körper nicht aus dem Koma zu wecken. Doch ich bin nicht allein hier.

»Giulio?«, rutscht mir sein Name über die Zunge, so überrascht bin ich. Was macht er hier?

Giulio sitzt neben dem Krankenbett und hält die Hand des komatösen Mädchens, das einmal ich war. Sofort mache ich einen Schritt zurück, möchte das Zimmer wieder verlassen, ehe die Tür sich hinter mir schließt, doch da schaut Giulio auf. Seine Augen sind gerötet, er muss geweint haben.

»Hi«, sagt er bloß.

Sein Blick liegt lang und eindringlich auf meinem Gesicht. Ob er mich erkennt? Nein, das kann nicht sein!

»Kommst du Lucia besuchen?«, fragt er.

Am liebsten würde ich ihm sagen, wer ich bin, und gemeinsam mit ihm um Paola und eine weitere verpasste Chance weinen. Doch ich darf nicht! Weil ich Eleonora sein muss. Weil ich ihm nicht zumuten kann, mich bald schon wieder sterben zu sehen. Also lüge ich.

»Ich habe mich im Zimmer vertan.«

Giulios Blick wandert nach unten, von meinem Gesicht hin zu meinen Fingern, die tanzen. So ein Mist! Schnell schiebe ich die Arme hinter meinen Rücken, doch es ist zu spät. Giulio hat es gesehen. Seine Augen weiten sich.

»Lucia?«, fragt er.

Tränen steigen in meine Augen. Meinen Namen aus seinem Mund zu hören, ist schön und schmerzhaft zugleich. Doch ich presse die Lippen aufeinander und schüttle den Kopf.

»Ich glaube, ich kenne dich.« Giulio macht Anstalten, aufzustehen, aber ich weiche zurück.

»Ich muss zurück zu meinen Eltern.«

Ich bin schon fast wieder draußen, da höre ich: »Warte!«

Langsam drehe ich mich um. Ich will Giulio nicht mehr sehen, nicht, wenn ich weiß, dass ich ihn hier und jetzt verlassen muss. Aber seine Stimme klingt so dringlich, dass ich es nicht übers Herz bringe, einfach zu gehen.

Giulio steht verloren am Krankenbett, öffnet den Mund und schließt ihn wieder wie ein Vogel, der seine Singstimme verloren hat. Was sollte er auch sagen?

Dafür sage ich etwas: »Du darfst dein Leben nicht hier verschwenden. Geh nach Hause, ruh dich aus und dann mach mit deinem Leben weiter.«

Ich hoffe inständig, dass er meinen Rat beherzigen wird.

Ehe er etwas entgegnen kann, trete ich auf den Gang und lasse die Tür zu Zimmer 319 hinter mir zufallen.

***

In den nächsten Tagen ertappe ich mich immer wieder dabei, an Giulio zu denken. An den Blick aus seinen dunklen Augen. Daran, wie sich mein Gesicht in seiner fast schwarzen Iris spiegelte. An sein Lächeln, während er mir sagte, dass er die neue Sofia lieber mag. An das Prickeln in meiner Brust, als wir uns im Romantikhotel fast geküsst hätten. An seine unzähligen Fragen, gespickt mit Zweifeln aber auch Faszination. Daran, wie einsam er aussah, als er an meinem Krankenbett saß. Doch ich zwinge mich, meine neue Rolle als Eleonora so zu spielen, wie sie es sich wünscht.

Eleonoras Eltern sollen nicht traurig sein. Eine unmögliche Aufgabe, immerhin wird ihre Tochter sterben. Doch ich gebe mein Bestes. Lächle, auch wenn ich vor Übelkeit am liebsten weinen würde. Spiele stundenlang *Uno* und *Mensch Ärgere Dich Nicht* mit ihnen, obwohl ich so müde bin, dass mir fast die Augen zufallen. Schaufle das Krankenhausessen und die Süßigkeiten, die Eleonoras Papa mir heimlich zusteckt, in mich hinein, auch wenn ich keinen Appetit habe und alles nach Pappe schmeckt.

Und die ganze Zeit erzähle ich Geschichten. Märchen über eine Prinzessin, die mit ihrem Einhorn über Berghänge reitet und die wundersamsten Abenteuer erlebt, über eine

Meerjungfrau, die einen Schatz versteckt hat, über eine kleine Hexe, die in ihrem Zauberladen Zitronen verkauft und über den edlen Prinzen mit den dunklen Augen.

»Fast schwarz, sodass man sein Spiegelbild in seinen Augen sehen kann«, erkläre ich.

Alle heißen sie Eleonora. Die Prinzessin, die Meerjungfrau und die Hexe, und alle sind sie schlau, freundlich und glücklich.

So sollen die beiden ihr kleines Mädchen in Erinnerung behalten. Als Plappermaul mit blühender Fantasie, das bis zuletzt träumte. Ich weiß nicht, ob das wirklich Eleonoras Wesen entspricht, ob sie Geschichten erzählen würde, wenn sie ihren Körper selbst lenken könnte. Doch es ist der beste Weg, der mir einfällt, um Eleonoras Wunsch zumindest halbwegs zu erfüllen.

Ihre Anwesenheit spüre ich die ganze Zeit. Sie flüstert mir nicht mehr zu, schickt mir auch keine Erinnerungen, doch ich fühle sie als warmes Kribbeln.

Sie ist ständig in Bewegung. Mal in meiner Brust, mal in meinen Fingern, in meinem Kopf, im Bauch, in den Kniekehlen, und ich interpretiere dieses warme Gefühl als Zustimmung. Eleonora, da bin ich mir mittlerweile sicher, muss ein Wirbelwind gewesen sein, der nie stillsitzen konnte. Na ja, bevor sie zu schwach war, um herumzuhüpfen, jedenfalls.

Innerhalb der kommenden Woche schleiche ich mich zweimal aus der Kinderstation in den dritten Stock zu meinem echten Körper. Giulio treffe ich beide Male nicht, doch bei meinem ersten Ausflug in Zimmer 319 liegt ein Umschlag auf dem Nachtkästchen. *Von G*, steht darauf geschrieben.

Ich öffne den Umschlag mit zitternden Fingern, hoffe auf einen Brief, ein paar letzte Worte. Doch was ich darin finde, ist die Kopie eines Zeitungsberichts, in dem steht, dass in einem kleinen Ort nahe des Valtellinas in einen Blumenladen eingebrochen worden ist. Die Täter haben Blumentöpfe und Gartenzwerge zertrümmert, Blumen aus ihren Kästen auf den Boden geworfen, Samensäckchen ausgeschüttet und die Hälfte aller Scheiben des Glashauses zertrümmert. Der Schaden geht in die Tausende. Das Merkwürdige ist, dass kein Geld aus der Kasse entwendet worden ist. Die Polizei vermutet, dass es sich bei den Tätern um randalierende Jugendliche aus dem Ort handelt.

Das ist alles.

Ich drehe den Artikel um, schaue auf die Hinterseite, hoffe auf eine Nachricht, aber da ist nichts. Was will mir Giulio damit sagen? Noch einmal lese ich den Artikel und dann ein drittes Mal.

Erst da fällt es mir auf. Dass der Besitzer des Ladens denselben Nachnamen hat wie Chiara. Pablo Ronzati. Kann das ein Zufall sein?

Bestimmt nicht, sonst hätte Giulio mir diesen Artikel nicht hinterlassen. Zudem hat der Überfall im Laden von Chiaras Vater, Onkel, Bruder, oder wer auch immer er ist, nur wenige Tage vor dem Klettercamp stattgefunden.

Sofort überkommt mich die Neugierde. Ja, ich will wieder in Sofias Geheimnis eintauchen. Ich möchte herausfinden, was mit Chiara geschehen ist, warum Sofia sie durch den Wald gejagt hat und was dieser Einbruch damit zu tun hat. Wie eine Detektivin komme ich mir vor.

Doch wie sollte ich das anstellen, im Körper eines schwerkranken Kindes? Die Aufregung verpufft genauso schnell, wie sie gekommen ist. Eleonoras Wunsch ist alles, was zählt, Detektivgefühle hin oder her.

Das nächste Mal, als ich Zimmer 319 besuche, sehe ich dort meine Familie. Mein Vater, meine Mutter, sogar meine Schwester, die extra angereist sein muss, denn als professionelle Surferin bereist sie die ganze Welt. Sie haben mir Blumen mitgebracht und sitzen in einem Halbkreis um das Krankenbett, während sie Geschichten erzählen und Tee aus den Porzellanbechern trinken, die meine Mutter nur zu besonderen Anlässen aufdeckt. Ein Kaffeekränzchen mit der ganzen Familie, so wie früher. Ich erstarre im Türrahmen. Alle sind so in ihr Gespräch vertieft, dass sie mich gar nicht bemerken.

Meine Mutter trägt ein helles Sommerkleid. Ihre Haare fallen in leichten Wellen über die Schultern. Sie haben denselben rötlichen Ton wie meine, nur dass sich bei ihr bereits graue Strähnchen zeigen. Wann ist das passiert? Als ich sie zum letzten Mal gesehen habe, waren ihre Haare noch von einem vollen Rot.

Mein Vater trägt ein Hemd und hat sich einen Drei-Tage-Bart stehenlassen. Auf seiner Nase sitzt eine Brille. Auch das ist neu. Nur meine Schwester hat sich nicht verändert. Ihr langes Haar hat sie zu einem übergroßen, lockeren Dutt frisiert. Auf ihrem Nacken sehe ich das Tattoo einer Welle, das sie sich zu ihrem achtzehnten Geburtstag hat stechen lassen, und wie immer ist ihre Haut stark gebräunt. Gerade erzählt sie von ihrem letzten Surf-Wettkampf auf Hawaii.

»Du hättest es sehen sollen! Die Brecher sind der Wahnsinn und die Surfer richtig, richtig gut. Ich hatte keine Chance.« Sie lacht auf und beugt sich näher an das Krankenbett heran. »Wenn's dir wieder besser geht, nehme ich dich mit nach Hawaii. Dann gehen wir surfen. Und tauchen. Und Party machen wir auch.«

Dafür fängt sie sich einen tadelnden Blick meiner Mutter ein. Alles wirkt so normal. So wie immer. Wie damals, als ich noch ich war. Eilig verlasse ich das Zimmer. Das ist *meine* Familie. Sie sind gekommen, um bei mir zu sein. Trotzdem gehöre ich hier nicht dazu. Nicht mehr. Meine Augen brennen, während ich zurück zur Kinderstation gehe.

Am sechsten Tag in Eleonoras Körper passiert etwas. Übelkeit reißt mich aus meinem Nachmittagsschlaf, schwappt in meinen Bauch und kriecht meine Speiseröhre hoch. Am liebsten würde ich meine Eingeweide ausspucken. Dann kommt der Schmerz. Schwarz und beißend. Zum Glück sind zwei Pflegerinnen schnell zur Stelle. Sie geben mir eine Infusion, halten meinen zitternden Körper, während ich mich übergebe. Kurz darauf wirken die Medikamente und ich dämmere weg.

Ein Teil von mir – ein Stückchen Leben – ist seitdem weg. Ich bin schwächer als zuvor, komme kaum noch allein aufs Klo, und ich bin überrascht, wie schnell mich die Kraft von nun an mit jedem Tag verlässt.

Was das für ein Anfall war, sagt mir niemand. Nur, dass es mir bald wieder besser gehen wird. So ist das als Kind. Man stirbt und keiner sagt einem, was los ist. Vermutlich glauben sie, dass sie mir mit ihren Lügen einen Gefallen tun, und weil auch ich ihnen einen Gefallen tun will, schwindle ich zurück. Ich tue so, als glaubte ich ihnen, wenn sie sagen, dass alles wieder in Ordnung kommen wird, auch wenn ich in ihren Augen etwas anderes lese.

Seitdem bin ich hier, verlasse Eleonoras Zimmer nur, wenn ihre Mutter mich in den Rollstuhl setzt, um einen

Spaziergang im Krankenhaus zu unternehmen. Nach draußen bringt sie mich nie. Zu viel Wind, zu viele potenzielle Todesfallen. Dabei wissen insgeheim alle, dass ich sowieso sterben werde.

Jeden Tag fühle ich ein bisschen Leben aus mir hinausfließen, jeden Tag werde ich schwächer, nehmen die Schmerzen zu, fällt es mir schwerer, zu essen, zu plaudern, zuzuhören, aufrecht zu sitzen, einfach irgendetwas zu tun. Ich bin überrascht, wie schnell es mit mir zu Ende geht.

Ich lebe als Eleonora. Spreche wie Eleonora. Versuche sogar, so zu denken wie Eleonora. Nur in der Nacht, in der ich immer wieder denselben Traum träume, bin ich wieder ich selbst. Ich sehe mich im See stehen, während ich dieses schwere, weiße Totenkleid trage, das sich im Wasser auflöst. Schneeflocken rieseln auf mich herab und vermischen sich mit dem Blut aus meiner Kopfwunde zu einem warmen Strom, der an meiner Wange hinabrinnt. Ich wate durch das Wasser, schlinge die Arme um mich, weil ich friere. Und weil ich einsam bin.

Schließlich erreiche ich den Friedhof, der von tausenden Kerzen unsichtbarer Trauernder erhellt wird, und ich folge ihrem Licht bis zum Zentrum. Zum offenen Grab. Dem Grab, in dem ich selbst liege. Ich schaue von oben in die Tiefe, wo mein erster – mein richtiger – Körper liegt. Mein Totenkleid ist verborgen unter einem weißen Film aus Schneeflocken. Die tanzenden Schatten der Kerzenflammen lassen meine Wangen beinahe lebendig aussehen.

Ich beuge mich hinab und lasse eine einzelne Rose in das Grab fallen. Mit gesenktem Kopf schwebt sie nach unten, wie es sich für eine Trauerblume gehört, und zwei

Blütenblätter lösen sich. Fast so, als würde die Rose um mich weinen.

Jede Nacht träume ich diesen Traum, jeden Morgen erwache ich als Eleonora, jeden Tag ein bisschen schwächer. Bis in den späten August hinein geht das so. Doch eines Morgens wache ich auf und fühle mich wieder schwerelos.

Da sind keine Schmerzen mehr, keine Übelkeit, aber auch keine Geschichten. Eleonoras Gegenwart fühle ich dafür umso deutlicher. Warm und prickelnd hüllt sie mich ein wie eine Kuscheldecke. So schlafe ich ein, während Eleonoras Eltern meine Hände halten und mir über den kahlen Kopf streicheln.

Es ist ein ruhiges Ende. Nur ich, Eleonora und die Schwerelosigkeit.

Alessia

11. Kapitel

Die Schwerelosigkeit ist nun eine ferne Erinnerung, stattdessen empfangen mich neue Eindrücke. Haarsträhnen, die mein Gesicht einrahmen, eine Hose, die so eng ist, dass sie beinahe auf meiner Haut klebt, und der Stoff eines dicken Pullovers. Es ist warm, wo ich bin. Das Ticken einer Uhr kriecht in meine Gehörgänge und füllt meinen Kopf aus. Da sind auch Stimmen, nicht direkt neben mir, aber in der Nähe.

Die Anwesenheit meiner Gastgeberin fühle ich als leichten Druck im Bauchraum. Sie ist ruhiger als Eleonora, die durch meinen gesamten Körper kribbelte, und weniger prominent als Paola, deren Geist eine tiefe Wärme ausstrahlte. Sie scheint ein wenig schüchtern.

Ich weiß, was ich als Nächstes zu tun habe. Ich muss die Augen öffnen und mich meiner neuen Realität stellen, herausfinden, wer ich heute bin, welche zweite Chance auf mich wartet. Doch ich bin es leid!

Ich will nicht schon wieder jemand anderes sein, ein Leben hinter mir lassen und ein neues mit dem Wissen beginnen, dass ich bald sterben werde. Nach dem langsamen Verfall in Eleonoras Körper und den unglaublich kurzen Lebensspannen davor fühle ich mich ausgelaugt. Am liebsten würde ich mit geschlossenen Augen hier sitzen bleiben und dieses neue Leben an mir vorbeiziehen lassen wie einen Windhauch.

Ich will nicht mehr.

Komm schon, Lucia, versuche ich mich in Gedanken selbst zu motivieren. So schnell darfst du nicht aufgeben. Öffne die Augen, schau dich um. Du schaffst das. Ein Schritt nach dem anderen.

»Ich will nicht, ich will nicht, ich will nicht!«

Es kracht laut, als jemand auf eine harte Oberfläche haut.

»Reiß dich zusammen, das kann doch nicht so schwer sein!«, zischt eine Frauenstimme und eine helle Kinderstimme beginnt zu weinen.

Erst da begreife ich, dass jemand anderes die Worte ausgesprochen hat, die ich gedacht habe.

Ich will nicht.

Endlich mache ich die Augen auf. In wenigen Sekunden sondiere ich meine Umgebung. Ich sitze auf dem Sofa eines altmodisch eingerichteten Wohnzimmers: Kommode mit Fernseher, Landschaftsbilder an den Wänden, ein Regal voller Bücher, alles Klassiker, soweit ich es auf die Schnelle erkennen kann. Die Couch ist rosa mit Blümchenmuster, auf einem niedrigen Tischchen vor mir steht eine Blumenvase mit halb vertrockneten Rosen. Überall sind weiße Zierdeckchen aus Spitze ausgelegt, auf dem Couchtisch, dem Fensterbrett, selbst im Bücherregal zwischen Shakespeare und Goethe.

Wer bin ich heute?

Das dumpfe Druckgefühl in meinem Bauch breitet sich langsam in den Rücken aus und wandert die Wirbelsäule hoch. Ich spüre eine gewisse Ungeduld und glaube, dass meine Gastgeberin mit mir kommunizieren oder mir Erinnerungen schicken will. Für den Anfang wäre ein Name schon ausreichend, aber sie schafft es nicht. Manche Gastgeber haben Schwierigkeiten damit, mit mir in Kontakt zu treten. Dabei steht mir der Sinn gerade so gar nicht nach Herausforderungen. Vielmehr hätte ich mir eine einwandfreie Kommunikation im Paola-Stil gewünscht.

Ich schaue an mir hinunter, sehe schwarz lackierte Fingernägel, eine schwarze Hose, einen schwarzen Hoodie und Füße, die in schwarzen Socken stecken. In meiner Hosentasche steckt ein MP3-Player, Kopfhörer hängen um meinen Hals. Meine Hände sehen jung aus. Vermutlich bin ich ein Teenager – dazu würde auch die Schüchternheit meiner Gastgeberin passen. Das, was ich bisher von meinem neuen Körper gesehen habe, steht in Kontrast zum hellen, altmodischen Wohnzimmer. Ob ich das schwarze Schaf der Familie bin?

»Komm schon, nur noch eine Aufgabe, dann darfst du rauf zum Spielen«, höre ich die Frauenstimme mit flehendem Unterton sagen. Sie kommt aus dem Nebenzimmer.

Seufzend stehe ich auf. Mich vor meinem neuen Leben zu verstecken, bringt ja doch nichts. Besser also, die ersten Schritte gleich hinter mich zu bringen und herauszufinden, wer ich bin.

Das Wohnzimmer ist über einen Bogen ohne Tür mit einem Esszimmer verbunden, in dessen Mitte ein großer, rötlich brauner Tisch mit glänzender Oberfläche steht. Ein Mädchen, vermutlich in Eleonoras Alter, mit von langen Wimpern umrahmten Augen, einer kleinen Stupsnase und schwarzen Rattenschwänzchen sitzt auf einem der Stühle, ein Schulheft und mehrere Stifte vor sich ausgebreitet. Es hat die Arme vor der Brust verschränkt und macht einen Schmollmund, während ihm eine einsame Träne über die Wange läuft.

Daneben hat eine Frau mit glatten, schwarzen Haaren ihren Kopf in die Hände gelegt. Als ich den Raum betrete, schaut sie auf, und da sehe ich, wie müde sie aussieht – genauso verbraucht, wie ich mich fühle. Sie trägt eine weiße, bis zum Hals zugeknöpfte Bluse, die sie streng aussehen lässt. Denselben Eindruck vermitteln die Falten zwischen ihren Brauen, doch in ihren Augen liegt anstelle von Strenge so etwas wie Resignation.

Da schafft meine Gastgeberin es endlich, mir eine Erinnerung zu schicken:

Ich sitze am selben schweren Esszimmertisch, vor mir ein Taschenrechner und Matheaufgaben. Das Mädchen, meine Schwester, sitzt neben mir und übt das Schreiben mit einer Füllfeder. Immer wieder zeichnet sie den Buchstaben E, eine ganze Zeile voll. Sie sind krakelig, manche sogar seitenverkehrt.

»Konzentrier dich doch, Laura«, fordert unsere Mutter und beugt sich über das Mädchen. Mit dem Finger zeigt sie auf eines der verkehrten Es. »Du hast das schon wieder falsch gemacht. Na los, von vorn. Du willst doch mal so gut in der Schule sein wie deine große Schwester.«

Sofort verzieht sich das kleine Gesicht von Laura zu einer traurigen Grimasse, ihre Lippen beginnen zu beben.

In der nächsten Sekunde verblasst dieses Bild, das Gesicht der echten Laura tritt an die Stelle der erinnerten Version. Sie weint zwar nicht, sieht aber ebenso niedergeschlagen aus.

»Vielleicht würde euch beiden eine Pause guttun«, sage ich, woraufhin Laura mich flehentlich anschaut.

Unsere Mutter schüttelt den Kopf. »Alessia, du weißt doch, dass sie üben muss«, protestiert sie.

Ich hebe bloß die Handflächen. *Alessia.* Endlich habe ich einen Namen. Babyschritte. Einer nach dem anderen. Trotz meiner derzeitigen Frustration habe ich das nicht verlernt.

Einen Sekundenbruchteil schaut mich Alessias Mutter streng an, dann sinken ihre Schultern hinunter und sie gibt nach.

»Na gut, eine kurze Pause. Aber nur eine halbe Stunde«, meint sie und fügt hinzu: »Wir müssen diese Übung heute noch beenden.«

Das lässt sich Laura nicht zweimal sagen. Sofort springt die Kleine auf und rennt aus dem Raum, während ich im Türrahmen stehen bleibe.

»Du brauchst doch auch eine Pause«, stelle ich an Alessias Mutter gewandt fest.

»Du hast ja recht.« Sie streicht sich mit beiden Händen die Haare aus dem Gesicht und bindet sie zu einem festen Zopf zusammen, während sie seufzt. »Es ist so schwierig mit Laura. Sie will einfach nicht einsehen, dass sie üben muss, wenn sie auf der normalen Schule bleiben will.«

»Es sind Ferien.«

Ich weiß gar nicht genau, welches Datum heute ist. Aber die Schule geht erst Mitte September wieder los und ich bezweifle stark, dass seit Eleonoras Tod mehr als zwei Wochen vergangen sind.

»Ja und? Wenn wir warten, bis das Schuljahr losgeht, ist es zu spät. Sie hat ohnehin schon Schwierigkeiten, mitzuhalten. Manchmal frage ich mich, ob es die Mühe wert ist.« Da ist noch mehr, das sie sagen will, doch sie besinnt sich anders und steht auf. »Ich mache uns einen Tee. Danach sollten wir alle wieder fit sein.«

»Gute Idee, aber für mich bitte keinen Tee. Ich gehe in mein Zimmer. Um zu lesen«, füge ich hinzu und hoffe, dass ich mit meiner Vermutung richtig liege, dass meine Gastgeberin gern liest. Bevor ich mich auf ein Gespräch mit ihrer Mutter einlasse, will ich einen besseren Eindruck davon bekommen, in wessen Körper ich gerade stecke.

Ich gehe durch eine Tür, von der ich vermutet habe, dass sie mich auf den Flur bringt, und stehe in der Küche.

»Ich dachte, du gehst in dein Zimmer?«, meint Alessias Mutter.

Mist.

»Ich hole mir nur einen Snack.«

Mit diesen Worten schnappe ich mir eine Banane und schiebe mich an ihr vorbei. Innerlich klopfe ich mir auf die Schulter. Gut gemacht.

Vom Wohnzimmer gehen zwei Türen ab. Spontan entscheide ich mich für die, die mir am nächsten liegt, und lande in einer Abstellkammer. In diesem Moment taucht Alessias Mutter im Türrahmen auf. Mit zusammengekniffenen Brauen mustert sie mich.

»Ich, äh … habe die Tür verwechselt«, stottere ich.

Mein imaginäres Schulterklopfen endet augenblicklich. Stattdessen halte ich die Luft an. *Ich habe die Tür verwechselt?* Ich muss offiziell damit aufhören, auf meine Fähigkeit, mir Ausreden auszudenken, stolz zu sein. Denn die hat sich im Verlauf meiner letzten beiden Leben augenscheinlich verflüchtigt. Was sage ich nur, um mich aus dieser Situation zu manövrieren? Am Ende ist es Alessias Mutter, die mich rettet.

»Kein Grund, gleich sarkastisch zu werden«, sagt sie, dreht sich um und geht zurück ins Esszimmer.

Ich atme erleichtert aus. Da habe ich noch mal Glück gehabt. Während ich die Treppe hochgehe, zwinkere ich Laura zu, die sich hinter dem Geländer versteckt hat.

Zeit, herauszufinden, wer ich bin.

***

Alessias Zimmer finde ich auf Anhieb, na ja, fast zumindest. Beim ersten Versuch lande ich in einem pastellfarbenen Kinderzimmertraum mit haufenweise Legobauten. Vermutlich Lauras Zimmer. Danach mache ich einen Abstecher ins Badezimmer, wo ich mein neues Ich im Spiegel betrachte.

Passend zu meinem gänzlich schwarzen Outfit sind meine Augen mit dickem Kajalstrich umrundet. Meine Haare sind in etwa schulterlang, glatt und ebenfalls schwarz. Die Ärmel meines Hoodies sind so lang, dass sie meine Hände bis zu den Fingerspitzen bedecken.

Mein neues Zimmer ist im Stil seiner Bewohnerin komplett in Schwarz dekoriert. Die Bettwäsche, der Teppich, die Vorhänge – alles dunkel. Die Wände sind mit Postern irgendwelcher Bands tapeziert, von denen ich noch nie gehört habe. Alessias Bücherregal ist der einzige Farbtupfer in diesem Raum. Es ist gefüllt mit Fantasy-Romanen und Mangas, die nach Farben sortiert sind, wie man es online häufig auf den Seiten von Buchbloggern sieht. Dazwischen stehen kleine Plastikfiguren mit übergroßen Köpfen.

Meine Aufmerksamkeit wird schnell von ihrem Laptop angezogen. Dessen Bildschirm ist schwarz, doch als ich die Maus bewege, erwacht das System aus seinem Schlummer. Wunderbar! Zugang zu einem Laptop, inklusive Alessias gespeicherten Dokumenten wird meine Spurensuche um einiges erleichtern.

Die Datumsanzeige bestätigt meine Vermutung, dass noch Ferien sind. Es ist der erste September. Seit Eleonoras Tod sind also höchstens zwei oder drei Tage vergangen. Ich tippe ihren Namen in die Suchleiste ein. Die Sterbeanzeige finde ich sofort. Darin heißt es, dass Eleonoras Beisetzung im kleinsten Familienkreis stattfinden wird. Kein Datum, keine Zeitangabe. Ich bin offensichtlich nicht eingeladen.

Ich zwinge mich, die Enttäuschung hinunterzuschlucken. Meine Zeit in Eleonoras Körper war ein einziger Abschied, beinahe drei Wochen voller Lebewohls. Das sollte doch genügen.

Zumindest versuche ich, mir das einzureden.

Denk an etwas anderes, lass los. Denk an Alessia.

»Alessia, hilf mir. Wer bist du?«, flüstere ich.

Mein Finger schwebt über der Maus, bereit, in die Welt der Online-Alessia einzutauchen. Da fühle ich ihren Geist in meinem Magen pochen, kurz glimmt eine Erinnerung auf – *Alessia, die durch ihr Zimmer geht und irgendwas in der Hand hält –*, aber nur eine Millisekunde lang, schon ist sie wieder weg. Wie es aussieht, möchte Alessia, dass ich sie erst einmal abseits der sozialen Medien kennenlerne. Also lasse ich die Maus los und stehe auf.

Als ich einen Schritt in die Mitte des Zimmers hinein mache, wird das Pochen intensiver, ein paar Schritte weiter und es klingt ab. Interessant. Es ist wie das Spiel *heiß oder kalt.* Je näher ich dem komme, was Alessia mir zeigen möchte, desto stärker fühle ich ihre Präsenz. Bewege ich mich in die falsche Richtung, zieht sie sich zurück.

Schon witzig – trotz meiner zahlreichen Leben überraschen mich meine Gastgeber immer wieder mit ihrer persönlichen Art der Kommunikation. So auch Alessia: Wenn sie es schon nicht schafft, gezielt Informationen oder Erinnerungen zu übertragen, lenkt sie mich eben mit ihren Gefühlen.

Okay, Alessia, spielen wir.

Der Schreibtisch ist kalt, das Bücherregal sogar noch kälter, doch in der Nähe des Betts nimmt das Pochen in meinem Magen zu. Ich lehne mich mit ausgebreiteten Armen vor und lasse meine Hände über die Bettdecke wandern, vom Fuß- bis zum Kopfende. Je weiter ich meine Finger nach unten bewege, desto schwächer wird das Klopfen. Als ich sie auf das Kopfkissen lege, beschleunigt es so sehr, als stünde ich mit vollem Gewicht auf dem Gaspedal eines teuren Sportwagens. Ich hebe das Kissen hoch und Alessia vibriert in meinem Bauch. Da liegt es: ein Büchlein mit blutrotem Einband. Ein Tagebuch?

Ich lasse mich auf das Bett sinken, ziehe die Knie an und lege das Buch auf meine Oberschenkel. *Alessia*, steht auf der ersten Seite in fein säuberlicher Handschrift geschrieben. Muster aus Wellen und Dornenranken zieren ihren Namen. Ich lege meinen Daumen an den Papierrand und biege das Buch leicht, sodass die Seiten im Schnelldurchlauf an mir vorbeirasen, bevor ich mir die Zeit nehme, einzelne Zeichnungen genauer zu mustern. Schwarze Tinte auf Papier, dicke Linien, feine Kringel, jedes Blatt ist bis zum letzten

Winkel ausgefüllt. Das hier ist kein Tagebuch, es ist ein Skizzenblock! Und Alessia hat Talent!

Manche ihrer Zeichnungen zeigen Räume oder dreidimensionale Landschaften, auf anderen sind Monster und fantastische Wesen mit so vielen Details abgebildet, dass ich mir vorstelle, sie könnten sich jeden Moment vom Papier lösen und in die echte Welt fliegen.

Auf die Haut eines Drachen hat Alessia hunderte, klitzekleine Schuppen gezeichnet. Ein Phönix ist so filigran gemalt, dass einzelne Federn und Feuerfunken zu erkennen sind. Auf einem weiteren Blatt flattern zarte Origami-Schmetterlinge, und obwohl Alessia keine Farbe benutzt hat, sehen diese Wesen lebendig aus.

Am meisten beeindrucken mich jedoch die Zeichnungen von Menschen, die zwar im Manga-Stil angefertigt sind – mit übergroßen Augen und scharfkantigen Gesichtszügen – doch trotzdem seltsam real wirken.

Auf einem Bild erkenne ich Alessias Mutter, die in der Küche steht und eine Tasse in der Hand hält, aus der Dampf aufsteigt. Ihre Haare sind zu einem Dutt zusammengebunden, aus dem an den Seiten einzelne Strähnen gerutscht sind. Anders als eben wirkt die gezeichnete Version der Mutter entspannt und glücklich. Daneben ist eine Zeichnung ihres Vaters, den ich noch nicht kennengelernt habe. Er trägt ein Hemd, dessen oberste Knöpfe offen sind, hat eine kahle Stelle auf dem Hinterkopf, die er mit den verbliebenen Haaren zu verdecken versucht, und er lacht, während er drei Teller gleichzeitig balanciert.

Eine weitere Skizze zeigt Laura, wie sie hinter einem Baumstamm hervorlugt, die Nase hochgezogen und die Lippen geschürzt. Offensichtlich hat die Laura auf dieser

Zeichnung etwas ausgefressen, das ihr große Freude bereitet, denn die tintenfarbenen Augen glitzern.

Während ich Alessias Zeichnungen betrachte, kommen
die ersten Erinnerungen hoch:

*Wieder sehe ich den bekannten Esstisch, in dessen Mitte eine
Schüssel mit dampfender Lasagne steht. Mutter, Vater, Laura und
ich sitzen um den Tisch herum. Laura ist jünger als jetzt, vielleicht drei Jahre alt, und hockt in einem Hochstuhl. Der Vater erzählt etwas, alle lachen. Wir sind glücklich.*

*Dann schiebt sich ein anderes Bild vor dieses. Abermals sitzt die
gesamte Familie rund um den Tisch, dieses Mal jedoch ohne Essen.
Dieser Moment liegt in der näheren Vergangenheit. Besonders
deutlich ist das an Laura zu erkennen, die auf einem normalen
Sessel hockt. Wie heute hat sie die Haare zu zwei Schwänzchen
gebunden, die traurig an den Seiten ihres Kopfs herabhängen. Sie
hält ihren Blick gesenkt, sodass sich ein Schatten auf ihre Wangen
legt. Ihre Hände sind unter dem Tisch versteckt.*

*»… Lernschwäche. Man nennt das Legasthenie«, höre ich die
Mutter sagen. »Sie wird Schwierigkeiten in der Schule haben. Die
Pädagogin meinte sogar, sie soll ein Jahr aussetzen und in die Vor-
schule gehen.«*

*Mein Magen zieht sich zusammen. Am liebsten würde ich auf-
stehen und zusammen mit Laura nach draußen gehen, aber ich
weiß, dass das meine Eltern wütend machen würde. Aus den Augenwinkeln sehe ich, wie der Vater den Kopf schüttelt. Die Vor-
schule ist für seine Tochter keine Option. Die beiden sprechen über
Fördermöglichkeiten und betonen, wie wichtig es ist, regelmäßig
zu üben. Ihre Tochter wird in der Schule genauso gut abschneiden
wie alle anderen Kinder. Mindestens. Bestnoten wird sie haben.
Wir kriegen das hin. Als Familie.*

Die ganze Zeit reden sie von uns als Familie, davon, wie wir Zusammenhalten und alles gemeinsam durchstehen. Dabei fragen sie Laura kein einziges Mal, was sie möchte.

Unter der Tischplatte strecke ich meine Hand nach Laura aus und drücke ihre Finger. Die Worte unserer Eltern ziehen an mir vorbei, streifen mich nur, und die ganze Zeit schaue ich Laura an, die still ist, kein einziges Mal aufschaut. Sie weint nicht, meine starke kleine Schwester, doch mit jedem Satz der Eltern sinkt ihr Kopf tiefer, der Schatten über ihrem Gesicht wird größer.

Die Erinnerung verblasst und ich blättere weiter, sehe ein zweites Bild von Laura. Dieses zeigt sie als Superheldin mit Cape und allem Drum und Dran. Sie steht auf einem Felsen, die Arme in die Seiten gestemmt, das Kreuz durchgestreckt, den Blick in die Ferne gerichtet. Stark wirkt sie. Wie jemand, der alles schaffen kann, jeden Berg bezwingen, jedes Monster niederringen.

Ich glaube, ich verstehe jetzt, was diese Zeichnungen für Alessia bedeuten. Sie hat die Welt nicht so gemalt, wie sie ist, sondern so, wie sie sein sollte.

Die nächste Zeichnung zeigt Alessia auf einer vom Mondlicht beleuchteten Straße. Sie steht auf den Zehenspitzen und streckt die Hand nach einer Rose aus. Der Junge, der ihr die Blume reicht, schwebt einen Meter über dem Boden in der Luft und hat helle Haare, die ihm ins Gesicht hängen. Die beiden lächeln sich an – verliebt, aber auch irgendwie verschmitzt, wie zwei Leute, die ein Geheimnis teilen. Spitze Eckzähne blitzen an seinen Mundwinkeln auf, und wieder kommt eine Erinnerung hoch:

Es ist Sommer, die Sonne brennt vom Himmel und das Eis, das ich in der Hand halte, tropft auf meinen Handrücken. Schnell lecke ich es ab. Ich will keine Sauerei hinterlassen.

Neben mir steht meine beste Freundin Mona. Sie ist einen halben Kopf kleiner als ich und trägt eine Brille mit runden Gläsern. Wir lehnen an einem Absperrgitter, auf dessen anderer Seite eine Gruppe Jungs Basketball spielt. Meine Aufmerksamkeit gilt aber nur einem von ihnen. Dem mit den hellen Haaren, die ihm wie Sternenlicht um den Kopf fliegen. Er dribbelt den Ball, lässt die anderen Spieler nah zu sich herankommen und weicht blitzschnell zur Seite, ehe sie den Ball erwischen. Er neckt sie, spielt mit ihnen. Oh, wie ich mir wünsche, dass er stattdessen mit mir spielen würde.

»Er sieht so gut aus«, schwärme ich.

»Ja«, stimmt Mona mir zu. »Du solltest ihn um ein Date bitten.«

Darauf schüttle ich kichernd den Kopf. »Das kann ich doch nicht. Er muss mich fragen.«

»Wieso? Weil er der Kerl ist? Trau dich, vielleicht kriegst du dann endlich deinen ersten Kuss.«

Wieder kichern wir, bis die Erinnerung verblasst.

Alessia wünscht sich also ihren ersten Kuss von ihrem blonden Prince Charming. Nur dass ihr Traummann kein Ritter auf dem weißen Ross ist, sondern ein Vampir. Passend. In meinem Inneren prickelt es warm. Allein der Gedanke an ihren basketballspielenden Schwarm scheint Alessia nervös zu machen.

Ich seufze. Meine Motivation, mich auf Männerfang zu begeben, hält sich in Grenzen. Aber zumindest weiß ich nun, was ich für Alessia tun soll, und es ist nur ein Kuss. Nicht mehr. Das schaffe ich schon.

Das Prickeln wandert in meine Finger, mit denen ich den Skizzenblock halte. Will Alessia mir damit sagen, dass ich weiterblättern soll? Ich gehorche und sehe Alessia umringt von einer Gruppe Mädchen, die gemeinsam im Regen tanzen. Die nassen Haare fliegen ihnen um die Gesichter, die Pfützen werden unter ihren hüpfenden Füßen zu Flutwellen. Der Fahrer eines passierenden Autos hebt wütend die Hand, doch das ist den Mädchen egal. Sie wollen nur Spaß – *Girls Just wanna have Fun* –, wen interessieren da die Konsequenzen?

So sollte es sein in Alessias Traumwelt, doch die nächste Erinnerung zeigt etwas Anderes:

Ich sitze zusammen mit Mona und zwei weiteren Freundinnen, Cristina und Melina, auf dem Schulhof im Gras. Wir stochern in unserem Mittagessen, weichgekochten Nudeln in Pappbechern, und übertreffen uns gegenseitig damit, was wir alles noch nicht erlebt haben.

»Ich war noch nie außerhalb Europas«, stöhnt Cristina auf, woraufhin Mona auflacht.

»Ich war noch nicht mal außerhalb Italiens. Ich werde hier noch festwachsen wie ein Baum.«

»Ich war noch nie auf einer richtig coolen Party«, sagt Cristina wieder, woraufhin wir alle nicken. Das bestärkt sie, also fährt sie fort. »Und ich war noch nie auf einem Date. Ich hatte auch noch nie, ihr wisst schon …«

Melina, das bisher nichts gesagt hat, verdreht die Augen. »Denkst du, irgendwer von uns hat das? Wir sind der Club der langweiligen Jungfern.«

»Du bist wenigstens schon mal geküsst worden«, werfe ich ein.

»Ja«, antwortet sie. »Vom besten Freund meines kleinen Bruders und der hatte Mundgeruch.«

Nun lachen alle. Bloß ich nicht.

»Zählt das denn?«, frage ich. »So ein Mundgeruch-Kuss? Ich für meinen Teil möchte nicht einfach irgendjemanden küssen. Ich will Schmetterlinge im Bauch und ein Feuerwerk und Ameisen überall. Ich will verliebt sein.«

Erst schauen mich die anderen mit großen Augen an, bis Mona den Bann bricht. »Iiihhh, Ameisen überall? Du hast ja ganz schön schräge Fantasien!«

Wieder begleitet mich ihr Lachen hinaus aus der Erinnerung. Meines ist mir vergangen. Alessias ersten Kuss für sie zu erleben, ist eine Sache, mich für sie zu verlieben, eine ganz andere. Vor allem ist es der eine Wunsch, der mir am meisten Angst macht. Weil es mein eigener ist.

Zu lieben und zurückgeliebt zu werden. Schmetterlinge, Feuerwerk und sogar die Ameisen, die Alessia beschrieben hat. All das wünsche ich mir, ja, aber als ich selbst, nicht im Körper einer Gastgeberin.

Sofort wandern meine Gedanken weg von Alessia und ihrem Vampirprinzen zu jemand anderem. Jemandem mit dunklen Augen, in denen ich am liebsten versinken würde. Doch ich habe mir ein Versprechen gegeben: Ich darf keine zweiten Chancen mehr verschwenden! Alessias Wunsch muss ich respektieren.

Ganz egal, wie ich mich dabei fühle.

***

Vampirprinz, wer bist du?

Die Anmeldung bei Alessias Social-Media-Profilen erfolgt automatisch, da sie die Passwörter gespeichert hat. Perfekt. Das erlaubt mir, mich auf die Suche nach ihrem Schwarm zu begeben – und vielleicht auch etwas mehr über Alessia zu lernen.

Zuerst werfe ich einen Blick auf ihr Profil. Anstatt eines Fotos hat sie eine schwarz-weiß-Zeichnung einer Elfe als Profilbild gewählt. Persönliche Informationen hat sie nur wenige preisgegeben: ihren Namen, ihr Alter, 16, sowie ihre Schule. Das ist alles. Ihre Pinnwand ist voll mit Karikaturen und verlinkten Musikvideos. Selfies, Bilder ihrer Familie oder Freunde finde ich hingegen keine.

Ihr Profil zeigt 141 ›Freunde‹ – für eine Sechzehnjährige relativ wenig. Ich scrolle mich durch die Liste, lasse meinen Blick über Namen und Profilbilder wandern, doch der Vampirprinz scheint nicht dabei zu sein.

Allerdings finde ich den Account ihrer Freundin Mona und schreibe ihr.

- Hi, wie geht's?

Ein unverfänglicher Anfang scheint mir das Beste zu sein. Während ich auf eine Antwort warte, nehme ich mir die Liste der Beiträge vor, die Alessia mit »Gefällt mir« markiert hat. Hoffentlich werde ich hier fündig, denn langsam, aber sicher gehen mir die Ideen aus. Alessia scheint in den sozialen Netzwerken sehr aktiv gewesen zu sein, hat täglich zahlreiche Bilder, Videos und Artikel geliked, sodass ich eine Flut an Beiträgen durchgehen muss.

Es vergeht eine knappe Stunde und ich bin kurz davor, aufzugeben, als ich Alessias Vampirprinzen auf einem

Gruppenfoto entdecke. Auf dem Foto steht er in der Mitte einer Gruppe Jungs in Fußballtrikots, die allesamt die Daumen in die Höhe recken. In den Händen hält er einen Ball und zeigt ein breites Grinsen. Ich bewege die Computermaus über sein Bild und – bingo! – sehe die Verlinkung seines Profils aufleuchten. Matteo Arbole. Mein Vampirprinz hat einen Namen!

Alessia dankt mir meine erfolgreiche Suche mit einem freudigen Kribbeln, das von meinem Magen bis in die Rippen wandert. Da fällt mein Blick auf ein bekanntes Gesicht und sofort wird Alessias Freude von meinem Erstaunen ersetzt. Giulio steht eine Reihe hinter Matteo und hält, genauso wie die anderen Teammitglieder, freudestrahlend seinen Daumen in die Luft. Wie kann das sein? Was hat er mit Alessia und ihrem Vampirprinzen zu schaffen?

Blinzelnd wende ich den Blick ab. Ein Teil von mir ist überzeugt, dass ich mir das alles bloß einbilde, dass Giulios Gesicht verschwunden sein und mir ein anderer Junge mit ähnlichem Haarschnitt entgegenlächeln wird, wenn ich wieder auf den Bildschirm schaue. Doch es gibt keinen Zweifel: Die dunklen Augen, die dicken Brauen und die schwarzen Locken, die ihm verschwitzt auf der Stirn kleben. Das ist eindeutig Giulio, und sein Lächeln lässt meinen Puls auch jetzt schneller werden.

Das ist meine Chance, ihn wiederzusehen! Gleichzeitig wird mir beim Gedanken daran, ihm erklären zu müssen, welchen Wunsch ich für Alessia erfüllen soll, übel. Was mache ich nun?

Giulio ist meine beste – momentan sogar meine einzige – Verbindung zu Matteo. Wenn ich es ernst damit meine, Alessias zweite Chance um jeden Preis nutzen zu wollen –

und das tue ich –, darf ich einen solchen Wink des Schicksals nicht ignorieren. Oder? Abgesehen davon schlägt mein Herz beim Gedanken daran, Giulio wiederzusehen, schneller. Eigentlich habe ich mir verboten, Kontakt zu ihm aufzunehmen. Vermisst habe ich ihn trotzdem. Die ganze Zeit über.

Es könnte perfekt sein, wäre da nicht die Tatsache, dass ich mich in jemand anderen verlieben muss. Was würde Giulio sagen, wenn er davon erfährt? Wäre er wütend auf mich? Würde er mich für genauso sprunghaft halten wie Sofia? Wäre er vielleicht sogar eifersüchtig? Oder – und diese Option schmerzt am meisten – wäre es ihm gleichgültig? Immerhin hat er nie gesagt, dass er etwas anderes als Freundschaft für mich empfindet. Die Verbindung, die ich zwischen uns gespürt habe, könnte genauso gut Einbildung gewesen sein.

Und schon verpufft die Freude und ich bin zurück am harten Boden der Realität.

»Mama sagt, du sollst runterkommen und ihr beim Gemüseschneiden helfen«, reißt mich Lauras Stimme aus den Gedanken.

Ich zucke so doll zusammen, dass ich fast vom Stuhl kippe.

»Hast du geschlafen?«, fragt sie.

»Nein. Nur nachgedacht.«

»Was denkst du denn so?«

»Dies und das.«

»Was ist denn dies? Oder das?«, fragt sie mit einem schelmischen Glitzern in den Augen. Was für eine neugierige kleine Schwester!

»Es gibt da etwas, das ich tun muss. Oder will. Aber eigentlich muss.«

»Klingt kompliziert«, sagt sie.

»Ist es auch. Es gibt da jemanden, den ich um Hilfe bitten könnte. Nur weiß ich nicht, ob dieser Freund mir helfen *will*.«

»Warum soll er dir nicht helfen wollen?«

»Weil es ihm vielleicht nicht gefallen wird. Das, worum ich ihn bitte.«

»Musst du's denn machen? Deine Sache?« Laura legt den Kopf schief und zwirbelt einen ihrer Rattenschwänze um den Finger.

»Ja, ich fürchte schon.«

»Und ist er ein guter Freund?«

»Ein sehr guter.«

Mein einziger, richtiger Freund, um genau zu sein. Der einzige, der weiß, wer ich wirklich bin.

»Dann macht er's«, stellt sie mit voller Überzeugung fest. »Wenn er dir helfen kann, wird er es gerne machen, egal, was es ist. So machen Freunde das.«

So einfach ist das. Zumindest in den Augen einer Siebenjährigen. Sie dreht sich noch einmal um, bevor sie das Zimmer verlässt, kräuselt die Nase und stellt fest: »Du bist komisch.«

Ich muss schmunzeln. Ja, komisch bin ich wirklich.

Als Laura das Zimmer verlässt, zeigt mir ein blau leuchtender Punkt, dass Mona geantwortet hat.

- Hi! Uns geht's gut. Wir liegen gerade am Strand in der Sonne … und ignorieren den Stapel an Hausaufgaben, den sie uns mitgegeben haben. Fünf Seiten jeden Tag!!! Die von der Sprachschule haben echt einen Vogel. Und da meinte deine Mama, dass man nichts lernen würde.

Strand, Hausaufgaben und Sprachschule? Mit gerunzelter Stirn öffne ich Monas Profil und sehe ein Bild, das Mona, Cristina und Melina am Flughafen zeigt. *Malaga wir kommen*, steht in der Bildunterschrift. Außerdem hat Mona eine Spanisch-Sprachschule verlinkt.

Eine neue Nachricht ploppt auf: Cristina und Melina lassen dich grüßen! Wir vermissen dich. Wenn du deiner Mum erzählst, wie viele Spanischübungen wir hier machen müssen, darfst du im nächsten Jahre bestimmt auch mitkommen!

Aha. Wie es aussieht, sind Alessias beste Freundinnen alle zusammen in Spanien. Nur Alessia musste sich ihrer strengen Mutter fügen und zu Hause bleiben. Beste Voraussetzungen für einen langweiligen Sommer.

Ich muss allerdings gestehen, dass ich ein wenig erleichtert bin. Immerhin kann ich so meine gesamte Energie darauf verwenden, Alessias letzten Wunsch zu erfüllen, ohne durch ihre Freundinnen abgelenkt zu werden, denen ich vorgaukeln muss, ich sei immer noch Alessia.

- Lieben Gruß zurück! Ich bin sicher, ihr werdet trotz all der Lernerei einen schönen Urlaub haben! Genießt den Strand für mich mit!

Ich schicke die Antwort ab und gehe zurück zu dem Foto, das Matteo gemeinsam mit Giulio zeigt. Mit Lauras Kinderlogik ist alles plötzlich ganz klar. Ich muss Alessias zweite Chance erfüllen, ob ich will oder nicht. Meine Zeit ist beschränkt, da kann ich es mir nicht leisten, auf die einzige Verbindung zu verzichten, die ich zu ihrem Vampirprinzen Matteo habe. Und wenn Lauras Argument stimmt, wenn Giulio wirklich mein Freund ist, wenn ich ihm wichtig bin, dann wird er mir helfen.

Bevor ich es mir anders überlegen kann, klicke ich auf seinen Namen, worauf sich ein Chatfenster öffnet.

- Hallo Giulio, tippe ich.

Und warte.

Allerdings dauert es nur ein paar Sekunden, bis drei tanzende Punkte mir signalisieren, dass er eine Antwort tippt.

- Hallo.

Und ein paar Sekunden später: *Kennen wir uns?*

- Nein. Das heißt, ja. Allerdings kennst du mich als jemand anderen. Als Paola und Sofia.

- Lucia?

- Genau.

- Wo bist du? Und wo warst du die ganze Zeit?

- Das würde ich dir gerne persönlich erzählen. Und ich möchte dich um deine Hilfe bitten.

Dieses Mal braucht Giulio länger, um zu antworten. Die blauen Punkte leuchten auf, verschwinden wieder. Tanzen, verschwinden. Vielleicht will er sich nicht mit mir treffen, ist wütend, weil ich ihn so lange ignoriert habe, oder hat von mir und meinem verrückten Geisterdasein genug.

Da scheint seine Antwort auf: *Wann und wo?*

Erleichtert atme ich aus. Erst jetzt fällt mir auf, dass ich die Luft angehalten habe. In diesem Moment kann ich nur an eines denken: Ich werde Giulio wiedersehen.

12. Kapitel

Als wüsste der Himmel, dass heute ein besonderer Tag ist, zeigt sich keine einzige Wolke. Der See liegt an diesem windstillen Morgen wie ein Spiegel vor mir, dessen Reflexion nur durch die Enten durchbrochen wird, die auf der Suche nach Fischen untertauchen und ihre Hinterteile in die Höhe strecken.

Giulio und ich haben vereinbart, uns in einer Eisdiele direkt am Ufer zu treffen. Es ist erst neun Uhr morgens, zu früh für die Touristen, um mit Badetüchern und Sonnenschirmen bewaffnet auszuziehen, also haben wir die Promenade für uns.

Ich bin etwas zu früh dran, trotzdem sitzt Giulio bereits an einem kleinen Tisch am Rande des Sees, als ich eintreffe. Mein Herz macht einen Sprung, sobald ich ihn sehe. Noch hat er mich nicht bemerkt. Entspannt sitzt er da, die Beine von sich gestreckt, die Hände hinter dem Kopf verschränkt, und scheint die Sonne zu genießen.

Seit ich ihn im Krankenhaus das letzte Mal gesehen habe, sind seine Haare länger geworden. Die Locken fallen ihm über die Ohren und in die Stirn, und auf seinen Wangen zeigt sich der Schatten eines Drei-Tage-Barts. Obwohl seit unserem letzten Zusammentreffen nur rund zweieinhalb

Wochen vergangen sind, sieht er um Monate gealtert aus, und um ehrlich zu sein, steht es ihm.

Während ich auf ihn zugehe, schaut er an mir vorbei. Seine Augen wandern suchend über die Seepromenade. Vermutlich hält er instinktiv nach Sofia oder Paola Ausschau, obwohl er weiß, dass ich jetzt jemand anderes bin. Erst als ich direkt vor ihm stehen, blickt er zu mir auf.

»Hallo, Giulio. Schön, dich zu sehen.«

Meine Stimme klingt zittrig, und auch meine Finger entwickeln wieder einmal ein Eigenleben, weswegen ich die Hände hinter meinem Rücken verstecke.

»Das bist du jetzt also«, sagt er bloß.

»Sieht so aus. Darf ich?«, frage ich und zeige auf den freien Stuhl.

»Oh, ja. Sicher. Natürlich. Ich meine, setz dich …«

Mit einer umständlichen Bewegung bedeutet er mir, Platz zu nehmen. Wie es aussieht, ist Giulio ziemlich nervös. Gut so, denn damit ist er bei mir in bester Gesellschaft.

Er öffnet den Mund, als wolle er etwas sagen, schließt ihn dann wieder und stößt die Luft aus.

Ich unterdrücke den Impuls, ihn in die Arme zu nehmen. »Alles in Ordnung?«, frage ich.

»Du bist wie sie.«

»Wie sie?«

»Wie Sofia. Wie Paola. Ich weiß nicht, was es ist. Die Art, wie du mich anschaust, vielleicht. Oder … oh Mann.«

Seine Worte bewegen etwas in mir. Ich sollte mich nicht freuen, so mitgenommen wie er aussieht … und doch … Dass Giulio mich in den verschiedensten Körpern wiedererkennt, ist unglaublich.

Ich lasse ihm einen Moment Zeit, um sich zu sammeln. Schließlich sagt er: »Ein Teil von mir hat gehofft, dass sich diese ganze Geschichte als Hirngespinst herausstellt. Aber ein anderer … Ich bin froh, dass du hier bist. Dass es dich wirklich gibt und … du weißt schon.«

Er kaut schüchtern auf seiner Unterlippe. Ist das der richtige Zeitpunkt, um ihn endlich zu umarmen? Ich würde es zu gerne tun, gleichzeitig habe ich Angst, dass ihn das überfordert. Immerhin kennt er diesen neuen Körper gar nicht, Alessia ist ihm fremd. Also halte ich mich zurück.

»Dann glaubst du mir jetzt endlich?«, frage ich bloß.

Giulios Nasenflügel blähen sich auf, als er die Luft ausstößt. Einen Moment lang denke ich, dass er den Kopf schütteln wird, doch dann nickt er langsam.

»Erst dachte ich, das sei alles bloß eine Fantasy-Story. Aber dann ist Paola gestorben und … Es hat alles so viel Sinn ergeben, diese ganze verrückte Geschichte. Ich hätte so gerne eine Erklärung gehabt. Jemanden, mit dem ich darüber reden kann, aber du warst plötzlich weg.«

»Nicht freiwillig«, verteidige ich mich.

Giulio lacht auf. Es ist ein bitteres Lachen. Eines, das mir eine Gänsehaut verursacht.

»Du warst weder auf Paolas Beerdigung noch im Krankenhaus. Wieso hast du dich nicht gemeldet? Du wusstest doch, wo ich wohne!«

Seine Augenbrauen ziehen sich zusammen, während er mich skeptisch mustert. Er klingt verletzt. Habe ich etwas Anderes erwartet? Mich, ohne ein Wort des Abschieds von ihm fernzuhalten, mag die richtige Entscheidung für Eleonora und ihre Familie gewesen sein, aber war sie das auch für Giulio?

»Es tut mir leid. Ich konnte nicht kommen. Nachdem ich Paolas Körper verlassen habe, war ich ein Kind«, erkläre ich und atme tief durch. Ich versuche, in seinem Gesicht zu lesen, ob meine Worte ihn erreicht haben. Ob er versteht oder ob er immer noch wütend ist.

»Dann warst du die Kleine im Krankenhaus?«

Ich nicke. Giulio legt sein Kinn in die Handfläche und funkelt mich herausfordernd an.

»Ich dachte es mir schon. Wieso bist du weggegangen, als du mich gesehen hast?«

Den Verlauf dieses Gesprächs habe ich mir eindeutig anders erhofft. Ich wünschte, ich hätte die magischen Worte, die ihn alles vergessen und sich besser fühlen lassen würden.

»Ich war überrascht, dich im Krankenhaus zu sehen«, antworte ich vage. Aber so leicht lässt er mich nicht davonkommen.

»Wieso? Dachtest du, ich würde das alles einfach so hinter mir lassen und so tun, als gäbe es dich nicht?«

»Ich … nein.«

Ich suche nach den richtigen Worten, einer guten Ausrede, beschließe dann, ihm die Wahrheit zu sagen.

»Paolas letzter Wunsch war es, dass ich ein Päckchen zu ihrem Bruder bringe. Sie hat mir sogar gezeigt, wo es ist. Es lag versteckt in einer Schublade in ihrem Laden. Es wäre so einfach gewesen, ihren Wunsch zu erfüllen. Aber ich habe das alles aufgeschoben, um Sofias Geheimnis hinterherzujagen. Ich habe Paolas zweite Chance verschwendet!«

Der vorwurfsvolle Ausdruck verschwindet von seinem Gesicht. Stattdessen runzelt er die Stirn. »Du konntest ja nicht wissen, wie bald du stirbst«, sagt er.

»Aber ich wusste, dass es passieren wird. Paolas Wunsch zu ignorieren, war ihr gegenüber nicht fair. Und dir gegenüber auch nicht. Mit dir ins Valtellina zu fahren, obwohl ich wusste, dass ich auf dem Weg sterben könnte, dich mit einer Leiche zurückzulassen … Und wenn ich mich wieder gemeldet hätte, im nächsten Körper, wäre das Ganze von vorne losgegangen. Du hättest wieder zusehen müssen, wie ich sterbe.«

»Die Entscheidung hättest du mir überlassen sollen!«, faucht er. Da ist es wieder, das wütende Funkeln in seinen Augen.

Giulios Frustration schwappt auf mich über. Wieso versteht er nicht, wie schwierig das für mich ist? Mit ihm zusammen zu sein, in dem Wissen, dass ich nicht ich bin und dass ich ihn gleich wieder verlieren werde. Die Gefühle meiner Gastgeber zu spüren, als wären es meine eigenen. Ein Leben aus geborgten Körpern, geborgten Familien und geborgter Zeit zu führen?

Wie sollte er auch, ohne es selbst erlebt zu haben. Trotzdem will ich, dass er es versteht!

»Du vielleicht, aber meine Gastgeber haben keine Wahl mehr. Sie sitzen in ihrem eigenen Körper fest, ohne ihn steuern zu können, und müssen darauf hoffen, dass ich das Richtige tue und ihren Wunsch erfülle. Es ist die letzte Chance, die sie haben. Ich bin dafür verantwortlich, dass diese nicht verschwendet wird. Das ist doch der einzige Grund, warum ich überhaupt noch am Leben bin. Für sie!«

Ich muss mich zusammenreißen, um nicht loszuweinen oder zu schreien. In meinem Hals sitzt ein dicker Kloß und ich spüre, wie Alessia sich in meinem Magen so klein wie möglich macht.

Für ein paar Sekunden starrt Giulio mich mit eiserner Miene an. Schließlich stößt er schnaubend die Luft aus. »Denkst du das wirklich?«

Ich brauche meine ganze Willenskraft, um seinem Blick standzuhalten, doch ich schaffe es und nicke.

»Du vergisst da ein paar Sachen.« Er hebt den Zeigefinger, als wollte er mir einen Vortrag halten. »Erstens, es ist toll, dass du alles daransetzt, für deine Gastgeber da zu sein. Aber du bist nicht Superwoman. Du kannst probieren, ihre Wünsche zu erfüllen, aber wenn du es nicht schaffst, dann ist das eben so. Solange du es versuchst, gibt es keinen Grund, dir selbst Vorwürfe zu machen – und genau das hast du getan. Du hast Paolas Wunsch nicht einfach ignoriert, weil du keine Lust auf ihn hattest. Du hast versucht, Sofias zweite Chance zu nutzen. Das ist doch gut!«

»Für Paola war es das nicht«, sage ich mit gepresster Stimme. Beim Gedanken an sie und ihre Wärme in meinem Inneren zieht sich mein Magen zusammen. Doch Giulio übergeht meinen Einwurf, zieht nur die Augenbrauen nach oben, um mir zu signalisieren, dass er noch nicht fertig ist.

»Zweitens: Nur weil jemand gestorben ist, heißt das nicht, dass sein Wunsch egal ist. Das bedeutet, du hast immer noch die Möglichkeit, die Sache für Paola und vielleicht sogar für Sofia richtigzustellen. Und drittens …«, während er das sagt, lehnt er sich zu mir vor. »Die Wünsche deiner Gastgeber sind wichtig, aber du bist das auch. Komm schon, Lucia, du darfst ruhig auch an dich denken. Du verdienst es, deine eigene Chance zu nutzen.«

Lucia. Außer ihm hat mich schon seit Monaten niemand mehr so genannt. Ich schlucke, um die Tränen zurückzuhalten. Ich muss jetzt stark sein, wenn schon nicht für mich dann für Alessia, aber Giulio hat mein Zaudern bemerkt.

Seine Stimme klingt wärmer, als er hinzufügt: »Und nur, dass du's weißt, ich bin heute nicht wegen Sofia gekommen oder wegen Paola oder wegen wer auch immer du jetzt bist, sondern nur deinetwegen, Lucia.«

Ich beiße mir so fest auf die Lippen, dass es wehtut, um die Tränen zu unterdrücken, und starre auf meine Hände, die zu Fäusten geballt sind. Es könnte so schön sein. Giulio und ich, hier an der Seepromenade, unter einem strahlend blauen Himmel. Ich habe es so satt, diese Körperreise. Immer wieder sterben zu müssen, alles aufzugeben und neu anzufangen. Ich will nur noch in meinen alten Körper zurück, endlich aufwachen aus meinem komatösen Dornröschenschlaf. Ich selbst sein, endgültig. Jetzt, hier mit Giulio, will ich das noch mehr als sonst.

Aber was hilft alles Hoffen, wenn das Schicksal oder der Zufall oder Gott oder irgendein unsichtbarer Strippenzieher andere Pläne mit mir hat?

»Ich bin ein Wrack«, stelle ich fest.

»Stimmt.« Ein paar Sekunden lang schaut Giulios mich mitleidig an. Dann stiehlt sich ein schiefes Lächeln auf sein ernstes Gesicht. »Soll ich dir etwas erzählen, um dich abzulenken?«

»Ja, aber bitte etwas Lustiges.«

»Willst du wissen, was passiert ist, nachdem du in diesem Romantikhotel gestorben bist?«, fragt er.

»Du hast einen merkwürdigen Sinn dafür, was eine lustige Geschichte ist.«

»Es ist lustig, weil mich die Reinigungsdame mit einem Staubsauger attackiert hat.«

»Sie hat was!?«

Ich starre ihn ungläubig an. Giulio verzieht keine Miene, nickt nur.

»Ist das ein ›Ja‹, ich will die Geschichte hören‹?«, fragt er.

»Ja.«

Nun verzieht sich Giulios Gesicht zu einem breiten Lächeln. Er lehnt sich zurück, streckt die Beine von sich.

»Es war der nächste Morgen. Draußen ging die Sonne auf, die Vögel zwitscherten, die Rosen wuchsen, die Regenbögen tanzten über den Himmel … all der romantische Kram eben. Als ich aufwachte, war deine Seite des Betts schon leer. Erst dachte ich mir nichts dabei. Ich ging runter zum Frühstückssaal, sicher, dass ich dich dort treffen würde. Aber ich fand keine Paola. Da habe ich mir doch Sorgen gemacht und bin zurück ins Zimmer gegangen.«

»Und da hast du mich gefunden?«, frage ich mit schlechtem Gewissen. Es muss schrecklich für Giulio gewesen sein, eine Leiche auf dem Balkon zu entdecken.

»Nicht ich. Die Putzfrau. Ich war auf dem Gang vor unserem Zimmer, da hörte ich jemanden kreischen. Drinnen sah ich dann die geöffnete Balkontür, dich, also Paola, die am Boden lag, und die Putzfrau, die einen Meter weiter weg stand und den Staubsaugerstiel wie ein Gewehr vor sich hielt, als erwartete sie, dass du wieder aufstehen und als Zombie auf sie losgehen würdest.«

Nun muss ich tatsächlich kichern. Die arme Reinigungsdame tut mir leid, genauso wie Paola, die einen so unwürdigen Tod auf dem Balkon sterben musste, aber die Art, wie Giulio das alles erzählt, mit ausholenden Gesten und einem

Gesichtsausdruck, der den der schockierten Reinigungsdame nachahmt, lässt mich all das für einen Augenblick verdrängen.

»Als ich ins Zimmer gegangen bin, hat sie einen Sprung gemacht und mir mit dem Staubsaugerstängel eins übergezogen. Ich glaube, sie dachte, ich bin ein Mörder, der sich an sie anschleicht, oder so. Ich hatte danach eine richtige Beule auf der Stirn. Jedenfalls haben wir den Krankenwagen gerufen, aber da war es schon zu spät. Das Blöde war nur, dass die Leute vom Hotel auch die Polizei gerufen haben. Die haben mich dann erst mal in die Mangel genommen, mich gefragt, woher wir uns kennen, was ich mit dir, also mit Paola, in diesem Hotel mache … und meine Eltern angerufen haben sie auch.« Er verzieht die Lippen, als hätte er in eine Zitrone gebissen.

Oje.

»Dachten die Polizisten denn, du hast Paola umgebracht?«

»Die haben sich eher Sorgen darüber gemacht, was Paola mit einem Minderjährigen in diesem Hotel macht.«

Doppeltes oje. Arme Paola!

»Ich habe mir eine ganz absurde Geschichte darüber ausgedacht, dass Paola und ich als eine Art Abschiedsritual für Sofia dort rauf wollten. Das haben sie mir dann tatsächlich abgekauft. Nur meine Eltern, die waren weniger begeistert. Ich habe ein paar Tage Hausarrest bekommen und mein Dad denkt jetzt, ich stehe auf ältere Frauen.«

Nun muss ich endgültig grinsen. »Vielleicht hat die Kellnerin geplaudert und ihnen von unserem romantischen Candle-Light-Dinner erzählt.«

»Hoffentlich nicht!« Giulio lacht.

»Kriegst du Ärger, weil du mit mir hier bist?«, möchte ich wissen.

Er schüttelt den Kopf. »Meine Eltern haben das mit dem Hausarrest ganze zwei Tage lang durchgezogen und dann beschlossen, dass ich genug bestraft bin.«

»Und danach?«, will ich wissen. »Bist du wieder hingefahren? Zum Valtellina, meine ich.«

Giulio seufzt resigniert. »Ja, aber völlig umsonst. Ich war dort oben und wusste plötzlich nicht mehr, was meine nächsten Schritte sein sollen. Ich konnte doch nicht einfach bei Chiaras Familie aufkreuzen und denen sagen, dass ein Geist mir erzählt hat, ihre Tochter sei gestorben.« Er streicht sich mit beiden Händen die Locken aus dem Gesicht und schließt für einen Moment die Augen. »Ich komme mir ja selbst verrückt genug vor, dass ich diese Geschichte glaube. Jedenfalls bin ich ins Camp gefahren. Was anderes ist mir nicht eingefallen.«

»Und konntest du dort etwas herausfinden?«

Alessia hüpft in meinem Magen auf und ab. Vor Ungeduld? Nein, ich glaube, sie ist ebenso aufgeregt wie ich, mehr über die Umstände von Chiaras Verschwinden zu erfahren. Sieht so aus, als wäre meine Gastgeberin ziemlich neugierig. Sie verfolgt unser Gespräch wie einen Krimi im Fernsehen.

»Ich habe nur die Sekretärin erwischt. Pierluigi hat anscheinend kurz nach dieser Nacht am Lagerfeuer den Job hingeschmissen. Ich vermute aber, dass sein Abgang nicht ganz freiwillig war.«

»Du meinst, es ist rausgekommen, was in der Nacht passiert ist?«

»Vielleicht. Oder auch nur, dass er mit den Teilnehmerinnen rumgemacht hat.« Giulio stößt die Luft aus. »Ich habe die Sekretärin auch auf Sofias Anruf angesprochen. Sie wollte doch wegen Mailand mit Pierluigi reden – was auch immer es damit auf sich hat. Die Sekretärin meinte, sie hat zwar versucht, Sofias Nachricht zu übermitteln, Pierluigi damals aber nicht erreicht. Er weiß jetzt also gar nicht, dass sie ihn wegen Mailand angerufen hat.«

Die kryptische Nachricht über Mailand hätte ich fast wieder vergessen, nicke aber trotzdem.

»Das war's – mehr habe ich dort oben nicht erreicht und bin wieder nach Hause gefahren. Ich wusste, dass Sofia gemeinsam mit Valentinas Familie in Mailand war. Das war gar nicht so lange vor ihrem Tod. Aber Vale konnte mir auch nicht weiterhelfen. Recherchiert habe ich aber. Ich habe diesen Zeitungsartikel gefunden.«

»Über den Einbruch im Laden von Chiaras Familie?«, frage ich.

»Der Laden gehörte ihrem Stiefvater«, bestätigt Giulio.

»Und du denkst, es hat etwas mit Chiaras Unfall zu tun?«

»Es ist kurz davor passiert. Das wäre schon ein merkwürdiger Zufall, oder? Andererseits, wenn Chiaras Unfall wirklich ein Unfall war, wo läge dann der Zusammenhang? Vermutlich steigere ich mich da nur in Verschwörungstheorien hinein.«

»Möglich.«

Giulios steife Körperhaltung und seine zuckenden Mundwinkel verraten, dass er ganz und gar nicht daran glaubt, dass es eine Verschwörungstheorie ist. Und um ehrlich zu sein, tue ich das auch nicht. Es sind einfach zu viele merkwürdige Zufälle auf einmal. Ganz abgesehen von Sofias

Erinnerungen und ihrem Verhalten, kurz bevor ich ihren Körper übernommen habe. Was auch immer in jener Nacht im Valtellina passiert ist, es fällt mir schwer, an einen einfachen Unfall zu glauben.

»Aber das willst du alles gar nicht wissen, oder?«, fragt er.

Natürlich will ich es wissen, aber das Risiko ist zu groß, dass ich mich wieder in Sofias Geheimnis verliere, und das darf nicht passieren.

»Alessia und ihr Wunsch gehen vor. Ich hoffe, du verstehst das«, sage ich und wage es dabei kaum, ihn anzusehen.

Giulio reagiert jedoch gelassen. »Das dachte ich mir schon. Deswegen hast du mich ja auch angechattet. Weil du meine Hilfe mit Alessias zweiter Chance brauchst, richtig?«

Mein Magen zieht sich zusammen. Gleich kommt der Moment, in dem ich Giulio sagen muss, wobei ich seine Hilfe benötige. Eine Beichte, die ich gern weiter hinausgezögert hätte. Trotzdem nicke ich.

»Was hältst du davon?«, fragt Giulio. »Ich helfe dir dabei, Alessias Ziel zu erfüllen, und wenn wir es geschafft haben, machen wir uns an die offenen Wünsche deiner früheren Leben. Wir bringen das Päckchen zu Paolas Bruder und falls Zeit übrig ist, sprechen wir danach noch mal über Sofia. Deal?«

Giulios Vorschlag klingt zu gut, um wahr zu sein. Eine zweite, nein, dritte Chance für Paola und Sofia. Eine Möglichkeit für mich, meine Fehler wiedergutzumachen. Und ganz nebenbei mehr Zeit mit ihm. Ich versuche, einen neutralen Gesichtsausdruck zu machen, aber das Lächeln schleicht sich ganz automatisch auf meine Lippen.

»Deal.«

Wir schütteln uns die Hände.

»Perfekt! Also, was wünscht Alessia sich?«

Zögerlich reiche ich ihm mein Handy mit dem Bild, das Giulio und die anderen Jungs, Alessias Vampirprinzen inklusive, zeigt.

»Kennst du den hier?«, frage ich und deute auf Matteos Kopf.

Giulio nimmt sich ein paar Sekunden Zeit, um das Foto zu betrachten. »Das ist Matteo. Wir haben hin und wieder zusammen Fußball gespielt und ich laufe ihm manchmal auf Partys über den Weg. Gut kennen tue ich ihn aber nicht. Was ist mit ihm?«

»Na ja, es ist so …«, druckse ich herum. »Alessia ist noch nie geküsst worden und das möchte sie vor ihrem Tod gerne ändern. Und der Prinz, den sie sich dafür ausgesucht hat …«

»Ist Matteo«, beendet Giulio meinen Satz. Sofort verdüstert sich seine Miene. »Es geht mich ja nichts an, aber Alessias Männergeschmack lässt zu wünschen übrig.«

»Daran kann ich leider nichts ändern. Hilfst du mir trotzdem?«

Bestimmt wird er Nein sagen.

Doch er meint: »Heute Abend ist eine Party bei einem Kerl aus meiner Klasse. Matteo wird vermutlich da sein. Wenn du willst, nehme ich dich mit.«

Während er das vorschlägt, weicht er meinem Blick aus. Sein Enthusiasmus scheint verflogen zu sein, aber immerhin hat er zugestimmt, mir zu helfen.

»Danke«, flüstere ich, meine Augen auf die Finger geheftet.

Den Rest des Abends planen wir wie eine Schulaufgabe: Gewissenhaft, aber ohne Begeisterung. Giulio wird mich um neun Uhr abholen und mit mir zur Party seines Freundes fahren. Er wird mich Matteo vorstellen. Ich werde mich hübsch machen, Make-Up auftragen und meine Lippen rot anmalen – falls Alessia überhaupt roten Lippenstift besitzt –, damit ich ihm gleich ins Auge steche. Wenn alles gut läuft, werden wir uns noch am selben Abend küssen. Sollten die Funken nicht überspringen, bitte ich ihn, mit mir auszugehen. In ein romantisches Restaurant oder zu einem Picknick unter dem Sternenhimmel. Alessias erster Kuss soll schließlich etwas Besonderes sein.

Dass das Einzige, worauf ich mich bei diesem Plan freue, die gemeinsame Fahrt auf Giulios Motorrad ist – genauso wie damals, als er mich von der Party am See zu einer Raststätte mitnahm -, tut nichts zur Sache. Alessia wünscht sich einen anderen, und ich werde mein Bestes tun, um ihren Vampirprinzen für sie zu gewinnen und ihr diesen besonderen Moment zu schenken.

Den perfekten ersten Kuss.

Schmetterlinge, Feuerwerk und Ameisen im Bauch.

Für Alessia. Nicht für mich.

***

Alessias Eltern sind geradezu geschockt, als ich sie bitte, auf eine Feier gehen zu dürfen. Zu den Party-Tigern gehört Alessia demnach wohl eindeutig nicht. Trotzdem erlauben sie es mir, ohne allzu viele Fragen zu stellen, tragen mir nur auf, spätestens um Mitternacht zu Hause zu sein. Das Vertrauen in ihre Tochter ist offenbar groß und, dem versteckten Lächeln des Vaters nach zu urteilen, auch die Freude darüber, dass Alessia ausnahmsweise einmal ausgeht.

Ich trage ein dunkelgraues Tanktop mit Spitzenrand – das einzige Kleidungsstück in Alessias Schrank, das nicht schwarz und hochgeschlossen ist – sowie eine enge Hose. Meine Haare, die eigentlich glatt sind, fallen in leichten Wellen auf meine Schultern, den Lidstrich habe ich dünner gezogen, als Alessia es normalerweise tut, und etwas Rouge auf die Wangen aufgetragen. Alessias Geist quittiert das mit einem aufgeregten Kribbeln in meinem Magen. Ich deute das als Zustimmung. Wie es aussieht, mag sie es, wie wir uns zurechtgemacht haben.

Als ich Giulio am Abend treffe, zieht er anerkennend die Augenbrauen in die Höhe. »Du hast dich für Matteo ja ganz schön in Schale geworfen«, sagt er mit einem Funken Bitterkeit in der Stimme.

Danach steigen wir auf sein Motorrad und fahren zu der Party, die in einer ruhigen Wohngegend stattfindet. Wir passieren ein zwei Meter hohes, schmiedeeisernes Tor und folgen einem langen Kiesweg bis zum Eingangsbereich eines zweistöckigen Hauses. Wer auch immer hier wohnt, muss ganz schön viel Geld haben. Und zum Glück auch einen weitläufigen Garten, der genug Abstand zwischen der lauten Party und den nächsten Nachbarn schafft. Schon von Weitem höre ich die Musik und als wir absteigen, kann ich den Bass unter meinen Fußsohlen spüren. Vereinzelte Gäste stehen im Garten, halten Pappbecher in der Hand, plaudern oder schmusen. Giulio nickt ein paar von ihnen zur Begrüßung zu.

»Du kennst ganz schön viele Leute«, stelle ich fest.

»Ich komme eben rum«, antwortet er, scheint sich dann daran zu erinnern, dass ich ja gar nicht wissen kann, was er damit meint, und erklärt: »Ich mache schon seit meiner

Kindheit viel Sport. Klettern, Fußball, Basketball, Wasserball. So ziemlich alles, das einen Ball involviert. Mein Onkel hat mich dazu animiert, überall mitzuspielen, egal, ob ich ein Naturtalent oder eine völlige Niete bin. Er meinte immer, beim Teamsport schließt man die besten Freundschaften.«

»Bist du denn in irgendwas eine völlige Niete?«, necke ich ihn.

»Im Fußball bin ich das tatsächlich«, antwortet er lachend. »Ehrlich gesagt bin ich mit Ausnahme vom Klettern nirgends besonders gut. Spaß macht es mir trotzdem.«

Giulio hält mir die Tür auf und sofort dröhnt mir laute Popmusik entgegen. Der Bass ist nun so laut, dass ich die Vibration in meinem Bauch spüre. Das Stimmengewirr, das vom Bass untermalt wird, klingt wie das Brummen in einem Bienenstock. Bereits im Vorraum drängen sich die Gäste. In meinem Magen kribbelt es, Alessia scheint aufgeregt zu sein. Vermutlich, weil das hier ihre erste richtige Party ist.

»Wie sollen wir Matteo hier drin finden?«, schreie ich gegen den Lärm.

Giulio beugt sich zu meinem Ohr. »Erst mal holen wir dir einen Drink. Komm.«

Er fasst mich an der Hand und zieht mich hinter sich her durch die Menge schwitzender Körper. Wir gehen durch ein geräumiges Wohnzimmer, in dessen Zentrum Leute tanzen, und vorbei an einer Sitzlandschaft, auf die sich ein halbes Dutzend Pärchen quetschen. Der Raum ist nach oben hin offen, sodass die Gäste im ersten Stock an ein Geländer gelehnt zu uns nach unten schauen können. Der Boden ist mit altmodischen Teppichen ausgelegt, die schon jetzt voller Flecken sind.

Hinter dem Wohnzimmer befindet sich die Küche, ein Traum aus hellem Marmor mit einer großzügigen Kücheninsel und einem amerikanischen Kühlschrank mit Eiswürfelspender. Auch hier tummeln sich Jugendliche und alle Oberflächen sind mit roten Plastikbechern, Flaschen und Bierkisten vollgestellt. Kaum, dass wir die Küche betreten haben, springt ein dunkler Lockenkopf auf uns zu.

»Na, so was, Giulio! Da hast du aber nicht lange gebraucht, um eine Nachfolgerin für Sofia zu finden«, stichelt Valentina und schlingt ihm einen Arm um den Hals.

Im ersten Moment erstarre ich. Mit einer weiteren Person aus meiner oder besser Sofias Vergangenheit konfrontiert zu werden, damit habe ich nicht gerechnet. Und mit einer derart bitteren Aussage von ihr noch weniger. Dann jedoch ringe ich mir ein Lächeln ab und begrüße sie.

»Vale«, grummelt Giulio bloß und schiebt sie mit zusammengepressten Lippen von sich.

»War nicht böse gemeint«, sagt sie kichernd. »Ich mache doch nur Spaß. Sieht süß aus, deine neue Freundin.«

»Sie ist nicht meine Freundin«, korrigiert Giulio.

Valentina ignoriert seinen Einwurf. »Ich mache euch beiden einen Cocktail!«

Sie geht wankend hinter die Küchentheke, wo sie ein wildes Gemisch diversester Getränke herstellt. Offensichtlich ist sie ziemlich angetrunken, denn es landet mehr Flüssigkeit auf der Arbeitsplatte als in den Bechern.

»Danke, Valentina«, sagt Giulio, beugt sich über die Theke und nimmt ihr erst eine der Flaschen und dann unsere zwei Becher ab, in denen sich ein bräunlicher, scharf riechender Mix befindet.

Er hat es offensichtlich eilig, von Valentina wegzukommen. »Wir sehen uns später. Schönen Abend noch.«

»Awww und ich dachte, du plauderst ein bisschen mit mir, sweet Giulio.«

»Vielleicht später«, antwortet er, woraufhin sie ihre Lippen zu einem Schmollmund verzieht.

Wir sind schon fast aus der Küche, als Valentina uns nachruft: »Hey, warte!« Und als Giulio nicht reagiert: »Wolltest du nicht wissen, was in Mailand los war?«

Es ist offensichtlich, dass sie nur Giulios Aufmerksamkeit erregen will – er soll noch nicht gehen! –, oder zumindest denke ich das, denn er dreht sich sofort um.

»Wie meinst du das? Du sagtest doch, da war nichts?«

»Kommt drauf an, wie du nichts definierst«, lallt sie.

»Was soll das heißen?«

»Wir waren mit meinen Eltern da.«

»Und?« Giulio presst die Zähne so fest zusammen, dass sein Kiefer sich anspannt. Diesen Gesichtsausdruck kenne ich aus einer von Sofias Erinnerungen. Ganz klar: Er ist am Ende seiner Geduld.

»Sofia war immer noch depri. Nach diesem beschissenen Klettercamp hat sie ja kaum mehr mit mir geredet. Als dann klar war, dass sie mich und meine Eltern zum Shoppen nach Mailand begleitet, da habe ich mich voll gefreut. Ich dachte, dass wir vielleicht mal wieder eine gute Zeit miteinander haben können. Aber sie hat kaum geredet.«

»Und?«, hakt Giulio nach.

»Ich glaube, ihre Eltern haben sie gezwungen, mitzufahren.«

»Ist das alles?« Sein Geduldsfaden ist eindeutig gerissen. Zu mir sagt er: »Komm, wir gehen.«

Doch Valentina plappert unbeirrt weiter: »Wir saßen in einem Café, einem total netten mit so süßen kleinen Stühlen und Nussschälchen.«

Neben mir stößt Giulio schnaubend die Luft aus.

»Auf einmal hat sie irgendwas gesehen. Sie ist aufgesprungen und aus dem Café gerannt. Wie so eine Irre.«

Jetzt hält er inne, und auch ich bin ganz Ohr.

»Was hat sie gesehen?«, will Giulio wissen.

»Keine Ahnung. Sie ist rausgelaufen, ohne was zu sagen. Sie war nur ein paar Minuten weg. Als sie zurückkam, wollte sie sofort nach Hause.«

»Hast du sie nach dem Grund gefragt?«

»Klar. Aber sie hat nur gesagt, dass sie jemanden gesucht hat, und der war nicht da. Mehr wollte sie nicht sagen. Da hat sie mir ja schon nichts mehr von sich erzählt«, murmelt Valentina. Sie wirkt traurig.

Giulio wartet noch einen Moment ab, doch als nichts mehr von ihr kommt, bedankt er sich und dirigiert mich aus der Küche in das überfüllte Wohnzimmer, wo mittlerweile eine Gruppe Mädels in kurzen Röcken auf einem Tisch tanzt, während die Jungs sie anfeuern.

»Meinst du, das hat etwas zu bedeuten?«, frage ich Giulio, doch der hebt nur die Schultern.

Ich hätte gerne weiter gebohrt, aber sein düsterer Gesichtsausdruck hält mich davon ab.

»Du magst Valentina nicht besonders, oder?«, stelle ich fest.

»Sie tut mir leid«, antwortet er. »Das mit Sofia hat sie völlig aus der Bahn geworfen. Seit dem Unfall habe ich sie noch ein paar Mal gesehen, immer nur auf Partys, und jedes Mal war sie richtig betrunken. Ich habe zwei von ihren

Freundinnen darauf angesprochen. Die machen sich auch Sorgen. Aber wenn du Vale fragst, ob sie Hilfe braucht, lacht sie nur und tut so, als sei alles in Ordnung.«

Ich schlucke schwer. Die Familien und Freunde meiner Gastgeber sehe ich zum letzten Mal bei der Beerdigung meines vorherigen Körpers. Mein kleiner Abschied. Was danach mit ihnen passiert oder besser, was der Tod meiner Gastgeber mit ihnen anrichtet, ist eines der Themen, über das ich vermeide nachzudenken. Weil ich weiß, dass die Antworten mich kaputt machen würden.

»Das klingt so, als hättest du's versucht. Ihr zu helfen,« sage ich.

»Mehr als einmal. Irgendwann habe ich aufgegeben …« Er beißt sich auf die Unterlippe. »Jetzt bist erst mal du dran.«

Wir schieben uns an den grölenden Jungs vorbei und die Treppe hoch. Auch dort tummeln sich die Partygäste, und genauso wie unten begrüßen viele Giulio, klopfen ihm auf die Schulter oder umarmen ihn.

»Da ist er«, sagt er und zeigt auf eine Gruppe Jungs, die am Ende des Flurs zwischen zwei verschlossenen Türen und dem Geländer stehen.

Sofort, als ich Matteo erblicke, spüre ich Alessias Aufregung, als hätte jemand eine Sektflasche in meinem Inneren geöffnet. Er trägt ein rosarotes Hemd kombiniert mit einer Jeans. Seine hellen Haare sind halbwegs ordentlich nach hinten gekämmt, doch wie auf Alessias Zeichnung haben sich einige widerspenstige Strähnen gelöst und fallen ihm ins Gesicht. Er hält eine Bierflasche in der Hand und macht ausholende Bewegungen, während er redet. Vermutlich ist auch er etwas angetrunken.

»Wünsch mir Glück«, bitte ich Giulio, doch bevor ich Matteo und seine Freunde erreiche, gesellen sich drei Mädchen zu der Gruppe. Eine davon drückt Matteo einen Kuss auf die Wange und schnappt sich kichernd sein Bier. In meinem Inneren zieht Alessia sich zusammen. Oje, hat er eine Freundin?

Flehend schaue ich zu Giulio. Der richtet seinen Blick kurz zur Decke, seufzt dann und schließt zu mir auf. Gemeinsam schieben wir uns an einem knutschenden Pärchen und an einer kleinen Schlange Wartender vor dem Badezimmer vorbei. Giulio tippt einem von Matteos Freunden auf die Schulter, und der rückt sofort zur Seite, um Platz für uns zu machen.

»Giulio! Dich haben wir ja schon ewig nicht mehr gesehen!«, begrüßt Matteo ihn.

»Das ist Alessia!«, sagt er nur und schiebt mich in die Mitte des Kreises.

Alle Augen, auch die von Matteo und des Mädchens, das sich an seine Seite drückt, richten sich auf mich. Sofort spüre ich die Nervosität aufsteigen, so heiß und heftig, dass mir beinahe schlecht wird. Dabei bin ich doch sonst nicht schüchtern, und im selben Moment begreife ich, dass es Alessias Aufregung ist, die ich fühle. In Gedanken rüge ich sie: *Reiß dich zusammen, Alessia. Wenn du willst, dass ich deinen Vampirprinzen für dich ausführe, musst du jetzt die Nerven bewahren.*

»Hi, alle! Schön euch kennenzulernen«, grüße ich in die Runde, worauf einer nach dem anderen die Hand hebt. Matteo schenkt mir ein freundliches Lächeln.

»Bist du neu in der Stadt?«, fragt er.

»Nein. Ich komme nur nicht so viel rum.«

»Ah«. Dabei hebt er die Augenbrauen, als würde er verstehen. »Na, dann hoffe ich, du hast Spaß hier.«

Zur Antwort hebe ich das Glas mit der bräunlichen Flüssigkeit hoch.

»Das hat Valentina für uns gemischt«, erklärt Giulio.

»Wenn das so ist, solltest du besser aufpassen. Valentinas Mischungen sind berüchtigt«, warnt Matteo mich lachend.

Ich bin mir nicht sicher, ob er mit mir flirtet oder nur höflich ist, doch für den Anfang bin ich zufrieden. Ein Schritt nach dem anderen! Nur, dass er seine Aufmerksamkeit jetzt wieder dem Mädchen neben sich zuwendet, dessen Po in der engen Jeans besser zur Geltung kommt, als es mir lieb ist.

»Wieso stehen wir hier eigentlich nur rum? Lasst uns tanzen!«, ruft sie.

Zwar äußert sich die erste Reaktion in wenig begeistertem Gegrummel, doch schließlich schafft sie es, die gesamte Runde zum Tanzen zu animieren.

»Na toll, was mache ich jetzt?«, raune ich Giulio auf dem Weg ins Erdgeschoss zu.

»Tanz mit ihm.«

»Und seine Freundin?«

Giulio schaut kurz zurück, dann wieder zu mir. »Er hat keine Freundin. Das Mädchen an seiner Seite will wahrscheinlich das Gleiche wie du.«

Ganz offensichtlich tut sie das, denn sobald wir unten angekommen sind, fasst sie Matteos Hand und beginnt, sich verführerisch zu bewegen. Wie eine Bauchtänzerin schwingt sie ihre Hüften, sodass ihr Körper sich in sanften Kurven wiegt. Die freie Hand hat sie in die Höhe gestreckt und vollführt mit ihr drehende Bewegungen. Matteo nickt anerkennend, auch er wiegt seinen Körper zum Takt der Musik, allerdings wesentlich steifer. Wenigstens behält er seinen Abstand bei, versucht nicht, sich an sie heran zu tanzen oder die Hand auf ihren Rücken zu legen. Ich beschließe, das als positives Zeichen zu werten.

Ich denke an Sofia. Daran, wie es sich anfühlte, in ihrem Körper zu stecken, wie leicht es ihr fiel, ihre Hüften kreisen zu lassen. Ich versuche, ihre Bewegungen nachzuahmen, doch hier und jetzt, in Alessias Körper, fühlt sich das falsch an, als würde ich Theater spielen. Ein kleines Mädchen, das so tut, als sei es eine sexy Tänzerin. Schließlich ist es die Erinnerung an Paola und daran, wie sie sich in ihrem Cocktailkleid vor dem Spiegel gedreht und wunderschön gefühlt hat, die mir hilft, loszulassen.

Mit geschlossenen Augen bewege ich mich zur Musik, strecke beide Arme in die Luft und lasse mich von der Vibration des Basses in meinem Bauch und von meinem Körper leiten. Als die Musik schneller wird, schüttle ich, immer noch mit geschlossenen Augen, meinen Kopf, dass die Haare nur so fliegen. Das fühlt sich gleich mehr nach Alessia an, und sofort steigt ihre Freude wie blubbernde Seifenblasen in mir auf.

Ich könnte ewig so weitermachen, mich in der Musik und in diesem Augenblick verlieren, doch da tippt mir jemand auf die Schulter. Als ich die Augen aufmache, steht Matteo direkt vor mir und nickt anerkennend.

»Ich wollte dir nur sagen, dass wir gehen«, meint er.

»Schon?«

»War wirklich nett, dich kennenzulernen.«

Wie es aussieht, bin ich bei »wir gehen« nicht inkludiert. Meine Chance, Alessias Wunsch zu erfüllen, sehe ich dahinschwinden. Was soll ich machen? Ihn jetzt sofort küssen? Doch wo bleiben da die Schmetterlinge und das Feuerwerk? Nein, das ist nicht der erste Kuss, den Alessia sich gewünscht hat.

»Ist es schon spät?«, frage ich.

»Erst halb zwölf, aber wir treffen uns noch bei einem Kumpel zum Zocken«, erklärt Matteo. »Ich hoffe, du und Giulio genießt den Rest der Feier. Wir sehen uns bestimmt bald mal wieder.«

Giulio. Wo ist der eigentlich? Ich bin gleichzeitig froh, dass er nicht geblieben ist, um meinen möglichen Kuss mit Matteo zu beobachten, und wütend, dass er mich einfach hat stehen lassen. Noch wütender bin ich auf mich selbst, weil ich diese Chance vermasselt habe. Matteo und seine Freunde befinden sich bereits auf dem Weg nach draußen, da laufe ich ihm nach.

»Warte!«, rufe ich und fasse ihn am Arm. Als ich seine Haut berühre, macht mein Magen einen Satz, als wäre ich von einem 10-Meter-Brett ins kalte Wasser gesprungen. *Beruhig dich, Alessia*, denke ich. *Ich mache das schon.*

»Ja?«

»Ich, ähm … Was machst du morgen Abend?«

»Da habe ich noch keine Pläne.«

»Perfekt! Hast du Lust, dich mit mir zu treffen? Wir könnten essen gehen oder in eine Bar.«

Er zögert kurz, bevor er nickt. »Sicher, wieso nicht.«

»Gut. Acht Uhr, Bardolino Altstadt. Es gibt da ein nettes Restaurant. *Il Tramonto*.«

Nun wirkt Matteo endgültig überrascht. Dass ein Mädchen die Initiative ergreift, scheint er nicht gewöhnt zu sein. Ich lasse ihm keine Zeit, es sich anders zu überlegen.

»Dann sehen wir uns morgen!«, antworte ich strahlend und begebe mich zurück ins Partygeschehen.

Mittlerweile sind sogar noch mehr Leute hier als bei meiner Ankunft, sodass ich mich mit angehaltenem Atem zwischen den tanzenden und plaudernden Gästen durchquetschen muss. Ich komme kaum zwei Meter weit, als jemand eine undefinierbare Flüssigkeit direkt auf meine Schuhe schüttet. Na toll.

Giulio finde ich wenig später in der Küche, am Tresen lehnend, Valentinas Kopf auf seiner Schulter. Als sie mich sieht, wischt sie sich sofort übers Gesicht. Die Tränen habe ich trotzdem gesehen.

»Hey, Carina, meine Süße!«, ruft sie und stolpert auf mich zu.

»Alessia«, korrigiere ich, da schlingt sie auch schon ihren Arm um meinen Hals und würgt mich, als sie beinahe umkippt.

»Alles okay?«, frage ich.

»Alles supiiii! Ich will tanzen! Wollt ihr tanzen? Ich will tanzen!« Mit diesen Worten wankt sie in Richtung Wohnzimmer.

»Sollten wir ihr nachgehen?«, frage ich ein wenig unsicher.

»Die kommt schon klar«, sagt Giulio. »Eine Menge Leute hier kennen sie und jeder weiß, dass sie seit Sofias Tod …« Er hält inne, schluckt die restlichen Worte hinunter. »Jedenfalls, sie hat einige Freunde hier, die sicherstellen werden, dass sie heil nach Hause kommt.«

Giulio wirkt müde und ausgelaugt. Dunkle Ringe zeigen sich unter seinen Augen. Seine Bewegungen sind schwerfälliger als noch vor einer Stunde.

»Willst du nach Hause?«, frage ich ihn.

Er zuckt die Schultern. »Möchtest du denn?«

»Wollen nicht, aber ich habe Alessias Eltern versprochen, um spätestens Mitternacht heimzukommen.«

Gemeinsam schieben wir uns nach draußen, wo mich die kühle Nachtluft umfängt. Nach der Hitze und dem Schweißgeruch im Haus fühlt sich das unglaublich gut an. Auf dem Weg zum Motorrad stelle ich fest: »Du warst auf einmal weg.«

»Sah so aus, als hättest du die Sache gut unter Kontrolle«, gibt er überraschend scharf zurück. Dann fügt er etwas sanfter hinzu: »Tut mir leid. Ich hätte nicht einfach abhauen sollen, aber ich wollte nicht danebenstehen und zuschauen, wie du ... du weißt schon. Hast du's geschafft?«

»Wir haben uns nicht geküsst«, antworte ich, und für einen kurzen Augenblick hellt sich Giulios Miene auf. »Aber ich habe morgen Abend ein Date mit ihm.«

Sofort verdunkelt sich sein Blick wieder.

»Das heißt, ich habe morgen den ganzen Tag frei, um mich um andere Sachen zu kümmern«, füge ich hinzu.

»Andere Dinge wie ...?«

»Paola.«

»Ah.«

»Hilfst du mir?«, frage ich zögerlich. Immerhin hat er das bei unserem letzten Treffen angeboten. Ob er nach dem heutigen Abend noch Lust hat, mir zu helfen, ist allerdings fraglich. Doch auf seinen Lippen breitet sich ein Lächeln aus.

»Das heißt, wir fahren nach Limone?«

Ich nicke. Ganz genau. Wir fahren nach Limone.

13. Kapitel

So kommt es, dass Giulio und ich am nächsten Tag nach Limone aufbrechen. Die Stadt liegt am nordwestlichen Ufer des Gardasees, etwa eineinhalb Stunden Fahrt mit dem Motorrad entfernt. An meinem ersten Tag in Paolas Körper konnte ich gar nicht schnell genug von hier wegkommen, immerhin hatte ich Angst, Sofias Beerdigung zu verpassen. Die Schönheit der Stadt und der umliegenden Landschaft lasse ich nun zum ersten Mal so richtig auf mich wirken.

Hier oben ist der See viel schmaler als in Bardolino. Man sieht bis ans andere Ufer, das von harschen Felshängen und Hügelketten gesäumt ist. Der Laden, in dem Paola gearbeitet hat, liegt in der touristischen Altstadt, etwas oberhalb der Wasserfront. Hier schmiegen sich pittoreske Häuser aus Sandstein an den Hang, manche verschmelzen mit den Felsen, in die sie gebaut worden sind. Blumen in allen erdenklichen Farben ranken sich um Torbögen oder zieren die Fenster der alten Häuser, die oft von schiefen Fensterläden eingerahmt werden. Giulio und ich folgen einem der schmalen Gässchen, die sich den Hügel hochschrauben, vorbei an Eisdielen, einer kleinen Kirche und so vielen Souvenirläden, dass ich irgendwann aufhöre, sie zu zählen.

»Du hast mit den Zitronen nicht übertrieben«, sagt Giulio, als wir vor der Ladentür stehen.

Zitronen auf Tassen und Tellern, als Seife, auf Deckchen gestickt, auf T-Shirts gedruckt, in Rahmen an der Wand. Selbst Zitronen-Ohrringe, -Kuscheltiere und -Ohrwärmer gibt es.

»Bereit?«, frage ich.

Er nickt. Unser Plan ist so einfach, dass er gar nicht schiefgehen kann – zumindest hoffen wir das. Giulio soll die Verkäuferin ablenken, während ich mich hinter die Theke schleiche und Paolas Päckchen mitnehme. Alessias Nervosität ignoriere ich.

Gemeinsam betreten wir den Laden, der bis auf die Verkäuferin völlig leer ist. Während ich unauffällig vor einer Schale mit Zitronen-Schlüsselanhängern stehenbleibe, bittet Giulio: »Signora, könnten Sie mir bitte helfen?«

Sofort eilt die Verkäuferin zu ihm, offensichtlich froh, endlich etwas zu tun zu haben.

»Ja, bitte?«

»Ich interessiere mich für, äh …« Suchend schaut er sich um, zieht dann das Erstbeste aus dem Regal. »Für diesen Zitronen-Lampenschirm. Als Geschenk. Für meine Mutter. Aber ich bin mir nicht sicher, ob es das Passende ist.«

»Oh, der Lampenschirm ist ausgesprochen schön!«

»Ich hatte zum Beispiel auch an diesen …« Wieder greift er wahllos zu. »Diesen wunderschönen Krug mit den tanzenden Zitronen als Geschenk gedacht.«

Ich nutze die Chance und schleiche hinter die Verkaufstheke, wo Paolas Päckchen bis vor ihrem Tod in der dritten Schublade versteckt lag – und dort hoffentlich immer noch ist. Doch die Lade ist verschlossen.

»Mist«, fluche ich leise.

Was nun? Ich wünschte, Paolas Geist wäre hier, um mir eine Erinnerung zu schicken, doch da ist nur Alessia, deren Nervosität mittlerweile bis in meine Fingerspitzen prickelt. Da fällt mein Blick auf einen Schlüsselbund, der neben der Kasse liegt und dick genug ist, um damit jemanden ernsthaft zu verletzen.

So schnell es mich meine vor fremder Nervosität flirrenden Finger lassen, probiere ich einen Schlüssel nach dem anderen aus. Die ersten beiden passen nicht und beim dritten zittert meine Hand so sehr, dass ich mehrere Versuche brauche, um ihn ins Schloss zu stecken. Die Lade bleibt verschlossen.

Noch hat die Verkäuferin nichts bemerkt, steht mit dem Rücken zu mir und zeigt Giulio eine Auswahl an Zitronen-Kerzenhaltern. Wie lange wird er sie noch ablenken können? Ich muss schneller sein.

Schlüssel Nummer vier. Nummer fünf. Wieder kein Erfolg. Doch dann, endlich, dreht sich ein Schlüssel im Schloss. Ich öffne die Schublade und sehe … einen Haufen Zettel.

Wo ist das Päckchen?

Haben Paolas Kolleginnen ihre Sachen weggebracht? Eilig schiebe ich die Zettel zur Seite und stoße auf etwas Großes, Festes. Ich ziehe es heraus. Backpapier. Braun. Ein Streifen ist abgerissen und enthüllt bedrucktes Papier. In genau diesem Moment entdeckt mich die Verkäuferin.

»Was machen Sie da, Signora?!« Ihre Stimme klingt eine Oktave höher als zuvor, geradezu schrill.

»Ich kann das erklären«, beginne ich.

»Finden Sie die blaue oder die grüne Vase passender?«, versucht Giulio sie abzulenken, und hält beide Gefäße in die Höhe, doch sie kommt auf mich zu, ohne ihn zu beachten.

»Ich weiß, es sieht so aus, als würde ich etwas stehlen, aber ich hole nur etwas für meine Freundin Paola ab. Sie hatte einen letzten Wunsch, wissen Sie …«

Da kracht es. Giulio hat eine der Vasen fallen lassen. Scherben bedecken den Boden, und er macht ein betretenes Gesicht.

»Wie konnte das nur passieren?«, stammelt er, lässt sich auf die Knie sinken und macht Anstalten, die Scherben aufzusammeln. Was für ein Schauspieler!

Die Verkäuferin lässt sich allerdings nicht so leicht ablenken. Mit drei langen Schritten ist sie bei mir und will mich am Arm fassen. Doch ehe sie mich erwischt, kracht es schon wieder.

Giulio liegt der Länge nach am Boden und fasst sich stöhnend an die Stirn. Wenn ich es nicht besser wüsste, würde ich tatsächlich glauben, dass er ausgerutscht ist.

Die Verkäuferin schaut von mir zu Giulio und wieder zurück. Eindeutig, sie will mich nicht so leicht davonkommen lassen, doch mit einer potenziellen Ladendiebin auf der einen und einem verwirrten Kunden auf der anderen Seite, der stöhnend am Boden liegt, bin ich eindeutig das kleinere Übel.

»Warten Sie hier«, zischt sie und wirft mir einen giftigen Blick zu, bevor sie sich abwendet und zu Giulio eilt. Ich nutze diesen Moment, schiebe mich hinter der Theke hervor und an den beiden vorbei. Noch einmal schaue ich auf Giulio, der sich umständlich hochhelfen lässt, dann renne ich los. Hinter mir höre ich die Verkäuferin rufen, doch zum

Glück läuft sie mir nicht nach. Einen Häuserblock weiter bleibe ich versteckt hinter einem Torbogen und mit klopfendem Herzen stehen. Ich warte. Und warte.

Wieso braucht Giulio so lange?

Ob die Verkäuferin kombiniert hat, dass er und ich unter einer Decke stecken? Ob er meinetwegen Ärger bekommen wird?

Nach einer gefühlten Ewigkeit verlässt Giulio den Laden. In der Hand hält er eine große Einkaufstasche. Suchend schaut er sich um, entdeckt mich und kommt herüber.

»Was ist passiert?«, frage ich. »Ich dachte schon, sie ruft die Polizei, als du so lange nicht rausgekommen bist.«

Im nächsten Moment und ohne lange nachzudenken, falle ich ihm um den Hals. Giulio erstarrt erst, doch dann erwidert er meine Umarmung. Seinen Herzschlag spüre ich an meiner Brust, sein Geruch hüllt mich ein, eine Mischung aus Aftershave und Zitronen.

»Die Arme war ganz schön aufgelöst«, flüstert er in mein Ohr. »Ich habe ihr die Vase, Zitronenparfum und fünfzehn Stück Seife abgekauft, damit sie sich beruhigt.«

»Du hast was!?«

Zum Beweis öffnet er die Einkaufstasche, in der sich neben den fünfzehn Stück Seife, der Vase und dem Parfum auch ein Zitronenkuscheltier und -handtuch befinden.

»Du bist verrückt!«

»Ich weiß«, sagt er lächelnd.

Unsere nächste Station ist die Wohnung von Paolas Bruder. Dessen Adresse habe ich im Internet recherchiert, was überraschend einfach war, da er der einzige Michele Esposito in Limone ist.

Als wir an der Tür seines Wohnhauses klingeln, öffnet uns eine ältere Nachbarin. Mit hochgezogener Nase fragt sie uns, was wir hier wollen, und meint dann, Michele sei nicht zu Hause.

»Wenn ihr wollt, gebe ich ihm das Päckchen«, bietet sie an, aber ich lehne ab.

»Das möchte ich lieber persönlich tun. Wissen Sie, wann er zurückkommt?«

»Sicher erst in zwei Stunden. Aber wenn ihr warten wollt, ist das eure Sache.«

Noch im Davongehen höre ich sie ein paar Gemeinheiten murmeln.

»Was meinst du, sollen wir die Wartezeit für einen Kaffee und ein Croissant nutzen? Hier gibt's zwar keine Raststätte, aber eine Bäckerei sollte es auch tun«, schlägt Giulio vor.

Weil es in der Altstadt so schön war, lassen wir uns an einem winzigen Eisentisch vor einem am Wasser gelegenen Café nieder. Es befindet sich in einem leicht schiefen Gebäude mit abbröckelnder Fassade. Rosarote und fliederfarbene Blüten baumeln in ganzen Büscheln von den französischen Balkonen und altmodische Sonnenschirme mit roten Punkten spenden uns Schatten.

Zwei Ruderboote dümpeln neben uns im See. Das sanfte Gurgeln des Wassers und das leise Klock-Geräusch, wenn die Holzboote aneinanderstoßen, haben etwas Beruhigendes. Ein älterer Mann schläft sitzend in einem von ihnen, eine Angelrute zwischen die Beine geklemmt.

Nachdem wir beim Kellner Orangensaft, Kaffee und Croissants bestellt haben, stellt Giulio fest: »Weißt du, wir hätten die Verkäuferin auch einfach fragen können, ob sie uns Paolas Päckchen gibt. Wenn wir ihr gesagt hätten, dass es für Michele ist, hätte sie sicher zugestimmt.«

Ich überlege kurz. »Stimmt.« Bei all der Planung unseres Diebstahls hatte ich gar nicht an die einfachste und offensichtlichste Option gedacht. »Ich schätze, mein Leben fühlt sich momentan so sehr wie ein Film an, dass ich automatisch zur dramatischen Lösung geschwenkt bin, anstatt fünf Sekunden lang rational zu denken.«

Giulio schmunzelt.

»Du hättest auch davor etwas sagen können«, beschwere ich mich. Immerhin hätten wir uns ein ziemlich peinliches Szenario ersparen können.

»Hätte ich«, entgegnet Giulio. »Vielleicht wollte ich, dass mein Leben auch ein bisschen mehr wie ein Film ist.«

Ist es das nicht längst schon, hätte ich fast gefragt, doch der Anblick seines Lächelns, das die Augen nicht erreicht, lässt mich meine Worte hinunterschlucken. Stattdessen frage ich: »Wie geht es dir?«

»Ganz gut«, winkt er ab.

»Und wirklich? Die ganze Zeit reden wir nur über mich und meine Gastgeber. Dabei war Sofia nicht nur eine Gastgeberin, sie war eine Freundin von dir, und es ist noch gar nicht lange her, dass sie gestorben ist.« Bei dem Wort *gestorben* zuckt Giulio unmerklich zusammen. Ich atme einmal tief ein und aus, ehe ich weiterspreche. »Valentina scheint das ganz schön aus der Bahn geworfen zu haben. Was ist mit dir?«

Er lässt sich Zeit mit einer Antwort. Nippt an seinem Kaffeebecher, dann noch einmal und trinkt schließlich einen großen Schluck von dem Orangensaft.

»Das mit Sofia ist für mich auch ziemlich hart. Ihr Tod natürlich, aber auch, dass wir uns vorher nie wirklich versöhnt haben. Ich weiß schon, ihr Geist war auch am Schluss da, aber das ist nicht dasselbe.« Er presst die Lippen zusammen, während er überlegt. »Ich wünschte, ich hätte mich mit ihr aussprechen können, und ich frage mich die ganze Zeit, ob ich ihren Tod hätte verhindern können. Wer weiß, was passiert wäre, wenn ich nach Chiara gesucht oder nach der Nacht am Lagerfeuer mit Sofia gesprochen hätte. Ganz abgesehen davon, dass ich mir wie das größte Arschloch vorkomme, weil ich die Suche nach Chiara so schnell aufgegeben habe.«

Schnaubend stößt er die Luft aus. Ich möchte ihm gut zureden, aber schon spricht er weiter. Es ist wie damals, als ich Paola war und wir beide im Romantikhotel beim Abendessen saßen. Als habe sich ein Damm in seinem Inneren gelöst, sodass er die Worte nun nicht mehr am Fließen hindern kann.

»Ich dachte damals, sie sei mir wichtig, aber als sie weg war, habe ich viel zu schnell aufgehört, mir Sorgen zu machen. Es klingt wahrscheinlich bescheuert, aber ich hoffe, dass ich zumindest ein bisschen Wiedergutmachung leisten kann, indem ich herausfinde, was mit Chiara passiert ist. Indem ich Sofias zweite Chance nutze. So wie du.«

»Das klingt schön«, murmle ich.

Obwohl er mir schon im Hotel von seinem schlechten Gewissen erzählt hat, wird mir erst jetzt so richtig klar, dass Sofias zweite Chance auch Giulios zweite Chance ist. Kein Wunder, dass er mir so bereitwillig dabei hilft, die Wünsche meiner Gastgeberinnen zu erfüllen.

»Es tut mir auch gut, mit dir hier zu sein. Deine Gastgeberinnen, diese ganze Geistergeschichte … All das hält mich davon ab, zu viel an Chiara, an Sofia und an das, was mit ihnen passiert ist, zu denken.«

Dieses Mal bin ich es, die einen tiefen Schluck braucht, um keine Antwort geben zu müssen. Bin ich nur das für Giulio? Eine Ablenkung von Sofia und Chiara, den Mädchen, die ihm eigentlich am Herzen lagen? Eine spannende Geistergeschichte?

So darf ich nicht denken, schließlich hat er mehr als einmal gesagt und auch bewiesen, dass ich ihm wichtig bin. Doch die Zweifel lassen sich nur schwer abschütteln.

Eines haben wir gemeinsam, Giulio und ich, wir schätzen es beide, uns von unseren dunklen Gedanken ablenken zu lassen, also wechsle ich das Thema.

»Die ganze Sofia-Chiara-Geschichte wird immer merkwürdiger«, sage ich. »Fassen wir zusammen: Jemand bricht in den Laden von Chiaras Stiefvater ein und schlägt dort alles zu Bruch. Ein paar Tage später nimmt Chiara mit dir und Sofia an diesem Klettercamp teil. Sie flirtet mit dir, Sofia bandelt mit dem Kletterlehrer an, ist aber offenbar trotzdem eifersüchtig auf Chiara. Während der Abschlussfeier kriegen sich die beiden in die Haare. Sofia jagt Chiara daraufhin quer durch den Wald, bis diese eine Schlucht hinunterstürzt und dort liegen bleibt. Danach streitet sie sich mit dir und na ja …«

»Nennt mich ein Arschloch«, fügt er hinzu.

»Genau.« Ich räuspere mich vor Verlegenheit. »Nach dem Streit läuft sie allein in den Wald zurück. Anschließend passiert etwas, bei dem sie sich den Arm bricht. Vielleicht gab es einen Kampf zwischen ihr und Chiara?«

Giulio zuckt die Schultern. Ich warte darauf, dass er mehr sagt, aber er schaut mich bloß erwartungsvoll an. Also fasse ich weiter zusammen.

»Sofia redet am nächsten Tag nicht mehr mit dir und tut so, als sei nichts gewesen. Trotzdem löscht sie in den kommenden Tagen alle Fotos von sich von ihrem Handy, nimmt die Bilder von ihrer Wand, trifft sich nicht mehr mit ihren Freunden. Sie hat versucht, jede Spur ihrer Existenz auszuradieren, als könnte sie ihren eigenen Anblick nicht ertragen. Was auch immer passiert ist, sie muss sich ganz schön dafür gehasst haben.«

»Und ich Idiot war zu beschäftigt damit, sauer auf sie zu sein, um mir Gedanken darüber zu machen«, sagt Giulio. Seine Stimme ist nur noch ein Flüstern. Meinem Blick weicht er aus.

Ich erlaube ihm nicht, in sein schlechtes Gewissen abzurutschen, daher sage ich schnell: »Und Chiara – nach dieser Nacht verschwindet sie. Pierluigi behauptet zwar, sie sei zum Camp zurückgekommen, aber das könnte eine Lüge sein. Obwohl ganze Trupps an Freiwilligen im Wald nach ihr suchen, findet niemand ihren Körper. Das ist doch merkwürdig.«

Ich hebe die Schultern an, um ihm meine Verwirrtheit zu signalisieren. Giulios Mimik verändert sich. Die Trauer weicht einem aufgeregten Ausdruck.

»Finde ich auch. Ich frage mich, ob sie immer noch dort draußen liegt oder ob jemand ihre Leiche weggebracht hat«, meint er und knabbert an seiner Unterlippe.

»Wer würde das tun?«

»Pierluigi vielleicht? Oder jemand anderes aus dem Camp, um zu vertuschen, dass dort mit den Jugendlichen getrunken und Gras geraucht wurde.« Er legt den Kopf schief. Besonders überzeugt scheint er von seinen eigenen Vermutungen nicht zu sein.

»Ich weiß nicht«, wiegle ich ab. »Glaubst du wirklich, jemand würde so weit gehen, einen Mord zu begehen oder einen Unfall zu vertuschen, nur damit nicht rauskommt, dass ein paar Minderjährige sich betrunken haben? Ich meine, alle Minderjährigen betrinken sich.«

»Stimmt. Es kommt mir auch weit hergeholt vor, aber eine andere Erklärung habe ich nicht gefunden«, gibt Giulio zerknirscht zu.

Ich nicke. »Der Verbleib von Chiaras Körper kommt also auf die Nicht-Wissen-Seite unserer Liste. Genauso wie das, was in Mailand passiert ist oder was Sofia in Mailand gesehen oder über Mailand herausgefunden hat. Was auch immer es ist, es muss mit Pierluigi zu tun haben, denn den hat sie in der Folge versucht zu erreichen. Die Nachricht, die sie hinterlassen hat, klang fast wie eine Drohung.«

Nun horcht Giulio auf. Seine Augen weiten sich vor Überraschung. Diese Interpretation von Sofias Nachricht scheint ihm noch nicht in den Sinn gekommen zu sein.

»Ich weiß, was in Mailand ist«, zitiert er ihre Nachricht in etwa. »Du hast recht, es klingt wirklich, als hätte sie ihn bedroht.«

»Aber womit?«

Leider haben wir darauf beide keine Antwort.

»Bevor ich Sofias Körper übernommen habe, hat sie eine Nachricht an Valentina geschrieben. Sie wollte unbedingt mit ihr reden, ihr etwas Wichtiges erzählen. Ich glaube, dass sie Valentina beichten wollte, was passiert ist.«

»Meinst du?« Giulio lehnt sich im Stuhl zurück und streicht sich über den Nacken. Sein Blick wandert zum Horizont. Er blinzelt gegen die Sonne und atmet schließlich hörbar aus.

»Na ja, sie war doch ihre beste Freundin, oder? Bevor sie aufgehört hat, mit ihr zu reden.«

»Stimmt. Wenn sie sich irgendwem anvertraut hätte, dann Valentina.«

Ich nicke und füge hinzu: »Und sie wollte sich so schnell wie möglich mit Valentina treffen, weil sie vorhatte, irgendwohin zu fahren. Vielleicht nach Mailand? Oder wollte sie ins Valtellina fahren, um Pierluigi zur Rede zu stellen?«

»Das würde Sinn ergeben«, sagt Giulio. Während unseres Detektiv-Gesprächs konnte ich die ganze Zeit seine Aufregung spüren, doch jetzt wirkt er vor allem bedrückt. Er faltet die Hände vor sich auf der Tischplatte und senkt den Kopf.

»Was willst du als Nächstes tun?«

»Keine Ahnung. Noch mal hinfahren vielleicht? Aber ich hätte keine Ahnung, wo ich suchen sollte. Allein«, sagt er.

Was er nicht sagt, ist, dass ich, die Sofias Erinnerung geteilt hat, sehr wohl eine Ahnung hätte. Dass ich mitkommen soll. Mit ihm Sofias zweite Chance nutzen.

Aber ich höre es trotzdem in seinen Worten mitschwingen.

»Wie auch immer …« Er schaut auf die Uhr. Anscheinend hat er es eilig, dieses Thema zu beenden. »Ich glaube, es ist Zeit, aufzubrechen. Michele sollte mittlerweile zurück sein.«

Wir bezahlen und trotten schweigend durch die engen, ansteigenden Gässchen der Altstadt. Die ganze Zeit denke ich an Sofia. Ihr Leben und ihr letzter Wunsch lassen mich selbst jetzt, drei Körper später und mit einer weitaus freundlicheren Gastgeberin, nicht los, und ich glaube mittlerweile, dass ich Sofia so lange mit mir herumschleppen werde, bis ich ihr Geheimnis gelüftet habe.

Als wir zum zweiten Mal an diesem Tag bei Michele klingeln, dauert es keine fünf Sekunden, schon öffnet uns ein Mann die Tür, den ich ganz eindeutig als Paolas Bruder wiedererkenne. Dasselbe Lächeln und dieselbe tiefe Stimme wie aus der Erinnerung und ein schelmisches Funkeln in den Augen, das ich von Paolas Spiegelbild kenne.

»Kann ich euch helfen?«, fragt er.

»Hallo, Michele. Tut mir leid, dass ich erst so spät komme.«

»So spät?« Er schaut auf seine Uhr und runzelt die Stirn, immerhin ist es erst fünf Uhr abends.

»Ich bin eine Freundin von Paola«, erkläre ich. »Sie hat mich gebeten, dir etwas vorbeizubringen. Ich hätte es schon viel eher tun sollen, aber bisher konnte ich es nicht. Hier.«

Mit diesen Worten reiche ich ihm das Päckchen. Eine Weile schaut er mich fragend an, bevor er die Hand ausstreckt und es entgegennimmt. Mit bebenden Nasenflügeln starrt er auf das Backpapier, fasst dann den Streifen, den ich gelöst habe, und zieht ihn hoch, sodass mehr von dem Papier darunter sichtbar wird. Er schluckt. Tränen treten in seine Augen.

»Das ist er«, flüstert er. »Ihr Roman. Sie hat so oft davon erzählt, dass sie an einem Buch schreibt, aber ich durfte nie auch nur eine Zeile lesen.« Mehrmals schüttelt er den Kopf, als könnte er selbst kaum glauben, was er da in Händen hält. »Sie hatte diese alte Schreibmaschine, auf der sie den Roman getippt hat. Ich habe ihr immer gesagt, sie solle ihre

Geschichte lieber auf einem ordentlichen Computer speichern oder wenigstens Sicherungskopien machen. Aber Paola? Sie fand es irgendwie romantisch, alles auf diesem alten Ding zu tippen.« Seine Stimme zittert, während er spricht. Schließlich räuspert er sich und streicht sich eine Träne von der Wange. »Darf ich?«, fragt er mit ausgebreiteten Armen.

Als ich nicke, umarmt er mich. Fest und warm ist seine Umarmung, herzlich wie Paola und voller Zuversicht, weil ihm gerade ein großer Wunsch erfüllt wurde. Ihm und Paola.

»Danke«, sagt er. »Vielen, vielen Dank!«

***

Der Abend bricht an und mit ihm auch Alessias Chance auf einen ersten Kuss mit ihrem Vampirprinzen. Ich trage dezentes Make-up und eine schwarze Seidenbluse, die ich unter einem übergroßen Sweatshirt versteckt habe. Immerhin sollen Alessias Eltern keinen Verdacht schöpfen. Denen habe ich erzählt, dass ich mich mit einer Freundin zu einem Filmabend treffe, doch nur einen Block vom Haus entfernt, wartet Giulio mit seinem Motorrad auf mich.

»Bereit?«, fragt er, worauf ich nicke.

Während der Fahrt schmiege ich mich an seinen Rücken. Von mir aus könnten wir ewig so durch die Gegend fahren, doch wir halten viel zu schnell vor einem Restaurant im Herzen Bardolinos.

Obwohl die Sonne bereits untergegangen ist, schlendern an diesem lauen Sommerabend Menschen ohne Jacken umher. Kinder springen ihren Eltern um die Beine, einige halten Eistüten in der Hand. Die Straßenlaternen werfen ihr schummriges Licht auf den Backsteinboden. Auf der Suche nach Brotkrumen flattern Tauben zwischen den Passanten herum. Perfekte Voraussetzungen für ein romantisches erstes Date.

Das Restaurant *Il Tramonto* befindet sich eingepfercht zwischen einem Blumenladen mit riesigen Schaufenstern und einer alten Vinothek. Ein modernes Lokal, in dem Pärchen und Familien an rustikalen Holztischen sitzen. Anstelle von Lampen baumeln nackte Glühbirnen von der Decke. Pflanzen gibt es zuhauf, allerdings keine Blumen, sondern Kakteen. Hier werde ich mich mit Matteo treffen.

Als ich das Sweatshirt abstreife, spüre ich Giulios Blick auf meiner Haut. Seine Mundwinkel zucken kaum merklich.

»Alles okay?«, frage ich.

»Du siehst gut aus.« Gemessen an seinem Gesichtsausdruck hätte er mir ebenso gut mitteilen können, dass ich wie eine Mülltonne aussehe.

»Wünsch mir Glück!«

»Ich warte hier draußen, falls du irgendwas brauchst.«

»Das ist …« *Nicht nötig*, will ich einem Reflex nachkommend sagen, schlucke die Worte aber hinunter. Dass Giulio in meiner Nähe sein wird, verleiht mir ein Gefühl der Sicherheit. Aber will ich ihn wirklich hier auf mich warten lassen, während ich einen anderen küsse? Vielleicht sollte ich ihn doch wegschicken?

»Du solltest reingehen«, sagt er, ehe ich mehr sagen kann.

»Alles klar, bis später.«

Da Matteo noch nicht hier ist, lasse ich mich von einem Kellner allein an einen Tisch führen und bestelle schon mal eine Cola. Während ich warte, spüre ich Alessias Präsenz als nervöses Flimmern in meiner Magengegend. Eine Viertelstunde später, als wir verabredet haben, taucht Matteo auf, und bei seinem Anblick sprudelt Alessias Nervosität bis in meine Schultern. *Ameisen überall*, denke ich. Genauso, wie Alessia es sich gewünscht hat.

Matteo begrüßt mich mit einem breiten und auch etwas verlegenen Lächeln. »Sorry, dass du warten musstest. Ich war mit meinen Jungs unterwegs und habe die Zeit übersehen.«

»Schon okay.«

Was folgt, ist einer dieser merkwürdigen Momente, in denen keiner von uns weiß, ob wir uns die Hände schütteln, auf die Wange küssen oder umarmen sollen. Nach einer unbequemen Fast-Umarmung, die mit höflichen Luftküsschen endet, lassen wir uns einander gegenüber am Tisch nieder. Ich nehme mir einen Moment, um Alessias Prinzen zu mustern.

Matteo trägt ein weißes Shirt, das seine gebräunten Arme und vor allem die Muskulatur darunter betont. Seine Haare fliegen ihm auch heute unordentlich um das Gesicht, genauso wie auf Alessias Zeichnung. Er hat hellblaue Augen und Grübchen, wenn er lächelt. Und er lächelt die ganze Zeit. Warum Alessia ihn als Traumprinzen, pardon, Traumvampir auserkoren hat, ist nicht schwer zu erraten.

»Ich war ganz schön überrascht, als du mich gestern nach einem Date gefragt hast«, stellt Matteo ohne Umschweife fest.

»Ja, ich … Ich weiß auch nicht, was da über mich gekommen ist. Ich bin normalerweise eher schüchtern«, antworte ich, während Alessia mir weitere Ameisen durch Bauch, Brust und Rücken schickt.

»Ich mag Frauen, die die Initiative ergreifen.«

»Dann fandest du es also nicht schlimm?«

»Ganz im Gegenteil«, antwortet er und zieht die Mundwinkel auf beinahe anzügliche Art hoch.

Mir liegt eine schnippische Antwort auf der Zunge, doch das wäre nicht Alessias Stil, und ich will ihr treu bleiben. Der Kellner rettet mich aus meiner Verlegenheit, indem er die Speisekarte bring.

Matteo grummelt genüsslich, als er sie aufschlägt. »Ich habe einen Riesenhunger.« Er schaute mich über die Karte hinweg an und lächelte unbeschwert. »Wir sollten uns heute etwas Besonderes gönnen. Vorspeise, Hauptspeise, Dessert. Was meinst du?« Und mit einem Augenzwinkern fügte er hinzu: »Und keine Sorge wegen dem Preis, ich lade dich natürlich ein. Ich stehe zwar auf selbstbewusste Frauen, aber wenn's ums Bezahlen geht, bin ich altmodisch.«

»Danke«, flüstere ich und verstecke mein Gesicht im nächsten Moment hinter der Karte.

Alessias Nervosität ist mittlerweile auf mich übergesprungen und ich fürchte, dass meine Wangen die Farbe von reifen Äpfeln angenommen haben. Gleichzeitig fragt sich der Teil von mir, der noch nicht von Alessias Ameisen eingehüllt ist, wie viele Mädchen bereits mit genau denselben Worten von Matteo auf ein *besonderes Abendessen* eingeladen worden sind.

Vor dem Date habe ich mir Sorgen darüber gemacht, worüber wir uns unterhalten könnten. Immerhin weiß ich kaum etwas über Matteo und nur wenig mehr über Alessia, sodass jede seiner Fragen zu einer Stolperfalle werden könnte. Doch meine Sorge war unbegründet.

Während wir auf den ersten Gang warten, erzählt Matteo mir, was er den Tag über gemacht hat – mit seinen Freunden am See chillen nämlich – und welche seine Lieblingsstrände sind. Bei der Vorspeise – einem gemischten Salat für mich und einer Paprikacremesuppe für ihn – erzählt er mir, auf welche Art von Frauen er steht. Seine Traumfrau sollte nicht nur selbstbewusst sein, sondern auch Sport treiben und gerne ausgehen. Sie sollte sich mit seinen Freunden verstehen, ihm seinen Freiraum lassen und spontan sein.

»Und was ist dein Typ Mann?«, fragt er, wobei seine Stimme tiefer wird. Fast schnurrt er.

Ich für meinen Teil verschlucke mich bei dieser Frage beinahe an einer Karotte. »Ähm.« Ja, was könnte Alessias Typ sein? Abgesehen von groß, durchtrainiert und mit Vampirzähnen, versteht sich. »Ich mag es, wenn jemand kreativ ist und wenn er Humor hat«, antworte ich vage.

»Humor, ja, der ist wichtig!«

Und schon redet Matteo weiter über sich und darüber, wie toll er Humor bei Frauen findet.

Während des Hauptgangs erfahre ich von seiner Leidenschaft für alle Ballsportarten mit Ausnahme von American Football, das absolut langweilig sei. Davon, dass er im letzten Sommer in Griechenland war und plant, nach seinem Schulabschluss auf eine zweimonatige Asienreise zu gehen. Hin und wieder stellt Matteo mir eine Frage, aber an meiner Antwort scheint er nicht besonders interessiert zu sein, hört mir höchstens eine halbe Minute lang zu, um dann doch wieder über sich selbst zu erzählen.

Ich nicke währenddessen wie eine brave Wackelpuppe und frage mich, ob Alessia gewusst hat, dass ihr Vampirprinz eine ziemlich egozentrische Plaudertasche ist. Die

Ameisen haben sich mittlerweile in meine Bauchgegend zurückgezogen, doch wenn auch schwächer, ist Alessias Aufregung weiterhin spürbar. Matteos Selbstbezogenheit scheint sie nicht abzuschrecken. Alessia und ich haben eindeutig nicht denselben Männergeschmack, aber was soll's. Ihr Wunsch ist mir Befehl.

Als das Dessert, ein Himbeer-Tiramisu, serviert wird, lehnt sich Matteo näher zu mir heran. »Ich genieße diesen Abend mit dir wirklich. Du bist eine tolle Gesprächspartnerin.«

»Danke«, antworte ich mit gespielter Schüchternheit.

»Hier, der erste Bissen ist für dich.«

Matteo taucht seinen Löffel in das Tiramisu und führt ihn langsam an meine Lippen, während er mir tief in die Augen schaut. Da sind sie wieder, seine Grübchen und auch sein verführerisches Lächeln. Wie ein verliebtes Paar aus einem kitschigen Film müssen wir ausschauen.

»Hmmm, lecker«, sage ich und ringe mir ein Lächeln ab. Für Alessia spiele ich dieses Flirtspiel mit, aber eigentlich komme ich mir ziemlich blöd vor.

»Du hast da noch was«, meint er und kommt mir noch näher. »Soll ich es für dich wegmachen?«

Sanft streicht er mit seinem Daumen über meinen Mundwinkel und verharrt dort, sein Blick auf meinen Lippen. Das ist er, der Moment, in dem Alessia ihren ersten Kuss erleben wird. Schmetterlinge, Feuerwerk und Ameisen. Ich lächle, gebe ihm mit einem schüchternen Zwinkern mein Einverständnis und schließe meine Augen.

Erst liegen Matteos Lippen sanft auf meinen, lösen sich und finden meinen Mund erneut. Ich spüre Matteos Hand, die meine Wange streichelt und schließlich seine Zunge, die sich ihren Weg zwischen meine Lippen bahnt.

Alessias erster Kuss könnte nicht perfekter sein: Wir beide in diesem kleinen, romantischen Restaurant, gedimmtes Glühbirnenlicht, der Geschmack von Himbeer-Tiramisu im Mund. Matteo kann küssen, das muss ich ihm lassen. Er weiß genau, was er mit seinen Lippen und seiner Zunge tut.

Und ich? Ich fühle bis auf ein aufgeregtes Pochen in meinem Magen, das eindeutig von Alessia stammt, absolut nichts.

Als wir uns voneinander lösen, lehnt Matteo sich zufrieden in seinem Stuhl zurück. »Du bist richtig süß, hat dir das schon mal jemand gesagt?«, fragt er.

Ich schüttle den Kopf.

»Was hältst du davon, wenn wir bezahlen und nach Hause gehen?«

»Ähm, okay.«

Das überrascht mich nun doch. Mag sein, dass ich keine so geübte Küsserin bin wie Matteo, aber so schrecklich, dass wir sofort aufbrechen müssen, war ich sicher auch nicht. Meine Verwirrtheit legt sich jedoch, als Matteo, kaum dass wir das Restaurant verlassen haben, seinen Arm um mich legt und mich näher heranzieht.

»Meine Eltern sind diese Woche in den Süden gefahren. Wir haben das Haus also für uns«, flüstert er in mein Ohr.

Wieder hat seine Stimme diesen tiefen, schnurrenden Ton angenommen, der ein Prickeln meine Wirbelsäule hinabsendet. Ob von mir oder von Alessia, weiß ich nicht. Worauf er mit seinen Worten anspielt, weiß ich allerdings genau.

So war das aber nicht geplant! Dass ich für Alessia ihren ersten Kuss erlebe, ist okay. Aber ihr erstes Mal? Das geht mir dann doch zu weit. Ihr anscheinend ebenso, denn das aufgeregte Kribbeln in meinem Magen verwandelt sich auf der Stelle in ein ängstliches Pochen.

»Das wäre schön, aber ich habe meinen Eltern versprochen, gleich nach dem Essen nach Hause zu kommen«, sage ich, doch so leicht gibt Matteo nicht auf.

»Die kriegen das doch gar nicht mit. Ich bringe dich nach Hause, ehe sie auf die Idee kommen, sich Sorgen machen zu müssen.«

»Ich will die beiden aber nicht anlügen. Wir könnten stattdessen spazieren gehen oder uns an den See setzen«, schlage ich vor. Hoffentlich versteht er diesen Wink.

»Ach, komm schon«, raunt er in mein Ohr. »Bei mir zu Hause ist es viel gemütlicher als hier.«

Ich mache einen Schritt zurück und verschränke die Arme vor der Brust. Subtilität scheint nicht Matteos Stärke zu sein. Wie es aussieht, werde ich die Sache auf den Punkt bringen müssen.

»Ehrlich gesagt geht mir das etwas zu schnell. Es klingt vielleicht altmodisch, aber beim ersten Date gleich mit dir nach Hause zu gehen, kommt mir überstürzt vor. Sollten wir uns nicht erst etwas besser kennenlernen?«

»Du bist also wirklich eine von denen?« Er zieht den rechten Mundwinkel zu einem selbstgefälligen Grinsen nach oben.

»Wie meinst du das?«

»Na, eine von denen, die erst beim dritten Date mit einem Kerl nach Hause gehen. Flirten nach Handbuch.« Er legt den Kopf in den Nacken und lacht.

»So ist das nicht …«

Mir steht der Sinn ganz und gar nicht danach, mich rechtfertigen zu müssen. Doch Alessias erstes Date soll ein gutes Ende nehmen, also ringe ich mir ein Lächeln ab, als Matteo sich vor mich schiebt, um mir in die Augen schauen zu können.

»Das ist doch Blödsinn, Alessia! Wozu warten?«

Instinktiv mache ich einen Schritt zurück. Die Nähe zu Matteo wird mir zunehmend unangenehm, und selbst Alessia scheint den Abend nicht mehr zu genießen. Keine Ameisen, kein Kribbeln, kein Pochen im Magen. Ich bin ganz allein mit ihrem Vampirprinz, der sich zunehmend als widerlicher Frosch herausstellt.

»Das hat nichts mit irgendwelchen blöden Regeln aus einem Buch zu tun. Ich meine es ernst, Matteo, mir geht das wirklich zu schnell«, wehre ich ab.

»Warte«, sagt er, lacht und beugt sich dann zu mir, um mir in verschwörerischem Ton zuzuflüstern: »Kann es sein, dass du noch nie mit jemandem geschlafen hast?«

Ich fühle die Röte in meine Wangen schießen. Ein feines Flackern in meiner Magengegend signalisiert mir, dass Alessia diese Frage peinlich ist. Mir nicht – ich bin wütend. Matteo bekommt davon nichts mit.

»Keine Sorge. Ich kann dir zeigen, wie es geht. Du wirst es genießen, glaub mir«, flüstert er und zwinkert mir zu, während er seine Finger langsam über meinen Arm gleiten lässt.

»Hast du sie noch alle?«, stoße ich aus.

Als er dann noch sagt, »Weißt du, du bist nicht meine erste Jungfrau, und noch hat sich keine beschwert«, verpufft meine Geduld für diesen eingebildeten Kerl endgültig.

»Ich gehe jetzt nach Hause, und zwar allein«, stelle ich trocken fest, presse die Lippen aufeinander und drehe mich um.

Doch ich komme keine zwei Schritte weit, da stellt er sich wieder vor mich und legt beide Hände auf meine Schultern.

»Lass mich los!«, fahre ich ihn an.

»Na, komm schon …«

»Du sollst mich loslassen!«

»Gib's doch zu, ein bisschen gefällt dir das.« Dabei grinst er selbstgefällig. Was für ein Arschloch!

»Wenn du mich nicht sofort loslässt, trete ich dir in die Eier!«

Meine Drohung bringt ihn zum Lachen. Schon klar, Alessia sieht nicht besonders furchteinflößend aus. Trotzdem wäre ich gerne ernst genommen geworden.

»Hey!«, höre ich da Giulios vertraute Stimme. »Ist alles okay bei dir?«

Ich hatte ganz vergessen, dass er hier auf mich warten wollte. Ich atme erleichtert auf. Sofort fällt die Anspannung von mir ab.

»Alles okay, Mann. Wir machen gerade einen schönen Spaziergang«, antwortet Matteo, ehe ich etwas sagen kann, und streckt Giulio den Arm hin, um zur Begrüßung einzuschlagen.

Der funkelt ihn zornig an. »Ich habe *sie* gefragt, nicht dich, Matteo.«

Wieder ist Matteo schneller mit einer Antwort: »Ehrlich gesagt störst du etwas. Wir wollten gerade aufbrechen.«

»*Ehrlich gesagt*«, wiederhole ich Matteos Worte und entwinde mich seinem Griff, »kommst du gerade richtig. Wir haben uns nämlich eben verabschiedet.«

»Ich kann dich nach Hause fahren«, meint Matteo mit Unschuldsmiene. Immer noch der perfekte Gentleman – zumindest äußerlich.

»Nicht nötig, ich nehme Lucia mit«, antwortet Giulio.

Mein Kopf ruckt zu ihm herum. Wie hat er mich eben genannt? Meinen richtigen Namen zu hören, während ich eine völlig andere Rolle spiele, ist ein kleiner Schock.

Matteo lacht auf. »Dir ist schon klar, dass das nicht ihr Name ist, oder?«, fragt er. Wieder landet sein Arm auf meinen Schultern.

»Lass sie los. Sofort!«, fordert Giulio.

»Oder was?«

Giulio Nasenflügel beben. Seine Körperhaltung ist klar: Er ist bereit zum Angriff. Wenn Matteo seinen Arm nicht sofort von meinen Schultern nimmt, wird er sich auf ihn werfen. Der scheint die Situation allerdings witzig zu finden, drückt sich sogar noch näher an mich, und damit ist mein Geduldsfaden endgültig gerissen.

Selbst ist die Frau, denke ich, drehe mich blitzschnell um und ziehe mein Knie hoch. Genau zwischen Matteos Beinen. In weniger als einer Millisekunde hat der seine Hand von mir gelöst und in seinen Schritt gepresst. Stöhnend sackt er in sich zusammen. Seine Augäpfel treten ihm aus den Höhlen.

»Was zur Hölle?! Du verrückte Schlampe!«

»Ich habe dir angekündigt, was passiert, wenn du mich nicht loslässt, und du sagtest doch, du magst selbstbewusste Frauen«, sage ich ruhig.

In meinem Magen fühle ich Alessias Genugtuung. Sie pulsiert feurig. Wenn sie ihren Körper steuern könnte, würde sie mir vermutlich applaudieren.

»Gehen wir, Giulio?«

Der kann sich sein Kichern nicht verkneifen. Wie selbstverständlich nimmt er meine Hand und wir spazieren gemeinsam davon. Obwohl wir beide nichts sagen, fühle ich mich ihm verbunden. Die ganze Zeit schmunzelt er und als wir bei seinem Motorrad ankommen, überreicht er mir den Helm mit einer übertriebenen Geste. Er verbeugt sich vor mir, als wäre ich eine Königin, und schnalzt anerkennend mit der Zunge.

Dann steigen wir auf sein Motorrad und fahren in die Nacht. Ich an Giulios Rücken gepresst und mit geschlossenen Augen, während der Wind meine Haarspitzen fliegen lässt. Ganz klar, für mich ist dieser Moment der schönste des gesamten Abends.

14. Kapitel

E in paar Meter von Alessias Elternhaus entfernt hält Giulio. Wir steigen ab und nehmen die Helme von den Köpfen. Gleich werde ich nach drinnen gehen und Alessias Eltern Gute Nacht sagen. Ich werde ihnen von meinem Tag erzählen – oder besser, sie anlügen, denn dass ich auf einem Date war, wissen die beiden nicht. Dann werde ich in den ersten Stock gehen, duschen, mir die Zähne putzen und mich in Alessias Zimmer zurückziehen. Es wird ein ganz normaler Abend sein, wie Alessia ihn verbracht hätte. Doch weder Giulio noch ich haben es mit dem Abschied besonders eilig.

»Danke«, sage ich leise. »Für vorhin.«

»War es okay? Dass ich mich eingemischt habe, meine ich.«

»Natürlich! Mehr als okay … Alessia hat wirklich keinen so tollen Männergeschmack.«

Das bringt Giulio zum Schmunzeln. »Aber ihren Wunsch hast du erfüllt?«

»Ja, irgendwie schon«, antworte ich, obwohl Alessias Wunsch so viel mehr war als nur ein Kuss. Sie wollte verliebt sein, wollte den besonderen Moment, Schmetterlinge und Feuerwerk inklusive. Einen Teil dessen konnte ich erfüllen, aber nicht alles.

Liebe lässt sich eben nicht erzwingen, doch vielleicht genügt es, dass Alessia in Matteo verliebt war, als wir uns küssten. Dass ich ihre Aufregung wie eine Ameisenkolonie im Körper spüren konnte und dass sie in dem Moment, in dem sich unsere Lippen trafen, glauben durfte, dass er wirklich ihr Vampirprinz ist. Zumindest hoffe ich das.

Sie selbst hat sich zurückgezogen. Aus Enttäuschung? Oder weil sie gerade zufrieden ist und es keinen Grund für sie gibt, mir weitere Emotionen zu schicken? Ich weiß es leider nicht.

»Das heißt, du bist jetzt frei, um du selbst zu sein?«, fragt Giulio. In seiner Stimme schwingt eine leise Hoffnung mit. Ich hasse es, ihn enttäuschen zu müssen.

Mit gesenkten Augen antworte ich: »Ich bin immer noch Alessia.«

»Und du denkst weiterhin, dass du kein eigenes Leben verdient hast.«

Das ist eine Feststellung, keine Frage. Ich zucke die Schultern.

Eine Weile stehen wir nur da, treten von einem Fuß auf den anderen und suchen nach den richtigen Worten. Ich würde Giulio gern so viel mehr sagen als ein einfaches Dankeschön. Dass ich viel lieber *ihn* geküsst hätte als Matteo. Dass ich, wenn ich ganz ehrlich bin, viel mehr will als nur einen Kuss, ein Abendessen oder einen Tag mit Giulio. Aber ich schlucke die Worte hinunter. Denn ein Leben mit mir ist ein Leben mit dem Tod, und Giulio hat etwas Besseres verdient.

Als hätte er meine Gedanken gelesen, sagt er: »Wenn du heute stirbst oder morgen, dann werde ich an deinem Krankenbett in Torbole auf dich warten. Versprich mir, dass du kommen wirst.«

Wieder fehlen mir die Worte. Ich will Ja sagen. Dass er auf mich warten wird, ganz egal, wer ich in meinem nächsten Leben sein werde, ist eine Möglichkeit, die Sicherheit und Geborgenheit verspricht. Gleichzeitig weiß ich, dass ich ihm das nicht antun darf.

Ich schaue zu ihm hoch, hoffe, dass er die stumme Bitte in meinen Augen richtig versteht. So stehen wir da, zwei junge Menschen, denen die Worte fehlen, zwei Körper, die sich wie magisch anziehen. Ich lege meine Handflächen auf seine Brust, fühle die Wärme, die von seiner Haut durch sein Shirt steigt, und das rhythmische Pochen seines Herzens.

Langsam hebt Giulio seine Hand und legt sie an mein Kinn. Ich schmiege meine Wange in seine Handfläche, stelle mich auf die Zehenspitzen, und ich fühle sie, die Schmetterlinge, die Alessia sich gewünscht hat. Meine Schmetterlinge.

Da sehe ich über Giulios Schulter, wie die Eingangstür von Alessias Elternhaus auffliegt. Licht flutet den Gehweg und Alessias Mutter stürmt heraus.

»Alessia!«, schreit sie.

Sofort zucke ich zurück, während Giulio mich und meine derzeitige Mutter entgeistert anstarrt.

»Hallo Mama«, begrüße ich sie kleinlaut und hebe die Hand.

»Du kommst sofort rein!«

»Das ist Giulio …«

»Freut mich, Sie kenn– «, beginnt er, aber sie lässt uns beide nicht zu Wort kommen, packt mich am Handgelenk und zieht mich hinter sich ins Haus, während sie vor sich hin schimpft.

»So etwas! Du erzählst mir, du bist bei einer Freundin, und dann laufe ich heute Monas Mutter über den Weg und sie erzählt mir, dass Mona und deine anderen Freundinnen noch immer in Malaga sind. Und dann gehst du noch nicht mal an dein Handy! Du kannst dir gar nicht vorstellen, welche Sorgen ich mir gemacht habe. Und dein Vater! Was ist nur los mit dir? Du lügst uns doch sonst nicht einfach an! Ich will nicht, dass du auf die schiefe Bahn gerätst!«

Auf diese Art geht es im Haus noch eine Viertelstunde weiter. Alessias Mutter zetert mit hochrotem Kopf, während ihr Vater mich mit steinharter Miene anstarrt und an den richtigen Stellen den Kopf schüttelt. Ich spiele die ergebene Tochter. Mit gesenkten Augenlidern lasse ich die Schimpftirade über mich ergehen, murmle nur hin und wieder, dass es mir leidtut. Und das tut es wirklich: Vor allem, weil ich fürchte, Alessia enttäuscht zu haben. Doch als ich in mich hineinhorche, fühle ich nur ein sanftes, beinahe zufriedenes Kribbeln.

Schließlich schickt Alessias Mutter mich hoch ins Zimmer. »Du hast Hausarrest! Die Zeit kannst du nutzen, um über dein Verhalten nachzudenken«, ruft sie mir nach, während ich die Treppe hochsteige.

Na toll.

Seufzend lasse ich mich auf mein Bett fallen und schlinge meine Arme um das Kopfkissen. Im selben Moment vibriert mein Handy. Nachricht von Giulio: *Können wir uns morgen sehen?*

Absolut, wenn es nach mir geht. Nein, wenn ich meinem Grundsatz folge, die Persönlichkeit meiner Gastgeberin zu respektieren. Denn Alessia hätte sich mit Sicherheit an den Hausarrest gehalten, den ihre Eltern ihr aufgebrummt haben. Schlimm genug, dass die beiden meinetwegen enttäuscht von Alessia sind. Soll ich die angespannte Situation durch einen weiteren Regelbruch noch schlimmer machen?

Mit geschlossenen Augen versuche ich, meine Gedanken zu ordnen. Mit dem Ziel, Alessias letzten Wunsch zu erfüllen, habe ich es geschafft, ihren Vampirprinzen als Idioten zu entlarven, ihre Mutter in Angst und Schrecken zu versetzen und mir Hausarrest einzufangen. Keine gute Bilanz.

»Mama ist ganz schön sauer auf dich«, reißt mich Lauras Stimme aus den Gedanken.

Ich schrecke hoch. Das Kopfkissen noch immer in den Armen setzte ich mich auf. Laura steht im Türrahmen, in der Hand hält sie ein Kuschelpony mit Schmetterlingsmuster und Nickelbrille. Mein Blick bleibt an dem Plüschtier hängen und ich muss lächeln. Noch mehr Schmetterlinge, nicht nur in meinem Bauch.

»Ich weiß«, seufze ich.

»Hast du dich echt weggeschlichen, um dich mit einem Jungen zu treffen?«

»Na ja, ich, ähm … ja.«

»Cool«, sagt sie grinsend. »Du bist doch gar nicht so langweilig, wie ich dachte!«

»Danke«, murmle ich schmunzelnd. Wenigstens eine Sache, die ich richtig gemacht habe. Laura wird ihre große Schwester als jemanden in Erinnerung behalten, der zumindest ein klein wenig spannend war.

»Mister Schmetterling und ich müssen jetzt ins Bett, sonst kriegen wir auch noch Hausarrest.« Laura verzieht ihr Gesicht zu einer Grimasse und ich muss lachen.

Nachdem sie und ihr Pony aus der Tür verschwunden sind, ziehe ich Alessias Skizzenbuch unter dem Kopfkissen hervor und blättere mich durch die Seiten. Phönixe und Meerjungfrauen. Drachen und ein Schwarm Raben. Laura als Superheldin. Die glückliche Familie. Der Vampirprinz. Die tanzenden Mädchen.

Da kribbelt es in meinem Bauch und dieselbe Erinnerung wie beim letzten Mal kommt hoch. Vier Mädchen, die im Gras vor der Schule sitzen, in ihrem Essen herumstochern und sich darüber beschweren, was sie alles noch nicht erlebt haben. Keine Reise außerhalb Italiens. Kein erster Kuss. Kein Sex. Kein Verliebtsein. Keine Schmetterlinge, Ameisen und Feuerwerke im Bauch.

Doch die Erinnerung endet nicht wie zuvor, sondern geht dieses Mal weiter.

»Seien wir doch ehrlich, wir sind alle langweilig!«, seufzt Mona. »Wir waren alle noch nie auf einer richtig coolen Party. Wir haben alle nie etwas Gefährliches gemacht. Wir haben nicht mal bei einer Schularbeit geschummelt. Wir tun immer nur das, was unsere Eltern von uns wollen. Wir sind die Definition des Wortes Langeweile!«

Daraufhin nicken alle.

»Ach komm, alles, was unsere Eltern sagen, machen wir nun auch nicht«, protestiert Cristina, die ihre Haare zu einem Pferdeschwanz gebunden trägt.

»Nenn mir ein Beispiel, wann du dir so richtig Ärger mit deinen Eltern eingehandelt hast«, fordere ich.

Sie überlegt. Und überlegt. Und überlegt noch ein bisschen mehr, bevor sie antwortet: »Weißt du, Alessia, du solltest bei dem Thema gleich ganz still sein. Du hattest ja noch nicht mal Hausarrest. Also, wenn eine noch nie Ärger hatte, dann bist du das.«

»Stimmt«, sage ich und lasse mich mit dem Rücken ins Gras sinken. Meine Hände wandern über den Rasen, zeichnen Kreise und Linien. »Manchmal denke ich mir, mein Leben ist gar kein richtiges Leben. Es zieht nur so vorbei und nie passiert etwas. Aber irgendwann, Mädels, irgendwann kommt unsere Zeit.«

Damit endet die Erinnerung. Kurz warte ich, ob da noch mehr kommt, doch ich sehe nur Alessias Zimmer und ihr Skizzenbuch in meinem Schoß. Welche Botschaft sie mir senden wollte, ist trotzdem klar.

»Danke, dass du mir diese Erinnerung gezeigt hast«, flüstere ich. Rund um meinen Bauchnabel breitet sich ein warmes, prickelndes Gefühl aus. Freude und Zufriedenheit von Alessia, vielleicht auch ein bisschen Stolz. Denn endlich hat sie es geschafft, die vollständige Erinnerung mit mir zu teilen.

Erst jetzt begreife ich, wie falsch ich Alessias letzten Wunsch interpretiert habe. Ich dachte, es ginge ihr bloß darum, verliebt zu sein. Dabei ist das nur ein kleiner Teil dessen, was sie sich eigentlich wünscht. Liebe hat in ihrem bisherigen Leben gefehlt, aber auch Abenteuer und Aufregung. Über die Stränge zu schlagen, etwas Verrücktes zu tun, zu leben. Deswegen braucht sie eine zweite Chance. Damit sie nicht stirbt, bevor ihr Leben erst richtig begonnen hat.

Ohne es zu wissen, habe ich ihren letzten Wunsch – den richtigen – Schritt für Schritt erfüllt. Dank mir hat Alessia eine wilde Party besucht. Sie hat sich betrunken, wenn auch nur ein bisschen, hat zwischen schwitzenden Körpern getanzt und den Mut aufgebracht, ihren Vampirprinzen anzusprechen und zu einem Date einzuladen. Sie hat einen romantischen Abend mit ihrem Schwarm verbracht, hat ihn geküsst und ihm einen kräftigen Tritt in seine Kronjuwelen verpasst. Sie hat in Limone ein kleines Abenteuer erlebt, das meinen und ihren Puls schneller gehen ließ, und jetzt hat sie Hausarrest, was nach der letzten Erinnerung verquererweise auf der Plus-Seite meiner Alessia-Bilanz steht.

Die Entscheidung, was ich auf Giulios Nachricht antworten soll, ist plötzlich ganz einfach. Ich schnappe mir das Handy und tippe: *Morgen 10 Uhr bei Alessia zu Hause – irgendwo, wo dich ihre Eltern nicht sehen können. Wir fahren ins Valtellina. Ich freue mich auf dich.*

Er lässt mich nicht lange auf seine Antwort warten.

- Perfekt, ich freue mich auch!

Damit ist es beschlossen: Wir werden gemeinsam ins Valtellina fahren, um den Geheimnissen rund um Chiara und Sofia endlich auf den Grund zu gehen.

***

Da ich unter Hausarrest stehe und Alessias Mutter, wie ich heute erfahren durfte, als Analystin von zu Hause aus arbeitet, werde ich mich ganz Alessia-untypisch aus dem Haus stehlen müssen. Schon zweimal bin ich so leise wie möglich ins Erdgeschoss geschlichen, um meine Chancen auf einen erfolgreichen Ausbruch zu testen, doch beide Male hat mich Alessias Mutter bemerkt, noch ehe ich die letzte Treppenstufe erreicht habe. Also muss ein Plan B her.

Vor Alessias Zimmerfenster steht ein hochgewachsener Apfelbaum. Wenn ich seine Äste als Leiter benutze, sollte ich es schaffen, in den Garten zu gelangen. Aus dem Fenster zu klettern, ist für mich genauso wie für Alessia eine neue Erfahrung. Dementsprechend aufgeregt bin ich. Dass Alessias Geist nervös durch meine Eingeweide flackert, tut sein Übriges.

Bevor ich meine Klettertour starte, setze ich mich an den Schreibtisch, um eine Nachricht an Alessias Eltern zu schreiben. Die beiden sollen sich so wenig Sorgen wie möglich machen. Außerdem möchte ich im Guten auseinandergehen, denn so sehr ich es mir wünsche, ich weiß nicht, ob ich von unserem heutigen Ausflug lebendig zurückkommen werde. Doch der Minutenzeiger rückt unerbittlich vor, während das Blatt Papier vor mir leer bleibt. Was sind die richtigen Worte für einen Abschiedsbrief, der nicht nach Abschied klingen soll? Ich wünschte, Alessia könnte mir die perfekten Sätze zuflüstern.

»Was willst du deiner Familie sagen?«, murmle ich, während ich mich ganz auf Alessia konzentriere, auf das Kribbeln in meinem Körper und das warme Pochen in meinem Bauch.

Da kommt mir ein Geistesblitz! Das, was ich ihnen so schwer sagen kann, könnte ich ihnen zeigen. Also schnappe ich mir Alessias Skizzenbuch und reiße die Zeichnung ihrer glücklichen Familie heraus. Mutter, Vater, Laura und Alessia am Esstisch, alle lachend. So wie es sein sollte.

Auf die Rückseite schreibe ich: Mama und Papa, ich weiß, dass ich Hausarrest habe, aber es gibt da etwas sehr Wichtiges, das ich erledigen muss. Heute Abend komme ich zurück, dann werde ich euch alles erklären. Bitte macht euch keine Sorgen. Ihr seid die besten Eltern. Ich hab' euch lieb!

Das Bild mit meiner Nachricht lasse ich auf dem Schreibtisch liegen. Wenn ich Glück habe, wird Alessias Mutter annehmen, dass ich schmolle, und das Zimmer gar nicht betreten. So kann ich den Zettel bei meiner Rückkehr einfach wieder verschwinden lassen. Falls ich denn überhaupt zurückkomme.

Danach schleiche ich mich in Lauras Zimmer, das leer ist, weil sie wieder einmal im Esszimmer sitzt und lernen muss. So wie jeden Tag. In den Sommerferien. Kein Wunder, dass die Kleine frustriert ist. Das Skizzenbuch verstecke ich unter ihrem Kopfkissen. Nur für den Fall, dass ich nicht zurückkommen werde. Laura soll Alessia als die coole ältere Schwester in Erinnerung behalten. Als jemanden, zu dem sie aufschauen kann, der wahnsinnig viel Fantasie und Talent hat. Vor allem aber soll sie sich selbst durch Alessias Augen sehen. Nicht als kleines Mädchen mit Lernschwäche, das damit zu kämpfen hat, mit den Klassenkameraden mitzuhalten, sondern als Superheldin mit wehendem Cape.

Als ich auf mein Handy schaue, blinkt eine neue Nachricht von Giulio auf: *Ich fahre jetzt los. Wir sehen uns in ein paar Minuten.*

Zeit für meinen Ausbruch!

Ich schließe die Zimmertür hinter mir, öffne das Fenster und setze mich auf den Sims. Von oben sieht der Rasen viel weiter entfernt aus und auch der Apfelbaum steht nicht nahe genug, um seine Äste zu erreichen. So ein Mist! Meinen Fluchtplan hätte ich wirklich besser durchdenken sollen.

Vorsichtig lehne ich mich zur Seite, strecke meinen Arm aus und versuche, zumindest die Spitze eines Astes zu fassen. Keine Chance. Was jetzt? Muss ich springen?

Mein Puls beschleunigt sich, als ich mich auf dem Fenstersims in eine hockende Position bringe. Alessia sendet aufgeregte Blitze durch meinen Magen. Soll ich wirklich? Was, wenn ich mir den Hals breche und sterbe? Gemessen an meiner Todesrate der letzten Wochen wäre das gar nicht so abwegig.

In dem Moment wird hinter mir die Tür geöffnet. Mist! In einer Millisekunde schießen mir ein Dutzend Ausreden durch den Kopf. Eine ist dämlicher als die andere. Ich könnte Alessias Mutter erzählen, dass ich nur frische Luft schnappen wollte. Oder Fenster putzen. Oder die Wolken beobachten. Dass ich spezielle Turnübungen durchführe. Oder eine Fliege vertreiben wollte. *Komm schon, Gehirn, dir muss doch etwas Besseres einfallen.*

Doch es ist gar nicht Alessias Mutter, die in der Tür steht, sondern Laura. »Willst du aus dem Fenster klettern?«, fragt sie.

»Nein. Ich habe nur nach Inspiration gesucht und …«, beginne ich, doch sie hört mir gar nicht zu.

»Wenn du dich rausschleichen möchtest, helfe ich dir«, bietet sie an.

»Du … was?«

»Willst du dich denn rausschleichen?«

Ich seufze. Was soll's. Bisher hat sich die Wahrheit meistens als beste Taktik herausgestellt. »Ja.«

»Du bist ziemlich cool geworden in letzter Zeit«, stellt sie mit breitem Grinsen fest. »Okay, wir machen das so: Du wartest hier mit angelehnter Tür und ich erledige den Rest.«

Gerade klingt sie gar nicht wie ein siebenjähriges Mädchen, sondern wie ein gerissener Teenager. Ehe ich etwas erwidern oder fragen kann, was es mit ihrem Plan auf sich hat, ist sie aus dem Zimmer verschwunden.

Soll ich mich wirklich auf die Idee einer Siebenjährigen verlassen? Andererseits, habe ich überhaupt eine Wahl? Ich horche in mich hinein, um Alessias Gefühlslage zu eruieren. Ich fühle Stolz, Freude und Aufregung. Wie hirnrissig mein oder Lauras Plan auch sein mag, immerhin scheint meine Gastgeberin zufrieden mit dem Weg zu sein, den ich für sie einschlage.

Da schallt dröhnend laute Musik durch das Haus. *Wie stark, wie stark ist dein Digimon*?, tönt es und lässt die Wände vibrieren. Der alte Digimon-Soundtrack. Ich muss schmunzeln.

Keine zehn Sekunden später höre ich, wie Alessias Mutter die Treppe heraufläuft und in Lauras Zimmer stürmt. Schnell hüpfe ich vom Fenstersims, schließe das Fenster und laufe zur Tür, wo ich durch den Spalt luge. Alessias Mutter steht mit dem Rücken zu mir vor Lauras Kinderzimmer und gestikuliert wild. Als die Musik noch lauter gedreht wird, legte sie beide Handflächen an den Kopf und geht in den Raum.

Wow, Laura ist wirklich gerissen! Und anscheinend dermaßen erfreut über ihre neue, coole große Schwester, dass sie bereit ist, sich eine Standpauke einzufangen, nur um mir zu helfen.

Diesen Moment nutze ich! Blitzschnell stehle ich mich aus dem Zimmer, schließe die Tür leise hinter mir und laufe die Treppe hinunter. Bei der lauten Musik muss ich nicht einmal schleichen. Es ist spielend leicht. Die Haustür ist verschlossen, doch obwohl ich unter Hausarrest stehe, haben mir Alessias Eltern den Schlüssel nicht abgenommen. Vermutlich können sie sich gar nicht vorstellen, dass ihre Tochter ihr Verbot missachten würde.

Schon bin ich draußen, sperre die Tür hinter mir zu und laufe durch den Garten. Mein Magen kribbelt vor Alessias Erleichterung. Giulio wartet an derselben Stelle auf mich wie gestern. Er sitzt seitlich auf seinem Motorrad und winkt, als er mich sieht. Die Zeichen der Ermüdung, die ich in den letzten Tagen bei ihm beobachtet habe, sind verschwunden. Keine dunklen Augenringe mehr, stattdessen sieht er ausgeruht und glücklich aus.

Auch ich hebe die Hand, um ihm zu winken – und ich versuche, mir einzureden, dass mein Herz bei seinem Anblick nicht in doppelter Geschwindigkeit schlägt.

***

Nach zwei Stunden Fahrt tauchen die Bergketten der Dolomiten am Horizont auf wie mächtige Riesen, die sich zum Schlafen eingerollt haben und der Sonne ihren Rücken entgegenstrecken. Dieser Anblick ist mir vertraut und gleichzeitig fremd. Als ich zum ersten Mal hier war, war ich Sofia. Ich war völlig aufgelöst, zerfressen von meinen eigenen Zweifeln und von Sofias schlechtem Gewissen, und ich war allein. Beim zweiten Mal war ich Paola und gleichzeitig erfüllt von ihrer unerschütterlichen Ruhe und ihrer Ungeduld.

Es ist, als würde sich mit dieser Fahrt ein Kreis schließen, der mit Chiaras Tod und Sofias schlechtem Gewissen begonnen hat.

Kurz vor dem Valtellina, hält Giulio vor einer Raststätte. »Orangensaft und Croissant?«, fragt er. »Das ist doch irgendwie unser Ding.«

»Wir haben ein Ding?«, frage ich lachend.

»Na ja, du weißt schon. Ein Bissen für die Nerven, bevor wir im Tellina-Tal ankommen. Außerdem muss ich tanken.«

»Bist du nervös?«

»Du nicht?«

Wieder muss ich lachen. »Doch, schon.«

Während wir in der Schlange stehen, um unseren Snack zu bezahlen, werfe ich einen Blick auf das Handy. Keine neuen Nachrichten, Alessias Mutter hat mein Verschwinden vermutlich noch nicht bemerkt.

Vor der Raststätte lassen wir uns auf einer Holzbank nieder und halten die Nasen in die Sonne.

»Du hast mir gestern keine Antwort gegeben«, stellt Giulio fest. »Als ich dich gebeten habe, mich im Krankenhaus zu treffen, wenn du in deinem nächsten Körper aufwachst.«

»Können wir später darüber sprechen?«

»Vielleicht gibt es kein später.«

Ich muss schlucken. »Ich hoffe doch, dass ich nicht sofort sterben werde. Wie würdest du das sonst erklären? Erst Paola, dann Alessia und beide Male ist es hier oben in den Dolomiten passiert«, versuche ich mit einem Scherz abzulenken.

»Vielleicht lasse ich dich einfach liegen und fahre schnell zurück«, sagt er. »Dass mein Dad denkt, ich habe ein Faible für Frauen, die wesentlich älter sind als ich, kann ich verkraften, aber für einen Serienkiller soll er mich dann doch nicht halten.«

»Könnte gefährlich für dich werden!« Lächelnd beiße ich von meinem Croissant ab, das wunderbar süß schmeckt.

Da sagt Giulio: »Ich meine es ernst, Lucia. Nicht das mit dem Serienkiller, sondern dass ich dich wieder treffen will. Ganz egal, wer du in deinem nächsten Leben sein wirst. Ich will dich nicht verlieren.«

Er will mich nicht verlieren, mich. Ein warmes Kribbeln durchfährt meinen Körper und das stammt eindeutig nicht von Alessia. Doch ich kämpfe dagegen an, ich darf das nicht zulassen. »Du weißt nicht, worauf du dich einlässt«, flüstere ich.

»Das denke ich schon. Ich weiß, dass du sterben wirst. Ich weiß auch, dass du alt oder jung, krank oder verheiratet oder ein Mann sein könntest«, stellt er fest. »Ich weiß, dass du vielleicht nicht in der Lage sein wirst, sofort zu kommen, aber das ist okay. Ich kann warten.«

Am liebsten würde ich losweinen. Ich will dieses Leben, das er für mich ausmalt. Eines, in dem immer jemand auf mich wartet. In dem ich nicht mehr allein bin, in dem ich weiß, dass Giulio da sein wird, ganz egal, wer ich bin. Doch mehr als alles andere ist dieser Wunsch selbstsüchtig. Giulio denkt, zu wissen, worauf er sich einlässt, doch das ist Blödsinn. Wie viele Tode wird er aushalten können? Wie viele Stunden des Wartens? Wie viel Krankheit, wie viel Einsamkeit? Egal, was er sagt, er hat keine Ahnung, was ihn erwarten würde.

Meine Finger tanzen wie verrückt. Um die Tränen zurückzuhalten, schlucke ich mehrmals hintereinander. Giulios Blick weiche ich aus und starre auf den Boden. Trotzdem spüre ich, dass er mich beobachtet. Schließlich seufzt er. Er muss bemerkt haben, wie sehr mich dieses Gespräch mitnimmt, und wechselt das Thema.

»Wir haben diesen Trip nie wirklich durchgeplant«, sagt er. »Wo sollen wir zuerst hin, wenn wir ankommen? Zum Camp? Zu Chiaras Eltern?«

»Zu Pierluigi.« Sofia wollte ihn erreichen, bevor sie starb. Das muss etwas bedeuten.

»Okay«, meint Giulio, ohne zu protestieren oder weitere Fragen zu stellen. Vermutlich denkt er ebenfalls, dass Pierluigi unsere beste Spur ist. Er holt sein Handy aus der Hosentasche und hat nach ein paar Klicks die Adresse gefunden.

»Wollen wir?«

Damit geht die Fahrt weiter. Mit jedem Meter erscheinen die Bergwände massiver und dunkler. Grauer, von Furchen durchzogener Fels und dunkelgrüne Wälder. Über den Bäumen kreisen die Raben. Hier ist Sofia geklettert, hier haben sie und Giulio sich gestritten, hier hat Sofia am Lagerfeuer gefeiert, und irgendwo hier hat sie die leblose Chiara im Fluss liegen sehen.

15. Kapitel

Wenig später erreichen wir die Ortschaft, in der Pierluigi lebt. Die richtige Adresse ist dank Handy-Navigation schnell gefunden. Der Kletterlehrer wohnt in einem kleinen, heruntergewirtschafteten Holzhaus am Rande des Orts. Ein rostiger Wagen steht neben einem etwas gepflegter wirkenden Motorrad in der Einfahrt. Den vertrockneten Rasen bevölkern ein halbes Dutzend Fahrräder, eine alte Schubkarre sowie eine Slackline, die von einem Baum zum nächsten gespannt ist und etwas durchhängt. Die Fenster sind verschmiert und grau. Wahrscheinlich hat sie schon seit Jahren niemand mehr geputzt. An der Tür hängt ein altes Willkommens-Schild, dessen Farbe verblasst ist. Wir klingeln, doch niemand antwortet.

»Meinst du, dass er außer Haus ist?«, frage ich.

»Werden wir gleich sehen«, antwortet Giulio und presst den Daumen länger auf den Klingelknopf.

Drinnen beginnt ein Hund zu bellen und kurz darauf wird das Licht im Gang eingeschaltet. Fluchend öffnet Pierluigi die Haustür. Er ist hochgewachsen, sicher einen halben Kopf größer als Giulio, und hat braune, lange Haare, die er am Hinterkopf verknotet hat. Auf seinen Wangen zeichnet sich ein leichter Bartschatten ab. Seine Nase ist schief, als hätte er sie sich einmal gebrochen. Obwohl er nicht dem Stereotyp eines Models entspricht, ist er auf eine raue, ungepflegte Art attraktiv. Er trägt eine dunkelgraue Sporthose und ein weites Leinenhemd.

»Was zur Hölle soll das?« Er stutzt und sein Blick verdunkelt sich. »Du!?«

Für einen kurzen Moment denke ich, dass mein Anblick ihn hat erstarren lassen. Ein Geist auf seiner Türschwelle. Doch dann erinnere ich mich, dass ich ja gar nicht mehr Sofia bin. Natürlich gilt seine Überraschung Giulio.

»Hallo, Pierluigi«, sagt der ruhig.

»Was machst du hier?«

»Wir haben ein paar Fragen an dich.«

Erst jetzt wandert Pierluigis Blick zu mir. »Und du bist?«

Ich frage bloß: »Lässt du uns rein oder sollen wir dich auf der Türschwelle ausfragen?«

»Ich bin auf dem Sprung. Wenn ihr Fragen habt, dann kommt morgen wieder oder schreibt mir eine E-Mail.«

Schon will er die Tür schließen, aber Giulio ist schneller und schiebt seinen Fuß dazwischen.

»Es geht um Sofia und um Chiara. Darum, was in der Nacht geschehen ist, als Chiara verschwunden ist.«

Pierluigi überlegt kurz, sagt dann: »Darauf habe ich jetzt ehrlich keinen Bock.«

»Wir wissen, was mit Chiara passiert ist«, werfe ich ein.

Kurz weiten sich seine Augen. Nur eine Sekunde lang, dann hat er sich wieder im Griff. Gesehen habe ich es trotzdem.

»Keine Ahnung, wovon du redest.«

»Ich bin eine Freundin von Sofia. Eine sehr gute. Eine, die all ihre Geheimnisse kennt.« Oder zumindest die paar, die sie nicht vor mir verheimlichen konnte, während ich in ihrem Körper steckte. »Das heißt, ich weiß von der Feier am Lagerfeuer. Also?«, frage ich mit gehobenen Augenbrauen.

»Hört mal, Leute. Ich weiß wirklich nicht, wovon ihr sprecht. Ja, ich war mit Sofia und Chiara was trinken in der Nacht, bevor Chiara verschwunden ist, aber das ist auch schon alles. Der da übrigens auch.« Als er das sagt, deutet er mit einem Nicken auf Giulio. »Alles, was ich euch über diesen Abend erzählen könnte, weißt du selbst.«

»Wenn das so wäre, dann wären wir nicht hier. Aber wie du weißt, bin ich vor dir zurück zum Camp gegangen«, sagt Giulio, woraufhin Pierluigi süffisant grinst.

»Na, dafür kann ich nichts, wenn du den ganzen Spaß verpasst hast.

»Spaß?« Er ballt die Hände zu Fäusten. »Weißt du überhaupt, was dieser Abend mit Sofia angerichtet hat? Sie ist gestorben!«

»Das tut mir ja auch leid«, meint Pierluigi, dessen Stimme nun weicher klingt. »Als ich von dem Mopedunfall gehört habe, war ich eine Zeit lang echt aufgelöst. Sofia war ein tolles Mädchen, sie hätte wirklich was aus ihrem Leben machen können.«

»Komisch, dass wir dich gar nicht auf der Beerdigung gesehen haben, wo es dir doch so leidtut«, entgegnet Giulio angriffslustig.

Pierluigi öffnet den Mund und schließt ihn wieder, ohne etwas zu sagen. Er braucht ein paar Sekunden, um sich zu sammeln, atmet tief durch und weicht unseren Blicken aus.

Die Frage nach Sofias Beerdigung scheint ihn ehrlich getroffen zu haben.

»Ich wollte ja hingehen, aber ich hab's nicht gepackt«, antwortet er schließlich. Seine Stimme klingt gepresst und noch immer vermeidet er es, uns anzusehen. »An dem Tag, an dem sie beerdigt worden ist, habe ich mir hier allein die Kante gegeben und mir Fotos vom Camp angeschaut. Ist es das, was ihr hören wollt? Dass ich wegen Sofia fertig bin? Ja, das bin ich! War's das?«, fragt er und macht Anstalten, die Tür zu schließen, aber Giulio hindert ihn daran, indem er die Hand auf den Türrahmen legt.

»Das war es noch nicht. Da ist immer noch Chiara. Wir wissen von ihr«, sage ich. »Von dem Abend am Lagerfeuer und von Mailand.«

»Was meinst du damit?« Pierluigi bemüht sich, gleichgültig zu wirken, doch das Zittern seiner Stimme verrät, dass die bloße Erwähnung von Mailand ihn nervös macht.

»Chiara ist auch tot«, stelle ich fest.

»Und wir glauben, dass du etwas damit zu tun hast«, fügt Giulio an.

»Ihr habt sie doch nicht mehr alle!«, faucht er.

Wenn Chiaras Tod wirklich eine Überraschung für ihn wäre, hätte er stocken, in Tränen ausbrechen oder schockiert wirken sollen. Stattdessen bilde ich mir ein, eine Mischung aus Verwirrung und Erleichterung in seinen Gesichtszügen zu lesen. Doch warum sollte er erleichtert sein? Schon wieder versucht er, uns die Tür vor der Nase zuzuknallen.

»Diese verrückten Anschuldigungen brauche ich mir nicht zu geben. Wie schon gesagt, ich habe gerade keine Zeit für euch.«

In diesem Moment zischt ein weißes Fellbündel an ihm vorbei und springt an mir hoch. Der Hund ist relativ klein, doch während er hechelnd auf den Hinterbeinen stolziert, reichen seine Pfoten bis zu meiner Brust.

Giulio starrt ihn an, als sehe er einen Geist, während Pierluigi das Tier am Halsband zurückzieht.

»Das ist Chiaras Hund«, flüstert Giulio.

»Natürlich!«, rufe ich. Es ist der Hund, den ich in Sofias Erinnerung am Lagerfeuer gesehen habe. Sofia hat ihm die Ohren gekrault – das muss gewesen sein, kurz bevor sie in den Wald gelaufen ist. Ich hatte diese Szene in der Zwischenzeit völlig vergessen.

Nun schaut Giulio mich bestürzt an. Damit, dass ich Chiaras Haustier kenne, hat er offensichtlich nicht gerechnet, und auch der Hund scheint mich zu erkennen, so vehement wie er sich gegen Pierluigis Griff stemmt, um in meine Nähe zu gelangen. Dabei habe ich ihn nie getroffen, zumindest nicht als Alessia.

Mir läuft ein kalter Schauer über den Rücken. Kann es sein, dass der Hund Sofias Geist in mir wiedererkennt? Es klingt verrückt, aber trotzdem … Was, wenn ein Teil meiner Gastgeber bei mir bleibt, nachdem ich ihren Körper verlassen habe? Wenn ich Sofia und all die anderen auch jetzt noch mit mir herumtrage, ohne es zu wissen?

Wieder eine Frage, auf die ich nie eine Antwort finden werde.

»Willst du uns weiterhin weismachen, dass du nichts mit Chiaras Tod zu tun hast?«, grollt Giulio.

»Nein, das … ich«, stottert Pierluigi. Er schüttelt mehrmals den Kopf. Schließlich fasst er sich wieder und sagt: »Ihr habt recht, das ist ihr Hund Max. Aber es ist nicht so, wie es aussieht, Leute.«

Die schwächste Ausrede aller Zeiten.

»Dann erklär uns, wie es wirklich *ist*«, fordere ich, und Giulio setzt noch eins obendrauf: »Entweder das oder wir rufen die Polizei.«

Bei dem Wort Polizei weiten sich Pierluigis Augen. Beschwichtigend hebt er die Hände und zeigt uns seine Handflächen, als sei er ein Dieb, den wir auf frischer Tat ertappt haben. »Schon gut. Kommt rein. Stellt eure Fragen.«

Wir folgen ihm durch einen engen Gang in ein Wohnzimmer, in dessen Zentrum sich eine Couch und zwei weiche Sessel mit hohen Lehnen befinden. Fernseher scheint Pierluigi keinen zu besitzen, dafür steht in einer Ecke ein altmodischer Plattenspieler, neben dem sich Schallplatten türmen. Die Wände sind bedeckt mit Bildern von Bergen und Wäldern. Neben der Tür hängen Kletterseile, Steigeisen und Chalk-Beutel.

Pierluigi bedeutet uns mit einer ausholenden Handbewegung, uns zu setzen, wohin auch immer wir wollen. Ich lasse mich neben Giulio auf der Couch nieder, und sofort springt der kleine Hund, den Pierluigi als Max vorgestellt hat, hoch und legt seinen Kopf auf meinen Schoß. Pierluigi setzt sich uns gegenüber in einen abgenutzten Ohrensessel.

»Was wollt ihr wissen?«, fragt er.

»Was an dem Abend passiert ist«, antworte ich. »Mit allen Details.«

Seufzend legt er das Kinn in seine Handfläche. Er braucht einen Moment, vielleicht um sich zu sammeln, oder auch, um sich weitere Lügen auszudenken, bevor er beginnt.

»Das war ein ganz normaler Abend, Leute. Nur ein paar Jugendliche, die feiern wollten.«

»Und trinken. Und rauchen«, füge ich hinzu.

»Wir wollten eben Spaß haben. Es war das Ende des Camps. Die Kids sind am nächsten Tag alle nach Hause gefahren, und diesen letzten Abend in den Bergen wollten wir genießen. Es war alles ganz harmlos, ein paar Bier, ein Joint, Musik.«

»Was ist mit Sofia passiert?«, unterbricht ihn Giulio, der es nicht mehr aushält, Pierluigis vagen Beschreibungen zuzuhören.

Ich merke, wie er sich neben mir versteift und greife seine Hand. Pierluigi scheint seinen Unmut nicht wahrzunehmen oder vielleicht ignoriert er ihn absichtlich, so versunken ist er in seinen Gedanken an Sofia.

»Sofia war etwas Besonderes, ganz anders als die Mädels, die sonst ins Camp kommen. Ich wusste, dass sie als Teilnehmerin eigentlich tabu ist. Aber sie war echt cool, eine richtig gute Kletterin, zielstrebig und mutig, wenn sie an der Wand war. Sie hatte Humor und dieses krasse Selbstbewusstsein. Obwohl sie ein gutes Stück jünger war als die Frauen, mit denen ich davor ausgegangen bin, war sie die erste, die genau wusste, was sie wollte, und sich getraut hat, es zu sagen. Da gab es keine gespielte Schüchternheit. Das hat mir gefallen.«

»Und Chiara?«, will Giulio wissen.

»Mit der lief nichts!« Pierluigi hebt abwehrend die Hände. »Ehrlich! Chiara war ein süßes Mädchen, aber eben nur das und ein ganz schön verzogenes dazu. Du mochtest sie, Giulio, oder? Hast gedacht, sie sei die Unschuld vom Lande. Alle haben sie das. Mit ihren großen Augen und ihrer

Piepsstimme hat sie die Leute um den Finger gewickelt. Sie wusste, wie sie alle um sich herum manipulieren kann.«

Er hat sich in Rage geredet, spuckt die letzten Worte geradezu aus. Der Groll, den er gegen Chiara hegt, ist spürbar. Das ist nicht bloß leichter Ärger auf eine Camp-Teilnehmerin, die ihm auf die Nerven ging. Da muss mehr sein! Irgendetwas, das sie getan oder nicht getan hat. Etwas, das ihn wahnsinnig wütend macht.

Wütend genug, um ihr etwas anzutun?

Pierluigi muss bemerkt haben, wie hart seine Worte wirken, denn er fügt hinzu: »Im Grunde war sie ganz okay, aber eben nur ein kleines Mädchen. Es ist schrecklich, was mit ihr passiert ist.«

Die Trauer nehme ich ihm keine Sekunde lang ab. Als er von Sofia und von der verpassten Beerdigung erzählt hat, waren seine Emotionen fast greifbar, aber jetzt? Alessia scheint mir recht zu geben. Sie bringt meine Fingerspitzen zum Kribbeln, wie um mir sagen zu wollen, dass ich weiterbohren soll. Und Exakt das mache ich.

»Und weiter? Was ist an dem Abend genau geschehen? Wieso hat Sofia Chiara durch den Wald gejagt? Hatten die beiden Streit?«

»So war das alles nicht!« Wieder hebt Pierluigi beide Hände in die Höhe. »Sofia und Chiara waren nicht gerade die besten Freundinnen, das stimmt, aber Sofia hat Chiara nicht durch den Wald gejagt. Sie ist ihr hinterhergelaufen, weil sie helfen wollte.«

»Was?«

»Kurz nachdem du weg bist, Giulio, rannte Chiara in den Wald. Keine Ahnung, wieso. Vielleicht hat irgendjemand etwas Falsches zu ihr gesagt, vielleicht war es nur eine blöde

Idee, die sie im Rausch hatte. Sie war richtig betrunken, konnte gar nicht mehr richtig geradeaus laufen.«

Je mehr er erzählt, desto schneller wird er. Pierluigis Aufregung ist beinahe greifbar, während er diesen Abend in Gedanken noch einmal durchlebt.

»Die anderen Kids haben das alles gar nicht mitbekommen in ihrem Suff. Nur Sofia, die wollte, dass sie dableibt. Chiara hat sie ignoriert. Da ist Sofia ihr nachgelaufen, was, ganz ehrlich, eine ganz schön blöde Idee von ihr war. Sie war ja auch weit davon entfernt, nüchtern zu sein. Also habe ich versucht, sie aufzuhalten. Sie hat sich losgerissen und ist hinter Chiara her. Und ich hinter Sofia.«

»Weil du ihr helfen wolltest«, stellt Giulio bitter fest.

»Genau! Erst habe ich ihnen nur nachgerufen. Das war mir echt zu blöd, mitten in der Nacht durch den Wald zu rennen. Aber dann bin ich sie doch suchen gegangen. Ich habe mir ernsthaft Sorgen gemacht, auch wenn du denkst, ich bin ein Arschloch, dem eh alles egal ist«, fügt er an Giulio gewandt hinzu. Seine Augen funkeln wütend. »Ich bin sicher eine Stunde oder noch länger durch den Wald gerannt und habe nach ihr gerufen.« Wie um seine Aussage zu bekräftigen, schlägt er sich mit der flachen Hand auf die Oberschenkel. »Ich war kurz davor, aufzugeben, da habe ich Sofia schreien hören und sie schließlich gefunden. Sie ist einen Abhang runtergerutscht, direkt neben dem Fluss. Sie muss abgestürzt sein. Oder vielleicht wollte sie runterklettern. Jedenfalls hing sie da, klammerte sich an einem Ast fest und konnte weder rauf noch runter. Ich habe sie nach oben gezogen. Erst da habe ich gemerkt, dass sie verletzt war. Sie hat am Arm geblutet, richtig heftig.«

So hat sie sich also den Arm gebrochen.

»Ich wollte sofort mit ihr aus dem Wald und ins Krankenhaus, aber sie hat sich gewehrt. Sie hat irgendetwas davon gestammelt, dass wir Chiara finden müssen.«

»Weil Chiara im Fluss lag«, murmle ich.

Das Bild des bewegungslosen Körpers im Wasser werde ich nie wieder vergessen können. Ich war so sicher, es sei Sofias Schuld, weil sie Chiara durch den Wald gehetzt und damit ihren Unfall verursacht hat. Ich habe sie für einen schlechten Menschen gehalten, vielleicht sogar für eine Mörderin. Dabei hat sie nur helfen wollen. Vorsichtig schiele ich zu Giulio, der ganz blass geworden ist.

Pierluigi fährt kopfschüttelnd fort: »Das dachte Sofia, aber da war niemand. Ich habe selbst nachgesehen. Mit meinem Handy habe ich nach unten geleuchtet, aber Chiara lag nicht im Fluss.«

»Doch das tat sie!«, protestiere ich.

»Wie ging es weiter?«, will Giulio wissen.

»Sofia war panisch. Sie wollte die Polizei rufen oder die Rettung, aber das habe ich ihr ausgeredet. Wir waren alle betrunken und hatten geraucht. Da hätten wir nur Ärger bekommen. Ich habe sie gebeten, auf mich zu warten, während ich nach Chiara suche, bin sogar zum Fluss hinuntergestiegen. Aber ich schwöre es euch, da war nichts. Als ich zurück nach oben bin, war Sofia schon weg. Am nächsten Tag wollte sie nicht mehr mit mir reden. Sie hat nur gesagt, ich muss mir keine Sorgen machen, sie würde nichts erzählen. Das war das letzte Mal, dass wir miteinander gesprochen haben.«

»Sie würde *was* nicht erzählen?«, hake ich nach.

Er zuckt bloß die Schultern. »Keine Ahnung.«

So ein Blödsinn. Ich bin mir sicher, dass es um Chiara ging, und auch, dass Pierluigi das ganz genau weiß.

»Und dann hast du erzählt, dass Chiara in der Nacht mit dir zurückgekommen ist?«, frage ich. »Und das, obwohl du doch angeblich dachtest, sie sei gar nicht in den Fluss gestürzt.«

»Wie gesagt, ich wollte keinen Ärger kriegen. Ich konnte ja nicht wissen, dass sie gar nicht mehr auftaucht. Sie war weg. Von Sofia habe ich danach nichts mehr gehört.«

»Bis sie im Camp angerufen und dir eine Nachricht hinterlassen hat«, stelle ich fest.

»Davon weiß ich nichts.«

Zumindest das entspricht der Wahrheit.

»Sie wollte mit dir sprechen. Über Mailand.«

Pierluigi erstarrt für einen Augenblick, wie er es schon bei der ersten Erwähnung von Mailand getan hat. »Mailand? Schöne Stadt, aber ich weiß nicht, was dort sein sollte«, sagt er, als er sich wieder gefasst hat.

Er lügt. Das höre ich an seiner zittrigen Stimme und ich sehe es in seinen Augen, die unseren Blicken ausweichen. Giulio zieht die Brauen in die Höhe. Auch er muss begriffen haben, dass Pierluigi uns nicht die ganze Wahrheit erzählt. Genauso wie Alessia, die aufgeregt in meinem Magen prickelt.

»Und Chiara?«, fragt er. »Du behauptest, dass du nicht daran geglaubt hast, dass ihr wirklich etwas zugestoßen sein könnte. Na gut. Aber als dann rauskam, dass sie tatsächlich weg war, hast du weiterhin nichts getan. Ist dir nie in den Sinn gekommen, dass sie vielleicht doch in der Schlucht liegen könnte?«

»Natürlich! Als sie am nächsten Tag nicht im Camp aufgetaucht ist, bin ich zurück in den Wald gegangen und habe nach ihr gesucht. Den ganzen Flusslauf bin ich entlanggewandert. Nichts.«

»Und den Hund hast du einfach behalten?«

»Er hat mir leidgetan. Als ich in der Nacht zum Lagerfeuerplatz zurückgekommen bin, war er noch dort angebunden. Da konnte ich ihn doch nicht lassen. Wenn ihr mich fragt, ist Chiara abgehauen. Sie hat die ganze Zeit davon geredet, dass sie es mit ihren Eltern nicht mehr aushält. Vielleicht war das Camp ihre Chance, wegzukommen.«

Er schaut ernst von Giulio zu mir. Interessant, dass Giulio mir genau das Gleiche erzählt hat. Auch er dachte, dass Chiara weggelaufen wäre. Ihr Wunsch zu verschwinden, muss also ziemlich offensichtlich gewesen sein.

»Ihr solltet euer Detektivspiel hier beenden. Sofia macht das nicht wieder lebendig und Chiara? Dass sie tot sein soll, ist doch Schwachsinn. Ich glaube, sie ist einfach untergetaucht und will nicht gefunden werden.«

»So ein Blödsinn!«, protestiere ich. »Wir wissen alle, dass sie nicht einfach untergetaucht ist! Sie ist in den Fluss gestürzt. Ich habe sie selbst dort liegen sehen!«

So entgeistert wie Pierluigi und selbst Giulio mich anschauen, begreife ich meinen Fehler sofort.

»Ich meine, Sofia hat mir erzählt, dass sie Chiara dort hat liegen sehen«, korrigiere ich mich hastig.

Giulio erhebt sich. »Ich schätze, es gibt nur einen Weg, Klarheit zu bekommen«, sagt er. »Wir gehen da jetzt hin.«

***

Schweigend stapfen wir durch den Wald. Giulio hält meine Hand und lässt Pierluigi, der ein paar Schritte vor uns geht, keine Sekunde aus den Augen. Er traut ihm nicht. Warum sollte er auch?

Unsere Wanderung startete auf der Wiese, auf der die Jugendlichen zur Abschlussfeier des Camps ihr Lagerfeuer errichtet hatten. Bis dorthin konnten wir mit den Motorrädern fahren.

Nun, im Wald, werden die Tannen mit jedem Schritt dichter. Nur vereinzelte Sonnenstrahlen bahnen sich ihren Weg durch das Nadeldach und werfen tanzende Sprenkel auf die Baumstämme. Moos und Blätter rascheln unter unseren Füßen und verleihen diesem Moment etwas beinahe Märchenhaftes. Über uns krächzen die Raben, und aus der Ferne hören wir das Rauschen des Flusses. Der Geruch nach Tannennadeln und Erde erinnert mich an Weihnachten. Alles ist friedvoll, geradezu entspannend, wäre da nicht die Tatsache, dass wir nach einer Leiche suchen.

Ich fühle Alessias Aufregung im Magen. Für sie scheint das hier vor allem ein spannendes Abenteuer zu sein, wie ein Actionfilm, wunderbare Unterhaltung. Giulio wirkt dafür umso bedrückter.

Immer wieder schaue ich mich auf der Suche nach Ankerpunkten um, die ich aus Sofias Erinnerung wiedererkenne. Doch der Kontrast könnte kaum größer sein zwischen dem Wald im glitzernden Tageslicht und den dunklen Bildern davon, wie sie panisch zwischen den Bäumen durchrennt, während ihr Nadeln ins Gesicht schlagen.

Als das Rauschen des Flusses zunimmt, drücke ich Giulios Hand fester. Kurz darauf erreichen wir die Schlucht, die steil nach unten zu einem Wasserlauf abfällt und die von

Blättern und Gras bedeckt ist. Hier und da ragen scharfkantige Felsbrocken auf. Der Fluss selbst ist rund zwei Meter breit und dürfte an dieser Stelle nicht besonders tief sein. Das Echo verstärkt das Tosen jedoch, sodass es laut den Abhang heraufdröhnt.

Pierluigi bleibt am Rand stehen und dreht sich mit gehobenen Armen demonstrativ um die eigene Achse. »Schaut! Hier ist keine Leiche.«

»Das werden wir noch sehen«, knurrt Giulio.

»Tut euch keinen Zwang an und sucht alles ab. Aber ihr werdet nichts finden.«

Er klingt eine Spur zu selbstsicher. Als ob er genau wüsste, dass Chiaras Leiche nicht hier sein kann. Aber warum? Weil er sie weggebracht hat? Oder weil er wirklich alles nach ihr abgesucht, aber nichts gefunden hat, so wie er es behauptet?

Was hast du gemacht, Pierluigi?

Langsam bewegen wir uns am Fluss entlang und spähen in die Tiefe. Der Abhang ist steil, doch die Äste und Gewächse, die ihn bedecken, bieten eine Möglichkeit, sich festzuhalten. Sie könnten den Fall sogar bremsen, sodass man eine Chance hätte, einen Sturz zu überleben.

Was, wenn Chiara noch am Leben war, als sie im Wasser aufschlug? Wenn Sofia oder Pierluigi sie hätten retten können, wären sie nicht davongelaufen? Wenn sie langsam ertrunken ist? Bei diesem Gedanken breitet sich eine Gänsehaut auf meinen Armen aus.

Da entdecke ich ein paar Meter vor uns einen verkrüppelten Baum, dessen Stamm sich verdreht Richtung Hang windet. Diesen Baum habe ich schon einmal gesehen. In Sofias Erinnerung!

»Da ist es!«, rufe ich und sprinte nach vorn, Giulio direkt hinter mir.

Ich fasse einen der Äste, lehne mich so weit wie möglich über die abfallende Kante der Schlucht, ohne abzurutschen, und suche mit meinen Augen den Flusslauf ab. Erst sehe ich nichts, doch dann fällt mein Blick auf eine Anhäufung von Erde und Blättern am Rande des Wassers. Kann es sein, dass darunter ein Körper liegt?

Auch Giulio hat es gesehen.

»O Gott«, flüstert er und begibt sich auf alle viere, um nach unten zu klettern.

»Sei vorsichtig!«, rufe ich. Alessia erfüllt mich mit einer Mischung aus Vorfreude und Aufregung. Für sie ist das alles nur ein Spiel.

Langsam schiebt Giulio sich über den Hang in Richtung Fluss. Mit den Füßen tastet er den Untergrund auf der Suche nach trittfesten Bereichen ab, während er sich an Felskanten und dickeren Ästen festhält. Unter seinem Shirt zeichnen sich die Muskeln deutlich ab. Es ist offensichtlich, dass er ein geübter Kletterer ist.

Giulio ist noch nicht besonders weit gekommen, als ich mich nach Pierluigi umschaue. Er ist weg.

»Pierluigi?«, rufe ich und dann noch einmal lauter: »Pierluigi!«

Da erspähe ich sein weißes Leinenhemd, das ein Stück weiter weg zwischen zwei Bäumen aufblitzt.

»Verdammt. Giulio, er haut ab! Was machen wir jetzt?«

»Fuck!«, knurrt Giulio mit zusammengebissenen Zähnen.

Er schaut nach unten, zurück zu mir und dann wieder in die Schlucht. Was sollen wir tun? Chiara liegen lassen und

Pierluigi hinterherrennen oder mit dem Abstieg weitermachen und ihn entkommen lassen?

Schließlich schiebt Giulio sich nach oben. Die Entscheidung ist gefallen. Chiaras Leiche wird nicht weglaufen, Pierluigi schon. Ich ergreife seine Hand, um ihn die letzten paar Zentimeter nach oben zu ziehen, und laufe dann ohne ein weiteres Wort los. Giulio ist schnell und holt einen Moment später zu mir auf.

»Hast du gesehen, wohin er gerannt ist?«, fragt er keuchend.

Ich nicke und deute in die Richtung. Äste und Blätter schlagen mir ins Gesicht, zweimal stolpere ich fast über eine Wurzel, die ich nicht gesehen habe, doch Giulio hält mich fest. So muss es Sofia gegangen sein, als sie Chiara durch den Wald hinterhergerannt ist. Nur dass sie ganz allein war. Wieder fühle ich mich wie in einem Déjà-vu, und das, obwohl es nicht einmal meine eigenen Erinnerungen sind, die ich nacherlebe.

Als wir den Waldrand erreichen, bleiben wir schnaufend stehen. Am anderen Ende der Wiese sehen wir Pierluigi auf sein Motorrad steigen und davonfahren.

»Dieser Scheißkerl!«, flucht Giulio.

Schnell rennen wir weiter. Mein Herz schlägt mir bis zum Hals. Am liebsten würde ich eine Pause einlegen, um tief durchzuatmen, doch Alessias Aufregung gibt mir Antrieb und hilft mir dabei, nicht stehen zu bleiben.

Wir überqueren den Lagerfeuerplatz und erreichen Giulios Motorrad. Als ich mich hinter ihm auf den Sitz quetsche, hat er den Zündschlüssel bereits herumgedreht. Wir fahren los, noch während ich mir wackelnd den Helm aufsetze.

Keine Chance, denke ich noch und fühle nicht nur meine, sondern auch Alessias Enttäuschung. Pierluigi ist bereits außer Sichtweite. Außerdem kennt er die Umgebung viel besser als Giulio. Wie sollen wir ihn da jemals einholen?

Doch Giulio rast wie ein Verrückter. Er fährt so schnell um Kurven, dass wir uns samt Motorrad in die Seite legen, und brettert, ohne zu bremsen, über Unebenheiten. Ich werde richtig durchgeschüttelt und an meinen Händen treten die Knöchel weiß hervor, so fest kralle ich mich an seiner Jacke fest.

Bitte, bitte, lass mich nicht fallen. Oder uns beide gegen einen Baum krachen. Ein Ende auf dem Motorrad irgendwo im Wald ist für Alessia sicher nicht vorgesehen. So darf sie nicht sterben!

Die holprige Waldstraße erweist sich jedoch als Glück, denn es gibt keine Abzweigungen, die Pierluigi hätte nehmen können, und nach zehn Minuten halsbrecherischer Fahrt holen wir ihn tatsächlich ein. Giulio drosselt die Geschwindigkeit. Ohne, dass er ein Wort sagen muss, weiß ich, was er vorhat. Pierluigi soll nicht bemerken, dass wir ihm folgen.

Ich erwarte, dass der Kletterlehrer zurück zu seinem Haus fahren wird, doch er verlässt das Valtellina und fährt weiter die Landstraße entlang.

Pierluigi wirft einen Blick in den Rückspiegel. Ob er uns gesehen hat?

Offenbar ja, denn im nächsten Moment beugt er sich tiefer nach vorn und beschleunigt. Auch Giulio gibt Gas und das so ruckartig, dass das Motorrad einen kleinen Sprung macht. Ich rutsche nach vorn, werde an seinen Rücken gepresst.

Mit einer halsbrecherischen Linkskurve biegt Pierluigi in eine stärker befahrene Straße ein. Autos hupen, jemand bremst scharf.

»Bleib stehen!«, rufe ich, als Giulio viel zu knapp vor einem schwarzen Van auf die Straße biegt. Das Hupen übertönt meine Stimme, Scheinwerferlicht blendet mich und ich presse die Augen zusammen, während ich mich noch fester in Giulios Jacke kralle. Mein Herz springt mir beinahe aus der Brust, doch als ich die Augen wieder öffne, befinden wir uns auf der Fahrbahn – unversehrt. Ich drehe mich um, sehe den schwarzen Wagen, dessen Fahrer wild in unsere Richtung gestikuliert. Ähnlich waghalsig geht die Fahrt weiter. Wir überholen an den unmöglichsten Stellen und zischen viel zu knapp an Autos vorbei.

»Giulio!«, rufe ich erneut, aber er ignoriert mich.

Er will Pierluigi auf keinen Fall verlieren und der tut alles, um uns abzuhängen. Ich drücke meinen Kopf an Giulios Rücken, versuche, den Verkehr um mich herum auszublenden. Ich will nicht sterben, nicht so. Nicht hier. Nicht schon wieder auf der Straße. Ein Unfalltod während einer Verfolgungsjagd kann nicht Alessias Schicksal sein. Vor allem aber will ich nicht, dass Giulio mit mir stirbt.

»Bitte, bitte, bitte«, flüstere ich. »Lass uns das überleben.«

Meine Angst vermischt sich mit Alessias Aufregung zu einem merkwürdigen Mix aus Emotionen. Das hier scheint genau das Abenteuer zu sein, das sie sich gewünscht hat. Wenigstens eine von uns genießt diese mörderische Fahrt.

So an Giulio gepresst und mit geschlossenen Augen verliere ich allmählich jegliches Zeitgefühl. Erst, als wir etwas langsamer werden, wage ich es, mich umzuschauen. Der Verkehr hat merklich zugenommen. Überall sind Autos um uns herum, Abgase brennen in meiner Nase und Lunge. Hustend werfe ich einen Blick auf die Straßenschilder.

Milano. Hätte es mich überraschen sollen, dass Pierluigi gerade hierher flüchtet? Giulios gefährlichen Manövern haben wir es zu verdanken, dass Pierluigi uns tatsächlich nicht entwischt ist. Sein weißes Hemd ist im Verkehr gut auszumachen, und wir folgen ihm bis in die Mailänder Vorstadt. Sein Fahrstil ist deutlich entspannter, womöglich denkt er, er hat uns abgeschüttelt. Um nicht wieder in seinem Rückspiegel entdeckt zu werden, halten wir so großen Abstand, dass ich befürchte, wir würden ihn doch noch verlieren. Zum Glück dauert es aber nicht mehr lang und wir verlangsam, bis wir schließlich hinter einer Hausecke stehen bleiben.

»Er ist in das Haus da vorne gegangen«, stellt Giulio fest und deutet mit ausgestrecktem Zeigefinger darauf.

»Na dann los!«

Meine Beine zittern, als ich vom Motorrad absteige. Sofort legt Giulio den Arm um mich, um mich zu stützen.

»Alles in Ordnung?«

»Geht schon. Die Fahrt war nur ein bisschen wild. Ich dachte …« Den Rest schlucke ich hinunter.

Giulio versteht trotzdem. Seine Augen weiten sich und auf sein Gesicht schleicht sich ein betretener Ausdruck. »Dass wir sterben werden? Daran habe ich gar nicht gedacht.« Er streicht sich verlegen über den Nacken. »Ich wollte ihn einfach nur einholen. Das tut mir leid.«

»Wir leben ja noch, also alles gut«, beruhige ich ihn.

Das Haus, in dem Pierluigi verschwunden ist, stellt sich als vierstöckiger Altbau mit zwölf Apartments heraus.

Giulio lässt den Finger entlang der Klingelknöpfe wandern, doch keiner der Namen kommt uns bekannt vor.

»Und was jetzt?«, fragt er.

»Jetzt gehen wir rein.«

»Und dann klopfen wir an alle Türen?«

Er meint das sarkastisch, doch ich nicke. Babyschritte. Einer nach dem anderen. Was mir in meinen vergangenen Leben oft geholfen hat, wird hoffentlich auch heute funktionieren.

»Genau. Wir nehmen uns die Wohnungen der Reihe nach vor«, sage ich entschlossen und nutze den Moment, in dem ein älterer Herr das Gebäude verlässt, um an ihm vorbei ins Treppenhaus zu schlüpfen.

Wir arbeiten uns systematisch vom Erdgeschoss zu den höher gelegenen Stockwerken voran. Die erste Tür wird von einer jungen Frau mit einem Kleinkind auf dem Arm geöffnet. Ob sie Besuch von Pierluigi bekommen hat, fragen wir sie, worauf sie verneint. Bei der zweiten Tür öffnet uns niemand und auch bei der dritten sieht es so aus, als hätten wir kein Glück. Doch nachdem wir eine Minute lang sturmgeklopft haben, reißt ein Mann mit Halbglatze die Tür auf und schreit uns an, ob wir denn verrückt seien und dass er nichts kaufen wolle.

Ähnlich erfolgreich geht es weiter. Ein verdutztes Pärchen, eine ältere Dame, die uns zum Tee einladen möchte, einen schlechtgelaunten Wachhund und zwei weitere Familien später, sind wir kurz davor, das Handtuch zu werfen.

»Und du bist dir sicher, dass er in dieses Haus gelaufen ist?«, frage ich Giulio, der seit gut einer Minute an die Tür von Wohnung Nummer neun klopft.

Er nickt, doch sein Gesichtsausdruck ist alles andere als zuversichtlich. Wieder eine leere Wohnung oder jemand, der uns nicht öffnen will. Zweiteres macht mir größere Sorgen. Denn es bedeutet, dass wir Pierluigi in einer der Wohnungen, die wir bereits hinter uns gelassen haben, verpasst haben könnten.

Wir sind bereits auf dem Weg zur Treppe, um uns den nächsten Stock vorzunehmen, als Tür Nummer neun schwungvoll aufgerissen wird. Ein Mädchen in unserem Alter steht im Türrahmen. Sie trägt hellblaue Shorts und ein weites, schwarzes Hemd, und sie funkelt uns zornig aus großen, blauen Augen an.

»Du?«, zischt sie, und mir bleibt vor Staunen der Mund offen stehen.

Auch Giulio braucht ein paar Sekunden, ehe er die Sprache wiederfindet. »Chiara?«

16. Kapitel

W ir sitzen Chiara und Pierluigi an einem winzigen Tisch in der Küche des Mailänder Apartments gegenüber. Die Stimmung ist angespannt. Keiner sagt ein Wort. Stattdessen starren wir uns gegenseitig an. Das heißt, Giulio funkelt Pierluigi wütend an, der seinem Blick ausweicht, während Chiara Giulio beobachtet, als sei er ein gefährliches Raubtier.

Alessias und meine eigene Nervosität bringen meine Finger zum Tanzen. Ich verstecke meine Hände unter der Tischplatte und versuche, das, was in den letzten Minuten passiert ist, zu verdauen oder zumindest gedanklich zu ordnen.

Erstens, Chiara lebt. Heißt das, dass ich Sofias Erinnerungen völlig falsch interpretiert habe? Wessen Körper habe ich im Fluss liegen sehen? Was hat es mit Pierluigis Geschichte auf sich? Was ist passiert in dieser Nacht?

Zweitens, Chiara ist hier in Mailand. Das war es, was Sofia Pierluigi und vielleicht auch Giulio offenbaren wollte und was sie bei ihrem Mailand-Besuch herausgefunden hat. Chiara, auferstanden von den Toten. Doch wenn sie Chiara gar nicht umgebracht hat, wofür hat sie sich selbst dermaßen gehasst, dass sie all ihre Fotos gelöscht und den Kontakt zu ihren Freunden abgebrochen hat? Chiara mag in dieser Nacht nicht gestorben sein, doch irgendetwas ist passiert. Etwas, das Sofia nachhaltig verändert hat.

Drittens, was hat es mit Chiaras Reaktion auf sich, als sie mich und vor allem Giulio gesehen hat? Denn bei seinem Anblick ist sie zurückgewichen, als erwarte sie, er würde sich auf sie stürzen, und seitdem wir die Wohnung betreten haben, hat sie Giulio keine Sekunde aus den Augen gelassen.

»Du bist also nicht tot«, stellt Giulio nach ein paar unbehaglichen Minuten des Schweigens fest.

Chiara stößt ein kurzes Lachen aus und verdreht die Augen. »Den Gefallen kann ich dir leider nicht tun.«

Ohne auf ihre Aussage einzugehen, fragt Giulio: »Was soll das alles hier?«

Wieder ein Augenverdrehen. »Wonach sieht es denn aus? Ich lebe hier.«

»Das ist alles, was du dazu zu sagen hast?! Du bist seit Monaten verschwunden. Suchtrupps haben tagelang den Wald nach dir durchkämmt …« An dieser Stelle bricht er kopfschüttelnd ab.

Langsam wandern meine Finger unter der Tischplatte zu Giulios Oberschenkel und drücken ihn, um ihm wenigstens ein bisschen Zuversicht zu spenden. Ich weiß nicht, ob er jetzt, in Chiaras Gegenwart, überhaupt von mir berührt werden will, doch da finden seine Finger meine Hand und umschließen sie.

Chiara schnaubt. »Ich bin jetzt also ein schlechter Mensch? Du kommst hierher und gibst mir die Schuld an allem? Ausgerechnet du?!«, fährt sie ihn an.

»Und du wusstest die ganze Zeit, dass sie hier ist?«, frage ich an Pierluigi gewandt. »War irgendwas von dem, was du uns heute erzählt hast, nicht gelogen?«

Der hebt abwehrend beide Hände, eine Geste, die wir im Verlauf des Tages schon mehrere Male beobachten durften.

»Ich habe euch nicht angelogen. Die Party am Lagerfeuer ist genauso abgelaufen, wie ich es euch gesagt habe, und auch das, was danach passiert ist. Ich habe im Wald nach den Mädchen gesucht, aber nur Sofia gefunden.«

Während er erzählt, meidet er Chiaras Blick und spricht von ihr in der dritten Person, als säße sie nicht mit uns am Tisch.

»Nachdem Chiara am nächsten Morgen nicht im Camp aufgetaucht ist, bin ich zurück in den Wald gegangen, um weiter nach ihr zu suchen. Plötzlich stand sie vor mir: Mit bleichem Gesicht, dreckig, blutverschmiert. Mitten im Wald. Wie ein Geist sah sie aus.«

»Weil ich halbtot war«, zischt sie, doch ihr eisiger Blick gilt nicht Pierluigi, sondern Giulio.

Der Kletterlehrer ignoriert ihren Einwand ebenso wie die kalte Wut, die aus ihrer Stimme klingt, schaut sie nicht einmal an, als er weitererzählt.

»Ich habe Chiara mit zu mir nach Hause genommen, damit sie sich dort saubermachen und ausruhen kann. Ich hatte ein schlechtes Gewissen. Irgendwie war es ja auch meine Schuld. Hätte ich nicht mit den Kids gefeiert, wäre das alles nicht passiert« Er seufzt schwer.

Ich habe das Gefühl, dass ihm diese Beichte guttut. Mit jedem Wort scheint eine Last von ihm abzufallen.

»Du hattest Schiss, dass du Ärger kriegst«, widerspricht Chiara ihm.

»Vielleicht auch das«, gibt er zu. »Jedenfalls hatte ich nicht vor, dieses Spiel ewig weiterzuspielen. Ich wollte, dass Chiara nach Hause zu ihren Eltern geht. Aber sie hat mich erpresst.«

»Ich habe dir von meinen Problemen erzählt und dich gebeten, mir zu helfen«, korrigiert sie.

»Und mir außerdem gedroht, zu den Bullen zu gehen, wenn ich es nicht tue!« Er stößt schnaubend die Luft aus, bevor er sich wieder Giulio und mir zuwendet. »Jedenfalls wollte Chiara nicht zurück nach Hause. Sie wollte weg, nach Rom oder Mailand oder in irgendeine andere große Stadt. Das hier ist die alte Wohnung meiner Oma. Ich habe ihr angeboten, für's Erste hier unterzukommen. Bis wir eine bessere Lösung finden …«

»Ich fasse es nicht«, murmelt Giulio. Seine Finger lösen sich von meinen, um mit der flachen Hand auf die Tischplatte zu schlagen. »Hast du die geringste Idee, welche Sorgen ich mir gemacht habe? Wir alle? Wie konntest du einfach so abhauen und uns glauben lassen, dass du tot bist?! Nach allem … Nach … Was für ein Mensch macht sowas?!«

Er lehnt sich über den Tisch, ganz leicht nur, doch diese winzige Bewegung bringt Chiara dazu, von ihrem Sitz aufzuspringen und mit erhobenen Händen einen Schritt zurückzutreten. Schneller, als irgendjemand von uns reagieren könnte, steht sie bei der Küchentheke, reißt eine der Schubladen auf und holt etwas daraus hervor. Als sie sich wieder umdreht, hat sie ein silbrig glänzendes Steakmesser in der Hand, eins von der Sorte, mit der Maskenmänner in Horrorfilmen schreiende Frauen jagen.

Ihre Hände zittern, als sie das Messer ausgestreckt vor sich hält, die Spitze auf Giulio gerichtet. Der Stahl wirft tanzende Lichtreflexionen an die Decke. Er könnte schön sein, dieser Lichtertanz, wären da nicht das Messer und Chiaras Blick – wie der eines gefangenen Tiers.

Giulio erstarrt, sein Oberkörper friert halb nach vorn gebeugt in der Luft ein, und auch ich verharre bewegungslos. Alessias Aufregung spüre ich bis hoch in meinen Hals. Obwohl sie Angst hat, scheint sie diesen Moment auf verquere Art zu genießen.

Der Erste, der reagiert, ist Pierluigi. »Was zur Hölle!«, ruft er und erhebt sich langsam. »Chiara, leg das Messer weg.« Seine Stimme ist ruhig. Ob er solche Situationen vorher trainiert hat? Krisenentschärfung für Klettertrainer?

Sie schüttelt mit zusammengepressten Lippen den Kopf.

»Okay, wir beruhigen uns jetzt alle. Und dann … dann … Wir beruhigen uns und dann setzen wir uns wieder hin«, murmelt Pierluigi, wobei er seine Arme rhythmisch hebt und senkt. Wie ein Tierpfleger, der einen verängstigten Elefanten beruhigen muss, kommt er mir vor.

»Was soll das, Chiara?«, fragt Giulio, worauf sie ein bitteres Lachen ausstößt.

»Dein Ernst? Ich schätze, du hast ihnen nicht erzählt, was passiert ist, oder?«

»Doch, ich …«, beginnt er und bricht ab.

»Na, los! Erzähl es deiner Freundin. Sag ihr, was du gemacht hast!«

Was meint sie damit? Was hat Giulio getan? Ich werfe ihm von der Seite einen Blick zu, aber er schaut ebenso verwirrt aus, wie Alessia und ich uns fühlen.

»Wovon redest du?« Giulio klingt ehrlich verzweifelt.

»Hör auf, so zu tun, als wüsstest du das nicht!«

»Geht es darum, dass ich nicht mit dir abhauen wollte? Dieses ganze Drama, nur weil ich dich abgewiesen habe?«

»Weil du …« Chiara lacht erneut auf, laut und schrill, irgendwie verrückt. »Du bist so ein Lügner! Dass ich in dich verliebt war … Gott, wie konnte ich nur so blind sein!«

Lichtpunkte rasen an der Wand auf und ab, während sie mit dem Messer in der Luft fuchtelt. An ihrem Hals pocht eine Vene. Als sie einen Schritt auf uns zumacht, geht alles ganz schnell. Giulio wirft sich über den Tisch und fasst nach vorn, versucht, Chiara das Messer wegzunehmen. Seine Hand schließt sich um die Klinge, die Chiara ruckartig zurückzieht. Stöhnend sinkt Giulio vornüber. Die Klinge leuchtet rot von seinem Blut. Chiara drückt den Schaft an ihre Brust, hält ihn mit beiden Händen, wie um das Messer zu beschützen. Oder sich selbst. Im nächsten Moment fällt ihr Blick auf mich. Etwas Dunkles tritt in ihre Augen.

»Chiara …«

Weiter komme ich nicht. Schon hat sie mich am Arm gepackt, zieht mich mit einem Ruck heran und hält mir das Messer ans Gesicht. Die Spitze zittert direkt an meinem Augapfel. Würde ich blinzeln, würden meine Wimpern den Stahl streifen. Aber ich blinzle nicht. Ich bin regungslos, während Alessias Geist in meinem Inneren so heftig pulsiert, dass mir übel wird.

Chiaras Griff um meinen Oberarm ist schmerzhaft fest, sodass ich gar nicht erst versuche, mich loszureißen. Pierluigi verharrt wie ein Straftäter mit erhobenen Händen im Raum. Nur Giulio bewegt sich. Langsam hebt er den Kopf und schaut, immer noch vornübergebeugt und seine blutende Hand haltend, zu Chiara und mir.

»Mach keinen Scheiß, Chiara. Bitte«, fleht er.

»Erzähl's ihr«, fordert sie. »Erzähl ihr, was in der Nacht passiert ist.«

Mit leicht geöffneten Lippen schüttelt er den Kopf. Um uns *was* zu sagen – dass er es nicht erzählen kann? Oder will? Dass er gar nicht weiß, was er erzählen soll?

Schließlich schluckt er. »In der Nacht hast du mich gebeten, mit dir abzuhauen, und ich habe *Nein* gesagt.«

»Von Anfang an«, faucht Chiara.

Abermaliges Kopfschütteln von Giulio. »Ich wünschte, ich wüsste, was der Anfang ist …«

Wovon reden die beiden?

»Ich mochte dich wirklich, Chiara. Ich habe mich wohlgefühlt mit dir, habe gerne Zeit mit dir verbracht, aber ein Leben mit dir? Oder eine ernsthafte Beziehung? Das konnte ich mir nicht vorstellen. Nicht so schnell zumindest. Auch nicht, bevor du mir von der Schwangerschaft erzählt hast.«

Von der Schwangerschaft? Ich verschlucke mich beinahe an meiner eigenen Spucke. Soll das heißen, dass Chiara schwanger ist? Giulio sagte doch, er hätte nicht mit ihr geschlafen? War das eine Lüge?

Alessias Geist springt so schnell von meiner Brust in meinen Kopf, dass mir für einen Augenblick schwarz vor Augen wird. Ein Erinnerungsfetzen blitzt durch meine Gedanken, ein kurzer Ausschnitt, den Sofia mir vor wenigen Wochen gezeigt hat: Zwei Schemen im Wald, Chiaras flehende Stimme. »Bitte«, hat sie gesagt und »Familie.«

O mein Gott! Endlich verstehe ich, was dieser Erinnerungsfetzen zu bedeuten hat. Sofia muss ein Gespräch zwischen den beiden belauscht haben, in dem sie über ihr zukünftiges Kind sprechen. Deshalb war sie so aufgelöst! Mir wird schlecht. Ob wegen Alessias Aufregung oder wegen meines eigenen Schocks, weiß ich nicht.

Je länger Giulio spricht, desto ruhiger wird seine Stimme. »An dem letzten Abend im Camp, da wollte ich mit dir über alles reden. Aber anstatt mit mir zu sprechen, hast du dich mit den anderen betrunken. Ich habe mich so verarscht gefühlt. Erst erzählst du mir, dass du schwanger bist, und bittest mich, mit dir abzuhauen, dann besäufst du dich ... Ich meine, hast du dir die Sache mit dem Baby nur ausgedacht?«

Ich spüre das Zittern der Klinge an meiner Wange, als Chiara flüsternd antwortet: »Einen Scheiß habe ich mir ausgedacht. Ich war ehrlich mit dir. Immer. Aber vielleicht war das ein Fehler.«

Giulio schluckt schwer. Er senkt den Kopf und starrt auf die Tischplatte.

»Erzähl weiter«, fordert Chiara mit bebender Stimme. »Na los.«

»Das mache ich, aber ... bitte, Chiara, lass sie los.«

Doch anstatt mich gehen zu lassen, verfestigt sich ihr Griff um meinen Arm. Alles in meinem Kopf dreht sich. Alessias Geist pulsiert hinter meinen Augäpfeln. Angst kriecht in meine Poren, ob es ihre oder meine ist, weiß ich nicht. Und wieder kommen Erinnerungsfetzen aus einem anderen Leben hoch: Sofia, wie sie aus dem Wald rennt. Wie sie Giulio ein Arschloch nennt, ihn anschreit. Ihn fragt, was er gemacht hat. Meine Gedanken drehen sich in einem Wirbel aus meinem, Alessias und Sofias Leben.

Pierluigi macht vorsichtig einen Schritt auf Chiara zu, fängt dann ihren Blick auf und setzt sich zurück auf seinen Platz. Betreten schaut er auf seine Fingerknöchel.

»Okay, okay …«, stottert Giulio. »Also, an diesem Abend, bei der Abschlussfeier, da war ich wütend. Auf dich, auf Sofia, auf die ganze Situation. Darum bin ich weg. Ich konnte nicht am Lagerfeuer sitzen und so tun, als wäre alles okay. Ich wollte eine Runde spazieren gehen und meinen Kopf freikriegen. Dass du mir in den Wald nachlaufen würdest, hätte ich nie erwartet. Es tut mir leid, dass ich dich dort einfach habe stehen lassen, okay? Das war nicht richtig von mir.«

Er hält inne, wartet, aber Chiara ist nicht zufrieden mit seiner Entschuldigung.

In Wahrheit vergehen nur ein paar Sekunden, doch mit einer Klinge an der Wange, mit Sofias Erinnerungen, die wieder hochkommen, und mit Alessia, die durch mein Inneres springt, fühlen sie sich wie eine Ewigkeit an. So viele Gedanken wirbeln durch meinen Kopf. Ich sehe sie wieder: Sofia, die durch den Wald rennt. Die zwei Schemen vor dem Hintergrundrauschen des Flusses. Der reglose Körper im Wasser. Sofias und Giulios Streit. Sofias Eifersucht, ihre Wut. Die Kälte, als Giulio sagte, er und Sofia seien keine Freunde mehr. Und gleichzeitig meine eigenen Gefühle. Keine Kälte, sondern Wärme, bei der Erinnerung daran, wie er mir sagte, ich verdiene ein eigenes Leben.

All diese Gedanken vermengen sich zu einem Satz: *Ich will nicht sterben.*

Ich richte meinen Blick auf die tanzenden Punkte an der Wand und atme tief durch. Ich muss ruhig bleiben.

Giulio fährt fort: »Und als du mir dann gesagt hast, du könntest nicht mehr nach Hause … Ich hätte das ernst nehmen sollen, aber … aber … Gott, Chiara, ich dachte, du sagst das nur, weil du betrunken bist, und weil du mir ein schlechtes Gewissen machen willst.«

»Und das hat dich so sehr angepisst, dass du mich loswerden wolltest«, sagt Chiara, die nun etwas gefasster klingt.

»Wovon redest du?«

»Tu nicht so, als ob du das nicht wüsstest!«

»Chiara, ich …«

»Ich wollte nur mit dir reden. Ich dachte, dass du mir hilfst, aber du? Du hast mich damals im Wald den Abhang runtergeschubst!«

»Was?!«, Giulios Stimme überschlägt sich. Mit offenem Mund starrt er Chiara an.

Pierluigi stößt hörbar die Luft aus und Giulio wirkt, als hätte ihm jemand in dem Magen geschlagen.

»Du hast versucht, mich umzubringen!«

»Das habe ich nicht. Du musst mir glauben, Chiara! Ich …«

»Hör auf zu lügen!«, brüllt Chiara.

Ihr gesamter Körper bebt, auch die Hand, mit der sie das Messer hält. Die Klinge drückt sich in meine Haut. Ich spüre Schmerz und dann Wärme, als ein Tropfen Blut meine Wange hinunterrinnt. Alessias Geist erstarrt in mir. Für einen Moment ist es, als sei ich allein in ihrem Körper.

Alles in mir schreit: Nein! Das darf nicht passieren! Es kann nicht Alessias Schicksal sein, auf diese Art zu sterben! Und in ebendiesem Moment klären sich meine Gedanken.

Ich werde nicht sterben. Nicht jetzt, nicht so. Denn dass Alessia in dieser kleinen Mailänder Wohnung stirbt, ist ganz bestimmt nicht für sie vorgesehen.

Mit dem Begreifen kommt eine Ruhe – äußerlich, weil alle innehalten und auf das Messer an meiner Wange starren, aber auch innerlich. Die Erinnerungsbilder, die in Wellen auf mich eingeschlagen sind, beruhigen sich genauso wie Alessias Geist, und in diesem Moment, in dem alles verstummt, in dem ich endlich klar denken kann, setzen sich die Fragmente zu einem fertigen Puzzle zusammen.

»Sofia war es«, flüstere ich.

Erst klingt es wie eine Frage, doch es auszusprechen, klärt den letzten Rest der Ungewissheit. Die Erinnerungen, denen ich bisher keinen Sinn abgewinnen konnte, fügen sich ineinander, und plötzlich ist mir alles klar.

»Sie hat dich in den Fluss gestoßen.«

»Das hat sie nicht«, flüstert Chiara.

»Sie ist dir und Giulio in den Wald gefolgt. Dort hat sie euch reden hören. Wie du ihn gebeten hast, mit dir wegzulaufen, ihm gesagt hast, ihr könntet eine Familie sein.«

»Nein … Nein, das …«, stottert Chiara.

»Sofia hat eins und eins zusammengezählt. Dass du und Giulio ein Baby bekommen würdet. Sie hatte Angst, ihn zu verlieren.« Beim Gedanken an Sofias Erinnerung korrigiere ich mich. »Nein, sie dachte, dass sie ihn schon verloren *hat*.«

Langsam zieht Chiara das Messer zurück. Noch immer zittern ihre Hände, und obwohl sie mich nicht loslässt, lockert sich ihr Griff um meinen Oberarm ein wenig. Alle Augen richten sich auf mich. Pierluigis Gesichtsausdruck ist verwirrt, Chiaras voller Zweifel und Giulios in Schock. Doch während ich ihn anschaue, verändert sich seine Mimik. Das Verständnis schleicht sich in sein Gesicht. Auch er setzt die letzten Puzzleteile zusammen.

»Sofia war überzeugt, dass er mit dir weglaufen würde. Da ist sie durchgedreht.«

»Und hat Chiara den Abhang hinuntergestoßen«, vervollständigt Giulio meinen Satz, mehr Frage als Aussage.

Als ich nicke, lässt Chiara endlich meinen Arm los.

»Danach wollte sie Giulio zur Rede stellen.«

»Darum war sie so wütend.« Giulio schüttelt mehrmals den Kopf.

»Du hast ihr erzählt, dass du nicht mit Chiara geschlafen hast, richtig? Da muss Sofia begriffen haben, dass Chiara nicht von dir schwanger war. Sie ist zurück in den Wald, um Chiara zu suchen.«

»Und ist dabei selbst abgestürzt.« Dieses Mal ist es Pierluigi, der meinen Satz beendet.

Auch ihm ist die Überraschung ins Gesicht geschrieben.

Chiara hebt die Hand an die Lippen. Ich versuche, in ihren Gesichtszügen zu lesen, ob sie mir glaubt. Ihre Augen springen hin und her, schauen uns alle der Reihe nach an. Ihre Unterlippe zittert leicht. Ist das ein gutes Zeichen oder ein schlechtes?

»Ich glaube nicht, dass sie dich wirklich umbringen wollte«, fahre ich an Chiara gewandt fort. Ich gebe mir Mühe, so beruhigend und so überzeugt wie möglich zu klingen. »Sie war betrunken und eifersüchtig und emotional und … Sie ist einfach durchgedreht. Danach hat sie sich selbst so sehr gehasst, dass sie sich am liebsten in Luft aufgelöst hätte.«

So war es. Auch wenn Sofias Geist nicht mehr hier ist, um es zu bestätigen, weiß ich es. So muss es gewesen sein. Plötzlich bin ich mir vollkommen sicher. All die merkwürdigen Erinnerungsfetzen, die ich bisher nicht zuordnen konnte, ergeben nun Sinn.

»Nein, ich …« Chiara zittert am ganzen Körper. Sie schaut auf das Messer in ihrer Hand, von dort zu mir, zu Giulio und wieder zurück. Immer wieder schüttelt sie den Kopf, als könnte sie selbst nicht glauben, was eben passiert ist.

Schließlich lässt sie das Messer los. Klirrend schlägt es am Boden auf. Silbrig glänzender Stahl, tanzende Lichtpunkte und rotes Blut, meins und Giulios, vermischt auf der Klinge.

Und Chiara beginnt zu weinen.

***

Vorsichtig wickle ich ein sauberes Küchentuch um Giulios Hand und verknote es an den Enden. Seit meiner Enthüllung hat keiner außer Pierluigi besonders viel gesprochen, und der hat mit vielen Worten eigentlich nichts gesagt. Leeres Geplapper, nur um die Stille zu füllen.

Chiara sitzt zusammengesunken am Tisch, vor sich eine Tasse dampfenden Tee, den Pierluigi für uns alle gekocht hat. Pfefferminz für mich, Hagebutte für Chiara und schwarzen Tee für sich und Giulio. Weil Tee gegen Kummer hilft. Gegen Sorgen, Angst und Wut. Gegen alles eigentlich. Zumindest ist das die Essenz seines Gebrabbels der letzten paar Minuten.

»Hat meine Oma mir so beigebracht«, erklärt er schulterzuckend, als er die Tassen vor uns abstellt.

»Alles schön verpackt«, versuche ich einen lahmen Scherz, nachdem ich Giulios Hand verbunden habe.

Der legt einen Finger an meine Wange, direkt unter den dünnen Schnitt, den Chiaras Messer dort hinterlassen hat.

»Das tut mir so leid«, sagt er mit belegter Stimme.

»Es ist nicht deine Schuld. Und außerdem ist es nicht tief. Tut gar nicht weh«, entgegne ich, worauf Giulio meinem Blick ausweicht.

Ein paar Minuten lang sitzen wir vier wie gescholtene Schüler am Küchentisch. Ich hebe die Tasse hoch und nippe am viel zu heißen Tee.

»Du dachtest wirklich, ich hätte dich da runtergestoßen?«, bricht Giulio schließlich das Schweigen.

»Ja«, antwortet Chiara so leise, dass sich ihre Stimme beinahe in Luft auflöst.

»Bist du deswegen weggerannt? Weil du Angst vor mir hattest?«

Sie schüttelt den Kopf.

»Warum sonst? Was ist passiert?«

»Ich …«, beginnt Chiara, beißt sich dann auf die Unterlippe und bricht ab.

»Nach allem, was passiert ist – findest du nicht, dass wir die Wahrheit verdient haben?«, werfe ich ein, was Pierluigi mit heftigem Nicken quittiert.

Chiara senkt ihren Blick auf die Teetasse, die sie mit beiden Händen hält. Nacheinander hebt und senkt sie die Finger, als würde sie auf dem Porzellan Klavier spielen. Ich sehe, wie sich ihre Stirn runzelt. Nach einem Moment des Abwägens ringt sie sich dazu durch, zu erzählen. Erst langsam und stockend, doch mit der Zeit gewinnen ihre Worte an Kraft.

»Es war wegen des Babys. Wegen meiner Eltern. Wegen allem einfach.« Sie seufzt. »Ich wollte nicht schwanger werden. Ich meine, wer will das schon mit sechzehn? Es ist einfach passiert. Sein Name ist Gabriele – der Vater«, erklärt sie. »Er war hier auf Urlaub. Wir haben uns sofort verstanden.

Er hat für mich gegrillt, wir sind durch den Wald spaziert, haben gemeinsam unter dem Sternenhimmel getanzt. Es war so romantisch.«

Die Vorstellung bringt sie zum Lächeln.

»Er war schon wieder weg, als ich gemerkt habe, dass ich schwanger bin. Ich wusste nicht, was ich machen soll. Ihm sagen, was passiert ist? Ihn bitten, zurückzukommen? Das Kind wegmachen lassen? Also habe ich es meiner Mama gebeichtet. Ich dachte, sie wird schon wissen, was zu tun ist.«

»Aber das wusste sie nicht?«, hake ich nach, nachdem Chiara ihren Blick wieder auf die Tischplatte gesenkt hat.

»Meine Eltern haben mich nie so gesehen, wie ich bin, sondern so, wie sie mich haben wollten. Das kleine brave Mädchen. Gute Noten nach Hause bringen, die Nachbarn höflich grüßen, bei Familienfeiern freundlich lächeln, bei der Bluse ja keinen Knopf zu viel aufmachen … So was eben. Dass ich schwanger bin, hat da natürlich nicht gepasst.« Wieder schluckt sie. »Sie hat es meinem Stiefvater erzählt und die beiden haben beschlossen, dass ich das Kind abtreiben soll. Sie hatten schon eine Klinik gefunden. Alles arrangiert. Zum Klettercamp haben sie mich noch gehen lassen. Um die Sache nicht noch schlimmer für mich zu machen.« Chiara lacht bitter auf. »Das hat Mama gesagt. Als ob ich in dem Moment noch einen feuchten Dreck auf dieses Camp gegeben hätte.«

»Wolltest du das Kind denn?«, frage ich.

»Nein. Aber ich wollte es auch nicht wegmachen lassen. Ich … Ach, ich weiß nicht, was ich wollte. Aber ganz sicher nicht, dass meine Eltern diese Entscheidung für mich treffen.«

Instinktiv strecke ich die Hand nach ihr aus. Ich will sie halten, ihren Arm tätscheln, ihr gut zureden. Einfach irgendetwas tun, um ihr Zuversicht zuzusprechen. Gleichzeitig merke ich, dass alles, was ich tun oder sagen könnte, in diesem Moment falsch wäre. Chiara ignoriert meine Geste, also ziehe ich die Hand nach ein paar Sekunden wieder zurück.

»Dann, im Camp, habe ich dich wiedergetroffen, Giulio. Wir hatten so eine schöne Zeit und … Ich weiß, es klingt verrückt, aber ich habe angefangen, mir vorzustellen, wie es wäre, mit dir abzuhauen. Gemeinsam in Rom zu leben. Oder hier in Mailand. Du, ich und das Baby. Eine Familie sein. Da habe ich mich zum ersten Mal irgendwie gefreut, dass ich schwanger bin.«

»Bis ich das alles kaputtgemacht habe«, murmelt Giulio.

Innerlich seufze ich. Irgendjemand muss ihm dringend beibringen, sich nicht ständig die Schuld an allem zu geben, seien es die verletzten Gefühle oder die Missetaten anderer. Unter der Tischplatte sucht seine Hand nach meiner, und unsere Finger verschränken sich ineinander.

»Im Nachhinein weiß ich selbst nicht, was mich da geritten hat.« Chiara seufzt schwer. »Nachdem das passiert ist, nachdem meine Eltern einfach beschlossen haben, dass ich mein Kind wegmachen lassen muss, da ist bei mir eine Sicherung durchgebrannt.«

Zum zweiten Mal an diesem Tag fügen sich die Teile zusammen. Ich erinnere mich an den Artikel, den Giulio mir im Krankenhaus hinterlassen hat und in dem von einem Einbruch im Blumenladen von Chiaras Familie berichtet wurde.

»Du warst das, die in den Laden deines Stiefvaters eingebrochen ist, oder?«, frage ich.

Chiara nickt leicht. »In dem Moment hat es sich so gut angefühlt, auf das Zeug in seinem Laden einzuschlagen. Am nächsten Morgen war mir sofort klar, was für einen Mist ich gebaut habe.«

»Hättest du dich nicht einfach entschuldigen können?«, fragt Pierluigi, der von diesem Teil der Beichte überraschter zu sein scheint als Giulio und ich.

»Da hatte mein Stiefvater schon die Polizei gerufen. Die haben von Vandalismus und Einbruch und Gott weiß was gesprochen und von der Schadenshöhe. Mehrere Tausend Euro. Ich hatte doch gar nicht vor, so viel kaputtzumachen. Ich …« Sie stockt, schüttelt den Kopf. »Jedenfalls meinte meine Mum, die Täter kommen sicher hinter Gitter. Und mein Stiefvater, der hat sofort mich verdächtigt. Er war davon überzeugt, dass ich es getan habe, dabei hatte er überhaupt keine Beweise.«

Obwohl er mit diesem Verdacht richtig lag, klingt sie verletzt.

»Es war dumm, was ich gemacht habe, das weiß ich, und wenn ich die Sache ungeschehen machen könnte, würde ich es tun. Aber eine Entschuldigung hätte er nicht akzeptiert. Er hätte mich für meinen Fehler büßen und in den Knast wandern lassen. *Du kannst dein Kind hinter Gittern aufziehen.* Das hat er gesagt, nachdem ich den beiden gesagt habe, dass ich mir wegen der Abtreibung nicht sicher bin. Und auch, dass ich nicht glauben soll, er würde die Sache mit dem Laden vergessen, nur weil ich so dämlich war, mich schwängern zu lassen. Ich hatte richtig Angst damals.«

Sie zupft mit den Fingern an ihren Haarspitzen. Ihr Blick wirkt irgendwie weggetreten, als würde sie die Geschehnisse von damals im Geist durchleben.

»Und Sofia wusste von alledem?«, frage ich.

Chiara schüttelt den Kopf. »So nahe standen wir uns nicht. Ich habe niemandem außer Giulio erzählt, dass ich schwanger bin.« Sie macht eine Pause, legt den Kopf in den Nacken und starrt einen Moment lang die Decke an. »Und das war ich dann ja auch nicht mehr.«

Wieder beginnt sie zu weinen. Obwohl ich schon in so vielen Körpern gesteckt, so viele Menschen gesehen habe, kam mir nie jemand einsamer vor als Chiara in diesem Moment, wie sie mit hängenden Schultern am Tisch sitzt, wie ihr die Haarsträhnen ins Gesicht fallen, während sie weint, vor sich eine unberührte Tasse Tee. Doch im nächsten Moment tritt Pierluigi zu ihr und legt ihr seinen Arm um die Schultern. »Schhhht«, macht er.

Schon komisch. Da hat sie ihn erpresst, sie zu verstecken, und bis vor wenigen Minuten schien er deshalb mehr als nur wütend auf sie zu sein. Jetzt kniet er neben ihr am Boden und tröstet sie.

»Ich hab's gespürt, dass mein Baby stirbt, als ich dort unten im Fluss lag, und ich dachte, ich würde mit ihm sterben. Es war so kalt und alles hat wehgetan. Ich war mir sicher, dass ich im Wasser erfrieren würde, wenn mich keiner findet.« Sie schaut zu Pierluigi. »Dann habe ich euch gehört, dich und Sofia. Sie wollte nach mir suchen. Das habe ich sie zu dir sagen hören. Ich wollte euch rufen, aber ich hab's nicht geschafft. Meine Stimme war auf einmal weg …«

»Ich … ich …«. Pierluigi wirkt mit der ganzen Situation völlig überfordert. Hilfesuchend schaut er von Chiara zu mir und Giulio.

Die wirft ihm vor: »Aber alles, was dich interessiert hat, war, deinen eigenen Arsch zu retten. Dass sie die Bullen nicht rufen darf und dass ihr alle Ärger kriegen werdet, weil ihr Gras geraucht habt, hast du gesagt. Dann war sie plötzlich weg und du kurz darauf auch. Und diese kleine Hoffnung, diese Möglichkeit, dass mich jemand findet, war weg.«

Mir wird kalt bei der Vorstellung, wie Chiara sich gefühlt haben muss, als sie dort unten lag, frierend, allein und verletzt im eisigen Flusswasser. Darauf hoffend, dass Sofia und Pierluigi ihr helfen würden, und dann zuhören zu müssen, wie die beiden sie im Stich lassen.

»Irgendwie habe ich es dann doch geschafft, die Böschung hochzukriechen. Ich war so erschöpft, dass ich im Wald liegen geblieben und eingeschlafen bin. Als ich am nächsten Morgen aufgewacht bin, war ich völlig durchgefroren, mein Bauch hat gebrannt, meine Beine …« Sie stößt ein kurzes, bitteres Lachen aus. »Ich war mir erst gar nicht sicher, ob ich meinen Unfall geträumt habe, aber dann habe ich das Blut auf meiner Hose gesehen.« Sie legt den Kopf in ihre Hände. »Keine Ahnung, wie lange ich durch den Wald geirrt bin. Ich konnte ja kaum laufen. Und ausgerechnet *du* hast mich gefunden.«

Ich sehe, wie Pierluigi den Kopf einzieht.

»Ich wollte ein paar Tage untertauchen und darüber nachdenken, was ich als Nächstes machen soll. Nach Hause zurückgehen? Abhauen? Aber plötzlich sind Suchtrupps wegen mir ausgerückt.«

»Und das hat dich überrascht?«, frage ich.

»Ich dachte, meine Eltern nehmen einfach an, dass ich weggelaufen bin. Von Pierluigi wusste ich, dass er allen erzählt hat, ich wäre in der Nacht nach dem Lagerfeuer ins Camp zurückgekommen. Es gab also gar keinen Grund, dass irgendjemand denken könnte, ich hätte einen Unfall gehabt. Ich dachte, ich nehme mir ein paar Tage frei, und wenn ich zu meinen Eltern zurückkomme, fange ich mir eine Standpauke ein. Aber dann … Wenn meine Eltern herausgefunden hätten, dass ich die ganze Zeit da war … Das hätten sie mir nie verziehen.«

»Also bist du untergetaucht«, stellt Giulio fest.

»Nach allem, was passiert ist, der Schwangerschaft, dem Laden, den Suchanzeigen, den Leuten, die ausgerückt sind, um mich zu finden … Ich konnte doch nicht einfach wieder zu Hause auftauchen!«

Chiara wirkt ehrlich verzweifelt. Mit ihren Lügen hat sie sich selbst in eine Box gesperrt, in der sie nun gefangen ist. Dabei müsste sie nur die Klappe öffnen und hinaustreten.

Anstatt weiter nach dem Warum zu bohren, lenke ich das Thema zurück zu Sofia. »Du und Sofia seid euch dann also in Mailand über den Weg gelaufen?«

»Ja. Ich war beim Einkaufen, sie saß in einem Café. Ich bin sofort weggegangen und habe gehofft, dass sie mich nicht erkannt hat. Damals habe ich mir Sorgen gemacht, dass sie mich verraten und alles aufkommen würde. Aber dann … dann war sie tot.«

Ihre letzten Worte sind kaum mehr als ein Flüstern. Pierluigis Augen werden bei der Erwähnung von Sofia glasig, wie schon heute Vormittag. Sie muss ihm wirklich am Herzen gelegen haben. Neben mir lässt Giulio die Schultern hängen, und selbst Alessias Aufregung weicht einer Art bedrückten Ruhe.

»Da habt ihr eure Antworten«, meint Pierluigi schließlich und erhebt sich. »Und jetzt?«

Wieder tauscht Giulio ein stummes Nicken mit mir aus.

»Jetzt«, sage ich und ziehe das Handy aus meiner Hosentasche, »rufst du deine Eltern an.«

Es ist an der Zeit, dieses Versteckspiel zu beenden, das weder Chiara noch Pierluigi oder sonst jemandem der Beteiligten guttut. So viele Geheimnisse, die jeder in diesem Raum mit sich herumgetragen hat. All die Lügen, die schlussendlich zu Sofias Tod geführt haben. Das muss aufhören!

»Keine Chance!«, protestiert Chiara.

»Kannst du dir vorstellen, was es für deine Eltern bedeutet, dich zu verlieren?«, frage ich sie.

Ich verstehe ihr Zaudern ja. Sie ist wütend, weil ihre Eltern sie zu einer Abtreibung zwingen wollten. Sie hat Angst davor, Ärger zu bekommen. Als Lügnerin bloßgestellt zu werden. Mit der Enttäuschung ihrer Eltern zu leben. Aber was ist mit deren Angst, deren Trauer und Sorge? Hat sie daran gedacht?

»Deine Mutter und dein Stiefvater müssen täglich mit der Frage leben, was dir zugestoßen ist. Ob du noch am Leben bist oder tot. Wahrscheinlich kauen deine Eltern in Gedanken jedes Gespräch und jeden Streit mit dir noch mal durch.«

»Was weißt du schon davon?«

Ich muss mich zusammenreißen, um nicht laut zu lachen. Was weiß ich *nicht* davon? Ich, die mehr als ein Dutzend ihrer eigenen Beerdigungen besucht hat. Die ihre Eltern wochenlang dabei beobachtet hat, wie sie am Krankenbett sitzen und sich mit einem Körper im Koma unterhalten. Aber ich schlucke die Worte hinunter.

»Entweder du rufst deine Eltern an oder ich tue es«, drohe ich und Giulio nickt bekräftigend.

Tatsächlich schnappt sich Chiara, wenn auch mit zusammengebissenen Zähnen, mein Handy und wählt zögerlich die Nummer ihrer Eltern. Bevor sie auf die Rufwahl-Taste drückt, starrt sie einige Sekunden lang mit zuckenden Mundwinkeln auf das Display. Schließlich schließt sie die Augen und hält das Telefon an ihr Ohr.

Wir warten. Eine Sekunde, dann noch eine. Vor uns wird Chiara immer unruhiger und auch Pierluigi beugt sich neugierig vor.

Schließlich: »Hallo Mama. Ich bin's.«

Und in dem Moment, in dem sie die Stimme ihrer Mutter am Telefon hört, bröckelt der letzte Rest von Chiaras Fassade. Ihre Augen werden glasig, ihre Lippen zittern. Da begreife ich, dass sich hinter all ihrem Gerede bloß ein einsames, trauriges Mädchen verbirgt, das zu viel Angst hat, um sich einzugestehen, dass sein größter Wunsch ist, nach Hause zu gehen.

17. Kapitel

Nachdem Chiara das Telefonat mit ihrer Mutter unter Tränen beendet hat, lassen wir sie und Pierluigi allein.

Unsere Aufgabe hier ist getan. Sofias zweite Chance haben wir genutzt. Chiaras Eltern werden nach Mailand kommen, um sie abzuholen. Was danach mit ihr und Pierluigi passieren wird, wissen wir nicht, und ehrlich gesagt tut es gut, mich darum nicht sorgen zu müssen.

»Hasst du mich jetzt?«, fragt Giulio, nachdem wir das Haus verlassen haben.

»Warum sollte ich das?«

»Na, weil ich dir nicht die ganze Wahrheit über den Abend erzählt habe. Dass Chiara schwanger war und dass sie wirklich mit mir abhauen wollte zum Beispiel. Und auch, na ja, weil ich mich Chiara und Sofia gegenüber wie ein Arschloch aufgeführt habe.«

Er wirkt zerknirscht und wippt auf den Fußsohlen vor und zurück. Ich fühle keine Wut, keinen Hass, nicht mal Eifersucht. Höchstens Verwirrung.

»Das mit dem Arschloch-Sein hatten wir ja schon. Weißt du noch, als wir unser romantisches Dinner hatten?«, beginne ich.

»In den Dolomiten«, sagt er.

»Genau. Ich dachte damals nicht, dass du ein Arschloch bist und jetzt denke ich es auch nicht. Du warst mit der Situation überfordert. Das ist nur verständlich.«

Er zuckt bloß mit den Schultern.

»Und wegen dem Rest«, fahre ich fort. »Ich bin dir nicht böse, aber warum hast du's mir nicht erzählt? Was in dieser Nacht wirklich passiert ist, meine ich. Die ganze Sache mit Chiara.«

»Erst dachte ich, du bist verrückt und es ist besser, wenn ich dir nicht alles erzähle, und dann …« Er vergräbt die Hände in seinen Hosentaschen. »Dann habe ich angefangen, dich gern zu haben. Ich dachte, dass du mich vielleicht auch magst und, na ja, ich wollte das nicht kaputtmachen, indem ich dir davon erzähle.«

Ich fühle Alessia in meinem Magen einen Purzelbaum schlagen und, um ehrlich zu sein, würde ich am liebsten selbst loskichern. Er mag mich. Mich!

Aber ich schaffe es, mich zusammenzureißen. »Hättest du nicht«, sage ich. »Ich meine, hast du nicht.«

Ich lächle ihm zu und ich hoffe inständig, dass seine Selbstzweifel ihn nicht daran hindern, mir zu glauben. Denn es ist die Wahrheit: Dass er diese Dinge vor mir verheimlicht hat, ändert nichts daran, wer er ist und was er für mich getan hat. Dass er der erste Mensch ist, der mich im Körper meiner Gastgeber wahrnimmt. Der Erste, der mir geglaubt hat. Der Einzige, der verrückt genug ist, sich mit mir auf dieses Abenteuer einzulassen, in einen verrosteten Wagen mit einer fremden Zitronen-Shop-Verkäuferin zu steigen, ein Manuskript zu stehlen oder mit mir dem falschen Traumprinzen nachzujagen.

Die letzten Tage – und vor allem der heutige Tag – waren ein einziges Abenteuer. Ich fühle mich alles andere als bereit, wieder in den normalen Alltag meiner Gastgeberin einzutauchen. Aber mittlerweile habe ich einige Textnachrichten von Alessias Eltern erhalten. Kurz horche ich in mich hinein, suche nach Zustimmung und tatsächlich fühle ich Alessias Ruhe. Sie scheint sich in diesem Moment wohl mit sich und der Welt zu fühlen. Also tippe ich eine Entschuldigung und versichere, dass ich bald nach Hause kommen und dort alles erklären werde.

Alessia wünscht sich Abenteuer, und ehrlich gesagt tue ich das auch.

»Was hältst du davon, wenn wir noch ein paar Stunden hierbleiben und uns die Stadt anschauen?«, schlage ich vor.

Giulio freut sich über meinen Vorschlag. Ein breites Lächeln zeigt sich auf seinen Lippen. »Nichts lieber als das!«

So kommt es, dass wir Giulios Motorrad in der Innenstadt parken und durch Mailand schlendern, vorbei an Designershops und Eisdielen, an Cafés, in denen die Leute dicht an dicht sitzen, und an Galerien mit moderner Kunst und Bildern von pausbäckigen Engeln. Irgendwann erreichen wir einen kleinen Platz mit Brunnen, in dessen Mitte Wasserfontänen in die Luft spritzen. Im Sonnenlicht funkeln die Wassertropfen wie klitzekleine Regenbögen. Ein paar der Spritzer trägt der Wind bis auf meine Wangen.

Da kommt mir eine Idee. Ich denke an Alessias Zeichnung von sich und ihren Freundinnen, davon, wie die Mädchen im Regen tanzen und sich frei fühlen. Was wäre eine bessere Art, diesen merkwürdigen, nervenaufreibenden, emotionsgeladenen und vor allem besonderen Tag ausklingen zu lassen?

»Komm«, sage ich und streife mir im selben Moment die Schuhe von den Füßen.

»Was hast du vor?«

Die Antwort erhält Giulio, als ich laut lachend in den Brunnen springe, dessen Wasser mir fast bis zu den Knien reicht. Eine Fontäne geht neben mir hoch und durchnässt mein T-Shirt und meine Hose. Doch das ist mir egal. Ich tanze – nicht im Regen, aber fast! So wie auf dem Bild, das Alessia von sich und ihren Freundinnen gezeichnet hat. So wie ihre Welt sein sollte. Und sie dankt es mir mit einer Euphorie, die sich mit meiner eigenen Freude zu einem Jubelschrei vermischt.

»Du bist doch verrückt!«, ruft Giulio.

»Genauso wie du!«

Lachend schlüpft auch er aus seinen Schuhen und springt zu mir in den Brunnen. Gemeinsam tanzen wir – mit geschlossenen Augen und wild schlagenden Herzen. Mit dem Sonnenlicht auf der Nasenspitze, dem Wasser, das uns spritzend einhüllt und umgeben von Millionen winziger Regenbögen.

Als wir aus dem Brunnen steigen, hat sich eine Menschentraube gebildet, die uns mit Handykameras filmt. Wie zwei Stars winken wir unserem Publikum zu und verbeugen uns.

»Wow. Was für ein Tag!«, schnauft Giulio ziemlich außer Atem.

»Ich wünschte, er würde ewig dauern!«

»Das wünsche ich mir auch. Aber ich fürchte …«

»Wir müssen zurück«, beende ich seinen Satz.

Wir legen uns in die Sonne, um unsere Klamotten zu trocknen. Kurz darauf sitzen wir wieder auf seinem

Motorrad. Ich genieße es, wie meine Haare um mein Gesicht flattern, wie der Sitz unter mir vibriert, wie Häuser, Hügel und der Himmel an uns vorbeiziehen. Aber viel mehr genieße ich es, Giulio so nah zu sein.

Ich fühle mich frei. Noch mehr als das. Zum ersten Mal seit Langem fühle ich mich, als hätte ich die Schleife durchbrochen, in der ich seit meinem Surf-Unfall festgesteckt habe. Ein neues Leben, eine neue Chance, der Tod, und wieder ein neues Leben mit einer neuen Chance. Neue Familien, neue Freunde, neue Partner. Immer und immer wieder.

Doch Sofias und Chiaras Geheimnis gelüftet zu haben, hat etwas von Endgültigkeit. Es ist merkwürdig, immerhin habe ich vorher schon oft zweite Chancen genutzt, aber anders als zuvor gibt es mit Giulio dieses Mal eine Konstante.

Die Fahrt fühlt sich wie eine Ewigkeit an und gleichzeitig viel zu kurz. Als wir schließlich ein paar Meter von Alessias Elternhaus entfernt, versteckt hinter einer Hecke, anhalten, wünsche ich mir, wir müssten noch nicht absteigen. Giulio stellt den Motor ab und nimmt sich den Helm vom Kopf. Während ich am Verschluss hantiere, schaut er in den Himmel, der mittlerweile mit Sternen bedeckt ist. Eine kleine Armee an Grillen veranstaltet rund um uns herum ein Zirp-Konzert.

»Das war es also«, sagt er und kurz zieht sich mein Magen zusammen.

War es das wirklich? Er hat ja recht, wir haben Sofias und Chiaras Geheimnis gelüftet. Unser Abenteuer ist abgeschlossen, doch ich bin nicht bereit für einen Abschied. Jetzt noch viel weniger als jemals zuvor.

»Was machst du nun, wo du Sofias und Alessias zweite Chance genutzt hast?«, fragt er.

»Ich weiß nicht …«

»Du könntest es mit deinem eigenen Leben versuchen.« Ein trauriges Lächeln schleicht sich auf sein Gesicht. »Ich weiß, dass du glaubst, du seist nur hier, weil du diese Chancen nutzen musst. Aber das ist nicht wahr. Es ist nicht fair dir selbst gegenüber. Du gibst alles auf für deine Gastgeber. Denkst du nicht, dass du ein eigenes Leben verdient hast?«

»Doch, das tue ich«, sage ich und zum ersten Mal, seit ich meine Reise als Gast begonnen habe, meine ich es ernst. Und das habe ich Giulio zu verdanken. »Endlich tue ich das.«

Giulio setzt an, etwas zu sagen, aber ich lasse ihn nicht zu Wort kommen. Er soll verstehen, wie viel er für mich getan hat, und sei es nur, um endlich aufzuhören, sich selbst als Arschloch zu sehen.

»Ich dachte bis jetzt, ich könnte kein eigenes Leben haben, weil ich überzeugt davon war, dass nicht beides geht. Gleichzeitig meine Gastgeber und ich sein. Aber du hast mir gezeigt, dass es doch möglich ist. Bei dir habe ich zum ersten Mal das Gefühl, dass mich jemand wirklich sieht, egal in welchem Körper ich stecke.«

»Ich sehe dich nicht nur«, sagt Giulio und macht einen Schritt auf mich zu. »Ich …« Verlegen beißt er sich auf die Unterlippe, und schon wieder wippt er auf den Fußsohlen auf und ab. »Ich habe mich in dich verliebt, Lucia.« Er weicht meinem Blick aus. »Es ist vielleicht verrückt. Ich dachte erst selbst nicht, dass es möglich ist. Dass es mir egal sein könnte, wie du aussiehst, welche Person du gerade vorgibst zu sein. Aber in Wahrheit ändert das alles nichts daran, dass du *du* bist. Und ich glaube … ich liebe dich.«

Ich liebe dich.

Diese Worte hat noch nie jemand zu mir gesagt.

Mein Herz machte einen Satz. Wärme prickelt durch meine Gliedmaßen und selbst Alessias Geist vollführt in meinem Magen einen Freudensprung. Bevor ich etwas antworten kann, legt Giulio seine Hand unter mein Kinn und zieht es sanft nach oben. Ich schließe die Augen, als er mich küsst. Erst streifen seine Lippen meine nur sanft, wie Schmetterlingsflügel. Ich stelle mich auf die Zehenspitzen, lege meine Hände auf seine Wangen, und da presst er seine Lippen mit mehr Verlangen auf meine.

Schmetterlinge, Feuerwerk und Ameisen. Dieses Mal fühle ich sie! Obwohl es nicht mein erster Kuss ist, ist es der erste, der wirklich mir gilt, und der erste, bei dem ich glaube, vor Glück ohnmächtig zu werden. Giulios Lippen sind warm, seine Zunge schmeckt nach Marmelade, und in mir kribbelt alles. Wir zwei unter den Sternen, eingehüllt vom Mondlicht. In diesem Moment ist alles perfekt.

Nur langsam löst sich Giulio von mir. Ich lehne mich nach vorn, will nicht, dass dieser Kuss zu Ende geht. Da sehe ich aus den Augenwinkeln, warum er sich zurückgezogen hat.

Die Tür zu Alessias Elternhaus ist offen, Licht fällt auf den Vorhof. Innerlich seufze ich. Trotz allem, was ich heute begriffen habe, muss ich mich immer noch an die Regeln einer anderen Familie halten.

»Alessia, bist du das?«, ruft ihre Mutter.

»Vergiss nicht, dass ich auf dich warten werde. Auch wenn dein Hausarrest ewig dauert. Ich werde da sein«, flüstert Giulio.

Noch einmal gibt er mir einen sanften Kuss, bevor er sich zurückzieht und ich schweren Herzens zum Haus, zurück zu Alessias Eltern und zu einer verdienten Standpauke gehe.

Die Standpauke fällt in etwa so aus, wie ich sie mir ausgemalt habe. Alessias Mutter rauscht mir erst entgegen, umarmt mich, weint dann, schreit, weint ein bisschen mehr und schaut mich schließlich streng an. Ihr Vater nickt dazu mit steinharter Miene.

»Was ist bloß mit dir los?«, fragen beide. »Sind dir die Regeln in unserem Haus plötzlich völlig egal? Wir wären vor Sorge fast gestorben. Schon wieder!« Dabei bedenken sie mich mit einem tadelnden Blick. »Bestimmt steckt dieser junge Mann von gestern dahinter.«

»Na ja, das stimmt tatsächlich. Er heißt Giulio und er ist sehr nett«, antworte ich, woraufhin beiden der Mund offen stehen bleibt.

Der Blick von Alessias Vater verdunkelt sich noch mehr, aber ihre Mutter scheint die Standpauke zumindest für den Moment vergessen zu haben. Es gibt Dringenderes zu besprechen: Wer genau ist dieser junge Mann? Was machen seine Eltern? Wie kommt er dazu, mich dazu anzustacheln, die Regeln zu brechen? Nimmt er die Schule ernst? Letzteres scheint besonders wichtig zu sein, und obwohl ich bezweifle, dass Giulio ein Musterschüler ist, versichere ich den beiden, dass der junge Mann ganz wunderbare Noten hat und jeden Nachmittag mindestens zwei Stunden lang lernt. Auch in den Ferien. Das scheint sogar Alessias Vater zu beruhigen.

Aus den Augenwinkeln sehe ich, wie Laura hinter dem Türrahmen versteckt in das Wohnzimmer lugt und grinsend den Daumen in die Höhe reckt. Ihre neue, rebellische Schwester gefällt ihr eindeutig.

Schon witzig, wie schnell dieses Gespräch von einer Standpauke fast zu einem Plausch geworden ist. Trotzdem bekomme ich bis zu meinem, beziehungsweise Alessias Lebensende Hausarrest. Der junge Mann darf mich vielleicht einmal besuchen, aber nur, wenn Alessias Eltern dabei sind. Am Ende umarme ich sie.

»Es tut mir leid, dass ihr euch meinetwegen solche Sorgen gemacht habt«, sage ich. »Ihr seid tolle Eltern. Ich will nur, dass ihr stolz auf mich seid. Ich hab' euch lieb.«

»Aber wir sind doch stolz auf dich«, sagt Alessias Vater, die Stirn in Falten gelegt. Dass ich etwas anderes annehmen könnte, scheint ihn zu verwirren, und ihre Mutter hat nun Tränen in den Augenwinkeln.

»Wir haben dich auch lieb.«

Ich bin erleichtert. Falls ich morgen sterbe oder übermorgen oder über-übermorgen sollen Worte im Streit nicht das Letzte sein, was wir uns zu sagen hatten.

Danach werde ich auf mein Zimmer geschickt. Ein bisschen Strenge muss trotz all des Geplauders und der Neugierde rund um den jungen Mann sein. Doch das ist okay. Ich genieße es, etwas Zeit für mich und meine Gedanken zu haben.

Alessia fühle ich als leichte Wärme im Bauch, sie hält sich im Hintergrund. Ich glaube, dass sie glücklich ist. Die Abenteuer, die sie gewollt hat, hat sie erlebt.

Und ich? Giulios Worte, sein Lächeln und das Gefühl seiner Lippen auf meinen gehen mir nicht mehr aus dem Kopf. Obwohl ich mich nicht verlieben wollte, ist es passiert, und es fühlt sich richtig an. Endlich ist da jemand, der mich sieht. Jemand, mit dem ich ehrlich sein kann, dem ich die Wahrheit erzählen kann, wenn ich sonst immer Ausreden erfinden und lügen muss. Auch seine Worte lassen mich nicht mehr los.

Du gibst alles auf für deine Gastgeber. Denkst du nicht, dass du ein eigenes Leben verdient hast?

Bis heute dachte ich das tatsächlich nicht. Wie soll man ein eigenes Leben führen, wenn man alle paar Tage in einem neuen Körper sitzt und niemandem erzählen kann, wer man wirklich ist, ohne für vollkommen durchgedreht gehalten zu werden? Niemandem außer Giulio, der mir tatsächlich geglaubt hat.

Ich dachte, es sei selbstsüchtig, unmöglich sogar, doch jetzt wünsche ich mir genau das. Dieses eigene Leben. Meine eigene Liebe. Zeit mit Giulio.

Draußen lässt der Vollmond die Straßen beinahe taghell erscheinen. Wunderschön sieht er aus, ein perfekter Kreis gesprenkelt mit grauen Farbtupfern. Er strahlt etwas Magisches aus, dieser Mond, und vielleicht ist es genau dieser Zauber, der mich glauben lässt, dass ich wirklich eine Chance auf ein eigenes Leben habe.

Ich ziehe Alessias Handy aus der Hosentasche und tippe eine Nachricht an Giulio: Ich habe Hausarrest. Magst du morgen vorbeikommen? Alessias Eltern werden dich mit Fragen löchern.

Es dauert keine zehn Sekunden, schon habe ich seine Antwort: *Gerne! Ich freue mich auf dich.*

Perfekt! Ich mich auch!

Noch einmal schaue ich zum Vollmond, und ich gebe der Nacht ein Versprechen. Ich werde leben. Für mich, nicht mehr nur für meine Gastgeber. Ich werde ein Dasein führen, das es wert ist, jeden Morgen aufzustehen, immer wieder zu sterben und in neuen Körpern aufzuwachen.

Morgen werde ich Giulio treffen und ich werde ihm gestehen, dass auch ich mich in ihn verliebt habe. Zum ersten Mal werde ich diese Worte aussprechen. *Liebe*. Wer hätte gedacht, dass so etwas für mich überhaupt möglich ist.

Das Mondlicht streichelt mich in den Schlaf, führt mich langsam in meinen immergleichen Traum vom See, von Schneeflocken auf meiner Haut, einer Armada an Kerzen und einer weinenden Rose in meinem Grab.

Das Licht erhellt die Straßen, mein Zimmer und mich noch immer, als ich aufwache, weil der Schmerz wie ein Blitz in meinen Kopf einschlägt. Als mir Blut aus der Nase läuft und ich wie blind nach der Fensterbank greife, weil mein Blickfeld verschwommen ist, weil meine Welt sich dreht, weil ich weder klar sehen noch klar denken kann.

Ein Aneurysma ist in Alessias Gehirn geplatzt.

Der Tod kommt so plötzlich, dass es sich gar nicht wie Sterben anfühlt.

Aber sterben tue ich trotzdem.

Epilog

Giulios Stimme geistert noch durch meinen Kopf, als ich langsam aufwache. Wieder ein neuer Körper, wieder ein neues Leben.

Ich fühle mich, als schwebte ich auf Wolken. Leicht wie eine Schneeflocke, getragen vom Wind, und gleichzeitig schwer wie ein Grabstein. Meine Glieder sind steif, als seien sie viel zu lange nicht benutzt worden, mein Hals ist rau und trocken. Selbst das Schlucken fällt mir schwer. Und noch immer höre ich den Nachhall von Giulios Stimme.

»Lucia«, flüstert sie.

Die Luft um mich herum flirrt vor Aufregung. Ich höre das Poltern von Schuhen auf dem Boden, Flüstern und ein Piepsen. Doch wie ich es immer tue, wenn ich in einem neuen Körper aufwache, bleibe ich mit geschlossenen Augen liegen.

Dieses Mal nicht, weil ich Zeit brauche, um bereit für das neue Leben zu sein, sondern weil ich noch nicht soweit bin, die Erinnerung an Giulio und seine Stimme loszulassen.

Ich atme tief ein und aus, spüre die Luft durch meine staubtrockene Kehle strömen, fühle, wie mein Herz schlägt, wie jemand seine Hand auf meine Wange legt. Die Wärme dieser Berührung hinterlässt ein Prickeln auf meiner Haut.

Wer ist das? Viel wichtiger: Wer bin ich heute?

Ich horche in mich hinein, suche nach Erinnerungen oder nach einem Gefühl, einem Pochen oder Kribbeln, einem noch so kleinen Beweis, dass mein Gastgeber hier ist. Doch da ist nur Leere. Wie bei Sofia damals.

»Lucia«, höre ich wieder Giulios Stimme.

Eine Träne löst sich aus meinem Augenwinkel. Ich wünschte, sie wäre real. Ich wünschte, seine Stimme könnte sich aus meiner Erinnerung lösen und er könnte jetzt wirklich bei mir sein.

Da fühle ich eine weitere Berührung. Jemand hält meine Hand. Ich kneife meine Augen fester zusammen und atme. Atme. Atme.

Wer bin ich? Wer bist du? Bist du hier?

Doch da ist nichts. Mein Gastgeber schweigt. Als ob ich allein in diesem Körper wäre.

Blinzelnd öffne ich die Augen und sehe …

»Giulio?« Meine Stimme ist ein kaum hörbares Krächzen. Ich muss husten.

»Du bist aufgewacht. Du bist wirklich aufgewacht«, flüstert er.

Ich verstehe nicht, was hier los ist. Was macht Giulio am Bett meiner Gastgeberin? Wieso weint er? Nur eines ist klar, ich brauche dringend Flüssigkeit.

»Wasser«, krächze ich.

»Kommt sofort«, antwortet eine zweite Stimme.

Ich drehe den Kopf und sehe Ricarda, meine Lieblingskrankenschwester, die so viele freundliche Worte für meinen halbtoten Koma-Körper übrighatte. Ihr Gesicht verschwindet aus meinem Sichtfeld, gleichzeitig löst sich die Berührung von meinem Arm. Einen Augenblick später ist Ricarda zurück und hält mir ein Glas Wasser an die Lippen.

»Deine Eltern haben wir schon angerufen. Sie sind auf dem Weg.«

Ich begreife nicht. Meine Eltern? Giulio? Ricarda? Und wo ist mein Gastgeber?

»Was passiert hier?«, flüstere ich.

Giulios Gesicht schwebt nun ganz nah über meinem. Ich berühre seine Wangen, die tränennass sind. Langsam schließt er die Augen und beugt sich zu mir herab. Als sich unsere Lippen berühren, nur für eine Sekunde und leicht wie zwei Federn, fühle ich sie wieder. Die Schmetterlinge. Das Feuerwerk. Die Ameisen.

Und in diesem Moment löst sich der Nebel. Da ist kein Gastgeber. Da bin nur ich. Ich. Lucia.

»Ich bin ich«, flüstere ich.

Lautlos bahnen sich die Tränen ihren Weg über meine Wangen. Ich frage mich, woher dieser staubtrockene Körper die Kraft zum Weinen nimmt. Giulio sitzt neben mir, hält meine Hand und wartet, schweigend und geduldig, bis ich bereit bin, etwas zu sagen. Bis ich den letzten Zweifel abge-schüttelt habe, die Angst, dass alles nur ein Traum ist. So warten wir. Die ganze Zeit lasse ich die Tür nicht aus den Augen. Jeden Moment wird sie aufgehen und meine Familie wird hereinkommen. Es fühlt sich surreal an. Wie ein Traum.

Was, wenn das ein Traum ist?

Doch die letzten Zweifel verschwinden, als die Tür tat-sächlich aufschwingt. Als Erstes sehe ich meine Mutter, die in der Mitte des Zimmers stehen bleibt und die Hände vors Gesicht schlägt. Dann meinen Vater, der seinen Arm um sie legt und immer wieder »Mein Mädchen« murmelt. Sogar meine Schwester ist hier, mit rotgeweinten Augen und am ganzen Körper zitternd.

»Du bist wach«, flüstert sie.

Ich nicke. Ja, das bin ich. Ich bin wach. Ich bin ich. Endgültig.

Doch bevor ich mich der Umarmung meiner Familie und mit ihr meinem alten – meinem eigenen – Leben überlasse, muss ich etwas tun. Eine letzte zweite Chance nutzen, einen letzten Wunsch erfüllen.

Meinen eigenen.

Ich drehe meinen Kopf und lege meinen Mund an Giulios Ohr, sodass nur er mich hören kann, und ich sage es ihm. Endlich.

»Ich liebe dich.«

Danksagung

Das Wichtigste kommt zum Schluss – ein großes und herzliches Dankeschön an all die lieben Menschen, die dazu beigetragen haben, dass diese Geschichte entstehen konnte!

Zuallererst vielen Dank an meine fleißigen Probeleser, die mir mit zahlreichen Tipps zur Seite gestanden sind und ohne die Lucia auf ihrer Reise in das ein oder andere Plot-Loch gefallen wäre.

Danke an *Micha* für wunderbar bestärkende Worte, die mir die letzten Selfpublishing-Zweifel genommen haben und dafür, dass sie auch die letzten Fehler ausgemerzt hat.

An *Maria*, die mit Argusaugen die größten Lücken aufgedeckt hat und dank der Giulio mindestens 10-IQ-Punkte gewonnen hat (hart aber herzlich, nicht wahr?).

An *Alina* für ihren detektivischen Spürsinn beim Testlesen und für ihr genaues und umfassendes Feedback.

An *Gabi* für tolle Schreibtipps, hilfreiches Feedback und viele liebe Worte.

Und an *Hannah*, die nicht nur testgelesen, sondern "meine Mädels" auch in kleine Kunstwerke verwandelt hat (ich bin immer noch ganz gerührt).

Ein großes Dankeschön geht auch an meine Lektorin und Korrektorin *Annika*, die neben vielen Tipps und umfassendem Feedback auch Ratschläge zum Thema Selfpublishing für mich parat hatte.

Für den wunderbaren Buchumschlag geht mein Dank an *Christin*. Das Cover habe ich fast ein Jahr vor der Veröffentlichung gekauft und es hat mich anschließend zum Weiterschreiben, Planen und Veröffentlichen animiert (es war einfach zu schön, um es nicht in die große weite Buchwelt zu entlassen).

Wisst ihr, was mich noch motiviert hat? Die Grafiken zum Buch, welche die wunderbare *Valentina* (gatovtina) für mich geschaffen hat. Es ist ein tolles Gefühl, seine Buchcharaktere auf diese Art zum Leben zu erwecken!

Vielen Dank auch an meine Blogger, die Lucias Geschichte in die online-Welt hinaustragen und mich beim Marketing so wundervoll unterstützen!

Danke auch an dich! An alle Leserinnen und Leser, die Lucia auf ihrer Reise zwischen den Leben begleiten, mit ihr leiden, aber auch lachen!

Zum Schluss gilt ein großer Dank wie immer meiner Familie und meinen Freunden, die mich immer unterstützen – in allen Lebensbelangen, nicht nur beim Schreiben – und ganz besonders an meine Eltern, meine Schwester und die *Hormayer-Mädels*, mit denen ich während zahlreicher spannender, witziger, erlebnisreicher und einfach schöner Reisen rund um den Gardasee die Inspiration für diese Geschichte sammeln durfte!

Danke ♥

Liebe Leserinnen und Leser,

hat euch die Geschichte gefallen? Dann würde ich mich sehr über eure Rezension freuen!

Besucht mich gerne auch auf Instagram (christina.schreibt) oder auf meiner Webseite (www.cfschreder.com), um mehr über meine Bücher, den Schreiballtag oder neue Projekte zu erfahren.

Christina